나는 희망을 꿈꾸지 않는다

나는 희망을 꿈꾸지 않는다

2009년 11월 21일 1판 1쇄 인쇄 / 2009년 11월 27일 1판 1쇄 발행

지은이 송경태 / 펴낸이 임은주 / 펴낸곳 도서출판 청동거울 /
출판등록 1998년 5월 14일 제13-532호
주소 (137-070) 서울 서초구 서초동 1359-4 동영빌딩 /
전화 02)584-9886(편집부) 02)523-8343(영업부) / 팩스 02)584-9882 /
전자우편 cheong21@freechal.com / cheong1998@hanmail.net
홈페이지 www.cheongstory.com

편집주간 조태봉 / 편집 김상훈 / 마케팅 배진호 / 관리 김은란

ISBN 978-89-5749-125-6

이 도서의 국립중앙도서관 출판시도서목록(CIP)은 e-CIP 홈페이지(http://www.nl.go.kr/cip.php)
에서 이용하실 수 있습니다. (CIP제어번호:2009003651)

나는 희망을 꿈꾸지 않는다

송경태 자전에세이

청동거울

25년 전 시베리아 벌판에 내몰린 채 혹한과 굶주림에 떨고 있을 때, 천사라는 이름으로 다가서는 한 여인이 있었습니다. 그 천사는 나의 얼음장 같은 등짝을 쓰듬어 주고, 보드러운 숨결로 꽁꽁 언 가슴을 보듬어 주었습니다.

그 순간 난 뜨거운 속울음을 토하며 굳게 맹세하였습니다. 불바다보다 뜨거운 열정으로 천사가 보듬어 주었는데 무슨일인들 못할까?

그리고 천사의 미세한 떨림과 형언할 수 없는 전율이 나의 전신으로 전해오는 순간 어금니를 굳게 깨물었습니다. 신발끈을 바짝 조여매자고……

그 여인은 나의 아내로 둔갑하여 나타난 천사였습니다.

부족한 내 삶속에 촉촉이 젖어들어와 넉넉함으로 채워주는 모든 것. 그것은 가족의 사랑이었어.

그동안 너무 가깝다는 이유로 때론 투정부리고, 귀함도 모른 채 함부로 한 게 사실이야. 그래서 속상할 때가 많았지?

우리 가족은 내가 바람앞에 등불일때 든든한 버팀목이었고, 따사로운 햇살이었어. 꽁꽁 얼었던 사겸마저 훈훈하게 녹여 주었거든. 그래서 가족은 내가 살아가는 원초의 힘이요, 보물창고야.

사랑하는 당신!

절망과 희망은 동전의 양면 같은 것

나에게 가장 무서움으로 다가서는 것은 볼 수 없는 것도, 잘 듣지 못하는 것도 아니었어. 그것은 호기심이 동정심으로 그리고 무관심으로 변하는 인간의 마음이었어.

그리고 힘듦과 고통과 슬픔과 어려움이 아니라 그것에 무릎꿇게 만드는 온갖 사회제도의 틀이었어.

그 가시철망처럼 얽히고설킨 그릇된 사회의 틀을 한 겹 한 겹 벗겨내기 위해 오늘도 사하라의 뜨거운 모래 폭풍도, 남극의 혹한 추위보다도 더 힘겨운 온갖 장애벽과 싸우고 있는 것인지 몰라.

사랑하는 아들아!

장애인으로 살아간다는 것은 거친 폭우 속을 우산 하나 없이 헤쳐가야 하는 것과 같은 것이란다. 있어야 할 것이 없는 삶이란다. 혹 누군가의 우산 속에 잠시 뛰어들어 비를 피하려 해도 우산 주인들은 달가워 하지 않는단다. 행여 친절한 미소와 함께 우산을 씌어주는 이가 있다 해도 그것도 일시적인 것이지. 결국 아빠의 몸은 완전히 젖어버리고 말지. 아빠는 이를 악문 노력 끝에 학업도 마치고, 직업도 얻어 내 몸 하나 피할 수 있는 작은 우산 하나 겨우 마련했잖니. 그쯤만 해도 장애 극복이니, 인간 승리니 하며 칭찬받을 일인지 모른다. 하지만 이 땅의 수많은 장애인들이 아직도 매서운 폭우 속을 헤매고 있다는 것을 생각할 때, 아빠의 몸 하나를 위한 우산은 어찌 보면 부끄러운 것인지 몰라. 아빠는 수십 명이 쓰고도 남음직한 우산을 아빠 손으로 활짝 펴들고 그들과 더불어 비를 피하고 싶단다. 그 무게가 비록 무겁고 버겁다 해도 말이지.

세상과 싸워 작은 우산 하나 쟁취해낸다면 그것은 장애의 극복이 될 것이야. 그러나 많은 사람들의 가림막이 되어 줄 수 있는 커다란 우산을 쟁취해낸다면 그것은 장애복지가 되는거야. 아빠의 손에 들려 있는 우산이 크고 무거운 까닭이지. 그것을 펼쳐들기 위해 아빠는 이제 막 광장에 도착했단다.

13년 전부터 노트북에 살짝살짝 키보드로 눌러논 헝크러진 돌멩이들을 잘 다듬고 비단실에 잘 꿰어 보배로 만들어 주신 익산 신초등학교 임현경 선생님, 청동거울 편집부 김상훈 님, 조태봉 사장님께 감사를 드린다. 그리고 묵묵히 습작을 지켜봐준 사랑하는 나의 천사인 아내 이용애 씨, 늠름하게 장성해준 큰아들 송민과 작은아들 송원에게 한없는 감사를 전한다.

만산홍엽으로 불타는 연석산을 다녀와서
2009년 10월 25일

벽강 송경태

■ 차례

머리말 004

제1부 가난했어도 행복했노라

부모님과 헤어져 1년을 살다 014
춘천에서의 어린 시절 016
오수 외가댁으로 귀향, 구멍가게를 열다 020
도시락을 싸 들고 큰 산으로 나무를 022
힘겨웠던 고교 입시 준비 과정 024
기술인은 조국 근대화의 기수 027
아버님의 헌신적인 사랑 029
지리산 등반과 하이킹 033
교통사고와 기능사 시험 합격 038
5·18과 함께 시작된 대학 생활 043
서클 회장과 배낭여행 052
농촌 봉사대 조직 060

제2부 좌절을 넘어 희망의 세계로

군 입대 064
운명의 그날 066
힘겨운 투병 생활과 시력 회복을 위한 몸부림 068
'자살'에서 '살자'로 072

희망의 세계로 향한 첫걸음 076

운명의 반려자를 만나 가정을 꾸리다 078

한계에 부딪친 홀로서기와 분가 081

힘겨운 재활의 길 084

무보수로 맹인복지협회 사무국장을 맡아 087

낙방과 재도전 089

대학 편입학과 사회봉사 활동 091

배낭을 메고 일본의 사회복지시설을 찾아서

094

졸업 그리고 일하는 행복 099

난관을 뚫고 기지개를 켜다 104

물 만난 물고기처럼 신나게, 신나게 109

욕심은 화를 부르고 112

대학원 입학 116

제3부 더불어 사는 세상을 위하여

양심의 눈을 뜨고 시민운동과 봉사 활동에 나서다 120

새 희망을 안겨 준 안내견과 덕유산 등반 124

미 대륙 도보 횡단 128

이역만리에서 만난 인연이 도서관 설립으로 136

남북통일 기원 백두산·한라산 등반 138

내 한계는? 143

두 발을 딛고 산다는 것이 행복 148

이창호 바둑 황제와 한판 대국을 155

국내 최초로 말하는 보훈 신문과 소리 잡지 발간 157

평생소원은 제주도 나들이 *164*

남북통일 기원, 국토 종단 실행 *167*

장애인 신문 창간 *170*

국내 최초, 점자판『사회복지용어대사전』과

　　전국 여행 가이드북 발행 *173*

부산아시아경기대회 성화 봉송 주자가 되다 *176*

장애인 차별 금지 공약, 노무현 대통령 후보

　　선거 특위 부위원장 맡아 *178*

도의원 재·보궐선거, 열린우리당 경선에 도전 *180*

대학 강단에 서다 *182*

국내 최초, 인터넷 음성 도서관 개발 *185*

대한민국 신지식인에 선정되다 *187*

시의원에 당선되다 *189*

감투싸움 *195*

첫 비교 시찰 *198*

정상적인 의정 활동 보장하라 *201*

북녘땅에 푸른 나무를 심다 *204*

장애인 대변자 역할을 톡톡히 하다 *210*

첫 조례 제정 *215*

의장 선출 방식 개혁하다 *218*

희망을 배우려 가다 *221*

전주시 의원 연찬회를 다녀와서 *226*

자랑스러운 한일인상과

　　한국장애인인권상 수상 *228*

제4부 이 땅에서 장애인으로 산다는 것은

또 다른 아름다움 *232*

눈 내리는 소리 *235*

빛을 인도하는 안내견 *237*

천상의 웃음 *241*

안내견 찬미를 저 세상으로 *245*

카센터에서 생긴 일 *247*

삼 일만 눈을 뜰 수 있다면 *250*

왜 자장면이나 비빔밥인가? *253*

시도하기 전에는 절대로 포기하지 마라 *255*

자원봉사에도 도전 정신이 *257*

차이는 있어도 차별은 없어야 *260*

시각장애인 4무 *263*

장애는 불편할 뿐 불행이 아니다 *265*

어느 노인의 향기 *267*

혼자서는 살 수 없어요 *271*

확인했어야 했는데 *273*

장애인도 청소 현장 활동 할 수 있는데 *275*

활력, 언변, 매력, 체력, 능력 *277*

인도 위의 지뢰, 볼라드 *281*

장애인 성공 시대 열 복지 대통령 기대하며 *284*

호기심, 동정심, 무관심 *287*

세 가지 소원 *290*

실천은 힘이다 *296*

종부세 완화보다 장애인 등 소외 계층 민생 먼저 챙겨라 *299*

웃음, 조언, 지구력 *302*

문자 전송도 못 하다니 *305*

자가운전 해봤으면 *307*

오래 살아야 한당께 *310*

휴지통에 버려진 구두 한 켤레 *312*

용산 철거민 참사 *315*

무너진 신뢰 *318*

김수환 추기경님 선종하시다 *320*

그래도 사랑하라 *323*

희망이 없다네 *325*

시각장애인도 함께 갑시다 *328*

또 다른 장벽 *330*

오케스트라 정비 공장 *332*

내게 주신 것이 너무나 많습니다 *334*

장애인의 날, 장애인에 대한 최고의 관심은 일자리 창출 *335*

제1부

가난했어도
행복했노라

부모님과 헤어져 1년을 살다

나는 4·19혁명으로 세상이 어수선하던 1961년 정월 27일에 산좋고 공기 맑은, 반 산촌 반 농촌의 전형적 고을인 전북 임실 읍내에서 어물전을 하시는 아버님 송용철 씨와 어머님 심필순 여사 사이에서 장남으로 태어났다. 태몽은 일곱 빛깔의 무지개가 품에 안기는 거라고 한다. 6살 때까지는 천 석지기와 정미소, 석유 판매업을 하시는 전북 오수 외가에서 예쁘장한 얼굴과 귀여움으로 동네 사람들의 인기를 독차지하며 어린 시절을 보냈다.

그러나 행복한 가정은 아버님의 사업 실패와 외가의 가세마저 기울어져 깨지기 시작했다. 전국을 누비며 어물전을 하던 아버님은 큰 손해를 보셨고, 아들이 없었던 외가에서 양자로 들인 작은 외할아버지의 아들, 외삼촌이 온갖 행패를 부리며 가산을 탕진한 것이다. 그 때문에 외할아버님마저 화병으로 돌아가시고 말았다. 아버님은 돈을 벌어 오겠다며 고종사촌 형님이 있는 춘천으로 떠나셨다. 얼마 안 돼 어머님마저 어린 두 동생을 데리고 춘천으로 향하셨다.

정착하는 대로 데리러 오겠다던 부모님은 감감 무소식이셨다. 결국 외할머님 손에 이끌려 오수초등학교에 입학해야 했다. 다른 학우들은 어머님의 손을 잡고 학교에 등교하는데, 나는 혼자서 학교에 가야 했다. 어린 마음에 나도 다른 아이들처럼 어머님 손을 꼬옥 붙잡고 학교에 갔으면 싶었지만, 2학년이 되도록 데리러 오겠다던 부모님은 오시지 않았다. 아무리 손꼽아 기다려도 소식조차 없으셨다. 체념한 나는 외할머님 잔심부름을 하며 열심히 학교를 다녔다.

담임이었던 한채연 선생님은 돈이 없어 공책을 준비하지 못하는 나를 위해 학용품을 사 주며 격려를 아끼지 않으셨다. 학교에서 만든 노란 강냉이빵을 배식받을 수 있도록 하는 등 많은 관심을 베풀어 주셨다.

춘천에서의 어린 시절

1969년, 새 학년이 된 지 얼마 되지 않아 그리도 보고 싶었던 어머님이 오수 외가댁에 오셨다. 전학 준비를 마치고 정든 친구들과 작별 인사를 한 뒤 오수역에서 난생처음 증기기관차를 탔다. 칙칙폭폭 하얀 수증기를 내뿜으며 힘차게 달리는 증기기관차 안은 승객들로 초만원이었다.

어렵게 좌석을 구해 의자에 앉자마자 달리는 차창 밖을 휘둥그레진 눈으로 바라보았다. 모내기에 열중인 농부들의 모습이 빠르게 뒤로 지나갔다. 긴 철교를 건너 캄캄한 터널을 지날 때에는 정말 신기하기만 했다.

외할머님이 싸 주신 찐 계란과 김밥을 맛있게 먹으며 기차 여행을 한 지 열 시간 만에 서울역에 도착했다. 성북역에서 춘천행 전동 열차로 갈아탔다. 몇 칸 되지 않은 전동 열차는 높은 산과 넓은 강을 아슬아슬하게 곡예를 하듯 잘도 달렸다. 높은 산 정상에는 겨우내 쌓였던 하얀 눈이 아직 녹지 않아 아침저녁으로 한기가 느껴지는 때였다.

외할머님 댁은 평야 지대가 많았는데, 춘천 쪽으로 갈수록 높은 산이 많아졌다. 또 군인들도 많이 보였고, 검은 얼굴의 병사들도 눈에 띄었다. 우리는 남춘천역에서 내렸다.

역에서 멀지 않은 곳에 '남춘당제과점'이라는 간판이 보였다. 어머님과 나는 미닫이 유리문을 열고 제과점 안으로 들어갔다. 제과점 안에는 맛있게 생긴 빵과 음료수 그리고 테이블과 의자가 많이 놓여 있었다. 홀을 지나 방으로 들어서니 아버님과 두 동생이 반갑게 나를 맞아 주었다. 1년 만에 온 가족이 한자리에 모인 것이다. 동생 경춘이는 맛있게 생긴 크림빵 1개를 어머님 몰래 가져와 먹어 보라고 건네주었다.

남춘천초등학교는 제과점에서 500m 떨어진 곳에 있었다. 전학 수속을 마치고 반 배정을 받았는데, 2학년 2반 오후반이었다. 오전에 등교하다가 오후에 가려니 왠지 어색했다. 그래서 자주 학교에 간다고 일찍 집을 나와 주변에 널려 있는 빈 반공 초소로 들어가 급우들과 딱지치기를 하며 놀다가 수업 시간에 맞추어 가곤했다.

춘천은 군사 도시였다. 그래서 도로에 처음 보는 신기한 군용 차량이 많았다. 한번은 4차선 도로를 건너며 왼쪽에서 오는 신기하게 생긴 군용차량만 바라보다가 오른쪽에서 달려오는 차에 치어 부상을 당한 적도 있었다. 도로를 질주하는 자동차들도 자기 주행선이 있다는 교통법규를 알지 못한 촌놈이 어이없게 당한 교통사고였다. 다행히 큰 부상은 아니었다.

내가 살던 제과점 주변은 말할 것도 없고, 집에서 조금 떨어진 곳에도 군 초소와 군부대가 있었다. 처음에는 얼룩덜룩한 군복을 입고 허리춤에 시퍼런 칼을 차고, 총을 든 군인 아저씨들이 무서웠다. 특히 온몸이 까맣고, 눈동자와 이빨만 하얀 흑인 병사들은 징그럽고 무섭기만 했다.

멀리서 흑인 병사가 지나가면 우리는 "메리, 메리, 짭짭" 하거나 "주먹 감자나 먹어라!" 하고는 삼십육계 줄행랑을 쳤다. 그러다 재수 없이 잡히면 머리를 땅에 박고 살려 달라며 싹싹 빌어야했다.

남춘천 지역은 뱀이 많았다. 짓궂은 장난을 좋아하는 친구들과 무서운 줄도 모르고 뱀을 잡아 흑인 병사가 벗어 놓은 모자 속에 몰래 집어넣는 장난도 많이 했다. 뱀이 들어 있는 줄도 모르고 모자를 집어 쓴 흑인 병사가 꿈틀거리는 뱀을 보고 질겁하는 모습에 배꼽 빠지는 줄도 모르고 깔깔거리며 구경하는 재미는 경험해 보지 않은 사람은 모를 것이다. 어쩌다 들켜서 부대로 끌려가 혼 날 때는 일부러 큰 소리로 울었다. 그러면 군인 아저씨는 깡통에 든 사탕이나 과일 통조림을 주면서 울지 말라고 달랬다.

군인 아저씨들은 다방 아가씨나 술집 여자, 여고생 누나 들에 게 연애편지를 전해 달라는 심부름을 시키기도 했다. 그러면 대 개는 친절하게 전해 주었지만, 가끔은 편지를 개봉하여 길가 담 벼락에 붙여 놓기도 했다.

우리는 길가에 정차한 군용차량에 몰래 올라가 과자를 훔쳐 먹 기도 하고, 날카로운 못으로 타이어를 펑크를 내 꼼짝도 못하게 만들기도 했다. 심지어는 차량의 부속품을 빼내 고물상에서 엿과 바꿔 먹기도 했다. 먹을 것이 귀하고, 놀 만한 장소와 놀이 기구 가 절대적으로 부족했던 시절이라 주변에 널린 모든 것이 우리의 놀이터요, 놀이 기구였다.

남춘천에서는 삐라가 많았다. 주운 삐라를 군인 아저씨에게 갖 다 주면 공책과 연필을 주었다. 그래서 정신없이 삐라를 줍다가 발을 헛디뎌 깊은 저수지에 빠져 허우적거리는 우리들을 군인 아 저씨가 구해 줄 때도 많았다. 나는 심심하면 군부대를 찾아가 군 인 아저씨가 들려주는 이야기를 들으며 시간을 보냈다.

추수철에는 학교가 파하자마자 논두렁에 가방을 내려놓고 친 구들과 메뚜기 잡기 시합을 했다. 잡은 메뚜기가 라면 봉지에 가 득 차면 술집에다 20원을 받고 팔기도 했다. 당시 최고의 인기 식 품은 역시 삼양라면이었다. 우리는 메뚜기를 팔아서 모은 돈으로 라면을 사 끓여 먹었고, 샘표간장에 밥을 비벼 먹다가 친구 어머 님한테 들켜 혼나기도 했다. 들판에서 잡은 메뚜기를 빈 깡통에 넣고 볶아 먹는 맛 또한 최고였다.

소양강에서 흘러내려 남춘천을 가로지르며 흐르는 남대천은 겨울이면 꽁꽁 얼어붙어 썰매타기에 안성맞춤이었다. 보통은 널빤지 양쪽에 긴 칼날을 박아 양손에 송곳막대를 쥐고 앉아서 얼음을 지치지만, 춘천에서는 널빤지 가운데에 긴 칼날을 하나만 박고는 서서 가랑이 사이에 긴 장대를 넣고 뒤로 밀어 앞으로 나아갔다. 처음 타는 사람은 중심을 잡기가 매우 어렵다. 방향 전환은 어선의 키처럼 긴 장대를 왼쪽으로 틀면 썰매가 오른쪽으로 가는 식이었다. 숙달만 되면 속도가 매우 빨라 스릴이 넘치는, 훌륭한 겨울철 놀이였다.

오수 외가댁으로 귀향, 구멍가게를 열다

새 환경에 적응했을 때, 가정 형편이 더 어려워져 온 가족이 다시 전북 오수의 외가로 귀향해야만 했다. 아버님은 가족을 부양하기 위해 옷을 파는 보따리 행상을 하셨다.

비록 부유하지는 못했지만 아버님은 자식들의 기를 세워 주기 위해 온갖 노력을 다하셨다. 한 번도 공납금을 제때 내지 못한 적이 없었고, 교과서 구입과 학용품도 부족함 없이 조달해 주셨다. 가방과 운동화, 새 옷도 자주 사 주셨다. 4학년 때는 담임을 맡은 선생님에게 양복을 한 벌 맞춰 주기도 하셨다. 부모님의 높은 교육열 덕분에 이때 우등상을 받기도 했다.

그러나 아버님 혼자 버는 수입만으로 우리 일곱 식구가 살아가기에는 너무 벅찼다. 결국 어머님이 집 옆의 10평 정도 되는 창고를 개조하여 1973년 6월 30일, 초등학교 6학년 여름방학 무렵에 구멍가게를 열으셨다. 가게는 17번 국도와 주천리, 오동리, 국평리, 오산리, 봉천 등으로 차량과 주민들이 많이 왕래하는 길목에 있었다. 유동 인구가 많아서 장사는 잘 되었다. 나는 오후 수업을 마치면 곧바로 집으로 달려가 어머님 몰래 10원짜리 뽀빠이, 20원짜리 자야 같은 과자들을 훔쳐 먹었다. 하지만 어머님은 알면서도 늘 모른 척하셨다.

1970년대 초 무렵 시골 아이들의 주머니 사정은 넉넉한 편이 아니었다. 그래서 군것질하는 아이들이 많지 않았다. 학교 앞에서 파는 것으로는 10원에 열 개인 하얀 돌 사탕, 10원에 열 개인 또뽑기, 설탕을 녹여 문양대로 떼어 먹는 5원짜리 뽑기(달고나), 한 개에 1원인 풀빵, 10원짜리 호빵 등이었다.

그러나 등굣길 내 책가방 속에는 언제나 과자가 한두 봉지 들어 있었다. 그 덕에 반에서 인기가 많았다. 나는 알알이 알사탕, 비스킷, 산도 등 골고루 나눠 먹기 좋은 과자들을 가져가 친구들과 나누어 먹었다. 친구들은 사탕 한 알, 과자 한 조각이라도 더 먹고 싶어서 쉬는 시간이면 내 책상 주위로 몰려들었다. 하지만 그 뒤 있었던 한 사건 때문에 다시는 과자를 학교에 가져가지 않았다.

중학교 1학년 과학 수업 시간 때였다. 담당 선생님은 담임이신 박찬숙 선생님이셨다. 수업이 한창인데, 갑자기 가방 속의 뽀빠이가 먹고 싶어졌다. 그래서 가방 속으로 두 손을 밀어 넣고는 바스락 소리가 안 나게 봉지를 살짝 뜯은 뒤 잽싸게 과자 한 움큼을 입속에 넣고 우물거렸다. 그런데 선생님이 "송경태, 송경태?"하고 내 이름을 두 번이나 부르셨다. 입안의 과자 때문에 대답을 할 수가 없었다. 그러자 선생님은 "송경태, 오늘 학교에 안 왔어요?"라고 물으셨다. 반 친구들은 나를 쳐다보며 "예! 송경태, 교실 안에 있습니다"라고 대답했다. 퍽퍽한 과자를 삼키지도, 아까워 뱉지도 못하는 진퇴양난의 상황이었다. 그러나 계속되는 선생님의 질문에 하는 수 없이 손바닥에 과자를 내뱉어야 했다. 그 뒤 다시는 학교에 과자를 가져가지 않았다.

도시락을 싸 들고 큰 산으로 나무를

지금은 난방 기구나 취사도구가 다양하지만, 옛날에는 그러지 못했다. 다시 오수의 외가로 귀향했을 때에도 외할머니 댁은 아궁이에 나무로 불을 지펴서 밥을 하는 옛날식 부엌이었다. 이는 1975년 무렵인 중학교 2학년 때까지도 마찬가지였다.

땔감을 해 오는 것은 언제나 우리 형제 몫이었다. 동생 경춘이와 나는 일요일이나 공휴일이면 이른 새벽에 일어나 도시락을 싸 들고 8km 떨어진 큰 산으로 동네 청년들을 따라 나무를 하러 가야 했다. 인적이 드문 큰 산에는 땔감으로 쓸 만한 나무가 많았다. 땅 위에 소복이 쌓여 있는 가리나무를 갈퀴로 긁어모아 한곳에 쌓았다.

해가 머리 위에 뜨면 마을 청년들이 "점심 먹자!" 하고 소리쳤다. 그러면 우리는 옹기종기 모여 앉아 어머님이 정성껏 싸 주신 도시락을 맛있게 먹고, 옹달샘에서 수정처럼 맑고 얼음처럼 시원한 샘물을 한 모금 들이켰다. 속이 다 시원했다. 점심을 먹고 난 마을 청년들은 삼삼오오 모여 곰방대를 입에 물거나 투전치기를 하기도 했다. 보통은 지는 편이 저녁에 막걸리 한 되를 사는 내기였다.

조금 쉰 다음에는 가리나무를 잘 정리하여 칡넝쿨로 묶은 다음 동생과 끙끙거리며 산더미 같은 나뭇단을 메고 조심스럽게 산을 내려왔다. 말이 20리 길, 8km이지 고행의 길이었다. 나뭇단은 바위같이 무겁고, 나뭇단을 묶은 칡넝쿨이 어깨 살을 파고들어 끊어질 듯 아프기 일쑤였다. 돌부리로 가득한 울퉁불퉁한 오솔길은 걷기조차 힘들었다. 나이 어린 우리 형제는 제 몸 하나 제대로 가

누지 못할 지경이었다. 그러나 이 땔감이 없으면 식구들이 먹을 밥은 어떻게 짓고, 엄동설한에 따끈따끈한 온돌방에서 편히 지낼 수 있겠는가? 식구들이 따뜻한 밥을 먹고, 따스한 온돌방에서 지내는 평화로운 모습을 생각하며 이를 악물고 버텼다.

집에 도착하면 해는 이미 서산에 지고 땅거미만 어둡게 깔려 있었다. 이따금 나뭇단 속에 삭정이가 부족하거나 잘못 묶으면 짊어지고 오는 도중 나뭇단이 두 동강 나는 경우도 있었다. 그런 날은 나뭇단을 다시 정리해 묶어야 하기 때문에 시간이 더 걸려 한밤중에야 집에 도착했다.

이러한 고생이 끝난 것은 중학교 3학년 때였다. 정부의 대대적인 산림녹화 사업과 농촌 부엌 개량화 사업 덕분에 나무를 때는 아궁이가 연탄아궁이로 바뀐 것이다. 더 이상 나무하러 뒷동산이나 큰 산에 갈 필요가 없었다. 연탄아궁이 덕분에 하루 종일 따끈한 온돌방에서 지낼 수 있었고, 취사 또한 아무 때나 할 수 있게 되었다. 그만큼 가정주부들의 가사 노동이 줄어들고 삶의 질 또한 향상되었다. 다만 아쉬운 것은 아침저녁으로 밥 짓는 연기가 피어오르는 정겨운 풍경마저 사라졌다는 점이다.

힘겨웠던 고교 입시 준비 과정

中학교 3학년 초쯤, 전주공고에서 부임 오신 조 모 영어 선생님은 항상 수업을 시작하기 직전에 출석을 부르셨다. 그런데 나는 대답을 잘 못해 결석 처리되는 경우가 많았다. 조 선생님이 출석을 부를 때마다 신경을 곤두세우고 귀를 기울여도 이름이 잘 들리지 않았다. 그래서 영어 수업만 시작되면 스트레스에 시달려야 했다. 잘 듣기 위해 너무 집중한 나머지 머리가 아파 오고 수업도 엉망이 되기 일쑤였다.

아버님과 예수병원에 가 청력검사를 했는데, 그 결과 '난청'이란 진단이 나왔다. 난청은 작은 소리를 잘 못 듣는 것일 뿐 일상생활을 하는 데는 별 지장이 없다고 했다.

어머님은 내가 어렸을 때 너무 울어서 아버님이 귀뺨을 때린 적이 있는데, 그 때문인지 모른다며 울먹이셨다. 그때 귀에서 피고름이 흘러나왔다는 것이다. 1960년대 초만 해도 의료 수준이 매우 낮았고, 가정 형편마저 어려워 병원 치료는 엄두도 못 냈다. 귀에 염증이 생기면 민간요법에 따라 귀에다 된장을 넣는 게 고작이었다.

답답한 이야기였지만, 나는 흔들리지 않고 공부에만 열중했다. 그러나 여전히 영어 시간만 되면 신경이 예민해지고 가슴이 답답해졌다. 급기야 선생님이 미워지고, 수업 시간까지 싫어졌다. 당시에는 상급 학교에 진학하려면 본인이 원하는 고등학교에 입학원서를 제출한 뒤, 시험을 쳐서 합격해야만 했다. 당연히 치열한 입시 전쟁이 펼쳐졌다.

200점 만점에 영어가 차지하는 비중은 10%인 20점이었다. 그만큼 배점이 높은 과목을 선생님 때문에 그르친다는 것은 매우 심각한 문제였다. 다행히도 나는 특수반에 편성되었다. 전체 7학급 가운데 남자 4학급에서 성적순으로 60명을 뽑아 특수반을 편성, 심화 교육과 야간 학습을 실시했는데 거기에 내가 뽑힌 것이다. 비록 선생님이 미워서 영어에 대한 흥미를 잃었지만, 다른 과목에서 만회할 계획으로 늦은 밤까지 교실에 남아 열심히 공부했다.

특수반인 3학년 4반 학생들은 의무적으로 저녁 8시까지 모범 학습 문제지를 풀면서 야간 자율 학습을 했다. 그 이후에는 희망하는 학생들만 남아 자율적으로 공부했다.

나는 문성엽, 이영래, 이원재, 이병용 등 10여 명의 친구들과 늦게까지 열심히 공부했다. 잠은 책걸상을 양쪽 벽에 붙이고 교실 바닥 한가운데에다 교탁 밑에 넣어 둔 카시미론 담요를 꺼내 깔고 덮으며 서로 부둥켜안고 자는 것으로 해결했다. 이른 새벽이면 자전거를 타고 집에 가 아침 식사를 해결하고 책가방과 도시락을 챙겨서 다시 학교로 갔다. 일요일이나 공휴일에도 학교에 나와 『완전정복』이나 『동아예상문제집』을 풀면서 열심히 공부했다. 짝꿍인 문성엽은 계란 프라이를, 최낙관은 도시락 다시다를, 나는 김밥을 준비해 와서 다 같이 야참을 먹는 재미도 쏠쏠했다.

여름밤에는 모기와 날벌레가 극성을 부렸다. 모기떼들은 팔, 다리, 얼굴을 가리지 않고 사정없이 물어뜯었다. 하루살이와 불나방들이 펼쳐 놓은 책 위로 떨어져 귀찮게 하기도 했다. 그러면 우리는 집에서 가져온 호마키를 입으로 불어 모기와 날벌레를 퇴치했다. 그런데 호마키를 사용하려면 창문을 꼭꼭 닫고는 밀폐된 공간에서 약물을 뿜어야 하기 때문에 냄새가 지독했다. 모기와 날벌레를 잡으려다 사람을 잡을 지경이었다. 지금은 모기향이나 전자 모기향이 있어서 그런 불편이 없지만 그때에는 그래야만 했다.

한창 이성에 대한 호기심이 많을 사춘기 시절이었지만, 나는 한눈팔지 않고 목표로 하는 공업계 고등학교에 들어가기 위해 열심히 공부했다. 당시에는 중동 국가에서 일어난 건설 붐 때문에 공업계 고등학교가 최고 인기였다. 전라북도의 경우, 전주고 다음으로 전북기계공고와 전주공고 순으로 서열이 매겨질 정도였다. 나는 고생하시는 부모님의 부담을 조금이라도 덜어 드리고, 편안하게 모시기 위해 취업이 잘되는 공업계 고등학교를 선택했다.

10월경, 금오공고와 국립 전북기계공고에서 특별 전형 입시 요강을 발표하자 담임 선생님과 상의 끝에 국립 전북기계공고에 입학원서를 냈다. 국립 전북기계공고는 제1차 서류 전형, 제2차 면접시험으로 학생을 뽑았다. 나는 제1차 서류 심사에서 낙방했고, 이강영과 이영래, 안장선이 합격의 영광을 얻었다. 주남규는 금오공고에 합격했다. 낙방의 서운함을 뒤로하고 12월 20일에 실시되는 연합고사에 온 힘을 쏟았다.

입학 응시 원서를 낸 전주공고는 720명 모집에 무려 3,500여 명이 응시하여 4.8 대 1이라는 높은 경쟁률을 보였다. 다행히도 나는 200점 만점에 183점을 얻어 당당히 합격할 수 있었다. 부모님은 말할 것도 없고 동네 사람들도 동네 경사라며 좋아하고, 축하도 많이 해 주셨다.

어머님은 나를 꼭 껴안고 울먹이며 잘해 주지도 못했는데 그동안 고생이 많았다며 격려해 주셨다. 그러면서 동네 사람들을 모시고 돼지를 잡고 막걸리도 한턱 크게 내며 축하 잔치도 벌이셨다. 비록 난청으로 수업하는 데 어려움이 많았지만, 신체적 장애를 탓하지 않고 열심히 노력한 덕분이라고 생각하니 나도 뿌듯했다. 지금 생각해도 처지를 비관하지 않고, 모든 일에 긍정적으로 도전하며 열심히 노력한 결과의 산물이 아닌가 싶다.

기술인은 조국 근대화의 기수

농경 사회에서는 토지와 노동이 매우 중요하다. 이 두 가지 요소만 갖추면 의식주를 해결하는 데 별 문제가 없다. 그러나 산업사회의 3요소는 토지, 자본, 노동이다. 이 가운데 노동은 기술을 뜻한다. 왜냐하면 유능한 기술자가 좋은 대우를 받기 때문이다. 한 가지 기술만 있어도 의식주를 해결하는 데 별 문제가 없다는 뜻이다. 그래서 기술자는 산업사회의 꽃이다.

시골 촌놈이 훌륭한 기술인이 되려고 100여 리 길을 마다하지 않고 전주로 유학을 떠났다. 오수에서 전주의 거리까지는 40㎞였다. 버스로는 약 1시간 20분, 하루 다섯 번 운행하는 완행열차로는 1시간 정도 걸렸다. 통학 버스나 통학 열차를 이용하여 통학하기에는 무리였다. 당시 2인용 하숙비는 대개 한 달에 백미 90㎏짜리 한 가마였다. 나는 가정 형편을 고려하여 좀 불편하고 통학 거리가 먼, 동서학동의 이모할머니 댁에서 한 달에 백미 다섯 말을 주기로 하고 하숙을 했다.

실습수업의 비중이 70%인 관계로 무거운 기계와 공구를 많이 사용해야 해서 그만큼 활동량도 많았다. 게다가 학교에서 이모할머니 댁까지 왕복 12㎞를 매일 걸어 다니자니 늘 배가 고팠다. 한창 식욕이 왕성한 시기인데 먹고 싶은 것을 마음껏 못 먹고 생활해야만 했다. 이모할머니 댁도 가정 형편이 넉넉지 않아 먹고 싶은 것을 마음껏 해 달라고 할 수도 없었다. 식사 때 염치 불구하고 밥을 더 달라고 하여 박박 긁은, 까맣게 탄 누룽지 밥을 더 얻어먹는 게 고작이었다.

오수 시골집에서는 배가 고프면 어머님에게 라면을 끓여 달라고 하거나 가게에서 파는 빵이나 과자로 허기를 채웠는데, 자꾸만 집 생각이 났다. 철이 덜 든 탓이었을 거다.

주말이면 설레는 마음으로 완행열차를 타고 시골집에 갔다. 그러면 어머님은 1주일 만에 온 나를 반갑게 맞으며 "배고프겠다. 어서 먹어라" 하며 미리 차려 놓은 밥상을 내 앞으로 들이미셨다. 밥상 위에는 김이 모락모락 나는 고깃국과 먹음직스러운 반찬들이 푸짐하게 차려 있었다.

반년 만에 아버님이 아시는 분이 하숙을 치는 곳으로 집을 옮겼다. 당시 아버님은 논 여섯 마지기를 경작하셨다. 아버님은 논에서 추수한 벼를 곧바로 정미소로 옮겨 정미한 쌀 열 가마니를 용달차에 싣고는 전주 하숙집으로 운반하셨다. 90kg나 되는 무거운 쌀 열 가마니를 하숙집 마루까지 손수 등에 지고 혼자서 옮기셨다. 논 한 마지기에 쌀 네 가마니가 소출된다고 했다. 아버님은 1년 내내 쉬지 않고 뙤약볕 밑에서 허리가 휘도록 농사를 지어서 1년 소출량의 절반을 아낌없이 하숙비로 지불하셨다.

부모님의 헌신적이고 숭고한 사랑을 보고 가슴이 메지 않을 자식이 어디 있을까? 고생하시는 부모님에게 효도하는 길은 열심히 공부하여 기능사 자격증을 취득, 좋은 직장에 취직해서 부모님을 호강시켜 드리는 일일 것이다. 나는 첫째도 공부, 둘째도 공부, 셋째도 공부라고 굳게 다짐했다. 교정에 우뚝 솟은 '기술인은 조국 근대화의 기수'라고 적혀 있는 탑을 등·하굣길에 바라보면서 대한민국 건아로 태어나 기술을 연마하고 익혀 국가와 민족을 위해 열심히 봉사하는 공학도가 될 것을 맹세하곤 했다.

아버님의 헌신적인 사랑

높은 산에 올라야 멀리 볼 수 있고, 깊은 계곡으로 내려가야 맑고 푸른 물을 만날 수 있다. 나는 『갈매기의 꿈』을 읽고부터 드높은 기상과 야망을 키우며 고교 시절을 보냈다. 주인공 조나단을 통해 더 높이 날아야 더 멀리 볼 수 있다는 평범한 진리도 깨달을 수 있었다. 독서를 통해 견문을 넓히고, 마음의 양식을 쌓으려는 내 손에는 항상 책이 들려 있었다. 이 무렵 감명 깊게 읽었던 책으로는 모파상의 『여자의 일생』, 헤르만 헤세의 『데미안』과 『수레바퀴 밑에서』, 톨스토이의 『부활』, 괴테의 『젊은 베르테르의 슬픔』, 헤밍웨이의 『노인과 바다』 등이 있다.

고등학교 2학년 초 어느 날이었다. 용접실 청소를 마치고 복도에 서서 모파상의 『여자의 일생』을 읽고 있는데 한 선생님이 다가오더니 "청소 안 하고 뭐 해?" 하면서 대나무 봉으로 머리를 때리셨다. 그 선생님은 학기 초 이리공고에서 전근 온, 특이한 이름의 유 모 선생님이셨다.

나는 분한 마음에 "무식 선생이 무식하게 때린다"고 했다. 이 말을 들은 선생님은 얼굴이 빨개져 격앙된 목소리로 "너, 용접실로 따라와!"라고 하셨다. 잔뜩 겁에 질린 나는 도살장에 끌려가는 소처럼 기가 꺾여 처량한 모습으로 선생님을 따라갔다. 용접실에 도착하자 선생님은 바닥에 널린 실습용 쇠 파이프를 집어들더니 "바닥에 엎드려!" 하셨다. 바닥에 엎드리자마자 선생님은 인정사정없이 엉덩이를 내리치셨다. 두세 대를 맞고는 그만 정신을 잃고 말았다.

얼마 뒤 정신을 차린 나는 "죄송합니다, 용서해 주세요" 하며 빌었다. 선생님은 한참 말씀이 없다가 "사람 이름 가지고 장난치면 안 된다. 앞으로 조심해"라고 하셨다. 기어 들어가는 목소리로 "네" 하고 대답하자 "그럼, 나가 봐" 하셨다. 나는 지옥 같은 용접실을 서둘러 빠져나갔다.

다음날, 엉덩이가 슬슬 아파 오기 시작했다. 멍이 들어서 그렇겠지 하고 대수롭지 않게 생각했지만, 3일째 되던 날부터는 온몸이 으스스 추워 오면서 한축이 들기 시작했다. 몸살감기인가 하여 하숙집 근처의 모래내시장에 있는 약국에 가서 약을 조제해 달라고 하여 먹었다. 그러나 엉덩이의 통증은 더욱 심해져서 진통제를 먹어야 할 정도가 되었다. 그 덕분인지 2~3일은 견딜 수 있었지만, 10일째부터는 왼쪽 다리의 통증 때문에 제대로 걷지 못할 지경이 되었다.

아버님과 전주시 오거리에 있는 이경범방사선과에서 X-ray 촬영을 한 결과, 아무 이상이 없다는 진단이 나왔다. 그렇지만 계속되는 통증과 간헐적으로 이어지는 한축 때문에 여전히 걷기조차 힘들어 등교마저 어려워졌다. 결국 학교에 병가를 내고 병원을 찾아다니며 진찰을 받았지만 여전히 병명을 알 수가 없었다.

아버님은 걱정되는지 전국의 유명하다는 병원과 한의원을 수소문해 진찰을 받게 하셨지만 매번 똑같은 대답만 돌아올 뿐이었다. 주변에서는 혹시 소아마비가 아닌가 의심이 된다며 잔뜩 겁을 주기도 했다. 아버님은 사랑하는 자식이 불구가 되는 건 아닌가 하여 잔뜩 겁을 먹고 용하다는 말만 들으면 전국 방방곡곡을 찾아다니셨다. 심지어 오수에서 택시를 대절해 전남 순천에 있는 나환자촌의 애향병원까지 찾아가기도 하셨다. 그러나 전국 각지에서 모여든 환자들 때문에 진찰은커녕 접수조차 못한 채 발길을 돌려야 했다.

된장 박사로 유명한 이의원의 이원재 원장님이 아버님에게 마지막으로 최고로 좋은 주사용 항생제를 사용해 보자고 하셨다. 5일 동안 오수 이의원에 입원해서 한 병에 1,000원 하는 주사를 매일 세 대씩 맞았다. 강력한 항생제 덕분인지 통증은 진정됐지만 한축은 간헐적으로 계속되어서 더운 날씨임에도 불구하고 두꺼운 이불을 덮어야 할 정도였다.

병명도 모른 채 치료받는 심정은 당해 보지 않은 사람은 모른다. 더구나 아무리 치료를 받아도 효과가 없다는 답답함이란⋯⋯. 집에서는 귀신이 붙었다며 굿을 하는 등 야단법석이었다.

병명도 모른 채 한 달 동안 통증에 시달리며 고생한 후유증 탓에 심신은 지치고, 마음은 나약해지고, 모든 일에 소극적이 되어 만사가 귀찮아졌다. 입원 2주일째 되던 날, 이 원장님이 혹시 고관절 부근에 염증이 생겼을지 모른다며 수술을 한번 해보자고 제안하셨다. "모든 것을 원장님께 맡깁니다. 병을 낫게만 해 주세요" 하고 애원하듯 승낙했다.

그다음 날, 일정이 잡혀 수술실로 들어갔다. 부분 마취 탓에 매스로 두꺼운 엉덩이 살을 가르는 소리가 찌익찌익 하고 귓전에 들려왔다. 칼로 살을 가르는 소리를 들으니 겁도 나고 긴장도 되었다. 얼마나 흘렀을까? 원장님은 고관절 주위에 염증이 발생해 수술이 조금만 늦었어도 이상이 생길 뻔했다며 걱정 말고 치료나 잘 받으라고 하셨다. 비로소 아버님은 안도의 한숨을 쉬셨다.

회복 기간 내내 아버님은 어머님이 해 주는 소고기 국과 맛있는 반찬을 끼니때마다 병원으로 나르셨다. 입원한 아들에게 조금이라도 따뜻한 밥과 국을 먹이기 위해 비가 와도 하루도 거르지 않고 수고를 해주셨다. 그러다 자전거가 넘어지는 바람에 뜨거운 소고기 국물이 발목에 쏟아져 며칠 동안 화상 치료를 받기도 하셨다.

아버님의 자식 사랑은 이렇듯 강했다. '바다처럼 넓고 하늘처럼 높은 그 은혜를 어찌 다 갚을지. 손발이 닳도록 섬겨도 다 못 갚으리라', 입원 내내 한 생각이다. 어쩌면 이 모든 고생이 쇠 파이프로 맞은 때문인지 모른다는 생각도 들었지만, 누구에게도 이야기하지 않았다. 어차피 내 잘못에서 비롯된 일이므로……

지리산 등반과 하이킹

건지산 기슭에 만발한 하얀 아카시아의 그윽한 향기를 백제로에서도 맡을 수 있었다. 엊그제까지만 해도 온 산에는 노란 개나리와 붉은 진달래가 만발했는데, 어느덧 7월이 성큼 다가와 산으로, 바다로 달려가 뛰놀기 좋은 계절이 되었다.

학창 시절, 가장 기다려지는 것은 역시 방학일 것이다. 나도 예외는 아니었다. 오랜 병마에 지친 심신을 달랠 겸 자주 병문안을 왔던 전주공고 기계과 선반 파트 친구인 이훈상과 강순희에게 지리산 등반을 제의했다. 다들 쾌히 승낙했다. 훈상이와 순희는 텐트와 배낭을 준비하여 전주역에서 출발하기로 했고, 나는 먹을거리를 챙겨서 오수역에서 합류하기로 했다.

오후 1시 10분, 전주역에서 출발한 열차는 2시 20분 오수역에 도착했다. 열차에서 훈상이와 순희를 만나 남원역에서 하차, 지리산 반선행 직행버스에 몸을 실었다.

설렘과 들뜬 마음을 주체할 수 없었다. 우리는 미지의 세계로 향하는 도전 정신으로 충만했지만, 한편으로는 어느 정도 겁도 났다. '저 높은 산을 어떻게 올라갈까? 깊은 산중에서 맹수나 만나지 않을까? 폭우를 만나면 어떻게 하지? 갑자기 불어난 급류에 떠내려가지나 않을까?' 등등 온갖 불길한 생각이 머리를 혼란스럽게 했다.

약 세 시간 정도를 달린 끝에 어둠이 짙게 깔린 뱀사골에 도착했다. 우리는 버스에서 내리자마자 약 1㎞를 걸어 올라가 제1야영장에 텐트를 쳤다. 싸늘한 밤공기가 정상 부근에서 밑으로, 밑으로 내려오는 듯했다. 콸콸콸 흐르는 계곡물은 두 번 다시 손을 담그기 싫을 정도로 시렸다. 코펠에 쌀을 씻어 넣고 석유 버너에 불을 지폈다. 난생처음 지리산 기슭에서 저녁을 해 먹었다.

뱀사골 계곡은 생각보다 추웠다. 우리는 따끈한 커피 한 잔으로 차가운 몸을 녹인 뒤, 내일 이른 새벽에 출발하기 위해 좁은 텐트 안으로 비집고 들어가 누웠다. 하지만 잠자리가 불편해 도저히 잠을 이룰 수 없었다. 하필이면 자갈밭에 텐트를 쳐서 울퉁불퉁한 돌들이 등을 찔러 댔고, 새벽녘에는 땅에서 스며드는 한기와 뚝 떨어진 기온 때문에 잠을 설칠 수밖에 없었다. 등산 경험이 없던 터라 방한복을 준비하지 못한 우리는 서로 부둥켜안고 추위와 한판 전쟁을 벌였다. 어서 빨리 날이 새기를 간절히 바랐다.

잠을 설친 우리는 새벽에 텐트 밖으로 나와 어제 먹다 남은 밥을 따끈한 물에 말아 간단히 식사를 마친 뒤 뱀사골 정상을 향해 떠났다. 토끼봉을 지나 오후 1시경에야 지리산에서 두 번째로 높은 봉우리인 반야봉에 도착했다.

밀림처럼 울창한 숲을 지나 아슬아슬하고 위험한 바윗길을 지날 때에는 너무 힘들어 괜히 왔다는 후회가 들기도 했다. 간단한 등산복 차림에 마치 뒷동산에 오르는 기분으로 겁도 없이 지리산 최고봉에 도전한 셈이라 더욱 힘이 들었다. 더구나 등반 지식마저 없어 산행 계획을 무리하게 짠 것에 대해 깊이 후회해야 했다. 젊은 패기와 깡만 믿고 일을 강행한 것이 큰 화근이 될 줄 누가 알았겠는가?

노고단으로 가는 등산 코스는 바위를 타야 했는데, 로프도 준비하지 않아 오도 가도 못하고 발만 동동 구르는 신세가 되었다. 기온은 급강하하고, 맑았던 하늘마저 먹구름이 잔뜩 끼기 시작하더니 천둥 번개와 폭우마저 쏟아졌다. 비옷도 없는데, 주위에 비를 피할 만한 공간조차 없었다.

훈상이는 "난 오고 싶지 않았는데, 순희 네가 오자고 해서 왔다가 이게 무슨 생고생이냐"며 버럭 화를 내었다. 서로 문제의 해결책도 없이 비생산적인 입씨름만 했다. 나 역시 어두컴컴해지는 날씨를 보니 덜컥 겁도 나고 괜히 지리산에 온 것 같아 후회되었다. 그러나 이제 와 후회한들 무슨 소용인가?

비 맞은 생쥐처럼 우리의 모습은 처량하기만 했다. 설상가상으로 기온까지 뚝 떨어져 비에 젖은 온몸이 몹시 떨렸다. 사방은 어두워져 더욱 무섭고, 은근히 겁도 났다. 어서 빨리 비가 그치기만을 간절히 바라는 수밖에 방법이 없었다.

시간이 얼마나 흘렀을까? 등산객 여러 명이 보였다. 우리는 구세주를 만난 듯 기뻐하며 도움을 청했다. 그들은 구례군 소속 산악인들로 근처를 지나다가 바위 위에서 오도 가도 못하는 우리 일행을 발견하고는 구조하러 왔다고 했다. 지리산을 등반할 때는 전문 산악인을 동반하고, 등산 장비 또한 철저히 갖춘 뒤 산행하라고도 했다.

갑작스러운 일기 변화로 조난당할 뻔했던 우리는 운 좋게 산악인의 눈에 띄어 조난 사고가 잦은 마의 코스 반야봉 절벽을 무사히 지나 겨우 노고단 산장에 도착할 수 있었다. 산장 주인 털보 아저씨는 어디서 출발해, 어느 코스를 따라 왔냐고 물으셨다. 나는 뱀사골을 출발해서 반야봉과 벽소령, 임걸령을 지나왔다고 대답했다. 털보 아저씨는 "힘들지 않았느냐?"며 "반야봉 코스는 조난 사고가 많은 코스여서 폐쇄된 등산로다"라고 하셨다. 나는 속으로 '모르는 게 약, 겁 없는 10대들이 사전 등반 지식은커녕 제대로 등산 장비도 갖추지 않고 무모한 등산을 강행했구나!' 하고 반성했다.

이 산행 사건은 나에게 무슨 일을 하든지 철저히 계획하고 준비하는 게 반드시 필요하다는 것을 깨닫게 해주었다. 그리고 교만과 오만, 자만심이 큰 화를 불러올 수 있다는 것도 새삼 깨달을 수 있었다.

1970년대는 자전거 하이킹이 큰 인기를 끌었다. 청춘 영화에서도 스타들이 청바지를 입고 하이킹하는 장면이 자주 등장할 정도였다. 봄이나 가을이면 전주와 남원, 전주와 군산 사이 도로는 사이클을 타고 가는 학생들로 인산인해를 이루었다.

1976년 4월 어느 일요일, 기계과 2학년 2반 친구 15명은 이른 새벽 전주를 출발해 150여 리 길을 향해 힘차게 페달을 밟았다. 길가의 샛노란 개나리는 싱싱 달리는 내 가슴을 설레게 하는 데 충분했다. 그러나 남관에서 관촌으로 가는 밤티재 고갯길은 너무 힘들어 자전거에서 내려 끌고 가야 했다. 임실에서 성수로 이어지는 환상의 내리막 코스를 달릴 때는 스릴 만점이었고, 세상의 모든 허물을 벗어던지기에 충분한 바람이 사정없이 가슴으로 밀려왔다.

오수 집에 도착해 버드나무 밑에 옹기종기 모여서 어머님이 준비해 주신 국수와 찐 고구마로 허기진 배를 채웠다. 점심을 먹은 우리는 남원을 향해 달렸다. 춘향이고개를 넘어 남원으로 가는 길은 높은 바위들이 많았다. 때로는 끌고, 때로는 지그재그로 달리면서 땀을 펄펄 흘리며 도착한 곳은 광한루였다. 올림프스(하프) 카메라로 기념 촬영을 한 뒤 휴식도 없이 전주를 향해 왔던 길을 다시 달렸다. 2,000원에 임대한 자전거를 저녁 8시까지는 반납해야 했기에 힘들어도 열심히 페달을 밟아야만 했다. 왕복 300리를 달리려면 상당한 인내심과 체력이 필요했다. 오르막길이든, 내리막길이든 다리품 파는 것은 마찬가지였다.

순희가 탄 자전거는 고장이 잦았고, 길환이의 자전거는 자주 벗겨지는 체인을 끼우느라 손에 시커먼 기름이 묻어났다. 낡은 자전거를 배정받은 친구는 이래저래 고생했지만, 500원 더 주고

새 자전거를 빌린
친구들은 고장 없
이 기분 좋은 하
이킹을 즐길 수
있었다. 나도 새
자전거로 여행해
서 마음껏 하이킹
을 즐길 수 있었
다.

　훈상이와 나는
자전거 달리기 시
합을 하다가 너무
신나게 달려 금방
지치고 말아 친구
들에게 선두를 내
주고 뒤에서 겨우 따라가는 처량한 신세가 되기도 했다. 이는 장
거리 자전거 하이킹을 할 때에는 너무 서두르거나 체력을 무시한
채 오버 페이스를 하면 반드시 탈이 난다는 교훈이 되었다. 꾸준
히 페이스를 유지하면서 페달을 밟을 때에야 무사히 목적지까지
도착할 수 있다는 평범한 진리를 알게 된 것이다. 옛 속담인 천
리 길도 한 걸음부터와 이솝이야기에 나오는 토끼와 거북이의 교
훈을 생각하며 하루하루 소중한 시간을 알차게 그리고 꾸준히 노
력하여 공부할 것을 다짐했다.

교통사고와 기능사 시험 합격

인문계 고등학교 졸업반 학생들이 대학 입시 준비에 한창 바쁠 때, 공업계 고등학교 학생들도 기능사 자격 취득 시험 때문에 바빴다. 우리는 고등학교 2학년 때부터 선반, 용접, 판금, 배관, 기계제도, 다듬질, 주물 등 일곱 개 분야로 나뉘어 기능사 자격증 취득을 위한 이론과 실습 공부를 열심히 했다. 나는 기계 선반 분야에 배정되어 17명의 친구들과 열심히 기술을 연마하고 익히는 데 심혈을 기울였다. 기계 선반은 머리카락을 6등분할 정도의 정밀도를 요구하는, 숙련된 기술이 필요한 분야였다. 3학년 초에 실시된 기능사 자격 이론 시험에 합격한 뒤, 9월의 실기 시험에 대비해야 했다.

기계 선반 분야는 세 파트로 나뉘어 여섯 명씩 교대로 실습을 했다. 오성, 이훈상, 강순희, 박병진, 윤상문과 한조가 된 나는 낮과 밤을 번갈아 가면서 실습을 했다. 야간반은 밤 10시경에 시작해서 그다음 날 새벽 4시경에야 끝났다. 기계 청소와 공구 및 주변 정리를 끝내고 실습 보조원실에서 잠을 자는 친구도 있었고, 새벽에 집으로 가는 친구도 있었다. 하숙을 하던 나는 이른 새벽에 하숙집 주인을 깨우기가 미안해 집이 멀어 귀가하지 못하는 친구들과 함께 학교에서 자는 경우가 많았다.

7월 20일 오전 10시경, 야간 실습을 마친 나는 오랜만에 오수 시골집에 가려고 상문이에게 시외버스 터미널까지 자전거를 태워 달라고 했다. 진북동에 위치한 학교에서 시외버스 터미널로 가기 위해서는 정문을 지나 MBC 방송국과 삼양사 앞을 거쳐야 했다. 나는 상문이가 탄 자전거 뒤에 앉았다. 그런데 2차선인 삼양사 앞을 지나다가 갑자기 의식을 잃고 말았다.

얼마나 시간이 흘렀을까? 날개 달린 천사가 활짝 웃는 모습으로, 굴뚝 속에서 날아 올라온 나를 기다리고 있었다. 하늘을 보니 무수히 많은 별이 총총 빛나고 있었다. 주변을 둘러보자 수많은 사람이 천사들과 함께 팔을 벌린 채 서로 손을 잡고 앞을 향해 날아가고 있었다. 나도 천사의 손을 잡고 앞으로 날아갔다. 밑을 보니 수많은 빌딩과 집에서 대낮처럼 밝은 불빛이 빛나고 있었다.

"옆 사람을 따라잡아야 합니다"라는 천사의 말에 전속력으로 날기 시작했다. 속도를 더 내려고 천사를 잡았던 손을 놓고 양팔을 앞으로 향했다. 옆 사람들을 앞질러 가는데, 저 멀리 빨간 공 모양의 아름다운 물체가 보였다. 천사와 함께 날아온 수많은 사람이 그 물체의 작은 문으로 속속 들어가는 모습도 보였다. 나도 그 문으로 들어가려고 더욱더 속력을 냈다. 그때였다. 같이 날아온 천사가 갑자기 뒤로 돌아서 날아가 버리는 것 아닌가! 아무리 문 쪽을 향해 날아가 보아도 어찌 된 일인지 그 물체에서 더 멀어져만 갔다. 그때 의식을 찾고 눈을 떴다.

머리가 아프고 온몸이 쑤셨다. 여기가 어디냐고 녹색 옷을 입은 사람에게 물었다. 그 사람은 이제 정신이 나냐며, 여기는 예수 병원 중환자실이라고 했다. 나는 깜짝 놀랐다. 조금 지나자 플래시가 번쩍번쩍 터지더니 침대 주위로 많은 사람이 몰려들었다. 무슨 일이지 하고 주위를 둘러보자 옆 침대에 상문이가 누워 있었다. 침대 주위에는 아버님과 담임 백인기 선생님 그리고 다른 친구들이 처량한 시선으로 나를 내려다보고 있었다.

중환자실 벽에 걸린 대형 벽시계를 보니 오후 2시였다. 아니, 그럼 몇 시간 동안이나 의식을 잃었던 거지? 곰곰이 기억을 더듬어 보았다. 오전 10시쯤에 상문이와 학교에서 나온 것까지는 생각났지만 그 뒤는 전혀 기억이 나지 않았다. 그럼 장장 네 시간 동안 의식을 잃었단 말인가? 갑자기 통증이 심해져 머리를 만져 보았다. 머리는 붕대로 칭칭 감겨져 있었다. 그때까지도 나는 왜 병원에 누워 있는지 이유를 몰랐다. 아버님 친구인 이봉근 아저씨가 석간 신문인 전북일보 7면을 읽어 보라면서 신문을 건네주셨다.

'J고교 송 모 군 중태, L 군 중상'이란 큼지막한 제목과 함께 택시와 자전거가 찍힌 사진과 기사가 실려 있었다. 신문 기사를 읽은 뒤에야 나는 교통사고를 당했다는 것을 알 수 있었다. 밤 10시가 되자 MBC 뉴스 시간에 머리를 붕대로 칭칭 감은 채 침대에 누워 있는 내 모습이 나왔다.

2일 뒤 경찰 조사를 받으면서 사건의 자초지종을 좀더 자세히 알 수 있었다. 영업용 택시가 상문이와 내가 탄 자전거를 뒤에서 들이받은 것이다. 1교시를 마친 뒤 쉬는 시간에 삼양사 쪽 3층에 위치한 건축과 3학년 학생들이 꽝 하는 소리를 듣고는 창문을 통해 도로를 쳐다보았는데, 전주공고 교복을 입은 학생 두 명이 피투성이가 된 채 도로변에 쓰러져 있었다고 했다. 이를 보고 급히 달려와 지나가는 택시에 우리를 싣고 예수병원으로 후송했단다.

같은 반 친구인 국윤성은 택시 안에서 의식을 잃은 나에게 "경태야, 정신 차려! 경태야, 정신 차려!" 하며 여러 차례 뺨을 때렸지만 아무 반응이 없어 죽은 줄만 알았다고 했다. 학교와 전라북도 교육청이 초비상 상태라는 것도 병문안 온 친구들이 전해 주었다. 자전거 2인승 금지 위반과 무단 외출이라는 학칙 위반을 적용, 퇴학감이라고 했다. 이 사고로 도 교육청에서 전라북도 전역의 중고등학교에 자전거 2인승 금지령을 내렸다고도 했다.

기능사 실기 시험일은 하루하루 다가왔다. 그래서 투병 생활이 더 지겨웠다. 입원 3주째에야 회진하러 온 신경외과 과장님이 퇴원해도 좋다고 하셨다. 그러나 왼쪽 종아리의 통증과 시림은 여

전했다. 담당 의사는 꾀병 그만 부리고 퇴원하라고 종용했다. 나도 하루빨리 퇴원하여 그리운 친구들과 만나고 싶고, 기능사 시험 준비도 하고 싶었다. 그러나 의사에게 걸을 때마다 통증이 느껴지는 이유를 물어도 속 시원한 대답은 돌아오지 않았다. X-ray 촬영 결과 뼈에 아무 이상이 없으니 그만 퇴원하라고 계속 강요할 뿐이었다. 환자를 완쾌시켜야 할 의사가 완치보다는 조기 퇴원시키려는 의도가 뭔지 도무지 알 수가 없었다.

의사의 계속된 종용에 시달려 입원 1개월 만에 다리를 절룩거리며 퇴원해야만 했다. 아버지와 나는 택시를 타고 곧바로 통원 치료를 받기 좋은 학교 근처의 고외과의원으로 향했다. 문진에 이은 X-ray 촬영과 피검사를 마친 우리는 초조한 심정으로 검사 결과를 기다렸다.

얼마 뒤 원장님이 X-ray 사진 한 장을 보여 주었다. 형광등 불빛에 비추어 보자 비골 중간 부위에 대각선으로 하얀 부분이 나타났다. 원장님은 선명히 보이는 그곳을 가리키며, 교통사고 당시 뼈에 금이 간 부분이라고 하셨다. 곧이어 깁스를 하고 주사를 맞았다. 통증의 원인을 알게 되어 한결 마음이 가벼웠다.

교장 선생님과 담임 선생님에게 인사를 드리고, 실습에 열중하고 있을 친구들도 만날 겸 학교로 갔다. 마침 방학 중이라 학교는 텅텅 비어 있었다. 나는 깁스한 다리를 절룩거리며 운동장을 걸었다. 복도를 지나 열려 있는 교무실로 들어갔다. 천장에서 대형 선풍기가 한가롭게 돌고 있었다. 담임 백인기 선생님과 몇몇 선생님에게 인사를 드린 뒤 담임 선생님, 생활지도 선생님과 함께 교장실로 향했다. 김준영 교장 선생님은 고생했다며 조심히 학교에 다니라고 했다. 원래는 학칙에 따라 중징계하려고 했지만, 아버님이 찾아와 사정하시기에 용서하기로 했다며 아버님에게 감사드려야 한다고도 하셨다.

이세기 선생님의 배려로 병원 생활 때문에 중단했던 실습을 계속할 수 있었다. 기계 선반 실습은 장시간 서서 작업을 해야 한다. 그런데 오랜만에 실습한 탓인지, 다리가 아파 오래 서 있을 수가 없었다. 실기 시험이 이제 겨우 20일밖에 남지 않았는데, 체력 보강과 부족한 실습을 보충하는 게 큰일이었다. 친구들보다 두배 이상 열심히 실습해야 했다. 선반 기능사 2급 자격증 취득을 위한 실기 시험은 이리에 있는 전북기계공고 선반실에서 치른다고 했다. 도면 한 장과 직경 40mm에 길이 200mm와 직경 80mm에 길이 60mm인 원통형 연철을 각각 한 개씩 지급하면 제한 시간 안에 지정된 기계 선반에서 도면대로 제품을 완성하여 시험 감독관에게 제출하는 식이었다.

처음 치른 시험 탓인지 긴장되고 떨렸지만, 지난 3년 동안 갈고 닦은 실력을 최대한 발휘했다. 두 시간 동안 진땀을 뻘뻘 흘리며 도면대로 제품을 완성했다. 정밀도를 100분의 1mm 이내로 맞춰야 해서 마이크로미터와 실린더게이지 그리고 버니어캘리퍼스 등 정밀 측정 기구를 사용해 오차 범위 안에서 작품을 완성했다. 그러고는 완성된 작품을 정성껏 기름으로 닦은 뒤 시험 감독관에게 제출했다. 세 명의 시험 감독관이 즉석에서 정밀 기구로 작품을 측정, 평가표에 점수를 매겼다.

시험에 응시한 15명의 친구들은 모두 숨을 죽이고 초조한 마음으로 결과만 기다렸다. 얼마나 시간이 흘렀을까? 이세기 선생님이 잔디밭에서 대기하는 우리에게 다가와 "애들아, 기뻐해라. 모두 합격이다!"라고 외치셨다. 순간 나는 귀를 의심했지만, 곧 감정에 북받쳐 기름 묻은 손으로 공구 박스를 부여잡고는 창피한 줄도 모르고 엉엉 울었다.

5·18과 함께 시작된 대학 생활

18년 동안 강권 통치로 독재를 펼쳤던 박정희가 심복 김재규 중앙정보부장의 총에 맞아 쓰러졌다. 이후, 정국은 한 치 앞도 내다볼 수 없는 대혼란에 빠졌다. 이러한 혼돈의 시기에 나는 전주공업대에 특별 전형 차석으로 합격했다. 젊음의 낭만과 미래에 대한 환상의 꿈을 가슴에 품고 캠퍼스 생활이 시작된 것이다. 지난 6년 동안 빡빡머리에 철 따라 바꿔 입은 교복을 훌훌 벗어 버리고, 자유를 만끽하며 마음껏 이상을 향해 첫발을 내딛었다.

김옥길 문교부 장관은 학생 자치회를 부활시켰고, 우리 대학 캠퍼스에도 예외 없이 직선제로 학생회장을 선출하기 위한 활동이 곳곳에서 펼쳐졌다. 태어나서 처음으로 경험하는 자유분방한 학교 생활과 자기 스스로 의사를 결정하고 행동해야 하는 모든 것이 낯설기만 했다. 저마다 대학을 변화시키고 발전시킬 수 있는 적임자는 자기뿐이라며 한 표를 호소했다. 그중에는 학연이나 지연을 내세우며 한 표를 부탁하는 출마자도 있었다. 네 명의 입후보자 가운데 세 명이 학연과 지연 등으로 연관되어서 나는 어느 누구도 지지할 수 있는 입장이 아니었다.

고등학교 선배와 고향 형님들은 매일같이 찾아와 선거 참모를 맡아 달라고 부탁했다. 이제 막 입학하여 대학 생활을 잘 모르는 상태인지라 어느 후보가 학교 발전과 학생 복지 증진을 위한 참일꾼인지 잘 알지 못했다. 따라서 각 후보자들의 요청에 쉽게 응할 수 없었다. 하지만 고향 선배를 동원, 간절하게 부탁해 온 이완재 후보의 선거 참모로 활동할 수밖에 없었다. 핵심 참모로 선정되어서 공약 개발과 유세장 학생 동원 그리고 득표 전략 수립과 유권자 섭외를 담당했다.

이완재 후보는 학보사 기자와 학교로부터 두터운 신임을 받았다. 차분하고 깔끔한 일 처리와 강한 추진력은 내 마음에도 들었다. 난생처음 선거 참모로 활동하면서 느낀 점이 많았다. 선거는 역시 정도의 차이는 있지만 많은 돈이 필요했다. 사람이 움직이는 데에는 반드시 돈이 들기 때문이다. 사람을 만나도 식사비와 찻값이 들었고, 운동원의 활동비와 조직 관리비 그리고 유인물 제작비 등도 필요했다. 참모에게 지급할 활동비와 식사비, 숙박비도 필요했다. 그러나 이완재 후보는 경제력이 없었다. 이교재 선배와 김찬영 선배 그리고 내가 주머니를 털어 부족한 경비를 충당해야 했다. 경비 절감을 위해 고급 숙박업소 대신 전주역 근처의 값싼 여인숙을 선거 사무실로 정한 우리는 열심히 선거운동을 했다.

김 모 후보는 기성 정치인을 등에 업고 선거 자금을 지원받아 금권 선거를 한다는 소문이 퍼졌고, 정 모 후보는 김 모 후보에게 돈을 받고 불출마를 선언했다는 소문도 들려왔다. 한 모 서클 회장의 경우에는 소속 서클 회원의 표를 몰아줄 테니 얼마를 달라며 흥정을 벌이기도 했다. 권력은 매력이 있어야 힘이 발생한다고 했던가? 대학 학생회장 선거 양상은 몇몇 후보자와 기성 정치인의 개입으로 국회의원 선거 축소판이 되고 말았다.

기성 정치인들의 타락한 선거 문화를 그대로 모방하는 후보들을 보며 비애를 느꼈다. 그러나 우리 진영만큼은 자금력이 없는 때문이라고 할지 모르겠지만, 깨끗한 선거와 진정한 학교 발전을 위해 타락한 선거 분위기에 현혹되지 않고 공명정대한 선거운동을 펼쳐 나갔다. 결과는 근소한 표차의 패배였다. 패인은 역시 금품 살포 부재였다. 하지만 우리는 후회하지 않았다. 정정당당하게 최선을 다해 선거를 했고, 공약 개발과 학교 발전을 위한 비전 제시에서만큼은 우리가 승리했다고 믿었기 때문이다.

학생회장 선거가 끝나 겨우 면학 분위기가 조성되는가 싶었는데, 학교 재단의 비리가 폭로되었다. 시국 또한 더욱 혼미해져 급기야 '신현확 국무총리와 전두환 중앙정보부장 물러가라'는 붉은 글씨의 대자보가 캠퍼스 곳곳에 나붙기 시작했다. 학내는 다시 술렁거렸다. 결국 4월, 중간고사가 시작될 무렵 학생들이 교문을 박차고 나아가 전주시청 앞 미원탑에 모였다. 때마침, 제60회 전국체전 개최 준비로 인해 전주 시내 곳곳은 신축 공사장을 방불케 했다. 미원탑과 팔달로 주변은 골조만 올라가 앙상한 신축 건물들로 가득했고, 도로변에는 자갈과 모래 골재가 산더미처럼 쌓여 있었다.

전주역 광장에 모인 대학생들은 시청 앞 팔달로를 점령하고, 구호를 외치며 연좌 농성을 했다.

윤호는 용감하게 선두에 서서 대형 태극기를 흔들었다. 나는 영길이, 정기와 함께 대열 중간에서 오른손을 쳐들며 구호에 맞추어 "전두환은 물러가라, 신현확은 물러가라" 하고 외쳤다. 도청 앞에는 페퍼포그 차량과 전경들이 진압 무장을 하고 도열해 있었다. 뒤를 돌아보니 전신 전화국 앞에도 전경들이 무장한 채 도열해 있었다. 팽팽한 긴장감이 감돌았지만, 힘차게 구호를 외치고 운동 가요를 합창하자 방패를 들고 완전무장한 채 서 있는 전경들도 기가 꺾인 듯했다.

시위 대열에서 빠져나온 영길이와 나는 전북은행 본점을 지나 전경들이 진을 친 곳 옆에 있는 공사장 건물로 올라갔다. 신축 공사 중이었던 5층짜리 건물 안에는 빨간 벽돌이 잔뜩 쌓여 있었다. 공사장 건물 안에는 대학생인 듯한 젊은이들이 밖의 광경을 바라보고 있었다. 우리도 공사 중인 4층 창틀에 서서 시위대와 진압 부대의 팽팽한 대치장면을 걱정스럽게 바라보았다.

한참 구경하는데 갑자기 건물 안에 있던 한 젊은이가 "민주 시민이여! 우리도 데모대와 같이 구호를 외칩시다" 하며 구호를 외쳤다. 엉겁결에 우리도 오른손을 높이 쳐들며 구호를 외쳤다. 그러자 옆에 있던 젊은이가 "전두환은 물러가라!" 하며 전경들을 향해 빨간 벽돌을 던졌다. 그 벽돌에 맞아 한 전경이 쓰러지자 다른 전경들이 우리를 향해 꽝꽝꽝 하고 최류탄을 쏘아 댔다. 순간 건물 안은 아수라장이 되었다. 연신 재치기가 터져 나오고, 눈도 뜰 수 없었다.

손수건으로 코와 입을 막고 나서야 겨우 정신을 차린 우리는 옥상으로 올라갔다. 그러나 하늘에서도 헬리콥터가 빙빙 돌면서 공포 분위기를 조성하고 있었다. 학우들이 걱정이 된 내가 데모대가 있는 시청 쪽을 바라보는 순간 도청 쪽에 있던 페퍼포그 차량에서 하얀 포말을 내뿜으며 콩 볶는 총소리가 들려왔다. 데모대는 이내 하얀 연기에 뒤덮였다. 잠시 뒤 연기가 사라지자 시위대는 간 곳이 없고 많은 사람이 도로와 인도에 쓰러져 있었다.

참혹한 광경이었다. 헛것을 봤나 하고 눈을 비볐다가 너무 매워 눈물과 재치기가 터져 나왔다. 어느 사이 건물 안에도 최루탄 쏘는 소리와 함께 전경들이 들이닥친 것이다. 그들을 피해 공사를 위해 설치해 놓은 건물 뒤쪽의 난간을 타고 밑으로 내려가던 나는 그만 전경에게 붙잡히고 말았다. 전경은 손에 든 곤봉으로 사정없이 내 머리를 내리쳤다. 나는 팍 하는 소리와 함께 정신을 잃고 말았다.

한참 지나 깨어난 나는 머리를 만져 보았다. 빨간 피가 손바닥에 촉촉이 묻어났다. 상처 부위를 손바닥으로 누른 채 전경들을 피해 홍지서림 쪽 골목길로 무작정 달렸다. 그러나 홍지서림 쪽에도 전경이 보여 경기전 쪽으로 방향을 틀어야 했다. 마침 경기전 뒤쪽에 산부인과 의원이 있었다. 나는 무작정 문을 열고 들어가 간호원에게 치료해 달라고 부탁했다. 그러자 간호원은 여기는 산부인과라며 치료를 거부했다. 도망갈 곳도 없던 나는 무작정 치료해 달라고 졸라 댔다. 하지만 간호원은 여전히 여기는 여자 환자만 치료하는 산부인과라며 다른 병원으로 가라고 했다.

그때 젊은이 세 명이 머리에 피를 흘리며 병원으로 들이닥쳤다. 그들과 함께 간호원과 한참 입씨름을 하는데, 한 남학생이 전경들이 대학생만 보면 무조건 붙잡아 마구 구타한다고 했다. 이 말을 듣는 순간 병원 밖으로 나가는 것은 토끼가 호랑이 앞으로 달려가 먹잇감이 되는 꼴이라는 생각이 들었다.

간호원과 실랑이가 계속되자 의사 가운을 입은 나이가 지긋한 여자가 나타났다. "내가 원장인데, 여기는 산부인과라 여러분을 치료할 여건이 못 된다"며 응급처치만 해 주었다. 원장님은 내 상처를 살펴보더니 상처가 깊다면서 여섯 바늘 정도를 꿰매 주셨다. 도청에서 멀지 않은 곳에 있어서인지 어느새 병원 안에서도 최루탄 냄새가 났다. 원장도, 간호원도 연신 재채기를 해댔다. 문득 산모와 신생아들이 걱정되었다.

치료를 마친 나는 전경들의 눈에 띄지 않도록 큰길가를 피해 샛길을 따라 도둑고양이처럼 조심조심 남노송동 자취방으로 돌아왔다. 자취방에는 영길이와 정기 그리고 시위에 가담했던 정희, 창수가 와 있었다. 정희와 창수는 진압 대원이 휘두른 곤봉에 머리와 허리를 맞아 통증을 호소하면서도 식식거렸다.

학생 시위는 좀처럼 수그러들 기미가 보이지 않았다. 매일같이 전주 시내 각 대학 학생들이 오전 수업만 마치고는 오후 2시경 전주역 광장에 집결해 "전두환은 물러가라!"는 구호와 스크럼을 짜고 저항 가요를 부르거나 시국 강연 등을 했다. 그러다 오후 5시가 되면 오거리를 거쳐 팔달로를 따라 전주교 방향과 전북대 방향으로 각각 나뉘어 행진했다. 진압 대원들은 전주시청 앞과 도청 앞 그리고 코아백화점 앞과 서중로타리 광장에 진을 치고 있었다.

시위대는 진압 대원이 진을 치고 있는 곳에서 연좌 농성을 하며 팽팽히 대치했다. 일부 과격한 시위대들은 가방 속에 담아 온 자갈을 꺼내 진압 대원들에게 던졌다. 그러다 오후 7시쯤 되면 서중로타리 광장에 집결한 시위대는 각종 구호를 외치거나 저항 가요 부르기, 시국 연설을 했다. 가끔은 전두환 화형식도 거행되었다.

시위의 마무리는 언제나 대치하던 진압 대원들과의 밀고 밀리는 치열한 몸싸움이었다. 일부 과격한 군중들은 울분을 참지 못하고 인도의 보도블록을 깨뜨려 투석전을 벌이기도 했다. 진압 대원들도 최루탄과 사과탄으로 시위대를 강하게 몰아붙였다. 그러면 분노한 시위대와 구경 나온 시민들이 공사장 자재와 화단의 자갈, 인도의 보도블록을 깨트려 진압 대원을 향해 던졌다.

전주 시내는 점점 도시 기능을 상실하고 무법천지가 되었다. 차량이 뒤엉켜 교통 흐름이 마비되었고, 인도는 이 빠진 모습의 흉물로 변했으며, 도로는 온통 보도블록 조각과 자갈로 뒤덮여 쓰레기장을 방불케 했다. 오거리 주변과 팔달로에는 하얀 최루탄 가루가 가득해 콧물과 재채기 때문에 걸을 수 없을 지경이었다. 지옥이 따로 없었다. 상가 주인들이 비지땀을 흘리며 최루탄 가루를 물로 씻어 내느라 바빴지만 별 소용이 없었다.

5월로 접어들면서 학생 시위는 더욱 과격해졌다. 전주역 광장은 전주 시내 각 대학생의 총집결 장소가 되었다. 이곳에서 긴박하게 전개되는 시국 이야기를 들을 수 있었다. 진압 대원들은 과잉 진압, 강경 진압 일변도로 선량한 시민들까지 무자비하게 진압했다. 김대중과 김영삼, 김종필 3김은 가뭄에 단비 만난 듯 서로 세를 과시하며 대통령이 되기 위해 애쓰고 있었다.

5월 18일, 평소처럼 새벽밥을 먹고는 학교로 향했다. 웬일인지 그날따라 정문 앞에 많은 학생이 웅성거리며 삼삼오오 서성거리고 있었다. 굳게 닫힌 교문 안쪽에는 착검한 군인 2명이 서 있었다. 나는 완전군장을 하고 경계 근무 중인 군인에게 다가가 물었다. "웬일로 정문을 굳게 걸어 잠근 채 지키고 서 계십니까?" 그러자 그 군인은 전국에 비상계엄령이 선포되고, 대학교에는 휴교령이 내려졌다고 했다. 새벽 4시부터 경계 근무를 시작했다는 말도 했다. 교문 창살을 통해 학교 운동장을 들여다보았다. 운동장에 여러 동의 야전 막사가 쳐 있었고, 그 옆에는 장갑차들도 보였다. 약 11시까지 정문 앞에서 학우들과 현 시국에 대한 이야기를 주고받다가 자취방으로 되돌아왔다.

책상 위의 라디오를 켜니 비상계엄령 선포에 관한 뉴스가 흘러나왔다. 북한군이 남침한 것도 아닌데 계엄령이 선포될 정도라면 중대한 상황이 발생한 것 같았다. 광주 사태에 관한 원론적 내용도 반복해서 보도되었다. 도대체 광주 사태가 무엇이며, 왜 계엄령이 선포되었는지 매우 궁금해졌다. 그래서 궁금증도 풀고, 새로운 정보도 얻고, 답답한 마음도 달랠 겸 전주역 광장으로 향했다.

어제까지만 해도 시위대로 꽉 찼던 역 광장은 을씨년스러울 정도로 한산했다. 장갑차와 착검을 한 계엄군만이 시야에 들어왔다. 역사로 들어서자 개찰구에 착검을 한 계엄군이 서 있는 게 보였다. 잠시 뒤 착검을 한 계엄군 두 명이 다가와 신분증을 요구했다. 나는 호주머니에서 학생증을 꺼내 계엄군에게 보여 주었다. 자세히 살펴본 계엄군은 아무 말 없이 신분증을 되돌려 주고는 돌아갔다.

계엄군의 동태를 자세히 살펴보니 젊은이만 골라 검문검색을 하는 것 같았다. 젊은이들의 뜨거운 함성으로 가득 찼던 광장은 그렇게 하루아침에 고요와 적막감이 맴도는 장소로 변해 버렸다. 헛다리품을 판 나는 허탈한 심정으로 힘없이 자취방으로 향했다.

그런데 전주역 광장의 시계탑 부근을 지날 때 갑자기 "사람 살려! 사람 살려!" 하고 찢어지는 듯한 비명 소리가 들려왔다. 돌아보자 계엄군 두 명이 군홧발로 대학생을 사정없이 걷어차고 있었다. 나는 궁금해서 가까이 가 보았다. 하사 계급장을 단 계엄군은 계속 군홧불로 걷어차며 "이 새끼야! 왜 가방에 돌멩이를 넣고 다녀!"라고 했다. 필시 불신검문에 걸려 책가방을 조사당한 모양이었다.

다음날 아침, 자취방으로 찾아온 영길이가 그저께 순천 집에서 광주에 전쟁이 일어났다는 전화가 왔다고 했다. 나는 설마 했다. 신문이나 TV, 라디오 그 어디에서도 전쟁이 났다는 뉴스나 기사를 전혀 보지 못했기 때문이다. 광주 소식이 궁해진 나는 오후에 다시 전주역 광장으로 나갔다. 광주에 빨갱이가 나타나 무고한 시민들을 학살했다, 공수부대 대원들이 술에 취해 광주 시민을 향해 발포해 많은 사람이 숨졌다, 칼로 여대생 젖가슴을 도려내 금남로 전봇대에 걸어 놓았다, 광주 시내가 불바다가 되었다 등등 믿기 어려운 이야기가 모인 사람들의 입에서 입으로 빠르게 전해졌다. 무엇이 사실이고, 유언비어인지 갈피를 잡을 수가 없었다. 아니 땐 굴뚝에 연기 날까, 정황으로 미루어 보아 광주에 큰 사태가 발생한 것만은 틀림없는 것 같았다. 5일째 되는 날에는 박 총리가 시민들을 설득하기 위해 광주로 내려간다는 뉴스와, 중동을 방문했던 최규하 대통령이 급히 귀국해 광주로 갔다는 뉴스가 보도되었다.

어느새 5월이 가고 아카시아 향기 그윽한 6월이 되었다. 대학 정문은 여전히 굳게 닫힌 채 열릴 줄 몰랐다. 이규태 지도 교수는, 8월이나 9월쯤 휴교령이 해제되어 수업할 수 있을 거라고 했다. 예상보다 휴교령이 길어질 거라는 얘기에 나는 서울에서 대학을 다니는 친구를 만나 학생운동의 동향과 광주 사태에 대해 좀더 자세히 알고 싶어 전주역에서 급행열차에 올랐다.

역시 서울역 개찰구에도 착검을 한 계엄군들이 서 있었다. 출구를 빠져나가려고 차례를 기다리는데, 총을 든 계엄군 한 명이 다가와 책가방을 보여 달라고 했다. 학생증도 요구했다. 나는 가방 안을 보여 주고 학생증도 꺼내 주었다. 그러자 계엄군은 다짜고짜 "이 새끼야! 집에서 공부나 하지, 무엇하러 돌아다녀! 너, 어디서 올라왔어? 서울은 왜 왔어?" 하면서 군홧발로 양쪽 정강이를 인정사정없이 걷어찼다. 하도 순식간에 당한 일이라 아프다는 소리 한번 못하고 절룩거리며 서울역 광장을 빠져나와야 했다. 남대문에서 탄 수유리행 시내버스가 종암동 고려대 앞을 지날 때였다. 고려대 정문 앞에도 네 대의 장갑차와 계엄군이 무장을 하고 서 있는 것이 보였다. 공포스럽기 짝이 없는 살벌한 풍경이었다.

서클 회장과 배낭여행

暗울한 긴 터널을 지나고 2학기의 시작을 알리는 9월이 되었다. 오랜만에 캠퍼스에도 평온이 찾아왔다. 학년 초 총학생회장 선거로 캠퍼스가 활기찼다면, 2학기 초는 각 서클 회장 선거와 축제로 캠퍼스는 또 한 번 뜨겁게 달아올랐다.

정종기 선배가 유스호스텔 서클을 창립하자고 제의해 왔다. 처음에는 유스호스텔이 뭔지도 몰랐다. 자료를 읽어 보고, 다른 대학의 유스호스텔 서클 회장을 만나 대화하면서 유스호스텔에 대해 알게 되었다. 선배와 동료는 물론 각 학과의 강의실을 방문, 서클에 대해 설명하고 회원을 모집했다. 학생들의 반응은 좋았다. 60여 명의 회원이 가입 신청서를 제출했다. 창립총회와 함께 초대 회장을 선출했는데, 후보자는 나와 김종진(전기과 1년) 단 둘이었다. 투표 결과 43표 대 17표로 압도적 지지를 받아 내가 초대 회장이 되었다. 당선 인사와 함께 임원 명단을 발표했다.

유스호스텔은 전 세계적인 조직망을 갖춘 국제 연합 서클로, 전라북도만 해도 전북대를 포함하여 7개 대학이 연합회를 결성해 활발히 활동하고 있었다. 나는 전북 지역 대학 유스호스텔 사무국이 있는 전북대학교 유스호스텔을 방문, 연합회 가입 신청서를 제출하고 본격적 활동에 들어갔다.

유스호스텔은 독일의 리하르트 쉬르만 교수가 창설한 단체로 젊은이의 집 즉, '학생들이 값싼 경비로 여행을 하면서 견문을 넓히고 봉사하는 정신을 기른다'는 뜻을 가진 서클이었다. 우리나라에는 87개 대학이 연합회를 결성하여 활동하고 있었으며, 주요 관광 명소와 서울의 반도유스호스텔을 포함하여 각 시, 도에 유

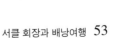

스호스텔이 한 개씩 있었다.

유스호스텔의 꽃은 장기 호스텔링이다. 장기 호스텔링이란 오랜 기간 여행을 통해서 견문을 넓히고 회원 간의 친목 도모와 협동심, 봉사 정신을 배양하는 것이다. 우리 대학의 회원 15명도 1981년 7월 12일부터 8월 15일까지 34박 35일간의 장기 여행을 떠났다. 전주역을 출발해서 목포행 야간열차를 탄 우리는 서울에서 출반한 김진우 회원 등 45명과 합류했다. 완행열차 안은 산으로 바다로 떠나는 대학생들로 초만원이었다. 건너편 좌석에서는 고스톱 판이 벌어졌고, 뒤쪽에서는 통기타를 치며 노래를 부르고 있었다. 앞쪽 좌석에서도 카세트 녹음기의 볼륨을 크게 하고는 노래를 따라 부르고 있었다. 조금 멀리 떨어진 좌석에서는 손바닥을 치며 게임을 즐기고 있었다. 열차 객실은 그야말로 시장 통을 방불케 했다. 깔깔 웃는 소리, 고성방가, 합창 소리, 장기 두는 소리 등 젊음이 생동하는 활기찬 연가들이 연출되고 있었다. 시곗바늘이 새벽 2시를 가리켰지만, 피곤함도 잊은 채 무엇인가에 열중하는 그들의 모습은 진지했다.

다음날 아침, 목포항에서 승선 수속을 마치고 홍도행 여객선 450톤급 동원호에 승선했다. 선실 역시 피서 인파로 초만원이었다. 우리는 2등실 바닥에 배낭을 내려놓고는 간판 위로 올라가 망망대해를 바라보며 일곱 시간에 걸친 항해 끝에 홍도항에 도착했다.

난생처음 탄 여객선은 흥미롭기 짝이 없었다. 배는 하얀 포말을 그리며 푸른 바다 위를 달리고, 갑판에는 난간을 붙잡고 뱃멀미를 하는 사람, 횟감을 안주 삼아 소주를 마시는 사람 등 온통 낯선 풍경투성이였다. 망망대해를 구경하는 낭만파와 잠자는 실속파 등 다양한 진풍경이 한 폭의 수채화처럼 펼쳐졌다.

나는 3층 조타실로 올라가 마도로스 복장을 한 선장님에게 평소 가졌던 궁금증을 풀었다. "바다에서 뱃길을 어떻게 찾나요?" 하고 묻자, 선장님은 손가락으로 앞을 가리키며 "저기, 물살이 없는 곳이 보이제! 저곳이 뱃길인기라"라고 하셨다. 앞을 바라보니 뱃길은 잔잔한데 그 양쪽은 파도가 치고 있었다. 선장님은 계속해서 "물속에는 물길이 있는 기라. 긍께로 어느 곳은 유속이 빠르고, 어느 곳은 느린 기라"라고 하셨다.

흑산도에서 일부 승객을 내린 여객선은 홍도를 향해 뱃머리를 돌렸다. 내가 뱃머리에 앉아 힘차게 파도를 가르며 하얀 포말을 만드는 광경을 넋 놓고 바라보자 선장님이 "저기 앞에 보이는 섬이 홍도랑께"라고 하셨다.

눈짐작으로는 4㎞ 정도밖에 안 되어 보였지만, 가도 가도 그 자리인 것 같았다. 이상해서 "이곳에서 저기 보이는 섬까지의 거리가 얼마 안 되어 보이는데, 왜 배가 가도 가도 그 자리인 것 같죠?" 하고 있자 선장님은 껄껄껄 웃으며 "바다에서는 육안으로 거리를 측정할 수 없는 기라. 물체가 바다에서는 가까이 보인기라. 이곳에서 홍도까지는 28㎞인기라"라고 하셔서 깜짝 놀랐다.

설레는 마음으로 홍도항(2구)에 하선했다. 바닷물이 너무 깨끗해 바닷속의 해초류와 물고기들이 한가롭게 떼 지어 노는 모습이 훤히 보일 정도였다. 선착장 검문소에서 전경들의 검문을 받은 뒤 우리는 근처 야영장에 텐트를 쳤다.

섬 주위는 온통 기암괴석으로 가득했다. 우리는 채 여장을 풀기도 전에 누가 먼저라고 할 것도 없이 청정 해수욕장에서 맘껏 해수욕을 즐겼다. 다만 친구 성섭이가 수영을 못해 자연스럽게 식사 당번이 되었다.

홍도는 우물이 없어서 식수가 귀했다. 주민들은 물론 피서객들도 물탱크에 저장해 둔 빗물을 사용해야 했다. 하루에 두 번 마을 이장이 취사장에 나와 식수와 샤워할 물을 급수한단다. 회원들이 해수욕을 즐기는 동안 성섭이와 내가 저녁 식사를 준비했다.

수영을 마친 회원들은 물 배급 시간을 놓쳐 샤워를 하지 못했다. 그래서 몸에 묻은 바닷물이 햇볕에 말라 끈적끈적하고 따끔따끔 거려서 샤워를 했으면 좋겠다고 아우성을 쳤다. 그동안 무심코 벼락부자가 돈 쓰듯이 물을 썼는데 비로소 물의 소중함을 느낀 모양이다.

하얀 백사장이 떠오르는 보통 해수욕장과 달리 홍도 해수욕장은 특이하게도 온통 몽근 자갈밭이었다. 식사 후 몽돌밭을 맨발로 걸었다. 햇볕에 달궈진 몽돌은 맨발로 걸을 수 없을 정도로 뜨거워 슬리퍼나 신발을 신고 걸어야만 했다. 몽돌밭을 걸을 때마다 바스락바스락 몽돌끼리 부딪히는 소리가 환상의 화음처럼 들렸다. 그래서 혼자 장시간 걸어도 전혀 지루하지 않았다. 파도 소리와 걸을 때마다 발밑에서 들려오는 부드러운 음률이 서로 하모니를 이루어 한없이 걷고 싶은 충동을 느끼게 했다.

홍도는 서쪽 끝에 있는 섬으로 대공 작전상 통금이 실시되는 지역이다. 밤 10시 이후에는 바깥출입이 금지되었다. 홍도의 가구 수는 60여 호이며 전교생 10명, 교실 두 칸, 초미니 운동장을 갖춘 분교가 있었다. 또 노래방과 다방이 각각 두 개, 여러 채의 민박촌이 있었다. 해수욕장에서 바다 쪽으로 약 1㎞ 정도 떨어진 곳에는 소형 선박들이 정박해 있어 그곳까지 수영하여 가 어선 갑판 위에서 낮잠과 일광욕을 즐기기도 했다. 해수욕이 싫증날 때면 해안선의 기암괴석을 기어 올라가 홍도에서만 자생하는 풍란과 바위틈 사이에 있는 갈매기 집을 관찰하는 행운도 얻었다. 또 컴컴한 바위 동굴을 20m쯤 들어갔다가 무서워서 중도에 포기하고 말았다.

홍도에서 3일을 보내고 다음 목적지로 향하는데, 강풍을 만나 흑산도에서 2일을 머물러야 했다. 우리는 항구에서 가까운 작은 언덕을 찾아 이름 모를 묘지 옆에 텐트를 쳤다. 10여 동의 텐트가 더 있어서 무섭지는 않았지만, 어서 빨리 강풍이 지나갔으면 했다.

섬 주민의 생활상도 알아보고, 점심도 해 먹을 겸 가까운 마을을 찾았다. 마을 입구에는 공동 우물이 하나 있었는데, 신기하게도 어린 시절 동네 우물가에서 보았던 것처럼 두레박이 두 개였다. 두레박으로 우물물을 퍼 올려 라면을 끓여 먹었다.

주민 5세대가 사는 이 작은 마을은 집들이 서로 띄엄띄엄 떨어져 있고, 울타리와 대문도 없었다. 가옥 근처에는 밭들이 많았는데, 밭에는 마늘과 당근들이 심어져 있었다. 우물가에서 가장 가까운 초가집을 방문했더니 아무도 없었다. 자세히 살펴보니 방이 2칸에 작은 마루와 정제가 딸려 있고, 별채에는 돼지우리와 화장실, 작은 헛간도 있었다.

화장실에는 배를 젓는 노처럼 생긴 기구가 잿더미에 놓여 있고, 작은 바윗돌 두 개가 바닥에 깔려 있었다. 바윗돌 위에 발을 올리고 쪼그려 앉아 볼일을 보는 원시적인 재래식 구조였다. 전기는, 집집마다 설치된 발전기와 산꼭대기의 풍력발전기에서 끌어와 써야 해서 밤마다 발전기 돌아가는 소리로 요란하다고 했다. 마을의 생활상은 문명의 혜택을 제대로 받지 못하는 육지의 오지와 비슷했다.

항구 주변에는 박정희 대통령이 하사했다는, 미니 증기기관차 두 량이 선로 위에 전시되어 있었다. 그리고 유달리 주점과 음식점이 많았는데, 그 이유를 물어보니 흑산도항이 위급할 때 대피할 수 있는 항구로, 우리나라와 국교가 없는 나라의 어선들도 태풍을 피해 대피하거나 연료 급유를 위해 정박할 수 있는 항구이기 때문이란다. 오늘처럼 강풍이 예고될 때는 중국 어선들이 대피처로 흑산도항을 찾는다고 했다. 그렇게 피난하는 동안 며칠 또는 몇 개월을 바다에서 생활한 선원들이 여자와 술로 시간을 보낸다고도 했다. 그래서 항구 주변에 기생집이 많단다.

마을 주민의 대답처럼 비가 내리는 항구는 평온했지만 술집 골목은 취객들로 초만원이었다. 길바닥에 누워 비를 맞으며 고래고래 소리 지르는 사람, 중국말로 노래하는 사람, 멱살을 잡고 싸우는 사람 등 요지경 세상이 따로 없었다.

다음날, 목포항에 도착한 일행은 고향 선배인 종선이 형이 하사관으로 복무하는 용사의 집을 찾았다. 역 근처에 있는 용사의 집은 휴가병들의 쉼터였다. 종선이 형은 저녁 식사를 대접하겠다며 우리를 근처 식당으로 데리고 갔다. 오랜만에 삼겹살로 실컷 포식한 우리는 용사의 집에서 1박한 뒤 이른 아침 유달산을 향해 떠났다.

이난영의 '목포의 눈물'이 스피커를 통해 흘러나왔다. 아카시아와 칡꽃 향기가 그윽한 산책로를 따라 팔각정에 도착하니 어르신들이 삼삼오오 짝을 지어 장기를 두고 계셨다. 울퉁불퉁한 바윗길을 따라 계속 올라가자 서쪽으로 푸른 바다와 섬들이 아름답게 펼쳐져 있는 게 보였다. 바다에는 수많은 배들이 제 갈 길을 찾아 항해하고 있었다. 동쪽으로는 목포 시내와 저 멀리 영산강이 한가로이 흐르는 광경이 황홀하게 펼쳐져 있었다. 마치 한 폭의 동양화 같았다.

밤 10시 10분, 일행은 목포발 부산행 급행열차에 올랐다. 야간열차를 이용하면 숙박비를 절약할 수 있기 때문이다. 그러나 바깥 구경을 못한다는 단점도 있다. 하지만 장기 여행 중인 우리로서는 단 한 푼의 경비라도 절약해야 했다.

밤새 달린 열차는 열 시간 만에 종착역인 부산진역에 도착했다. 우리는 해운대 해수욕장에 텐트를 치고 파도타기와 수중 기마전을 하며 지난밤의 피로를 말끔히 풀었다. 그렇게 남한 제2의

도시, 부산에서 첫날 밤을 보낸 우리는 부산대학교 유스호스텔 회장의 안내로 태종대와 용두산공원을 관광한 뒤 부산 근교에 있는 금정산으로 향했다. 서산대사가 수도했다는 금정산은 가파른 바위가 많았다.

금정사에서 들려오는 새벽 독경 소리에 잠이 깼다. 산사의 새벽 공기는 매우 차가웠다. 텐트 안에서 몸도 녹일 겸 따끈한 커피 한 잔을 끓여 마시려고 석유버너에 알코올을 붓고 예열한 뒤 펌프질을 하는데, 갑자기 석유 버너가 꽝 하는 굉음을 내며 폭발했다. 폭발한 석유 버너는 텐트 천장을 뚫고 하늘 높이 치솟았다. 우레와 같은 폭음 소리에 놀란 회원들이 달려와 다친 곳은 없냐고 물었다. 천만다행으로 텐트와 석유 버너만 상했을 뿐 아무 이상이 없었다. 한바탕 소동에 잠이 깬 일행은 아침을 먹는 둥 마는 둥 서둘러 배낭을 정리하여 해운대역으로 가는 시내버스를 탔다.

해운대역에서 경주행 완행열차에 몸을 실은 우리는 해안선을 따라 한참 달린 끝에 양산 통도사를 거쳐 천년의 고도 경주역에 도착했다. 우리는 불국사로 향하는 시외버스를 타고 전국 대학생 유스호스텔 연수회 개최 장소인 경주유스호스텔로 향했다.

유스호스텔의 로비와 야영장은 전국 각지에서 모인 회원들로 초만원이었다. 모두 참신한 아이디어로 소속 대학을 홍보하는 데 열중이었다. 서로 자기 대학 이름이 찍힌 부채와 모자 그리고 티셔츠, 배지 등을 교환하고 있었다. 나무 그늘 밑에서는 통키타를 치며 노래 부르는 회원, 삼삼오오 무리 지어 한담하는 학생, 이어폰을 귀에 꼽고 음악 감상하는 회원, 배낭을 정리하는 학생, 활동 사진을 전시하는 학생들로 행사장은 온통 축제 분위기였다.

오후 2시, 야영장에 모인 1,500여 명의 회원들은 우리 모두가 하나임을 느끼기 위한 사교의 시간을 가졌다. 우리 대학은 참가하는 데 의의를 두었지만, 다른 대학 회장들은 장기 호스텔링의 경과보고와 성과 그리고 앞으로의 계획에 대해 발표했다. 나도 보름 동안 느낀 여행 체험담과 성과를 발표했다.

세미나, 스턴트 연극 참여, 야영 체험, 특별 이벤트 개최, 장기 자랑, 경주 관광 등 4일 동안의 연수 일정을 모두 마친 일행은 지리산 백무동행 버스에 올랐다. 옻나무가 많아서 옻동네라고 불리는 백무동에서 1박을 했다. 이른 새벽, 아침 식사를 마치고 남은 밥으로 주먹밥을 만들어 회원들에게 분배한 뒤 천왕봉을 향해 한 발 한 발 걸음을 내딛었다. 하동바위를 지나 칠선계곡을 등반할 때는 무척 힘이 들었다. 사실 등산 경험이 거의 없는 초보자들과 지리산에서 가장 높은 천왕봉을 등반한다는 것은 처음부터 무리였다. 결국 중간쯤 올라갔을 무렵 성섭이가 하산하겠다며 덥석 주저앉는 일이 생겼다. 참, 난감했다. 선두에 섰던 나는 회원들을 올려 보낸 뒤 말했다.

"우리가 그동안 고생, 고생하며 한 명의 낙오자도 없이 여기까지 왔는데 네가 지금 포기하면 어떻게 되겠어?"

창피도 주고, 엄포도 놓고, 격려도 해 가며 겨우 달랜 끝에 성섭이의 짐을 내 배낭에 옮겨 놓고야 산행을 계속할 수 있었다. 우리는 바위에 미끄러지고 넘어져 무릎이 까지는 등 온갖 쇼를 연출하고 나서야 장터목산장에 도착할 수 있었다. 거의 탈진한 성섭이에게 물을 먹이고 온몸을 주물러 겨우 기운을 차리게 했다. 이른 새벽에 출발했지만 산장에 도착한 시각은 이미 날이 어두워지기 시작한 뒤였다. 장장 17㎞를 등반하는 데 꼬박 하루가 걸린 셈이다.

농촌 봉사대 조직

밥알 하나 흘렸다가 할머니로부터 귀가 따갑도록 꾸중 듣던 말이 있다.

"이놈아! 예전에는 먹을 것이 귀해 산에 있는 소나무 껍질까지 벗겨 먹었고, 물에 조선간장을 타 마시며 허기진 배를 채워야 했어!"

초등학교 4학년 때부터 우리 마을에도 '잘살아 보세 운동'인 새마을운동이 불붙기 시작했다. 지붕 개량, 비좁고 꼬불꼬불한 마을 길 넓히기, 담장 정리, 농로 확장 공사 등에 동네 사람들이 동원되었다. 하지만 부모님은 구멍가게 때문에 참여할 수 없어서 대신 어린 내가 삽과 괭이를 들고 부역에 나서야 했다. 나는 동네 어른들 틈에 끼어 마을 앞 냇가의 자갈과 모래를 경운기와 소달구지에 싣는 작업을 해야 했다. 어린 내가 감당하기에는 힘겨운 작업이었지만, 그렇다고 해서 마냥 힘들기만 한 것은 아니었다. 특히 해마다 지붕을 새로 엮어야 했던 우리 집 초가지붕이 동네 주민의 손에 의해 슬레이트 지붕으로 바뀔 때는 뛸 듯이 기뻤다. 그렇게 중학교 2학년 때까지 휴일이면 동네 부역에 참여해야 했다. 농촌계몽과 의식 운동인 '잘살아 보세 운동' 덕분에 배고픔에서 벗어날 수 있었다는 동네 어르신들의 말씀에서 새마을운동이 끼친 영향을 알 수 있을 것이다.

내가 살던 마을은 전주와 남원 사이의 17번 국도에 있었다. 전주에서 100리 떨어진 오수읍 입구에 위치한, 100호의 반농 반산촌의 인심 좋고 평화로운 전형적인 남향 마을이었다. 오수는 동쪽으로 산서와 장수, 서쪽은 동계와 순창, 남쪽 방향은 남원, 북쪽 방향은 전주로 빠지는 사통팔방의 교통 요충 지역이었다. 그러나 소작농이 대부분이라 논과 밭을 경작하여 생활하는 가난한 마을이었다. 동네 청장년층 대부분은 소일거리 없이 허송세월하기 일쑤였다. 인근 마을의 청장년들이 비닐하우스 재배를 비롯해 과학 영농으로 농가 소득의 극대화를 위해 땀을 흘리는 데 비해 우리 동네 청년들은 화투와 술로 시간을 낭비했다.

대구에서 돌아오자마자 나는 마을 청년회장을 만나 동네 청년들의 의식 개혁에 관해 논의했다. 그다음 날 밤, 30여 명의 청년들이 마을 앞 모종에 모였다.

"동네의 발전을 이어 갈 세대는 우리입니다. 동네의 힘든 일과 일손 돕기도 우리 몫입니다. 우리가 열심히 단합하고 노력하면 반드시 좋은 결실을 맺을 것입니다. 이를 위해서 상신 청년 노력 봉사대를 조직하여, 청년회 활성화 기금도 조성하고, 마을 발전에 기여해 봅시다."

내 주장에 기성이 형과 석두 형은 좋은 생각이라며 찬성했지만, 몇몇 형들은 날도 무더운데 무슨 노력 봉사냐며 반대했다.

"지금은 농번기입니다. 우리 청년회에서 보리 베기에 나서 청년회 기금도 조성하고 일손도 돕는, 좋은 일을 해봅시다."

거듭된 나의 주장에 반대했던 형들도 마지못해 찬성했다. 이렇게 해서 탄생한 봉사대의 초대 회장은 추대 형식으로 내가 되었다. 그다음 날부터 우리는 한 마지기에 2,000원을 받기로 하고 본격적인 보리 베기에 나섰다. 이 소식이 입에서 입으로 전해지자 작업량이 폭주했다. 심지어 이웃 마을에서도 주문이 들어올 정도였다. 갑자기 늘어난 작업량에 횃불을 켜고 야간작업까지 해야 했다. 그 결과 23명의 회원이 보름 동안 400마지기를 베는 성과를 거둘 수 있었다.

회원들이 참석한 가운데 결산을 해보니 총수입이 85만 원이나 되었다. 동네 이장님 명의로 통장을 개설하여 45만 원은 청년회 활성화를 위한 종잣돈으로 적립하고, 나머지 40만 원은 수고한 회원들에게 분배했다.

그 뒤 동네 어른들로부터 많은 칭찬과 격려를 받은 회원들은 자신감을 가지고 더욱더 열심히 청년회 활동을 하게 되었다. 한 달 전까지만 해도 도박과 술로 허송세월하던 청년들이 모였다 하면 모내기, 퇴비 증산, 동네 발전과 청년회 활성화를 위한 의견을 제시하기 시작한 것이다.

제2부

좌절을 넘어
희망의 세계로

군 입대

1982년 여름은 유난히 더웠고, 가뭄도 극심했다. 웬만한 가뭄에는 잘 마르지 않던 대아리저수지가 일제시대에 건설된 이후 처음으로 바닥을 드러낼 정도로 전 국토가 타들어 가는 광경이 연일 방송과 신문에 보도되었다. 또 지하수 개발과 다단식 양수 작업 광경, 거북이 등처럼 갈라진 저수지 모습도 매일 대서특필되었다.

마을 형들이 열어 준 송별회를 마친 뒤 6월 20일 오전, 풍운아 회원들을 만나기 위해 전주시 진북동의 근희 집으로 향했다. 풍운아는 고등학교 3학년 때 같이 다녔던 고향 친구 여덟 명으로 구성된 친목 모임이다. 근희 집에 도착하자 풍운아 회원 일곱 명이 이미 와 있었다. 그들은 나를 혼내려고 단단히 벼르는 듯했다. 서로 돌아가며 잘 들지도 않는 삭발기로 잡아 뽑듯 아프게 머리를 깎았다. 근희는 깎은 머리카락을 신문지에 싸더니 집 앞에 구덩이를 파고는 묻었다. 그러고는 친구들과 간단히 점심 식사를 마친 뒤 송천동으로 가는 시내버스에 몸을 실었다.

35사단 앞 슈퍼마켓에서 친구들이 사 준 콜라 한 병을 다 마시지 못하고 일어서자 종구가 "경태야, 훈련 중 목마를 때, 남겼던 이 콜라가 생각날 거야. 그때 후회하지 말고 다 마시고 가"라고 했다. 그때는 그게 무슨 의미인지도 몰랐고, 콜라 한 병을 다 마신다는 것도 벅차 "그래, 후회하지 않을게" 하고 건성으로 대답한 뒤 오후 1시 50분쯤 친구들의 배웅을 받으며 35사단 정문에 들어섰다.

전라북도 각 지역에서 모인 500여 명의 훈련병들은 한결같이 머리를 **빡빡** 깎은 채 작은 가방 한 개만 손에 들고 의기양양하게 다음 지시를 기다리며 삼삼오오 모여 있었다.

소대 배정과 의무 검사를 마치고 나서부터는 정신이 없었다. 난생처음 받아 본 집단 얼차려와 시간에 쫓겨 식사도 제대로 하지 못하고, 소변 한번 맘껏 볼 수 없었다. 꽉 짜인 스케줄에 맞춰 훈련을 받노라면 정신을 차릴 수가 없었다. 최악의 가뭄이라고 훈련병들을 봐주지도 않았다. 온몸이 황토 먼지투성이고 풀풀 땀 냄새마저 풍기는데도 샤워 한번 제대로 할 수 없었다. 모든 훈련병이 다 겪는 고통이겠거니 생각하며 위안을 삼을 수밖에 없었다.

4주간의 혹독한 신병 교육을 뒤로하고 자대 배치를 받았다. ○○○연대 ○○대대에 배치된 뒤에도 힘든 건 마찬가지였다. 자대 배치를 받은 뒤, 가장 먼저 익혀야 했던 것은 따까리 노릇이었다. 또한 내무반 생활은 훈련받는 것보다 더 힘들었다. 고참들의 신발 정돈, 식판 나르기, 군복 다리기, 군화 광택 내기, 여자 친구 소개하기 등 고참의 눈치와 분위기를 잘 맞추는 임기응변에 능한 친구들이 군 생활도 편히 하는 것 같았다.

7월 10일, 이른 아침부터 귀한 단비가 내렸다. 타들어 가는 농작물을 애타게 바라보며 매일같이 하늘만 원망하던 농민들의 소리가 마음에 걸렸는지 시원한 빗줄기가 쏟아진 것이다. 시들시들했던 들녘의 식물들은 파릇파릇해졌고 대지도 생기를 되찾았다. 시름에 잠겼던 농심이 생동감 넘치는 모습으로 변화되어 농민의 아들인 나 또한 얼마나 기분이 좋았는지 몰랐다.

운명의 그날

7월 20일 오전, 사격장에서 M16 사격 훈련을 했다. 오후에는 상사로부터 탄약고 정리 작업을 지시받았다. 장병 여덟 명이 바짝 긴장하며 탄약고 정리 작업을 시작했다. 탄약고에는 여러 종류의 군사용 탄약과 탄약상자들로 가득 차 있었는데, 지난 며칠 동안 쏟아진 폭우로 인해 바닥에 빗물이 잔뜩 고여 있었다. 탄약상자들도 온통 비에 젖은 상태였다.

종류별로 탄약의 수량을 파악하고 정리하라는 지시를 수행하기 위해 우선 빗물에 젖은 탄약과 탄약상자들을 일일이 수건으로 닦기 시작했다. 한참 탄약고를 정리하는데 갑자기 어디에선가 펑하는 굉음이 들려왔다. 용광로에서 붉은 쇳물이 흘러내리듯 두 눈에서 이글거리는 붉은빛 물체가 주르륵 흘러내렸다. 그리고 의식을 잃었다.

얼마나 시간이 흘렀을까? 의식을 찾은 나는 무슨 일인가 싶어 눈을 뜨려고 했지만 떠지지가 않았다. 보이는 것이라고는 온통 칠흑 같은 암흑뿐이었다. 참을 수 없을 만큼 머리가 아파 와 고통에 시달려야 했다. 왜 앞이 안 보이는지 궁금해서 눈을 만져 보려 했지만 움직일 수가 없었다. 마치 무엇인가에 묶여 있는 것 같았다. 귓가에 프로펠러가 돌아가는 요란한 소리가 들려 한껏 소리쳤다.

"왜 앞이 안 보이는 거죠?"

한동안 침묵이 흘렀다.

"송 이병, 조금만 참아! 곧 국군통합병원에 도착할 거야."

부드러운 남자 목소리가 들려왔다.

잠시 뒤, 침대에 누인 나는 어딘가로 향해 빠르게 옮겨졌다. 침대 주위로 사람들이 바쁘게 오가는 발소리만 들려왔다. 두 눈과 머리의 통증이 너무 심해서 "머리와 눈이 아파 죽겠어요!" 하고 소리치자 웬 낯선 남자가 "주사 놓겠습니다" 하더니 인정사정없이 엉덩이에 주삿바늘을 꽂았다.

귓가에 들리는 은은한 찬송가에 잠에서 깨어났다. 누군가 "주님의 은혜로 광명의 빛을 볼 수 있도록 주님께서 군의관님의 집도를 지켜 주실 것을 간절히 기도드리옵나이다" 하고 기도하는 목소리가 들렸다. 기도가 끝나자 누군가 수술 동의서를 읽어 주면서 서명하라고 했다. 나는 "대신 서명해 주십시오"라고 말했다. 곧이어 코와 입에 부드러운 물체가 와 닿더니 누군가 크게 숨을 들이마시라고 했다. 그렇게 1982년 7월 20일의 시곗바늘은 멈추지 않고, 모모의 시곗바늘처럼 미래를 향해 쉼 없이 행진했다.

"왜, 세상의 수많은 사람 가운데 내가 희생양이 되어야 한단 말입니까? 이제 겨우 22년밖에 살지 않은 내가 무슨 죄를 그리 많이 지었다고 이런 가혹한 형벌을 받아야 한단 말입니까? 정말 억울합니다."

나는 침대에 누워서 엉엉 울었다. 슬퍼서 울었고, 억울해서 울었다.

"1979년 7월 20일 대형 교통사고로 고통을 주시더니, 정확히 3년 뒤 제 인생의 행로를 완전히 뒤바꿔 놓으셨습니다. 평생 짊어지고 가야 할 무거운 멍에를, 당신은 제 두 어깨 위에 얹으셨습니다. 저는 고난의 연속인 그 멍에를 짊어지고 갈 용기도 없고, 힘도 부족합니다. 제가 그리 미우면 차라리 거두어 가 주세요. 깜깜한 세계는 정말 너무 힘이 듭니다."

나는 절규했다.

힘겨운 투병 생활과 시력 회복을 위한 몸부림

두 눈은 물론 얼굴과 가슴 부위도 수류탄 파편으로 상처투성이였다. 어제까지만 해도 세상 모든 것을 두 눈으로 똑똑히 볼 수 있었지만, 이제는 온통 어둠뿐이었다. 얼굴과 가슴 부위는 상처에서 흘러내린 진물과 땀으로 뒤범벅되어서 온몸이 끈적끈적하고, 가렵고, 악취마저 풍겼다.

수술 3일 만에 중환자실에서 안과 병동으로 옮겨졌다. 그런데 안과 병동은 냉방 시설이 전혀 안 되어 있었다. 앞을 못 보는 고통과 상처의 통증, 샤워를 못 해 피고름과 땀이 뒤섞여 자아내는 역겨운 냄새 또한 나를 괴롭혔다. 침대 바로 옆이 샤워장이라 동료 환자들이 샤워하는 물소리를 들을 때마다 당장이라도 뛰쳐나가 샤워하고 싶었다. 마음껏 샤워할 수 있는 병사들이 마냥 부러웠다.

하루 24시간 가운데 치료 시간과 세끼 식사 시간, 화장실 가는 시간을 제외하고는 외롭게 침대에 누워 고독한 시간을 보낸다는 것은 너무나 큰 고통이었다. 이것이 바로 지옥인가 싶을 정도였다. 대명천지에 볼 것도 많은데 아무것도 볼 수 없는 심정은 말로다 형언할 수 없었다. 그나마 종교가 없었던 내게 매일 새벽 4시쯤 은은하게 들려오는 교회의 종소리가 포근한 안식처요, 편안한 휴식처가 되어 주었다.

하루는 동료 환자들이 더위를 피해 시원한 나무 그늘을 찾아 산책을 나가는 바람에 넓은 병동에 홀로 남아 있어야 했다. 통증으로 인한 고통과 지루함, 답답함에 불현듯 생을 포기하고 싶다는 충동이 일었다. 무작정 링거의 주삿바늘을 뽑아 손목에 꽂았다. 그렇게 영원히 잠들고 싶었다. 그러나 마침 샤워를 하기 위해서 병동에 들어온 송승환 일병이 보고는 "송 이병, 링거 병에 피가 가득 고였어" 하며 간호장교를 호출해 실패하고 말았다. 죽는 것도 쉬운 일이 아니었다.

한바탕 자살 소동이 있은 후 나에 대한 감시가 강화되었다. 병세가 가벼운 동료 환자들로 구성된 감시병이 침대 주변에 배치된 것이다. 투병 생활 한 달 만에 온몸의 상처가 치유되었다. 그러나 파편 제거 수술에 이은 2차 수술에도 불구하고 두 눈에는 여전히 파란 안대가 훈장처럼 붙어 있었다.

차츰 투병 생활에 적응해 가던 9월의 어느 날, 병원 휴게실에서 3,000원을 주고 소형 라디오를 구입했다. 그 뒤 라디오는 유일한 친구요, 구원자가 되어 주었다. 그 무렵 가장 인기 있던 프로그램은 단연 TV와 라디오로 동시에 생중계되던 프로야구 경기였다. 동료 환자들은 주로 TV를 시청했지만, 나는 볼 수 없었다.

아버님과 어머님은 하루가 멀다고 면회를 오셨다. 사고 소식을 들은 어머님은 실신해 병원으로 후송되고, 아버님은 식음을 전폐하며 한동안 시름에 빠지셨다고 했다. 얼마나 실의에 빠졌는지 아버님은 안과 과장님에게 당신의 눈을 빼서라도 광명을 되찾아 주고 싶다는 말까지 하셨다고도 했다.

고통스럽고, 지루했던 6개월간의 투병 생활을 마감하던 날, 광주 국군통합병원장이 건네준 전역증과 평생 업보로 짊어지고 가야 할 멍에를 두 어깨에 메고 정든 집으로 향했다. 그러나 그리운 집으로 향하는 발걸음은 천근만근 무거웠다. 시종일관 직행버스 안에서 북받치는 격한 감정을 억제할 수가 없었다. 만감이 교차했다.

한편으로는 아직 인생을 모르고 세상을 모르는 가련한 이 철부지에게 이런 혹독한 시련과 고통을 내린 것은 미래에 대한 더 나은 삶의 채찍질 아닌가 하는 긍정적인 생각도 들었다. 그러나 가족과 형제를 비롯해 수많은 이웃이 이 장애를 어떻게 받아들일까 하는 생각에 이르자, 두려움과 괴로움 그리고 형언할 수 없는 그 무엇인가가 내 가슴을 꽉 쥐어짜는 것 같았다.

밤 10시쯤 그리운 체취가 물씬 풍기는 고향 집에 도착했다. 동네 어르신들이 많이 기다리고 계셨다. 김정기 아저씨는 고생이 많았다며, 희망을 잃지 말고 살라며 어깨를 어루만져 주셨다. 옆집 할머님은 울먹이는 목소리로 "아이고! 평생 방 안에서 해 주는 밥이나 먹어야 할 팔자구나" 하며 쯧쯧 혀를 차셨다.

내가 아는 시각장애인이란, 오수 장날에 검은 안경을 끼고 나무 지팡이를 짚으며 스피커 통을 메고 가는 모습과 길가에서 노래를 부르며 구걸하는 모습이 전부였다. 그들과 나는 달라, 내가 왜 장님이야, 나는 봉사가 아냐 하며 절규하듯이 자신의 모습을 부정했다. 도저히 내 자신을 받아들일 수 없었다.

부모님 역시 집안의 기둥으로만 여겼던 큰아들이 하루아침에 불구자가 되어 돌아오자 삶의 의욕이 완전히 꺾여 식음을 전폐하고 한숨만 쉬셨다. 화기애애하고 웃음꽃이 활짝 피었던 집안 분위기는 갈수록 침울해졌다. 동생들도 내 눈치만 보며 말수가 적어졌다. 나 하나 때문에 온 가족이 고통받는구나 하는 생각에 가슴이 찢어질 듯 아팠다. 가족 모두에게 죄인이 된 심정이었다.

퇴원한 지 2일 후, 아버님의 도움을 받으며 전주안과를 찾았다. 사진 촬영과 몇 가지 검사를 마치고 진찰 결과를 기다렸다. 그러나 현대 의술로는 어떻게 해볼 방법이 없단다. 그 말을 듣는 순간 가슴이 꽉 막히고 피가 거꾸로 솟구치는 듯했다. 병원 문을 나서면서 아버님은 아무 말씀이 없으셨다. 당신께서 해 줄 수 있는 것이 하나도 없으니 오죽하셨으랴! 비통한 심정으로 자식을 바라보며 얼마나 눈물을 흘리셨을까?

내 마음속에는 걷잡을 수 없을 만큼 강한 회오리바람이 불었다. 가는 곳마다 부정적인 진찰 결과만 나와 마음의 상처 또한 커져만 갔다. 한 줄기 빛이라도 찾아 주기 위해 아버님은 최선을 다해 백방으로 뛰셨다. 하지만 나는 모든 것을 포기하고 싶었다. 심신은 지치고 시간과 경제적 부담만 가중되었기 때문이다. 게다가 그럴수록 마음의 상처는 커져만 갔다. 차라리 운명이라 생각하고 편하게 생각하자, 빛을 못 보면 어때, 평생 장님으로 살아갈 지혜를 배우는 것도 한 방법이 아닐까 하는 생각이 스쳐 갔다.

처음에는 친구들이 찾아와 말벗이 되어 주고 나들이 안내도 해 주었지만, 시간이 흐를수록 찾아오는 횟수가 줄어들었다. 하지만 내가 할 수 있는 일은 아무것도 없었다. 행여 구덩이에 빠질세라, 차에 치일세라 문밖출입은 감히 엄두도 못 냈고, 즐겼던 책마저 읽을 수가 없었다. 그저 먹고 자는 것 외에는 아무것도 할 수 없는 불필요한 존재였다.

점점 멀어지는 친구와 어려워하는 형제, 달갑지 않은 이웃의 시선은 나를 울렸다. 세상에서 버림받은 외톨이가 되어 홀로 외로움과 고독과의 전쟁을 치러야 했다. 그렇게 매일같이 혼자 외로운 방에서 멍청하게 있어야만 했다.

'자살'에서 '살자'로

온순했던 성격은 점점 거칠어지고 난폭해져 사소한 일에도 화를 내는 때가 많아졌다. 그 바람에 어머님은 부엌에서 눈물로 세월을 보내고, 아버님은 한숨만 쉬셨다. 동생들도 슬슬 내 눈치만 보며 말을 안 했다. 집안 분위기는 얼음장처럼 차갑고 침울해졌다. 젊은 놈이 집에서 하는 일도 없이 무위도식한다는 것은 가족들에게는 큰 고통이요, 나 자신에게는 억압이었다. 그러다 보니 이 세상에서 사라지는 게 한숨과 눈물로 보내시는 부모님의 시름을 조금은 덜어 드리고, 형제들의 무거운 멍에도 벗길 수 있는 유일한 방법 같았다.

결국 죽기로 결심했다. 집에서 구멍가게를 하는 터라 쥐들이 많아 가끔 아버님은 가게에 쥐약을 놓으셨다. 쥐약 병이 항상 화장실 선반 위에 놓여 있었다. 죽기 전 유서를 남겨야 할 텐데, 도무지 유서를 쓸 수가 없었다. 며칠 동안 백지장에 끼적여 보았지만, 볼 수 없으니 제대로 쓴 건지 알 수조차 없었다. 녹음기에 육성으로 녹음하는 수밖에 없었다.

아버님, 어머님!

불효자식 송경태, 먼저 저세상으로 갑니다. 용서해 주세요. 평생토록 병신 소리를 들으며 사람 구실도 못하고 살아야 한다니 너무나 힘듭니다.

아버님, 어머님! 불효자식 송경태, 장남으로 태어나 효도 한 번 못해 드리고 죽어야 한다 생각하니 마음이 괴롭습니다. 그러나 저 때문에 동생들이 고통받는 모습을 볼 때마다 제 가슴도 찢어졌습니다. 부디 제가 먼저 떠나더라도 동생들에게 더 많은 사랑과 정을 베풀어 주세요. 이 못난 불효자식, 부모님 속만 썩이다 갑니다.

용서해 주세요. 건강하고 오래오래 사세요.

1983년 3월

사랑하는 동생들아! 이 못난 오빠, 형을 용서해 다오. 나는 더 이상 이 세상에서 할 일이 없는 것 같구나. 지난날 우리 집은 웃음이 그칠 줄 몰랐고 참 화목했던 가정이었는데, 나 때문에 웃음이 사라졌구나. 너희에게 무거운 짐을 안겨 줄 수 없어 먼저 세상을 떠난다.

사랑하는 동생들아!

아버님, 어머님 말씀 잘 듣고 이 사회에서 꼭 필요한 훌륭한 사람이 되어라. 그리고 형제간의 우애를 지켜라. 내가 못다 한 효도를 너희에게 부탁한다. 미안하다. 저세상에서 너희를 지켜볼 것이다. 그럼 잘 있어라.

1983년 3월
못난 오빠, 형 송경태

늦은 밤, 선반 위의 쥐약을 먹기 위해 화장실로 갔다. 그런데 며칠 전까지만 해도 선반 위에 놓여 있던 쥐약 병이 아무리 찾아도 보이지 않았다. 다시 화장실에 쥐약 병이 놓이기를 기다릴 수밖에 없었다. 그러나 아무리 기다려도 쥐약 병은 놓일 줄 몰랐다. 그렇게 15일이 흘렀다. 마냥 기다릴 수만은 없어서 다른 방법을 찾기로 했다. 곰곰이 생각해 보았지만 묘안이 떠오르지 않았다.

그러던 어느 날, 추적추적 내리는 비를 보고 물에 빠져 죽자는 생각을 했다. 마침 집 앞에는 농업용수로 쓰기 위해 냇가를 막아 만든 큰 보가 있었다. 수심이 약 2~3m 정도 되는 깊은 보였다. 붕어와 메기 등 각종 물고기가 많아 평소에도 낚시꾼들로 붐비는 장소였다.

깊은 밤, 나무 지팡이를 짚고 집을 나섰다. 돌부리에 차이고 나뭇가지에 긁히면서 5m 높이의 바위 위로 힘겹게 올라갔다. 가끔 무속인들이 굿을 하면서 소원을 빌려고 밤새 촛불을 켜 놓는 곳이었다.

집 쪽을 향해서 3배를 올린 뒤, 아버님 어머님에게 다시 한 번 용서를 빌었다. 그러고는 심청이가 인당수에 뛰어내리듯 물속으로 뛰어내렸다. 첨벙 하는 물소리와 함께 몸이 물속으로 빨려 들어갔다. 숨이 막히고 가슴이 터질 것만 같았다. 도저히 참을 수 없어서 얼굴을 물 밖으로 내밀었다. 본능적으로 팔다리를 허우적거렸다.

한참을 그러는데 오른손에 무언가가 잡혔다. 그것을 움켜잡자마자 누군가가 잡아당겼다. 강태공이 허우적거리는 물소리를 듣고 낚싯대를 던져 준 것이다. 목숨을 구해 준 강태공에게 고맙다는 인사도 할 수 없었다. 물에 빠진 사람 구해 주었더니 감사하기는커녕 보따리 내놓으라는 격으로 왜 나를 살렸냐고 하소연할 수가 없었기 때문이다. 죽으려고 물속에 뛰어든 주제에 왜 그리 허우적거렸는지 알 수가 없었다. 아마도 인간이기에 본능적으로 발버둥 친 거겠지……

몇 번의 자살 소동은 사전에 발각되어 모두 미수로 끝나고 말았다. 죽는 것도 결코 쉬운 일이 아니었다. 그런데 하루는 어떻게 알았는지 신부님이 찾아와 "송경태 씨, 시간이 있을 때마다 '자살, 자살' 하고 계속 외쳐 보세요"라고 했다.

'이 신부, 미친 것 아냐? 아니면 놀리는 건가? 죽겠다는 사람, 말리지는 못할망정, 자살을 부추기다니? 진짜 신부 맞아?'

너무도 괘씸했다. 생각하면 할수록 화가 머리끝까지 치밀어 올랐다. 신부라는 사람이 나를 놀리다니! 분노가 치밀어 올랐다.

　그러나 '자살, 자살, 자살자…… 살자살, 살자.' 계속 중얼거리다 보니 어느새 '자살'은 '살자'가 되었다. 그래, '자살'을 거꾸로 하면 '살자', '살자'를 거꾸로 하면 '자살' 아닌가. 나도 모르게 계속 '살자'를 외치게 되었다. 비로소 신부님의 말씀에 깊은 의미가 숨겨져 있다는 걸 깨달은 것이다.

희망의 세계로 향한 첫걸음

각종 기술이 개발되지 않았다면 대중에게 보다 다양한 정보를 전할 수 있었을까? 요즘도 나는 대중 여론을 선도하는 라디오를 즐겨 듣는다. 시력을 잃은 뒤 신문이나 잡지는 물론 평소 많이 읽던 소설책도 가까이 할 수 없는 처량한 신세가 되었다.

대신 라디오가 유일한 벗이자 친구가 되었다. 하루 종일 라디오와 뒤척이며 지내는 것이 일상이었고, 유일한 즐거움이 되었다. 세상의 모든 정보와 지식을 얻을 수 있는 유일한 다리 역할을 라디오가 해 주었기 때문이다. 법률, 의학 상담, 연예, 오락, 뉴스 등 다양한 정보를 채널만 돌리면 들을 수 있었다. 많은 시각장애인이 라디오를 통해 지식과 정보를 얻는다는 것을 나중에야 알았다. 즉 라디오 겸용 카세트는 시각장애인들에게 일상생활의 필수품이자 소모품이었다.

장애인 전용 프로그램인 KBS 제1라디오의 '내일은 푸른 하늘'을 즐겨 들었는데, 하루는 시각장애인이 열심히 대학 생활을 하고 있다는 내용이 나왔다. 대구대학교 특수교육학과에 재학 중이라는 그는 타인의 도움 없이 흰 지팡이에 의지해서 등·하교는 물론 점자·녹음 도서를 활용해 열심히 공부하고 있다고 했다.

나는 '에이, 설마!' 했다. 앞도 못 보는 사람이 어떻게 등·하교를 하고, 칠판 글씨는 어떻게 보며, 책은 또 어떻게 읽고, 글씨는 어떻게 쓴단 말인가 싶었기 때문이었다. 방송국으로 전화를 걸어 "시각장애인이 대학 공부를 한다는 게 사실인가요?" 하고 묻자 담당 PD는 현재 15명의 시각장애인이 대학에 다니고 있다고 대답했다.

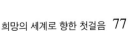

나는 충격을 받았다. 시각장애인 혼자서 걷고, 책도 읽는다니! 그동안 나는 시각장애인은 아무것도 할 수 없는 존재로만 생각해 왔는데, 방송국 PD의 말에 많은 위로와 용기가 생겼다.

바로 방송국 PD가 소개해 준 한국맹인복지협회로 전화를 걸었더니 내가 사는 곳과 가까운 전북 맹인복지협회를 소개해 주었다. 날아갈 듯한 기분에 단 1초도 지체하고 싶지 않아 남동생 경춘이를 재촉해 전주시 태평동에 있는 동양철학관을 찾았다. 방 안에는 10여 명의 시각장애인이 이야기를 나누고 있었다. 처음으로 많은 시각장애인을 만났다. 김원경 회장을 비롯해 다른 시각장애인들과 악수를 나누고 인사를 했다.

금년에 대구대학교 특수교육학과를 졸업한, 재활 교육을 맡고 있는 정지훈 선생님이 나를 부르셨다. 맹인은 배워야만 사람 구실을 할 수 있다며 못다 한 공부를 계속해 보라고 권유하셨다. '쇠도 단 김에 두드려라'는 말처럼 무엇이든 하고 싶었다. 그래서 가능하다면 공부를 계속하고 싶다고 했다. 강한 열의 탓인지, 정 선생님은 그다음 날부터 흰 지팡이를 짚고 다니는 훈련과 점자 읽는 법을 가르쳐 주셨다. 태어나서 처음으로 점자 판과 흰 지팡이를 만져 보았다. 그러나 흰 지팡이를 만지는 순간 서글픈 감정이 복받쳐 올랐다. 이것을 짚고 어떻게 다닌단 말인가, 친구나 아는 사람이 지팡이를 짚고 걷는 나를 보면 어떻게 생각할까 하는 생각이 든 것이다.

운명의 반려자를 만나 가정을 꾸리다

인연은 생각지도 않은 우연한 기회에 맺어지는 법이라고 생각한다. 행사장, 수련장, 교육장, 시장, 열차 안, 관광지, 봉사 활동 등을 통해 맺어진 인연으로 친구가 되고, 인간관계가 형성되는 것이다.

정지훈 선생님의 격려와 가르침에 한참 흰 지팡이를 짚고 점자 읽는 법을 배우는데 친구 병군이가 입대한다고 했다. 그래서 풍운아의 친구들이 1983년 7월, 송별회를 준비했다. 전주역 앞 병군이의 큰형님 집에 모인 8인의 회원들은 맥주와 과자를 놓고 잔을 비웠다.

친구를 군대에 보내는 심정은 무척 착잡했다. 군 생활을 건강하게 무사히 마치고 제대했으면 하는 바람뿐이었다. 군 복무 중 사고로 장애인이 된 나로서는 걱정이 될 수밖에 없었다.

"병군아, 애인 있으면 한번 데려와 봐" 했더니 아직 없단다. 대학교 2학년이니 여자 친구가 있을 법한데 의외였다. 아무리 조촐한 송별회라지만 분위기를 살리고 싶었다. 아카데미백화점에 근무하는 사촌 이모에게 구원을 요청했다. 수영이 이모와 함께 아름다운 아가씨들이 나타나 방 안은 순식간에 생동감이 넘쳐흘렀다. 서로 파트너를 정한 뒤, 노래와 게임으로 즐거운 시간을 보냈다.

내 파트너는 수영이 이모와 가장 친한 친구인 이용애 씨였다. 눈이 안 보인다는 이야기를 먼저 하고 대화를 나누었다. 용애 씨는 무척 상냥한 아가씨였다. 대화를 나눌수록 자꾸만 그녀에게 빨려 들어가는 것 같았다. 승권이가 옆구리를 쿡 찌르더니 "네 파트너, 상당한 미인인데!" 하고 속삭였다. 순간 '그럼, 내 사람으로 만들어야지!' 하고 결심했다. 헤어질 시간이 되자 수영이 이모에게 부탁했다.

"용애 씨와 같이 근처 한국관에서 차 한 잔 마시고 싶은데."

눈치를 챈 수영이 이모는 한국관에서 기다리겠다고 했다. 차를 마시며 많은 이야기를 나누었다. 용애 씨도 싫지 않은 눈치였다. 그렇게 만남의 횟수가 늘어 갔다.

하루는 홍지서림에서 산, 이문열의 '젊은 날의 초상'이라는 책을 용애 씨에게 선물하려고 그녀가 근무하는 백화점으로 갔다. 대전 유성에 사는 용애 씨 어머님이 와 계셨다. 이 무렵 전주극장에서 '슬픔이여 이제 그만'이라는 영화가 인기리에 상영되고 있었다. 나는 그녀의 어머님에게 점수를 따려고 영화를 보여 드리고 저녁으로 자장면까지 대접했다. 그러다 보니 오수행 막차를

놓치고 말았다. 가까운 여관에서 자고 가겠다는 말에 점수를 잘 받았는지 용애 씨 어머님은 그러지 말고 하숙집에서 자고 가라 하셨다.

연애 3개월 만인 1984년 1월 1일, 용애 씨 어머님과 수영이 이모 그리고 부모님의 적극적 지원과 협조 아

래 양가의 축복을 받으며, 우리는 오수의 신혼예식장에서 성대한 결혼식을 올렸다.

그러나 행복도 잠시, 달콤한 신혼 생활 3개월 만에 아버님이 목 디스크로 병석에 눕고 말았다. 불교를 믿는 부모님과 달리 천주교 신자였던 아내는 일요일마다 시외버스를 타고 임실성당에 가 아버님의 완쾌를 기원했지만 소용이 없었다. 오히려 아버님의 병세는 더욱 깊어만 갔다. 집안에 우환이 생기자 온갖 말이 나돌았다. 집안에 여자가 잘못 들어와 이런 일이 생겼다는 것이다.

결국 아버님은 예수병원에서 목 디스크 수술을 받아야 했고, 어머님은 병간호를 위해 병원에서 살다시피 하셨다. 만삭이 된 아내가 대신 구멍가게를 꾸려 가야 했다. 다행히도 수술 경과는 양호했지만, 아내의 고생은 이만저만이 아니었다. 배는 계속 불러 오고, 시동생 네 명의 뒷바라지에 가게와 집안 살림까지 도맡아야 했다. 그러나 고생하는 아내를 위해 내가 해 줄 수 있는 것은 없었다. 고생한다는 말 외에 해 줄 수 있는 게 하나도 없었다. 남편이라는 작자가 아무짝에도 쓸모없는 존재라니……. 도와준다고 나섰다가 공연히 다치기나 하고, 그릇이나 깨뜨려 먹는 등 방해만 되었으니 오히려 가만히 있는 게 도와주는 것이었다.

아내 혼자서 육체적, 심적 고통을 겪어 내야만 했다. 다행인 것은 아내가 싫은 내색 한번 없이 묵묵히 부모님의 빈자리를 채워 주고, 온갖 타박에도 꿋꿋이 인내하며 슬기롭게 극복해 내었다는 점이다. 그저 고마울 따름이었다. 뿐만 아니라 떡두꺼비 같은 아들 송민이까지 안겨 주었으니 내게는 그 무엇과도 바꿀 수 없는 소중한 존재였다.

한계에 부딪친 홀로서기와 분가

파스칼은 말했다. "목적 없는 휴식, 재미없는 오락, 아무 의미 없이 쉬는 일은 지루할 뿐이다." 휴식을 하거나, 오락을 즐기거나, 잠을 자더라도 내일을 위한 희망이 있어야 한다.

결혼한 지 2년째, 그동안 부모님의 품 안에서 보호만 받고 살아온 것이 후회가 되었다. 한 가정의 가장으로, 아버지로서 역할을 다해야 하지만 나는 그러지 못했다. 직업을 가지고 가정을 돌보아야 하는데 장애 때문에 직장을 얻기가 거의 불가능했다. 사회보장제도가 잘되어 있다면 장애인도 의무 고용, 지원 고용, 보호고용, 연계 고용 등으로 직업을 가질 수 있겠지만 우리나라는 아직도 사회보장제도가 걸음마 수준에 불과하니 당시에는 더더욱 국가에 기대할 것이 없었다.

무럭무럭 건강하게 커 가는 민이를 보며 밤마다 편히 잘 수가 없었다. 호강을 시켜 주지는 못할망정 고생은 하지 않도록 해 주어야 할 텐데 하는 마음뿐이었다. 그런 생각을 할 때마다 눈가에 눈물이 고였다. 장애인인 아버지 때문에 상처받지 않고 씩씩하게 잘 자라 주어야 할 텐데, 생각하면 할수록 한숨만 터져 나왔다. 가족 부양을 위해 무슨 일을, 어디서부터 시작해야 할까? 하늘을 쳐다보기도 무서웠다. 미래에 대한 전망은 없고, 그저 깜깜하고 막막할 뿐이었다.

일단 무엇이든 도전해 보기로 했다. 얼마 전, 어깨 너머로 배운 약 봉투 수주 사업을 해보기로 한 것이다. 마침 병학이 형이 약국과 병원에 약 봉투를 제작, 납품하는 사업을 하셔서 도움을 받을 수 있을 것 같았다. 그래서 먼저 문방구에서 파일을 한 개 구입해 얻어 온 견본용 약 봉투를 정성 들여 파일에 끼운 뒤, 곡성·구례행 직행버스에 몸을 실었다.

한의원, 약국, 병원 등을 방문해 약 봉투 제작 상담을 시작했다. 태어나서 처음으로 시작한 사업이라 약국 문을 열고 들어갔다가 얼굴만 빨개져 말 한마디 못하고 되돌아 나오거나, 인쇄비도 몰라 상담 중 쩔쩔매기도 하고, 활자체를 몰라 약사한테 무시당하는 등 온갖 수모만 겪었을 뿐 10일 동안 단 한 건도 주문을 받지 못했다. 결국 야심 차게 시작한 지 10일 만에 포기하고 말았다.

그러는 사이 아내를 대하는 부모님의 태도가 점점 달라지기 시작했다. 잔소리가 심해지더니 나에게까지 잔소리를 하셨다. 며느리가 미우면 자식도 미운 법인가? 언제부터인지, 아내가 나가 살자는 말을 하기 시작했다. 처음에는 대수롭지 않게 받아들였지만, 점점 나가 살자는 말을 하는 횟수가 늘었다. 놀고먹는 신세가 이런 것이구나 하는 생각에 마냥 서러웠다.

어떻게 해서든 돌파구를 찾아야만 했다. 그러다가 기어코 문제가 터지고 말았다. 당시 미곡상을 하던 아버님이 가게 일로 버럭화를 내신 것이다. 가뜩이나 직장 문제, 가정 문제로 신경이 곤두서 있는데 꾸중마저 듣자 순간 나가 살겠다는 말이 터져 나왔다. 아버님도 그러라고 하셨다.

다음날, 전주 보훈지청을 방문한 나는 전세 자금 대부 신청을 하여 250만 원을 빌렸다. 그리고 전주 시내 복덕방을 찾아다닌 끝에 5일 만에 인후동에 위치한, 세 평 정도 되는 단칸방을 계약할 수 있었다. 우리 세 식구가 거주할 전셋집은 신흥 주택단지 근처에 있어서인지 주변 환경이 좋았다.

1985년 3월 7일, 우리 세 식구는 용달차에 살림을 싣고 이사를 했다. 아버님은 마냥 부족하기만 한 자식을 그냥 보내기가 아쉬웠는지 손수 농사지은 쌀 한 가마를 이삿짐 차에 실어 주셨다. 너희들 먹을 양식은 대 줄 테니, 걱정 말고 열심히 살라는 말씀도 하셨다. 너무 감사하고 고마웠다.

힘겨운 재활의 길

밖의 온도가 제법 오른 5월 초, 점자를 가르쳐 준 정지훈 선생님이 연락을 하셨다. 5월 중순, 전북 안마수련원이 개설되니 안마 교육을 받지 않겠냐고 하셨다. 매일매일 고통 속에서 방황하던 나에게 희소식이 아닐 수 없었다. 사막에서 오아시스를 만난 것처럼 뛸 듯이 기뻤다. 교육은, 김원경 회장님이 효자동 척동 마을에 지은 장애인 수용 시설 자양원에서 이루어졌다. 즐거운 마음으로, 힘든 줄도 모르고 매일같이 흰 지팡이에 의지해서 시내버스를 타고 안마 교육을 받으러 다녔다.

강의는 정지훈 선생님이 해주셨다. 다리가 불편해 목발을 짚고 다니는, 해남에서 오신 임의식 아저씨와 오병인, 최숙정, 강일숙, 김경오, 신광일 씨 등 여덟 명이 안마 교육을 받았다. 집에서 다니는 사람은 나 혼자였고, 나머지 일곱 명은 자양원에서 기숙사 생활을 했다. 비인가 수용 시설인 자양원에는 우리 말고도 지체 장애 원생 30여 명이 생활하고 있었다. 원생들은 오리 농장 운영, 동양자수 교육 등 열심히 재활 교육을 받고 있었다.

처음 접해 본 점자 안마 교과서는 해부학, 생리학, 병리학, 국어, 일어 등 총 다섯 권이었다. 누에똥처럼 생긴 점을 왼손 검지 끝으로 읽을 때는 짜증도 많이 났다. 모두 똑같은 것 같고 글자가 아닌 것 같았다. 점자 도서 한 쪽을 읽는 데 무려 한 시간이나 걸렸다. 더듬더듬 점자를 읽다 보면 앞 문장 뜻을 잘 몰라 전체 문맥을 놓치기 일쑤였다. 나중에야 알게 되었지만, 후천적으로 실명한 사람들은 점자 도서를 읽기가 매우 어렵다고 한다.

촉각을 예민하게 만들기 위해 시멘트 바닥이나 사포로 손끝을

문지르기까지 했다. 그래도 점자를 읽는 속도가 늘지 않아 속이 탔다. 머리는 앞서 가는데, 검지로 읽는 속도는 어린아이 걸음마보다 느렸다. 다른 교육생들도 점자 읽는 속도가 느리긴 마찬가지였다. 하지만 우리는 정 선생님이 녹음해 준 안마 교과서 녹음테이프까지 동원해 열심히 공부했다.

매일 시내버스를 타고 오가는 것도 문제였다. 해금장사거리의 버스 정류장에서 전주대로 가는 시내버스를 타야 하는데, 표지판을 볼 수 없어 매일 아내의 도움을 받아야 했다. 어쩌다 아내에게 사정이 생겨 혼자 시내버스를 타야 할 때에는 한바탕 전쟁을 치러야 했다. 다행히도 버스 정류장에 사람이 있으면 그분의 도움을 받아 버스를 탈 수 있지만, 없는 경우에는 타야 할 버스가 와도 모르고 지나치기 일쑤였다. 몇 시간이고 누가 나타날 때까지 무작정 기다리는 수밖에 없었다. 이런 날은 지각이 불 보듯 뻔했다.

그러나 고진감래(苦盡甘來)라고나 할까, 힘들고 어려웠던 2년의 교육과정을 모두 마치고 전라북도 도청 민원실에서 안마사 자격증을 발급받을 수 있었다. 그날, 나는 부들부들 떨리는 손으로 자격증을 가슴에 안고 한없이 울었다. 종이쪽지 한 장에 불과한 자격증은 큰 힘을 발휘했다. 자포자기와 무능력한 인간, 가치 없는 인간 등 온갖 오명을 뒤집어쓴 채 인간쓰레기 취급을 받던 내게 꿈과 희망 그리고 자신감을 심어 주었고, 자아실현을 위해 뛰는 인간으로 변모케 했다.

자격증을 따자마자 제일 먼저 아버님과 어머님에게 안마를 시술해 드렸다. 아버님은 내 손을 꼭 잡고는 한동안 아무 말씀도 없으셨고, 어머님은 그동안 아팠던 허리가 다 나았다며 울먹이셨다.

실력은 점점 늘어 요통으로 2개월 동안 경찰병원에 입원해 치료받았지만 별 효과를 못 보았던 양재교 도봉경찰서 교통반장을 한 달 만에 걷게 만들기도 했다. 치료가 끝나자 양 반장님은 내 손을 꼭 잡으면서, "이 은혜 평생 잊지 않겠네!"라고 하셨다. 이것이 인연이 되어 우리는 형님, 아우 하며 지내는 사이가 되었다. 차츰 입소문이 퍼져 우리 집은 찾아온 환자들로 북적였다. 환자들을 설득해 되돌려 보내야 하는 일까지 생겼다. 하상장애인복지관에 취직되어 치료할 시간이 부족했던 것이다. 직장에서 퇴근하면 강남 개포동에서 강북 창동의 양 반장님 댁으로 가 약 한 시간 정도 시술해야 했기 때문이다.

무보수로 맹인복지협회 사무국장을 맡아

미국의 사회조직학 전문가 존 P. 엘 교수에 따르면 조직의 생리는 지도자의 리더십에 따라 달라진다. 어느 조직이든 생길 때에는 구성원들 간의 화합이 주목적이기 때문에 무조건적인 화합이 필요하다. 그 뒤 이슈와 이데올로기 차이 때문에 조직 구성원들 간에 갈등이 일어난다. 이 단계를 겪으면서 조직은 결속력이 강화되는 결합의 단계와 활성화되는 발전의 단계에 이른다.

1985년 3월부터 정지훈 선생님은 (사단)한국맹인복지협회 전북지부 사무국장으로, 나는 복지이사로 재직하게 되었다. 지금도 우리나라의 장애인 복지 수준은 매우 열악한 편이지만, 당시는 장애인 복지에 대해 논의하는 것 자체가 이상했던 시절이었다. 대부분의 단체가 영세성을 면치 못해 사무실 유지에 급급했고, 조직 및 회원 관리도 예산 부족과 운영 미숙으로 인해 오합지졸 수준이었다. 장애인에 대한 사회 인식 또한 매우 낮아 비장애인으로부터 천대와 멸시를 받아야만 했다.

정지훈 국장님과 나는 장애인 인식 개선을 위해 시민과 대학생을 대상으로 점자 교육을 실시했고, 맹인 경노 잔치를 개최하는 등 보다 다양한 복지사업을 펼쳐 나갔다. 장애인 복지의 불모지였던 전북 지역에서 젊은 일꾼들이 뭉쳐 무엇인가 새로운 복지사업을 전개할 무렵인 8월 정지훈 국장님이 서울에 있는 라파엘의 집 부원장으로 근무지를 옮기게 되었다. 공석이 된 사무국장 자리는 내가 승계받았다.

안마 교육을 받는 틈틈이 협회 사무실에 출근하여 회원들 상호간의 깊은 불신과 반목을 없애려고 많은 노력을 기울였다. 이를 위해 협회의 모든 정보를 회원들에게 낱낱이 공개하기로 하고 『전북별빛』을 창간, 회원들에게 매월 발송했으며 도내에서 최초로 흰 지팡이 기념 걷기 대회도 개최했다. 전주동물원과 완주 송광사, 관촌 사선대에서 맹인 경로 잔치를 열고, 일반 시민들을 대상으로 시각장애인에 대한 인식 개선을 촉구하기도 했다. 5년 동안 무보수로 사무국장 직을 충실히 수행하면서 나보다 더 어렵게 생활하는 많은 시각장애인을 위해 그들에게 더 많은, 더 나은 복지 서비스를 제공해야 한다는 생각뿐이었다.

하루는 장수군에 사는 국가유공자 박종민 씨(1993년 사망)가 찾아와 외딴집에서 혼자 어렵게 사는 김재운 씨의 딱한 사정을 이야기하며 도와 달라고 요청해 왔다. 나는 "비록 힘들겠지만, 그분을 재활시킬 수 있는 방법을 모색해 봅시다. 반드시 좋은 결과가 있을 것입니다"라고 말했다. 때마침, 지정환 신부님이 장애인 천주교 신자들의 미사 편의를 위해 매월 미사를 집전해 주고 계셨다. 우리는 지정환 신부님이 계시는 풍남문 근처의 옛 성모병원을 찾아가 김씨가 재활할 수 있도록 2년 동안 숙식을 제공해 줄 것을 부탁드렸다. 신부님은 흔쾌히 승낙해 주셨다.

그 뒤 전북 안마사협회 부설 안마수련원에서 재활 교육을 받은

김씨는 안마사 자격증을 취득, 지금은 전주시 인후동에서 자녀와 함께 행복하게 잘 살고 있다. 미약한 도움이지만 아무 희망이 없던 데서 재활에 성공, 잘 살아가는 김씨의 모습에 보람을 느낄 수 있었다.

낙방과 재도전

軍에서의 사고 이후 꿈과 희망이 좌절과 절망으로, 믿음과 사랑이 불신과 미움으로, 도전과 극복 정신이 자포자기로 변해 숱한 방황 속에서 나 자신마저 잃고 살아왔다. 그러나 재활의 길을 찾고부터는 마음이 안정되어서인지 미래에 대한 계획도 꿈꿀 수 있었다. 비록 비장애인에게는 하찮게 보일지 모르지만, 내게는 큰 용기와 위안이 되었다. 천군만마를 얻은 듯한 기백과 용솟음치는 패기로 이 세상 어떤 일도 다 해낼 수 있을 것 같았다.

하루는 선술집에서 막걸리를 들다 말고 정지훈 선생님이 "경태, 계속 공부할 생각 없나?" 하셨다. 나는 그 대답으로, 단숨에 술잔을 들이켜 무언의 의사 표시를 했다. 정 선생님은 "특수교육학을 전공해 맹학교에서 교편을 잡는 것도 괜찮지" 하고는 내 손을 꼭 잡으며 "예비고사에 응시해 보게" 하셨다.

가톨릭맹인선교회에서 제작한 녹음 도서로 입시 공부를 시작했다. 삼례공고에서 100m 달리기와 오래달리기, 턱걸이, 윗몸일으키기 등 체력장도 치렀다. 6년 만에 처음 해본 체력장이지만 선생님과 후배들의 도움을 받아 20점 만점에 18점이라는 높은 점수를 받을 수 있었다.

1985년 12월 13일에는 풍남중학교에서 1986학년도 대입학력고사도 치렀다. 당시에는 시각장애인을 위한 시험 편의 제공이라고는 문제지를 읽어 주는 게 고작이었다. 지금처럼 점자 문제지와 약시자를 위한 문자 확대 문제지는 감히 생각조차 못한 시절이었다. 나는 4교시 동안 양호실에서 선생님이 읽어 주는 문제지를 듣고 정답을 결정, 선생님에게 말하면 그것을 답안지에 기재해 주는 방식으로 시험을 마쳤다. 나름대로 최선을 다해 열심히 공부했지만, 문제가 너무 어려웠다. 6년 만에 경험해 본 탓인지 시험 시간 내내 다소 긴장되고 몸이 굳어 답답하기만 했다.

학력고사가 끝난 뒤 TV에서 발표된 정답과 맞춰 보니 320점 만점에 151점, 체력장 점수를 더해도 겨우 169점이었다. 이 점수로는 내가 생각했던 모 대학 특수학과에 응시하기란 불가능했다. 그렇다고 원서를 낼 만한 마땅한 대학이 있는 것도 아니어서 깨끗이 포기하고 내년에 다시 도전하기로 마음먹었다. 가야 할 목표가 뚜렷하고, 미래에 대한 희망이 생겨서인지 마음이 한결 가벼웠다. 모든 일에 적극적으로 임하는 자신감까지 생겼다.

대학 편입학과 사회봉사 활동

인간은 세상에 태어나 성장하면서 이웃과 사회, 국가에 이바지하고자 한다. 즉 직업이나 다양한 사회봉사 활동을 통해 보람되고 뜻깊은 일을 하고 싶어 하는 것이 인간이다. 이때 직업은 자신의 잠재력을 최대한 계발·발휘하고 가족도 부양하며, 사회에 이바지하는 데 큰 역할을 담당한다.

그러나 내 현실은 그렇지 못했다. 직업을 가지고 싶어도 시각장애인을 흔쾌히 받아 주는 직장이 없었다. 그래서 가장으로서의 위치를 확고히 할 수 없었고, 사회를 위한 공헌은 감히 생각조차 할 수 없었다. 마땅한 역할이나 소일거리마저 없다 보니 비좁은 방에서 하루하루를 보내는 것이 지겹도록 싫었다. 현실도피를 위한 다각적인 방법을 모색해 보았지만, 그마저도 쉽지 않았다.

머리가 어수선하고 마음의 갈피를 잡지 못하다가 미래를 대비하는 차원에서라도 공부를 계속하는 것만이 상책이라는 생각이 들었다. 마침 보훈 대상자들에게 학비를 전액 보조해 주는 제도가 있어 마음을 굳힐 수 있었다. 1987년 1월, 한일신학교 사회복지학과에 편입학 원서를 제출했다. 서류 전형과 영어 시험 그리고 면접 순으로 전형을 마치고 결과를 기다렸다. 원래는 특수교육학과에 입학해 장애인 교육에 종사하고 싶었지만, 워낙 학력고사 점수가 낮아 들어보지도 못한 사회복지학과에 응시했다.

얼마 뒤, 합격 통지서를 받자 생소한 학과 공부를 어떻게 해야 할지 걱정이 앞섰다. 강의 내용을 점자판에 필기하고 녹음기로 녹음해서 반복해 들어야 했다. 전공 서적은 염치불구하고 동료 학우들에게 녹음을 부탁, 녹음테이프로 공부해야 했다. 대학에서는 장애 학생을 받기만 했지 그들을 위한 학습 지원 프로그램이나 편의 시설을 전혀 갖춰 놓지 않았다. 리포트 작성 또는 학과시험은 철저히 녹음테이프에 의존할 수밖에 없었다. 녹음 도서가없는 학과목은 리포트는 물론 시험도 제대로 치를 수 없어서 한바탕 곤욕을 겪어야 했다. 점자 도서나 녹음 도서를 제작하지 않는 한 방법이 없었다. 지금은 음성 컴퓨터를 활용해 학과 공부는물론 리포트도 쉽게 작성할 수 있으니 다행이다.

어느 정도 캠퍼스 생활에 익숙해지자 가을 학기부터 내가 도움이 될 만한 일이 없나 찾기 시작했다. 사회복지학은 실천 학문으로서 봉사 활동을 통해 현장 경험을 많이 쌓아야 한다. 때마침, 결손가정 아동 학습지도 봉사자를 모집한다고 해서, 진북동에 위치한 한국어린이재단 전북 지부를 찾았다.

소정의 자원봉사자 교육을 이수하고 처음 배치 받은 곳은 예수병원 뒤쪽에 있는 달동네였다. 비포장길을 따라 먼지를 흠뻑 뒤집어쓰며 내가 담당하게 될 김철민 학생의 집을 찾았다. 초등학교 5학년인 철민이는 부모님이 모두 가출하여 양돈을 하시는 할아버님과 함께 살고 있었다. 1주일에 한 번씩 철민이네 집을 방문해서 이야기를 주고받았다. 철민이의 할아버님은 돼지 밥을 수거하기 위해 자전거를 타고 시내 식당에 가시고, 철민이 혼자 텅빈집을 지키기 일쑤였다.

비록 1주일에 한 번이지만 철민이를 만날 때마다 나는 장애도잊은 채 신명이 나서 많은 이야기를 들려주었다. 가끔은 뻥튀기를 사 들고 가 나누어 먹기도 했다. 부모 없이 결손가정에서 티없이 자라나는 철민이를 보며 더 열심히 공부하여 이 사회를 위해 무엇인가 해야겠다는 생각을 굳힐 수 있었다. 자동차가 지날때마다 흙먼지가 풀풀 날리는 비포장길을 따라 걷다 보면 어느새등줄기에 땀방울이 흥건했지만, 철민이를 만나면 나도 모르게 힘이 나고 자신감이 생겼다. 지금 생각해 보면 이때의 자원봉사 활동이 내 인생에 크나큰 전환점이었다. 타인을 배려하고 관심을 가지려는 작은 섬김의 마음은, 그때의 자원봉사 활동을 통해 얻은 귀중한 재산인 셈이다.

배낭을 메고 일본의 사회복지시설을 찾아서

인생의 목표를 설정하는 데에는 가능성도 중요하지만, 최고의 목표를 설정해 차근차근 실천해 나가는 과정 또한 매우 중요하다고 생각한다. 지나온 시간은 설정한 목표에 도달하기 위한 노력의 과정인 셈이다. 나는 젊은이라면 용광로처럼 강인한 도전 정신과 추진력으로 무장해야 한다고 생각한다.

뒤늦게 다시 시작한 대학 공부지만 나이 어린 학우들보다 더욱더 열심히 공부했다. 정열적이고 적극적인 학문 탐구로 학우들과 어깨를 나란히 할 수 있었던 것은 노력을 배가한 덕분이었다.

하지만 사회복지학을 공부하면서 이해하기 힘든 부분도 많았다. 특히, 장애인 복지와 관련된 이론 배경을 공부할 때는 선진국의 복지 제도와 우리나라 복지 제도의 수준 차가 너무 커 선진국의 복지 정책에 대해 알고 싶었다.

선진 복지국가는 요람에서 무덤까지 사회보장제도가 잘 갖추어져 있다는데, 장애인이 불편을 느끼지 않으며 사회생활을 영위할 수 있는 비결은 무엇일까? 우리나라의 전통적 복지 제도 중 하나인 계나 두레, 품앗이는 왜 과학적이고 체계적인 복지 제도로 정착되지 못했을까? 할 수만 있다면 선진국의 복지 제도를 몸으로 체험하고 싶었다. 옛말에 호랑이를 잡으려면 호랑이 굴로 가야 한다고 했다. 며칠 생각 끝에 우리보다 선진국인 일본으로 복지 탐방을 떠나기로 결심했다. 앞도 못 보는 놈이 언어도 통하지 않는 외국으로 나아간다는 것은 커다란 모험이었다.

1989년 4월, 재학생을 대상으로 견학을 희망하는 학생 모집이 시작되었지만, 6월까지 지원자가 단 한 명도 없었다. 7월 초, 졸업 선배 소병무 형이 연락해서는 일행이 없으면 단 둘이서라도 떠나자고 했다. 7월 중순이 되자 신청자는 모두 7명이라고 했다.

여권과 비자를 발급받고, 8월 1일 드디어 난생처음 외국을 방문하게 되었다. 경비를 절약하기 위해 비행기 대신 여객선을 이용하기로 하고, 식비 절약을 위해 최대한 짐을 꾸렸다. 물가가 비싼 일본은 먹을 것도 매우 비싸다고 했기 때문이다. 신라면과 김치 그리고 쌀 한 말을 배낭에 넣었다.

전주 고속버스터미널을 출발한 일행은 5시간 30분 만에 부산에 도착했다. 8월 2일 오후 2시, 국제여객터미널 근처의 환전소에서 환전을 마쳤다. 한화 500원에 일화 100엔으로, 20만 원을 바꾸니 일화로 5만 엔밖에 안 되었다. 오후 4시, 드디어 출국 수속을 마치고 카페리호에 승선했다. 3등실에 짐을 풀고, 3층의 갑판으로 올라갔다. 카페리호는 부웅부웅 하면서 서서히 부산항을 빠져나갔다. 이렇게 큰 고철 덩어리가 가라앉지 않고 물에 뜬다니 참 신기했다.

25시간의 긴 항해 끝에 오사카 항에 도착, 입국 수속을 했다. 검역소 직원이 고운체로 배낭에 든 쌀을 꺼내 치기 시작하자 우두둑 쌀벌레가 쏟아져 나왔다. 검역소 직원이 일본말로 뭐라 했지만, 우리 일행 중 누구도 일본말을 할 줄 몰라 도대체 무슨 뜻인지 답답하기만 했다. 이러다 꼼짝없이 국제 미아가 되는 것 아닌가 하는 생각까지 들었다. 이럴 줄 알았으면 진작 일본말을 배워 둘걸.

통역을 위해 병무 형이 부산에서 거주하다 15년 전부터 오사카에서 조그만 공장을 한다는 재일 교포 한 분을 모셔 왔다. 그분은 검역소 직원과 대화를 나눈 뒤, "한국에서 가져온 쌀에서 쌀벌레가 나와 방역을 해야만 통관이 가능하다"고 전해 주었다. 1주일 뒤에나 찾아가라니, 참 난감했다. 15일 치 식량을 고스란히 빼앗

길 판이었다. 우리의 딱한 사정을 전해 달라고 부탁했지만 일본 검역법상 방역이 끝나지 않으면 절대로 통관시킬 수 없단다. 우리는 단순히 관광을 온 게 아니라 선진 일본의 복지 제도를 배우러 온 거라고 방문 목적을 전해 달라고 했지만 소용이 없었다.

우리를 도와준 재일교포는 마침 집이 비어 있으니 괜찮다면 일단 자기 집으로 가자고 하셨다. 우리는 호의를 베풀어 주셔서 감사하다고 말씀드렸다. 그렇지 않아도 텐트 생활을 해야 하는데 막상 일본에 도착해 보니 텐트를 칠 만한 야영장이 거의 없어서 곤란하던 참이었다.

택시 두 대에 나누어 탄 우리는 오사카 시를 거쳐 모모다니 역 쪽에 위치한 2층집에 도착했다. 조총련을 비롯한 재일 교포들이 많이 사는 교포촌으로, 근처에 한국 식당과 우리말을 쓰는 사람도 많았다. 2층의 비어 있다는 방에 묵게 된 우리는 칸막이 문을 사이에 두고 큰방에는 병무 형과 고석민 선배, 하기운 그리고 내가, 작은방에는 같은 과 학우인 소정화와 이문희, 1년 후배 김난영이 여장을 풀기로 했다.

여학생이 가져온 라면으로 저녁을 해결한 우리는 재일 교포가 운영하는 근처의 슈퍼마켓을 방문, 필요한 물건들을 구입했다. 희한하게도 바나나 한 다발이 500엔밖에 안 했다. 우리나라에서는 달랑 한 개에 3,000원씩이나 하는데, 너무 싸서 내일 아침 식사 대용으로 두 다발을 샀다.

첫날 밤은 긴 항해로 피곤했던지 금방 곯아떨어졌다. 다음날 6시에 기상하여 집 근처를 산책하는데, 집주인이 집 앞 다방으로 우리를 안내해 주셨다. 다방 안에는 손님 몇 명이 모닝커피를 마시고 있었다. 모닝커피를 주문하자 찐 계란이 함께 나왔다. 바나나로 아침 식사를 때운 터라 우리는 염치 불구하고 찐 계란을 다섯 개씩 먹었다. 커피 한 잔에 150엔이라고 하니 찐 계란은 얼마나 받을까? 어림잡아 몇 천 엔은 될 것 같아 걱정스러웠는데 서비스란다. 모닝커피 시간인 오전 7시까지는 찐 계란이 무료로 제공된다니, 진작 알았으면 더 먹었을 텐데……

고베의 사회복지협의회를 비롯해 오사카 장애인 직능 센터, 맹인 양궁장, 자립 생활관, 보육원, 복지 사무소, 장애인 전용 수영장, 장애인 작업장 등 다양한 복지시설을 견학했다. 방문한 시설에서 만난 사람들 모두 우리 일행을 친절히 맞이해 주었다. 시설 안내 책자를 미리 준비해 놓고 브리핑까지 하는 시스템은 참 인상 깊었다.

저녁 무렵, 우리나라의 수녀들이 운영하는 한 보육원을 방문했다. 마침 보모들이 아이들에게 식사를 주고 있었다. 특이하게도 보모 한 명당 배정된 아동 수가 연령에 따라 달랐다. 예를 들면, 0~1세인 경우 보모 1인당 2~3명, 5~6세인 경우에는 보모 1인당 6~7명을 맡겨 질 높은 서비스를 제공하고 있었다.

대중교통의 경우에도 세심한 배려가 깃들어 있었다. 시내버스마다 휠체어까지 태울 수 있도록 리프트 시설이 되어 있었다. 또 시각장애인과 청각장애인을 위해 음성과 문자로 안내 방송을 제공하고 있었다. 노약자와 보행 약자를 위한 지정 좌석 등 각종 편의도 제공하고 있었다. 지하철 역사, 백화점 등 많은 대중이 이용하는 시설물에도 경사로를 설치, 휠체어는 물론 유모차나 자전거도 쉽게 다닐 수 있도록 만들어 놓았다. 또한 수영장이나 지하철 역사에 점자블록과 음향 신호기나 음성·문자로 안내 방송을 제공하고 있었다.

모모다니의 복지 사무소를 방문, 복지 서비스 체계와 주요 업무에 관해서도 알아보았는데 장애인에게는 장애 연금을, 노령자에게는 노인 벨을 지급하고 있었다. 노인 벨 제도는 긴급할 때 벨을 누르면 가까운 곳에 있는 구조대원이 출동하여 각종 수발을 드는 서비스였다. 세심한 부분까지 신경 쓰는 프로그램을 보고 무척 놀랐다. 여기가 복지 천국이구나 하는 감탄이 저절로 터져 나왔다. 일본이 괜히 선진국이 아님을 깨달을 수 있었다.

장애인을 대하는 일반 시민들의 의식 또한 매우 높았고, 일상 생활 용품에서도 장애인을 배려하는 마음이 담겨 있었다. 점자가 찍힌 캔 음료, 칫솔, 화장품, 약품, 세면도구 등은 말할 것도 없고, 우편엽서에도 점자가 찍혀 있었다. 또 장애인을 위한 각종 첨단 전자 제품이 전시, 판매되고 있었다. 특히 시각장애인을 위한 독서기 옥타콤, 점자 시계, 청각장애인을 위한 팩시밀리와 로봇 등 우리나라에 없는 최첨단 제품이 많았다.

15일 동안 많은 시설과 사람을 접하면서 경제 발전의 혜택이 소외 계층에게까지도 골고루 분배되고 있음을 새삼 느낄 수 있었다. 우리나라와 비교해 볼 때 일본의 장애인 복지 수준이 약 30년은 앞선 것 같았다. 수녀님들이 운영하는 오사카의 보육원에 초청 받아 저녁 식사를 대접받으며 원장 로사 수녀님에게 감사의 인사와 함께 이런 말씀을 드렸다.

"우리나라도 경제가 좀더 발전하면 일본 못지않은 복지 서비스를 제공하겠죠? 그때는 저처럼 보지 못하는 장애인도 행복하게 살 수 있도록 장애인 연금제도가 정착되고, 직업도 갖게 되겠죠?"

그러자 로사 수녀님은 이런 말씀을 하셨다.

"하루빨리 주님의 뜻에 따라 차별받지 않는 대한민국, 소외받지 않는 내 나라가 되었으면 좋겠어요. 그날이 빨리 오기를 우리 같이 기도해요. 그리고 용기를 잃지 말고 힘내세요."

졸업 그리고 일하는 행복

카네기는 "어떤 일에 열중하려면 그 일을 올바르게 믿고, 자기는 그것을 성취할 힘이 있다고 믿으며, 적극적으로 그것을 이루어 내겠다는 마음을 가져야 한다. 그렇게 하면 낮이 가고 밤이 오듯 저절로 그 일에 열중하게 된다"고 말했다.

마라톤을 완주해 본 사람만이 진정한 마라톤의 즐거움을 알 수 있다. 마라톤을 완주하려면 부단한 의지와 연습이 필요하며, 열정과 집중, 확신이 있어야 한다. 그러나 가장 중요한 일은 자신의 한 발걸음이 시작이라는 사실을 아는 것 아닐까.

졸업은 또 다른 시작이다. 미래에 대한 꿈과 희망이 있기에 새롭게 시작하려는 마음도 생기는 것이리라. 초·중·고교생은 상급학교 진학이라는 부푼 기대감에, 대학 졸업생은 사회의 초년생으로서 취업이라는 두려움과 설레는 마음을 안고 힘찬 발걸음을 내딛게 된다. 사춘기의 청소년들은 정열적 사고와 행동 그리고 진취적 기상 덕분에, 미혼 여성은 앞날에 결혼과 출산이라는 축복이 있어 희망을 잃지 않는 법이다. 따라서 시작은 희망의 배에 꿈과 정열 그리고 행복을 가득 싣고 미래를 향해 항해할 수 있는 원동력이 된다. 시작조차 할 수 없다는 것만큼 비참한 것은 없다. 이는 꿈과 희망, 미래와 행복이 보장되지 않은 천 길 낭떠러지로 곤두박질침을 의미하기 때문이다.

어렵게 학력고사를 치러 치열한 경쟁률을 뚫고 편입학해서 힘겹게 졸업장을 손에 쥐었다. 그렇지만 졸업은 나에게 시작이 아니라 또 다른 좌절과 절망 그 자체였다. 신체 건강한 졸업생에게도 취업의 문이 좁은데 앞도 보지 못하는 사람을 누가 데려가겠는가? 이력서를 제출할 수 있는 기회만 주어도 참 행복하겠다는 실낱같은 희망의 끈을 부여잡고 어렵게 대학을 마쳤지만, 역시 갈 곳이 없었다. 한 가정의 가장이 무위도식하며 생활한다는 것은 참혹하기 그지없는 일이다. 취업을 위해 전주 가톨릭맹인선교회와 서울의 시각장애인 시설, 기관, 단체의 문을 두드렸지만 아무 반응이 없었다. 오라는 곳도, 갈 곳도 없다는 참담함이란…….

인간은 어려움에 부딪치면 지푸라기라도 붙잡고 싶은 심정이 된다. 1990년 1월 중순 무렵, 주간 점자지 『청송』에 근무하는 유석영 기자로부터 만나자는 연락이 왔다. 낯선 사람을 만난다는 즐거운 마음에 약속 장소인 전주역 파출소 앞 아중다방으로 갔다. 뇌성마비 시인인 윤시몬 씨를 만나고 오는 길이라면서 그는 그동안 『청송』에 기고를 많이 해주어서 고맙다는 말로 이야기를 시작했다.

유 기자를 통해 서울의 장애인계 소식을 들으며, 험난한 파도를 맞아 순풍에 돛 단 듯 항해할 수 없는 심정을 털어놓았다. 오랜만에 가슴속에 묻어 둔 어두운 이야기를 토해 내니 마음이 한결 가벼웠다. 농담 삼아 유 기자에게 혹시 서울에 올라가면 취직자리 좀 알아봐 달라는 말까지 했다.

그런데 뜻밖에도 얼마 뒤 유 기자로부터 연락이 왔다. 『청송』의 기자로 일해 볼 생각이 없냐는 것이었다. 구세주를 만난 것처럼 앞뒤 가리지 않고 당장 일할 수 있다고 대답했다. 아, 이 기분은 아무도 모른다!

눈이 펑펑 내리는 엄동설한에 동생 경춘이의 안내를 받으며 강동구 성내동에 위치한 한국점자도서관을 방문, 육병일 관장님으로부터 면접시험을 보았다. '언제 실명했느냐, 점자는 아느냐, 글은 잘 쓰느냐, 결혼은 했느냐, 최종 학력은 어디까지냐?' 등등 여러 질문 끝에 육 관장님이 즉석에서 열심히 일해 보라고 하셨다.

'아, 나도 이제 어엿한 직장인이구나. 나도 일할 수 있구나. 나 같은 사람도 일할 곳이 있구나' 하는 생각을 하며 아내와 상의 끝에 사랑스러운 처자식을 전주에 두고 경춘이와 서울행 고속버스에 몸을 실었다. 아내가 정성 들여 챙겨 준 가방 두 개에는 겨울옷과 세면도구, 밑반찬과 수저, 그릇 등이 들어 있었다.

천호동 사거리 근처에 위치한 길동여관 문을 열고 들어갔다. 눈도 내리고 날씨가 너무 추워 엉겁결에 찾아간 여관은 1층짜리 구식 건물이었다. 두 명이 누우면 꽉 찰 정도로 작은 방을 월 20만 원에 계약한 뒤, 천호동 사거리의 공무원연금매장에서 전기밥솥과 전기장판 그리고 간단한 부엌살림을 구입했다.

저녁 식사를 위해 집에서 가져온 쌀을 바가지에 퍼 담아 수돗가로 갔더니 수도꼭지가 꽁꽁 얼었는지 물이 나오지 않았다. 더듬거리며 물을 찾았지만 역시 없었다. 여관 주인에게 혹시 받아 놓은 물이 있으면 좀 달라고 했더니 주인은 화장실에 물통이 있으니 그 물을 사용하라고 했다. 세상에, 화장실의 물로 쌀을 씻으라니! 찜찜한 생각에 취사를 포기하고 싶었지만 배가 너무 고파 마음을 바꾸어야만 했다.

화장실에서 얼음을 깨고 함지박에 물을 가득 퍼 담아 수돗가에서 쌀을 씻었다. 손이 시려 몇 번이나 손을 호호 불며 겨우 쌀을 씻을 수 있었다. 어머님은 우리 5형제 식사를 위해 아침저녁으로 도랑의 얼음을 깨고 그 차가운 물로 쌀을 씻고, 아내는 민이 똥 기저귀를 빨기 위해 추운 한겨울에도 방망이질을 하면서 춥다는 말 한마디 하지 않았다. 겨우 쌀 한 줌 씻으면서 얼굴을 찡그리다니……

전기밥솥에 쌀을 담아 밥을 짓고는 집에서 가져온 멸치조림, 김치, 양념이 된 김으로 경춘이와 저녁 식사를 했다. 속으로 울며 밥을 먹었다. 서러워서 울었고, 내 신세가 처량해서 울었다. 한편으로는 기뻐서 울었고, 기분이 좋아서 울었다.

서울에서의 첫날 밤, 잠자리에 들자 바닥은 따뜻했지만 단열이 잘 안 되어서인지 외풍이 심해 입김이 서릴 정도였다. 시설이 좋은 여관은 비싸기도 하거니와 도서관에서 멀리 떨어져 있어 참고 견디는 수밖에 없었다. 출퇴근하는 것 또한 문제였다. 숙소에서 도서관까지는 도보로 약 10분 정도 걸렸는데 출근 전날, 경춘이의 안내를 받으며 도서관까지 몇 번이나 왔다 갔다 하면서 길을 익혔다.

도서관에는 관장님을 비롯해 사무장과 사무원 두 명, 취재기자 두 명, 교정사 한 명, 제판사 한 명 등 총 여덟 명이 근무하고 있었다. 교정사는 시각장애인으로 마장동에서 시내버스를 타고 혼자 출퇴근했다. 정말 대단하다는 생각이 들었고, 한편으로는 위안도 되었다. 나도 그처럼 거리를 활보하며 다닐 날이 오겠지…….

눈코 뜰 사이 없이 훌쩍 한 달이 지나갔다. 태어나서 처음으로 노동을 하고 받은 월급봉투! 봉투 안에는 30만 원이 들어 있었다. 여관비 20만 원, 점심 식사비 5만 원, 교통비 6만 원 정도를 제하고 나니 적자였다. 하지만 첫 월급봉투를 아내에게 건네자 "민이 아빠, 참 값진 돈이네요. 절약해서 잘 쓸게요. 고생 많았어요" 하며 울먹였다.

직장 생활을 한 지 4개월째부터는 여관비를 절약하기 위해 도서관 옥상에 설치된, 물탱크가 있는 옥탑 바닥에 돗자리와 전기장판을 깔고 생활하기로 했다. 여름에는 옥상에 텐트를 치고 잤고, 식사는 석유 버너를 이용해 해결했다.

문제는 겨울철이었다. 시멘트로 된 옥탑은 단열이 전혀 안 되어 있어 사방에서 냉기가 스며들어 와 이불을 뒤집어쓰고 자야만 했다. 바닥에 단열재를 깔고 그 위에 다시 전기장판을 펴 그나마 등은 따뜻했지만 찬 공기 때문에 얼굴이 몹시 시렸다. 물탱크에서도 한기가 뿜어져 나와 마치 에어컨을 켠 것 같았다.

열악한 근무 환경에 불편한 잠자리, 먹는 것마저 부실하고 처자식을 보지 못할 때가 많았지만 일할 수 있다는 것이 얼마나 행복했던지, 사람들은 모른다. 노동의 보람, 일하는 즐거움, 무엇인가 할 수 있다는 자신감이 얼마나 큰 기쁨인지!

난관을 뚫고 기지개를 켜다

어느새 '발로 뛰는 기자, 생동감 넘치고 살아 있는 기사 잘 쓰기로 소문난 기자, 늘 생산 뉴스를 보도하는 기자 송경태'라고 장애인계에 소문이 나기 시작했다. 인기와 유명세는 천정부지로 치솟았다. 풍속단속법 제정 반대 시위, 스포츠 마사지, 피부 관리사 등 무자격 안마 행위자에 대한 추적 보도, 채소밭으로 변한 훈맹정음 창시자 고(故) 송암 박두성 선생 생가 터 고발, 고질적인 안마사협회 대의원 선거 비리 밀착 취재 등 1990년도를 휩쓸었던 굵직굵직한 특종기사를 연달아 터뜨렸다. 장애인계에서 송경태 기자를 모르면 간첩이라고 할 정도로 맹활약했다.

1990년 11월, 한국가톨릭맹인선교회에서 실시한 가을 등반 대회를 동행 취재했다. 북한산 정상에서 나종천 회장과 점심 식사를 같이 하면서 시각장애인계의 발전 방안에 대해 이야기를 나누었다. 장애인계에서 실력 있고, 존경받는 인물로 유명한 나 회장님은 가톨릭맹인선교회와 하상복지회를 대한민국 제일의 선교와 복지 기관으로 만들겠다는 야심 찬 포부를 밝히셨다. 더불어 송경태 기자처럼 열심히 뛰는 장애인이 많아야 한다며 칭찬도 해주셨다.

가톨릭맹인선교회의 김지욱 기획실장은, 나 회장님은 꿈과 이상이 크고, 장애인을 사랑하는 마음이 남달리 지극하시다고 했다. 일에서만큼은 여간해서 칭찬을 잘하지 않는데 송 기자님에 대한 칭찬이 대단하다면서 송 기자님을 참 잘 평가해 주신 것 같다고도 했다.

1991년 1월초, 나 회장님으로부터 하상복지회에서 같이 일해 볼 생각이 없느냐는 제의를 받았다. 사회복지학을 공부했고, 가톨릭맹인선교회가 장애인계에서 유명한 단체이며, 복지사업을 왕성하게 전개해 많은 장애인으로부터 선망의 대상이기에 기쁜 마음으로 승낙했다.

2월 1일, 가톨릭맹인선교회 겸 하상복지회 봉사·홍보부장으로 정식 임명받아 출근했다. 복지회 근처에 기거할 만한 여관이 마땅치 않아서, 거처를 구할 때까지 복지회에서 30m 떨어진 하상 장애인재활정보공학센터 사무실에 머물기로 했다. 두 평 정도 되는 사무실 옆에 한 명이 누울 만한 공간이 있었다. 숙박은 전기장판을 깔고 해결했지만 취사할 공간이 마땅치 않아 식사는 근처 가게에서 파는 김밥으로 해결하며 2개월을 보냈다.

하상복지회는 복음 전파를 목적으로 설립된 가톨릭맹인선교회에서 따로 복지사업을 위해 설립한 단체였다. 선교회는 수원, 인천, 춘천, 원주, 대전, 광주, 대구, 부산에 지부가 결성되어 있는 전국적인 조직이었다. 또 부설 기관으로 무의무탁 시각장애인들을 위한 생활 시설 바르티메오의 집, 무의무탁 장애 여성들의 기도 공동체인 오틸리아 공동체, 가톨릭점자도서관, 서울과 여주에 라파엘의 집 등을 운영하고 있었다. 봉사부에는 조성옥 율리안나 수녀와 최금숙 아네스 자매 등 세 명의 직원이 근무하고 있었다. 주요 업무는 봉사자 개발과 관리, 후원자 개발과 관리 그리고 행사 기획과 진행 등이었다.

업무 파악도 제대로 못한 상태에서 나 회장님이 맹인 학생 하계 수련회를 준비해 보라고 하셨다. 2일 만에 행사 계획을 수립해서 나 회장님에게 보고드렸다. 행사 계획서를 검토한 나 회장님은 잘됐다며, 행사 비용은 어떻게 충당할 거냐고 물으셨다. 그런데 선교회 예산으로 할 계획이라고 대답하자 행사 비용을 후원받아 개최하라는 것 아닌가! 행사 계획을 수립하는 것만 해도 2일 밤을 꼬박 새울 정도로 힘들었는데, 어디 가서 후원금을 받아

온단 말인가? 참 난감했다.

흉금을 터놓고 공적, 사적 대화를 많이 나눈 김지욱 기획부장과 상의했다. 김 부장은 선교회든 복지회든 모든 사업 예산은 시설장 또는 각 부장들이 능력껏 후원을 받아 사업을 집행해야 한다고 했다. 한마디로 모든 복지사업은 비즈니스였다. 행사의 기획과 진행은 물론 예산 마련까지 능력껏 해결하라는 말이었다. 기자 생활을 할 때는 취재와 기사 작성만 하면 되었는데, 예산 지원이 있어도 행사가 진행될까 말까 할 판국에 비용까지 마련하라니, 정말 난감했다. 내가 좋아서 옮긴 직장이지만 그 순간만큼은 후회가 되었다.

저녁도 거른 채, 차가운 골방에 누워 밤새도록 머리를 쥐어짜 보았지만 묘안이 떠오르지 않았다. 이리저리 몸을 뒤척이는 사이 아침이 되었다. 뜨거운 물이 없어서 얼음장처럼 차가운 수돗물로 세수를 하고 가게에서 김밥 한 줄과 베지밀로 아침을 때운 뒤 사무실로 출근했다.

아침부터 의자에 멍하니 앉아 있자 옆자리의 조 수녀님이 "송 부장님, 무슨 걱정 있으세요?" 하며 따끈한 커피 한 잔을 건네주셨다. 자초지종을 이야기하자 수녀님은 "열심히 도울 테니 해보는 데까지 해봅시다"라고 격려해 주셨다. 그 한마디에 다시 용기를 낼 수 있었다. 그래, 최선을 다해서 다시 한 번 해보자.

행사 진행 계획보다 비용 마련이 더 급선무라서 계획을 다시 세웠다. 2월에서 5월 말까지는 비용 마련에 총력을 기울이고, 6월과 7월에는 행사 진행에 만전을 기한다는 내부 방침을 세운 뒤 가톨릭계 실업인들에게 지원을 요청하기로 했다. 기아산업의 김선홍 회장님, 진로 그룹의 장 회장님 등 인지도가 높은 기업인들을 먼저 만나기로 하고, 공문을 작성해 회사를 방문했다.

결과는 문전 박대였다. 순진하기도 하지, 대기업 그룹 총수를 그렇게 쉽게 만날 수 있다고 생각하다니. 수위는 사전 약속이 없으면 함부로 출입시킬 수 없다고 했다. 아무리 사정해도 굳게 닫힌 문은 열릴 줄 몰랐다. 하는 수 없이 무거운 발걸음을 돌려야만 했다. 기자 시절의 호랑이 같은 자신감과 패기는 다 어디로 가고, 물에 빠진 생쥐처럼 풀이 죽은 내 모습이 너무 처량했다.

수위에게 당한 수모를 이야기하자 조 수녀님은 웃으면서 사전에 면담 신청을 해야 출입할 수 있을 거라고 하셨다. 조 수녀님의 조언에 따라 기아 그룹 회장실로 먼저 면담 신청 전화를 했다.

"네, 비서실입니다." 상냥한 비서의 목소리가 들렸다.

"네, 회장님과 통화를 하고 싶은데요?"

"지금 안 계십니다만, 어딘지 알려 주시면 메모 남겨 놓겠습니다."

"네, 전 가톨릭맹인선교회의 봉사부장 송경태라고 합니다. 전국 맹학생 하계 수련 대회를 위한 행사 후원금 요청 건으로 회장님을 만나 뵙고 싶습니다."

"그럼 서류를 우편으로 보내 주세요. 회장님을 직접 만나 뵙기는 어려울 것 같습니다."

왜 만날 수 없냐고 묻자 여직원은 복지에 관련된 지원 사업은 총무과에서 담당하기 때문에 이런 일로 회장님을 뵙기는 어렵다고 했다. 총무과 김○○ 대리를 만나 보든가, 아니면 서류를 담당 직원에게 보내라고도 했다.

여직원이 하라는 대로 총무과에 전화를 걸었지만, 용건을 들은 담당 직원은 이미 지원하는 단체가 있고, 현재 예산이 부족해 어렵다고 했다. 기대에 부풀어 전화를 했는데 또 퇴짜로구나 하는 생각이 들었다. 온몸에 힘이 쭉 빠지는 느낌이었다. 의자에 앉아 고심하는데 문득 예전에 들었던 이야기가 떠올랐다. 기아 그룹 회장의 막내아들이 서강대학교 교수라는 말이 생각난 것이다. 밑

져야 본전이란 생각에 서강대학교에 전화를 했다.

"기아 그룹 김 회장님의 자제분이 교수로 계신다고 해서 문의를 드리는데요, 어느 학과 교수님인지 알 수 있을까요?"

"물리학과 김명식 교수님이시네요."

교환원이 친절하게 가르쳐 준 전화번호를 누르자 묵직한 남자 목소리가 흘러나왔다.

"네, 김명식 교수입니다." 마치 구세주라도 만난 듯 반가웠다.

"네, 교수님. 저는 가톨릭맹인선교회의 봉사부장 송경태입니다. 교수님을 찾아뵙고 싶어서 전화했습니다."

"네. 그럼 내일 오후 4시경에 시간이 있는데, 연구실로 찾아오시죠. 기다리고 있겠습니다."

너무나도 친절하게 약속 일정까지 알려 주셨다. 다음날, 조 수녀님과 함께 기아 그룹 회장님에게 보낼 서류를 가지고 신촌에 있는 서강대학교의 김 교수님 연구실을 찾았다. 김 교수님은 우리를 반갑게 맞아 주셨다. 방문한 용건을 간단히 설명하고 서류를 건네자 마침 내일 가족 모임이 있으니 서류를 꼭 어머님께 전해 드리겠다고 약속해 주셨다. 일이 잘 풀릴 것 같은 예감이 들었다. 가벼운 발걸음으로 캠퍼스 잔디밭을 걸어 나왔다.

3일 뒤, 기아 그룹 비서실에서 연락이 왔다. 비서실 직원이 "죄송합니다. 회사가 어려워서 300만 원만 보내 드리겠습니다. 통장번호를 불러 주세요"라고 하여 기쁜 마음에 제일은행 통장 번호를 알려 주었다. 김 교수님에게 건넨 서류에는 행사 비용으로 1,000만 원을 요청했지만, 어디 첫술에 배부르랴! 복지회에 근무한 지 15일 만에 이룬 결실이었다.

그 뒤에도 현대백화점 자선 바자회 등을 통해 2,300만 원 상당의 현금과 현품을 후원받아 수련 대회 개최 사상 최고의 후원금을 모금할 수 있었다.

물 만난 물고기처럼 신나게, 신나게

어느 정도 행사 비용이 확보되자 본 행사 준비를 위한 섭외에 박차를 가했다. 맹인 학생 500명, 산악 자원봉사자 500명, 텐트 100동을 확보하는 일이 시급했다. 전국 13개 맹학교를 방문해서 교장 선생님과 학생주임 선생님을 만나 안전사고에 대한 두려움 때문에 주저하는 그들을 설득했다. 학생들의 호연지기 욕구를 원천 봉쇄하는 것도 문제지만, 행사에 참여하고 싶어 하는 학생들조차 못 가게 막는 것은 말도 안 된다며 강력히 항의했다. 그래서 겨우 희망하는 학생들에 한에 개별적으로 참여하는 방식으로 문제를 해결, 학생 500여 명의 참가 신청을 받을 수 있었다.

학생 동원 문제가 해결되자 이번에는 산악 자원봉사자 500명이 말썽이었다. 행사가 겨우 한 달밖에 남지 않았는데, 아직도 산악인 모집조차 못했다니, 대한산악연맹만 믿고 진행 과정을 체크하지 않은 것이 실수였다. 다급한 마음에 종로구 탑골공원 근처에 있는 한국산악회를 찾아가 사무국장에게 상황을 설명하고 지원을 요청, 간신히 자원봉사자와 텐트 100동을 지원받을 수 있었다.

산 너머 산이라고 자원봉사자 문제를 해결하고 나니 행사 계획 중 하나인 1일 군대 체험 행사마저 문제를 일으켰다. 앞도 못 보는 사람들이 어떻게 사격을 할 수 있겠느냐며 안전에 심각한 문제가 발생할 가능성이 너무 커 도저히 안 된다는 것이다. 고민 끝에 군종신부들을 찾아가 도움을 요청, 전남 구례군에 위치한 군부대의 한 대대장을 찾아가 천신만고 끝에 사격 체험까지 할 수 있게 되었다.

온갖 고생 끝에 실시된 행사는 성공적으로 끝났다. 노고단 등반과 캠프파이어, 1일 군대 체험까지 3박 4일간의 기간 동안 한명의 낙오자나 아무 불상사 없이 무사히 행사를 마칠 수 있었다. 뿐만 아니라 그동안 우리가 맹인이라는 이유로 학생들을 너무 우물 안 개구리 식으로 교육해 온 것은 아닌지 하고 반성하는 계기가 되기도 했다.

곧이어 8월 중순부터는 하상복지회의 대역사인 하상장애인종합복지관 건립을 위해 총력을 기울여야 했다. 복지관 건립 기금 마련이 시작된 것이다. 전통 공예 작가인 임종득 선생님을 소개하면서 나 회장님은 자선 서화전을 개최해 보라고 지시하셨다.

서화의 서 자도 모르는 문외한인지라 동양화는 어떻고 서양화가 어떻다며 전문용어를 써 가며 설명해 주시는 임 선생님이 싫어지기까지 했다. 게다가 자선 서화전 개최 계획서까지 제출하라는 말에 학을 떼고 말았다. 그러나 업무는 업무, 홍익대학교 미대 어양우 교수님을 만나 미술의 기초 지식을 배우고 나서야 겨우 자선 서화전 계획서를 임 선생님에게 제출할 수 있었다.

9월 초, 작품을 기증하겠다는 전화가 오기 시작하더니 3개월 만에 총 142점을 기증받아 행사가 순조롭게 진행되나 싶었다. 그런데 하루는 뜬금없이 나 회장님이 임 선생님과 나를 부르더니 작품을 팔아 현금화시키는 방법을 연구해 보라고 하셨다. 평생 그림 한 점 사 본 적이 없는 나로서는 과연 작품을 구입할 사람이 있을까 하는 의구심까지 들었다.

장소 섭외 문제, 행사 개최 시기 문제 등 온갖 난관을 뚫고 12월 10일부터 1주일간 동작구민회관에서 전시회를 가졌지만 결과는 참패였다. 김대중 평민당 총재의 금일봉과 최선홍 천주교 서울 교구 관리 신부님 등 20여 명이 작품을 구입해 주셨지만, 무려 120여 점의 작품이 고스란히 남았다. 궁여지책으로 내년 4월에 재전시회를 갖기로 결정하는 수밖에 없었다.

1991년 말에는 보다 본격적인 복지관 건립 기금 마련을 위해 사업부가 사업국으로 격상되면서 나도 사업부장으로 인사 발령되었다. 새해 주요 사업으로 형식적으로 개최되었던 자선 서화전의 재전시와 자선 음악회, 연말연시 카드 판매 등을 선정하여 의욕적으로 활동했다. 제일 먼저 서화전 재전시에 힘써 1992년 4월 15일, 개원한 지 얼마 안 된 예술의 전당에서 자선 서화전을 개최했다. 김덕배 한국청년회의소 중앙회장(전 민주당 국회의원)과 정성병 송파청년회의소 회장, 작품 한 점을 기증해 주신 운보 김기창 화백 등의 도움이 있었기에 가능했던 일이었다. 그 결과 작년과는 달리 전시회를 열기도 전에 60여 점 이상을 사전에 예약판매 하는 성과를 거둘 수 있었다.

그러나 1992년 7월 20일 오후 2시에 시작된 제1회 자선 음악회의 실패와, 그 과정에서 불거진 불미스러운 일로 인해 사업국은 해체되었고, 나 또한 서울 라파엘의 집 부원장으로 자리를 옮길 수밖에 없었다. 하지만 나는 지친 몸과 마음을 이끌고 계속해서 복지관 건립 기금 마련을 위한 행사에 온 힘을 기울여 사랑 나눔 바자회를 성공적으로 마무리할 수 있었다.

각종 행사를 기획, 진행하다 보니 우리나라 사람들의 사랑과 나눔, 봉사 정신이 높다는 사실을 깨달을 수 있었다. 선량한 우리나라 국민은 인정을 베풀 줄 알고, 남을 배려할 줄 아는 정 많은 민족임을 새삼 느낄 수 있었다. 우리 장애인들도 외롭지 않고, 무시당하지 않으며 사회의 한 구성원으로서 행복한 삶을 영위할 수 있는 그날을 위해 더욱더 열심히 노력해야겠다는 교훈을 얻은 좋은 기회이기도 했다.

욕심은 화를 부르고

1994년 12월 15일, 평소 왕래가 거의 없던 어머니의 사촌 동생, 외종숙이 찾아와 안마 시술소를 운영해 보고 싶다며 안마사 자격증을 임대할 생각이 없냐고 물으셨다. 곰곰이 생각해 보니 자격증을 임대하는 것보다 동업하는 것이 더 나을 것 같았다. 사실 많은 시각장애인의 꿈은 안마 시술소를 운영하는 것이다. 취업이 쉽지 않은 탓에 그나마 많은 수입을 올릴 수 있는 거의 유일한 방법이 안마 시술소 운영이기 때문이다.

다음날 외삼촌에게 전화를 걸어 동업하지 않겠냐고 여쭈었더니 좋다고 하셨다. 처음에는 수원역 앞에 위치한 ○○안마시술소를 인수할 계획이었지만, 건물주의 재임대 불허로 무산되었다. 이곳저곳 알아본 끝에 강남 역삼동에 위치한 부곡온천안마시술소의 지분 55%(보증금과 권리금 포함 2억 7500만 원)가 나와 외삼촌과 내가 각각 25%(1억 2500만 원)와 30%(1억 5000만 원)를 매수하기로 했다.

지분 확보를 위해 사업 자금 마련 계획을 세웠다. 아버님에게 계획을 말씀드리고 사업 자금을 부탁, 아버님 명의로 구입한 분당아파트를 담보로 조흥은행에서 7000만 원을 대출받고, 사채 3000만 원을 빌려 1억 5000만 원을 마련했다. 드디어 1995년 2월 1일, 김석암 원장과 지분 55%를 매매하는 양도, 양수 약정서를 체결했다.

그런데 문제가 생기고 말았다. 지분이 25%에 불과한 이씨가 영업권을 내놓을 수 없다며 완강히 거부한 것이다. 나중에 알고 보니 김석암 원장도 그 문제 때문에 골치를 썩였다고 했다. 그가 얼마나 골칫거리였는지 지분 20%를 소유한 권 모 씨가 자신의 지분을 양수받지 않겠느냐고 타진할 정도였다. 재정 능력이 부족한 나는 시각장애인 소부석 원장을 소개해 결국 그가 양수했다. 소부석 원장과 운영 전반에 관한 역할 분담을 한 끝에 안마 시술소 명의 개설 신고를 하고 법적 절차를 모두 마쳤다.

그러나 여전히 이씨가 문제였다. 75% 대 25%로 지분이 더 많고, 법적 대표도 나였지만 그는 막무가내였다. 결국 설득을 포기하고 실력 행사를 해야 하는 처지가 되고 말았다. 다행히도 소 원장의 큰형 소윤석 회장(전 한국레슬링협회 부회장)의 도움을 받아 안마 시술소 개설 신고 증명서를 교부받은 지 50일 만에 영업을 정상화할 수 있었다. 안마 시술소 하나 운영하는 게 이렇게 어렵다니, 온갖 연줄과 '빽'을 동원해야 한다는 사실에 씁쓸하기만 했다.

정말 안마 시술소를 운영하는 것은 말처럼 쉽지 않았다. 처음 2~3개월 동안은 순풍에 돛 단 듯 영업 실적이 좋았지만, 1996년 새해가 되자 영업 문제 때문에 다툼이 발생했다. 소 원장과 의논하여 영업부장을 바꾸는 것으로 겨우 문제가 해결되었나 싶었더니 3월부터는 손님이 격감하기 시작했다. 월 평균 900명에서 1000명 수준으로 500~600명이나 고객이 줄어든 것이다.

영업 실적이 부진해지자 점점 줄어드는 배당금 때문에 지분을 소유한 사람들 간의 의견 충돌 또한 잦아졌다. 급기야 아무 죄도 없는 내가 경찰서에 끌려가 다섯 시간 동안이나 참고인 진술을 해야 하는 일까지 발생했다. 설상가상으로 1996년 한 해가 저물 무렵, 건물주가 더 이상 임대 재계약을 않겠다고 통보해 왔다(당시에는 1년마다 한 번씩 재계약을 했다). 임대료를 인상하려는 수작이겠거니 했는데, 사무실 임대업을 하려고 하니 나가라는 것이었다. 아무리 사정을 해보아도 소용이 없었다.

재수가 없는 놈은 뒤로 자빠져도 코가 깨진다던가, 걷잡을 수 없을 정도로 가계수표가 돌아왔다. 알고 보니 영업부장이 나 몰래 금고에 보관했던 가계수표를 남발한 것이다. 결국 2300만 원을 결재하지 못해 1997년 1월 20일, 최종 부도 처리되었다. 가계수표라곤 단 한 장도 써 보지 않았지만 관리 소홀로 인해 큰 피해를 보고 만 셈이다.

에어컨, TV 등 값나갈 만한 물건에는 사채업들이 온통 차압 딱지를 붙여 놓아 안마 시술소 안은 온통 붉은색투성이였다. 그들은 분당 아파트까지 쫓아와 식구들까지 귀찮게 했다. 온갖 폭언과 폭압에 신체적 위협까지 느껴졌다. 궁리 끝에 평소 알고 지내던, 강남 상이군경회 김 회장의 도움을 받고 나서야 겨우 그들의 행패를 막을 수 있었다.

첩첩산중이라, 가족들을 부모님이 계시는 오수 시골집으로 보내고 영업 정상화를 위해 애쓰는데, 안마 시술소에 불까지 났다. 1997년 2월 28일의 일이었다. 소방차가 달려와 물을 뿜어 대고, 손님들을 구조하고, 난리도 그런 난리가 없었다. 2층 복도의 휴지통에서 시작된 화마가 휩쓸고 지나간 시술소 안은 전쟁터를 방불케 했다. 소방서에서는 담뱃불에 의한 화재로 결론을 내렸지만, 누군가 나를 해치기 위해 평소 자주 잠자던 원장실 바로 아래층 계단에 불을 지른 거라는 생각을 지울 수가 없었다. 영업권 문제로 원장인 나와 대립한 사람이 워낙 많았기 때문이다.

1억 원 정도를 투자하여 내부 수리를 하고 4월 초 다시 영업에 들어갔다. 공사비는 4개월 만에 갚을 수 있었지만, 건물주와의 분쟁은 계속되었다. 결과는 참담했다. 변호사 선임비가 없어서 직접 자료를 작성하고, 준비하여 재판부에 제출한 탓인지 1심과 2심에서 모두 패소한 것이다. 470만 원을 들여 대법원에 상고할 수밖에 없었다.

이런 상황에서 치명타가 날아들었다. 1997년 12월 13일, 사상 초유의 IMF 위기를 맞은 것이다. 공중 분해된 권리금 3억 6000만 원은 고사하고 은행 대출금 7000만 원과 사채 4000만 원, 도합 1억 1000만 원의 채무만 안은 채 손을 들 수밖에 없었다. 낙담한 아버님은 울먹이는 목소리로 "경태야, 우리 같이 한강 다리에 가 빠져 죽자!"라고 하셨다. 하지만 나는 "아버님, 제가 왜 빠져 죽어요. 저는 아직도 할 일이 많아요. 시각장애인이 되어서도, 불길에 휩싸여서도, IMF 위기를 맞았어도 다 정신력으로 이겨 냈어요. 앞으로 이보다 더한 고통이 뒤따른다 해도 저는 이겨 낼 자신이 있어요. 꼭 재기하고 말겠습니다. 지켜봐 주세요"라고 외쳤다.

대학원 입학

안마 시술소 문제로 한창 골치를 썩이던 1997년 11월, 평소 존경하던 한일장신대학교 김형길 교수님이 사회복지학회 세미나 참석차 서울에 올라왔다며 전화하셨다. 반가운 마음에 친구 동민이의 도움을 받아 영등포 약속 장소로 향했다. 대중음식점 세원에 도착하니 벌써 서울에 사는 후배 다섯 명과 교수님들이 삼겹살을 안주 삼아 소주잔을 돌리고 계셨다. 한국재활협회에서 근무했다는 정호영 교수님을 소개받아 장애인과 관련된 유익한 대화를 많이 나누었다.

김 교수님은 신학기부터 사회복지대학원이 개설된다며 입학하라고 권하셨다. 안마 시술소 문제로 마음이 편하지 않던 때였지만 1994년에 연세대 사회복지대학원에 응시했다가 낙방한 경험도 있고, 평소 사회복지에 대해 더 공부하고 싶었던 터라 잘되었다는 생각이 들었다. 무의미한 일상생활에 변화도 주고, 미래에 대비하기 위해서라도 그러기로 마음먹었다. 사실 지친 심신을 정리하면서 정신적 재무장이 절실히 필요했던 시기이기도 했다.

오수 시골집에 내려간 김에 모교를 찾았다. 방학인데도 불구하고 이병진 교학처장님이 학사 업무를 보고 계셨다. 이 교수님 도움을 받아 입학원서를 제출한 뒤 1998년 1월 9일, 면접시험을 보았다. 다섯 명 모집에 스무 명이 응시하여 4 대 1의 경쟁률이었지만 합격 통지서를 받을 수 있었다. 아직은 할 일이 있다는 뜻 같아 열심히 공부하여 새로운 인생을 설계해 보자는 각오와 결심을 굳혔다.

등록금을 납부하고 개학식 날만 기다리면서 안마 시술소와 공부를 병행하는 것이 나을까, 아니면 시골집에서 학교를 다니는 것이 나을까 하는 생각을 했다. 고민 끝에 이왕 공부하는 것, 전주에 거처를 마련하는 것이 낫겠다는 결론을 내렸다. 아이들 교육 문제도 있고, 아내도 분가하여 사는 것이 더 나을 것 같아 전주에 전셋집을 얻었다. 서울 남부 보훈지청에서 1000만 원을 융자받아 세금을 내기 위해 적립해 둔 2000만 원과 합해 25평형짜리 전세 아파트를 구한 것이다. 2월 14일, 드디어 전주에서의 생활이 시작되었다. 민이는 해성중학교로, 원이는 중산초등학교로 각각 전학시켰다.

강의는 매주 월요일과 화요일 오후 6시부터 10시까지 진행되었다. 기독교사회복지대 대학원생은 모두 35명이었다. 학부에서 사회복지를 전공한 원우는 나와 대학 후배 황의석뿐이었다. 10년 전 학부에서 배운 과목이 많았지만 복습하는 심정으로 열심히 공부했다. 장애인은 나 혼자여서 더욱더 모범적으로 공부할 수밖에 없었다. 강의실 맨 앞에 앉아 하루도 빠지지 않고 수업을 들으며, 목사님이나 공무원, 시설을 운영하는 원우들에게 장애인도 열심

히 공부한다는 모습을 보여 주고 싶었기 때문이다.

　말하는 노트북을 책상 위에 올려놓고 교수님들의 강의를 컴퓨터에 입력하여 집에서 복습을 했다. 2주일에 한 번씩 안마 시술소를 방문하여 영업 상태를 확인해야 했지만, 대학원 공부를 하면서 더욱더 배움에 대한 욕망이 샘솟았다. 그렇게 지난 몇 년 동안의 치욕적이며 잘못된 생활이 서서히 잊히기 시작했다. 역시 환경의 힘은 컸다. 안마 시술소를 운영할 때는 모든 사람이 고객으로 보였고 수지 타산만 생각했는데, 대학원에서 공부하게 되자 모든 사람이 학생으로, 모든 현상이 연구 대상으로 보였다. 엄청난 변화였다.

　마음이 안정되자 생활 또한 평화를 되찾기 시작했다. 아이들도 학교생활에 잘 적응하고, 아내 또한 아파트 근처의 화산성당에 나가 모범적인 신앙생활과 교우 관계를 맺어 1년 만에 다시 가정에 평화로운 햇살이 찾아들었다. 비록 전세 생활이었지만, 미래의 꿈을 설계할 수 있다는 희망에 부러울 것이 하나도 없었다.

제3부

더불어 사는
세상을 위하여

양심의 눈을 뜨고 시민운동과 봉사 활동에 나서다

21세기는 시민이 주체가 되어 지역의 현안을 해결하고 공동체 의식을 함양, 쾌적하고 더불어 잘사는 사회를 만들어 가는 시대가 될 것이다. 대학원 공부를 하는 틈틈이 병무 형과 의회 방청석에 앉아 의원들의 의정 활동을 모니터링하면서 풀뿌리민주주의와 지방화에 대해 깊이 생각하게 되었다.

1998년 6월부터는 전북시민운동연합 의정지기 단원이 되어 본격적인 시민운동에 나섰다. 매주 목요일마다 전북시민운동연합 사무실을 방문, 장애인 문제를 제기했다. 처음에는 관심도 보이지 않던 실무자를 끈질기게 찾아가 장애인의 이동권과 참정권 보장 문제에 관심을 가지게 만들었다. 전주시와 전라북도 도의회가 개정되면 방청석에 앉아 의원들의 발언을 모니터링하고, 이를 통계 처리하여 각 언론기관에 공개하는 등 맹활약을 펼쳤다. 비록 앞도 보지 못하는 나였지만, 양심의 눈을 뜬 뒤부터는 열심히 활동했다.

1998년 9월, 전주대학교에서 개최한 사회복지 세미나에 참석했을 때였다. 학생회관에서 쉬고 있는데, 모 재활원 원생 한 명이 다급하게 다가와 재활원의 성폭행과 비리를 근절시켜 달라며 애원했다. 차마 뿌리치지 못한 나는 사건을 전북시민운동연합에 알려 공동대책위원회를 구성케 했다. 집행위원으로서 사건 전모를 파악한 뒤 이재천 전주시 의원과 김완자 전북 도의원 등의 도움을 받아 전주시 의회에 진상조사특위가 구성되게 하는 성과를 거둘 수 있었다.

또 '걷고 싶은 전주를 위하여'라는 캠페인을 전개하여 김완주 전주시장과 신치범 전주시 의회 의장 등 많은 시민에게 휠체어를 타거나 흰 지팡이를 짚으며 시청에서 객사까지 이동하는 체험을 하게 했다. 그 결과 보행 약자의 불편 해소와 편의 시설 확충을 위해 최선을 다하겠다는 시장의 약속을 받아 내는 성과를 거두기도 했다.

그 뒤 활동 범위를 넓혀 전북 환경운동연합의 회원으로 활동하며 동강 살리기 시위 참가, 새만금 갯벌 체험 등을 통해 장애인 문제에서 환경보호 활동까지 다양한 활동을 펼쳤다. 특히, 시정 지킴이 활동을 통해 장애인과 노인, 임산부가 편의 시설을 보다 편리하게 이용할 수 있도록 만들어 큰 성취감을 느낄 수 있었다.

다양한 시민운동을 펼치면서 지금 내가 살고 있는 전주시를 위해 뭔가 봉사하고 싶다는 생각을 했다. 그러다 국제적인 봉사 단체인 서울 관명라이온스클럽 회원이 되어 사회봉사 활동을 했던 기억이 떠올랐다. 그래서 병무 형에게 봉사 단체를 결성하자고 제의했다. 병무 형은 좋은 생각이라며 적극 찬성해 주었다. 아내의 안내를 받아 국제라이온스클럽 355-E 전북 지구 사무국을 방문, 신동렬 사무국장님에게 클럽 창립에 관한 조언을 듣고 창립에 필요한 서류를 받았다.

병무 형과 발기인 섭외에 들어간 지 2개월 만에 22명의 회원을 확보, 동조라이온스클럽을 스폰서로 1998년 12월 창립식을 가졌다. 회원 중 나이가 가장 많은 박헌수 씨를 초대 회장으로, 제1부회장은 내가 맡고, 병무 형과 정호영 교수를 각각 총무와 재무 이사로 내정하는 등 초대 임원진을 구성했다. 그렇게 출범한 '도와주고, 나눠 주고, 지켜 준다'는 뜻의 전주 도나지라이온스클럽은 소년소녀가장 돕기, 전주 공원묘지 청소, 극빈 가정 방문 도배해 주기 등 많은 사회봉사 활동을 펼쳤다. 1999년 7월, 내가 제2대 회장이 된 뒤에도 장애인 노인 문화 탐방, 사랑의 집 고쳐 주기, 장학금 전달 등 적극적으로 봉사 활동을 펼쳤다.

한편 보다 지속적인 봉사 활동을 펼치기 위해 지역사회는 물론 북한 동포까지도 사랑하는 마음으로 선행을 베푼다는 슬로건 아래 1998년 8월 23일 회원 30명과 전북사랑만들기회를 창립했다. 그리고 매년 시각장애인을 위한 사랑 나눔 등반 대회, 불우 시각 장애 어르신과 홀로 사는 어르신 겨울나기 한마당 축제, 환경 캠페인, 소년소녀가장 돕기, 김장하기 행사 등을 적극적으로 펼쳐 2003년 12월 노령봉사상을 수상하기도 했다.

2001년 12월 15일에는 시각장애인 및 교통 이용 약자의 편의를 도모하기 위해 달구지콜차량봉사대를 창단했다. 가정주부, 모범택시 기사, 직장인 들로 구성된 이 봉사대는 시각장애인들의 손과 발이 되어 병원 안내, 행정기관 서류 대행, 공공 기관 업무 지원, 쇼핑, 장보기 지원, 문화 탐방 등 다양한 봉사 활동을 펼쳤다. 이는 아무리 바빠도 시간을 쪼개어 시각장애인의 눈과 발이 되고자 애쓰는 회원들이 있기에 가능한 일이었다.

그러나 봉사 단체를 만들어 활동하면서 아쉬움을 느낄 수밖에 없었다. 왜 여유 있는 사람만 봉사 활동을 하나 하는 생각이 든 것이다. 그 결과 탄생한 것이 2005년 3월 9일, 전북에 거주하는 안마사 60명과 자원봉사자 60명 등 총 120명이 모여 구성된 안마의료봉사단이다. 전국에서 최초로 도움을 받아야 할 시각장애인들이 주체가 되어 만들어진 이 조직은 전문 지식인 안마와 지압을 통해 사회에 공헌하는, 봉사받는 대상에서 봉사하는 주체가 되었다는 데 의의가 있는 봉사단이다.

실제로 한 회원은 "어머니에게 못다 한 효도를 어르신들께 해드릴 수 있어 기쁘다. 나도 이웃을 위해 봉사할 수 있다는 데 보람을 느낀다. 의료인의 한 사람으로서 국민 건강 증진에 이바지한다는 사명감에 가슴이 뿌듯하다"고 말해 가슴 뭉클하게 했다.

앞으로도 나는 살기 좋은 대한민국, 전라북도, 전주시를 만들기 위해 더욱더 열심히 봉사 활동을 할 것이다. 봉사 활동은 하면 할수록 더 하고 싶고, 하고 나면 마음이 뿌듯하고, 진한 감동과 보람을 느낄 수 있기 때문이다. 내일은 어디서 봉사 활동을 하고, 어떤 아름다운 사람들과 만나 인연을 맺게 될까를 생각하면 마냥 마음이 설렌다.

새 희망을 안겨 준 안내견과 덕유산 등반

지구상에 존재하는 두 발 달린 모든 짐승은 날개가 있다. 오직 사람만 날개가 없다. 다행인지 불행인지 모르지만 나는 다행이라고 생각한다. 만약 인간에게 날개가 있어 날 수 있다면, 눈이 안 보이는 나는 마음껏 창공을 날아다닐 수 없을 것이다. 평생 걸어 다녀야만 하는 운명일 것이다. 그래서 인간에게 날개가 없다는 것은 나에게 위안이고, 희망이다.

점자 새 소식 공고란에 시각장애인에게 안내견을 분양한다는 내용이 실렸다. 외출이 많은 나는 항상 불만이 있었다. 전주 시내를 흰 지팡이를 짚고 보행한다는 것은 매우 위험했다. 도시계획이 인체 공학을 무시한 채 주먹구구식으로 설계되어 도로 구조나 이면 도로는 시각장애인이 혼자 보행하기에 매우 불편할 뿐 아니라 안전에도 문제가 많았다. 결국 보행할 때마다 늘 누군가의 도움을 받아야 하는데, 내가 원하는 시간에 안내인이 항상 있을 수는 없는 일이다. 대개는 아내가 안내를 해주지만 그녀에게도 개인적인 일이 있기 때문이다. 누군가가 대신 안내해 주어야 하는데, 시각장애인에 대한 전주시의 안내인 서비스는 매우 열악한 실정이었다. 그래서 안내견 분양을 받으면 안내인이 없어도 언제나 마음껏 활동할 수 있을 것 같았다.

1998년 4월, 삼성맹인안내견학교로 전화를 걸었다. 담당 직원은 친절하게 상담해 주었다. 안내견 사용자의 조건은 세 가지였다. 첫째 활동적이어야 하고, 둘째 관리능력이 있어야 하며, 셋째 가족 구성원들이 개를 사랑해야 한다. 모든 조건에 해당되는 나는 인터뷰가 끝나자 8월 4일부터 안내견 학교에서 기숙하며 한

달 동안의 훈련에 들어갔다. 교육생은 모두 네 명이었다. 첫날은 안내견에 관한 이론 교육과 안내견 활동에 관한 비디오를 감상했다.

다음날, 나와 평생 동반자가 될 세 살짜리 대리가 늠름한 모습으로 내 앞에 나타났다. 대리는 처음 만난 순간부터 얼굴을 비비고 키스하며 폴짝폴짝 뛰며 반가워했다. 그러나 훈련을 받던 중 휴식 시간에 다른 안내견 웅지와 으르렁거리며 싸워 안내견으로서의 자격을 박탈당하고 말았다. 조련사 선생님의 말에 의하면 안내견은 절대 복종해야 하며, 불특정 장소에서 함부로 싸우거나 짖을 경우 무조건 탈락시킨다고 했다.

크로스 리트리버 종인 별이가 새 파트너가 되었다. 그러나 별이는 체력이 약해 활동력이 왕성한 나의 보조를 맞추지 못했다. 그래서 선택된 동반자가 라브라도 리트리버 종인 찬미였다. 귀족처럼 생긴 찬미는 온순하고 사교적이며 순종적인 암컷이었다.

처음 찬미의 하네스를 잡던 날 조금은 두렵고 떨리는 마음으로 낯설음과 어색함을 달래며 첫 걸음마를 시작했다. 조련사 선생님은 우리의 아슬아슬한 걸음마를 지켜보면서, 마치 아기가 어머니를 향해 한 발 한 발 발을 뗄 때마다 좋아하는 것처럼 "옳지! 잘하네!" 하며 우리의 하나 됨을 기뻐해 주셨다.

4주 동안의 훈련을 마치고, 8월 말 전선호 조련사 선생님과 전주에서 현지 적응 훈련을 시작했다. 그렇게 나는 한국에서 네 번째요, 전라북도 최초로 안내견 사용자가 되었다.

안내견 찬미와 함께 예수병원을 지나 다가교를 건너 관통로 변을 따라 병무청사거리까지 와서는 풍남초등학교 앞에 있는 전북 시민운동연합 사무실까지 매일같이 도보로 다녔다. 찬미와 함께라면 어디든지 찾아갈 수 있었다. 대학원 강의실도 척척 찾아다녔고, 전주시청은 물론 전북도청도 마음 놓고 다녔다. 일요일마다 미사에 참석했으며, 대학원에서 강의할 때면 의자 밑에서 코를 골며 자는 찬미를 깨워 수업에 방해가 되지 않도록 주의도 주었다. 10월에는 김형길 교수님, 병무 형과 함께 부산대학교에서 주최한 한국사회복지학회 세미나에 참석하기도 했다. 주제별로 열리는 토론장을 찬미와 함께 열심히 찾아다니며 강의를 경청할 수 있었다. 캠퍼스 식당과 휴게실도 척척 찾아다녔다. 그러다 보니 모든 이의 이목이 우리에게 집중되기도 했다.

하루 일정을 마치고 김형길 교수님, 병무 형 과 함께 해운대 해수욕장의 횟집에서 부산 방문 기념으로 회를 먹기로 했다. 부산대학교 앞 버스 정류장에서 해운대 해수욕장행 시내버스에 오르려는데 버스 기사가 개는 탑승시킬 수 없다며 강력히 승차 거부를 했다.

"이 개는 안내견으로 내 눈과 마찬가지다. 그리고 승차 거부 시 200만 원의 과태료가 부과된다."

내 말에도 버스 기사는 돈 많이 벌어 놓았으니 신고할 테면 하라며 막무가내였다. 보다못한 병무 형이 볼펜과 메모지를 건네며 기사의 이름과 연락처를 기재해 달라고 했다. 기사는 메모지에 이름과 연락처를 적어 주었다.

부산광역시 의회 정화원 의원님(시각 1급, 한나라당 비례대표)에게 이 이야기를 했다. 정 의원님은 미안하다며, 대한민국 제2의 도시에서 이런 불미스런 일이 일어날 줄은 꿈에도 몰랐다고 거듭거듭 사과하셨다. 그다음 날, 세미나를 모두 마치고 전주를 향해 남해고속도로를 달리는데 부산 MBC 라디오 방송국에서 휴대폰으로 연락해 왔다. 안내견 승차 거부에 관한 인터뷰 요청이었다.

사건은 전파를 타고 일파만파로 확대되었다. 부산 검찰청에서 진술서를 작성해 달라는 요청이 들어오고, 2일 뒤에는 버스 기사가 미안하다는 전화를 해왔다. 뜻밖에도 이 일이 전국으로 퍼지는 바람에 안내견 승차 거부 시 과태료가 부과된다는 사실을 자연스럽게 알리는 홍보 효과도 낳았다. 게다가 내 뜻과는 전혀 상관없이 여기저기서 인터뷰 요청을 받는 신세가 되고 말았다.

　새해가 밝았다. 움츠린 기지개를 활짝 펴고 생동하는 대자연과 함께 하고 싶어 4월 17일 덕유산을 오르기로 했다. 배낭을 메고 찬미와 함께 덕유산 최고봉인 향적봉(1,614m)을 향해 힘찬 발걸음을 내딛었다. 여덟 시간 만에 정상에 올라 잠시 목을 축인 뒤 대통령에게 보내는 메시지와 국민과 장애인에게 보내는 글을 낭독하고는 하산했다. 그동안 남의 도움을 받아 등산했는데 오늘 처음으로 찬미와 함께 단독 등반을 한 것이다. 찬미가 기특하고, 대견스러웠다. 이제 찬미만 있으면 전국, 아니 세계 어느 곳이든 다닐 수 있을 것 같다.

　찬미야, 고맙다! 너만 있으면 이 아빠는 어느 곳이든 갈 수 있게 되었다. 앞으로도 아빠의 눈과 발이 되어 다오.

미 대륙 도보 횡단

2002년 한일 월드컵 때 전주에서도 경기가 열린다는 소식을 들었다. 대회의 성공적인 개최를 위해 외국인에게 홍보하는 것도 봉사요, 장애인에게도 꿈과 희망을 심어 줄 수 있겠다는 생각이 들어 안내견 찬미와 미 대륙을 도보로 횡단하기로 했다.

1999년 6월 17일, 가족과 동문들의 환송을 받으며 과연 해낼 수 있을까 하는 염려와 두려움을 가슴에 품고 찬미, 한일장신대학교 후배 등과 전주에서 출발했다. 김포공항에서 미국행 091편 비행기에 탑승했는데, 안내견을 동반한 비행기 여행은 처음인지라 무척 걱정이 되었다. 하지만 이는 기우에 불과했다. 찬미의 볼일 문제는 출발 당일부터 금식을 시켜 쉽게 해결되었다. 대한항공의 배려로 무료 항공권을 배정받은 찬미는 기장님을 비롯하여 승무원과 승객들의 인기를 독차지했다. 찬미의 재롱과 귀여움, 영특함에 매료된 그들은 함께 기념 촬영을 하는 등 야단법석이었다. 기내에 비치된 한국맹인복지연합회에서 발행하는 『맹인복지』를 읽으며 사회 곳곳에서 장애인에 대한 시각 변화의 조짐이 있다는 생각이 들었다.

시속 1,000㎞로 17시간을 날아간 끝에 자정 무렵 보슬비가 내리는 케네디 국제공항에 도착했다. 행사를 위해서 지난 2월 미리 도착한 소병무 선배의 안내를 받아 선배의 외삼촌인 교포 실업가 김진홍 장로님의 자택에 여장을 풀었다. 다음날, 찬미의 상태도 체크할 겸 시내를 6마일 정도 걸은 뒤 한국인이 경영하는 대형 마켓에서 호남미와 열무김치, 깍두기, 찬미의 사료 등을 구입했다.

각 방송과 신문사와의 인터뷰, 대한교회 광장에서 보히 시장의 메시지와 이한영 목사님을 비롯한 신자 300여 명과의 6마일 도보 등을 가진 뒤 우리는 테네시 주로 향했다. 원래 계획은 동부에서 출발하여 남부 애틀랜타를 경유하는 것이었다. 하지만 일기예보에 따라 토네이도(회오리바람)와 스톰(급지성 폭우)을 피하기 위해 40번 고속도로를 이용해서 서부를 경유하기로 수정했다.

컨트리음악의 본고장 내슈빌을 거쳐 엘비스 프레슬리의 활동 무대이자 그의 무덤이 있는 멤피스 시에 도착해서는 미시시피 강가를 걸으며 엘비스 프레슬리를 떠올렸다. 아직도 그의 무덤을 찾는 팬들이 많아 무덤에는 꽃다발이 끊이지 않는다고 한다. 형형색색의 꽃으로 조경되어 있는 거리와 깔끔하게 정리 정돈이 잘되어 있는 도시 풍경은 시민들의 높은 도덕성을 알 수 있다고 한다. 레드루핑 모텔에 숙박한 우리는 전기밥솥에서 들려오는 행복한 소리를 들으며 하루 일과를 마감했다. 다음날, 일어나 보니 찬미가 몸을 긁고 있었다. 일행 중 누군가가 진드기가 있을 수 있으니 카펫에서 재우지 말라고 했다. 그 뒤부터는 찬미와 같은 침대에서 잤다.

3일째 되는 날, 2002 월드컵 티셔츠를 세탁해 입고는 클린턴 대통령의 고향이자 중부의 대평원이 시작되는 아칸소 주로 향했다. 말로만 듣던 평원이 시작된 것이다. 사방팔방을 둘러보아도 보이는 것은 온통 척박한 땅이라고 한다. 이곳에서 느낄 수 있는 건 흩날리는 흙먼지와 바람, 작열하는 태양 그리고 고속도로 위를 달리는 자동차와 엔진 소리뿐이었다.

제한속도인 75마일로 약 세 시간 달린 끝에 도착한 주유소와 휴게실에서 1Gal당 1달러 9센트(약 4L)인 휘발유를 주유하고 햄버거로 점심을 해결했다. 10마일 정도 사막을 걷고는 자동차로 다시 600마일을 달리자 영화 〈황야의 무법자〉와 〈OK목장의 결투)의 무대인 오클라호마 주가 나왔다. 드넓은 초원이 곳곳에 펼쳐져 있는 지역으로 가끔씩 말을 타고 달리는 카우보이도 보인다고 했다.

미국의 최남단, 사막의 땅 텍사스 주를 지나 멕시코 영토였던 뉴멕시코 주를 거쳐 계속 가는데 그토록 염려했던 스톰을 만나고 말았다. 7일째 되는 날이었다. 갑자기 하늘이 어두워지고, 천둥 번개가 콩 볶듯이 치고, 쏟아지는 집중호우와 바람에 자동차가 심하게 요동쳐 달릴 수 없을 지경이었다. 진퇴양난이 따로 없었다. 드넓은 평원이라 대피할 장소조차 없었다. 지옥이 따로 없었다. 30분 정도 지나서야 겨우 어두웠던 하늘이 밝아지며 다소 진정되었다. 고속도로 양옆으로 순식간에 불어난 물이 넘실거리는 소리가 들렸다. 겨우 정신을 차리고 다시 애리조나 주로 향했다.

40번 고속도로는 왕복 4차선에, 나무가 심어져 있는 중앙분리대의 폭도 4차선이고, 갓길과 차도의 경계 부분에는 요철 판이 설치되어 있으며, 갓길의 너비는 2차선이라고 했다. 졸음운전 또는 자동차가 잠깐 차도를 벗어나도 안전 운행에 지장이 없도록 설계, 시공된 도로를 달리면서 안전에 대한 미국인들의 관심을 새삼 느낄 수 있었다.

화씨 120도가 넘는 한낮에 그 유명한 그랜드캐니언을 방문했다. 뜨거운 태양이 내리쬐는 날씨였으나 거센 바람이 불어와 다소나마 무더위를 잊을 수 있었다. 깊이 1~12㎞, 길이 42㎞가 넘는 아찔한 계곡과 절벽을 지나 인디언이 많은 알마리오(Almalio) 시에 도착했다. 강풍에 흙먼지를 맞으며 겨우 찾은 지역이었는데, 거기서 귀한 분을 만날 수 있었다. 티셔츠에 새겨진 태극무늬를 보고 한 인디언이 찾아왔는데, 16년 전 용산에서 주한 미군으로 근무했다며 무척이나 반가워했다. 이웃집 아저씨를 만난 기분이었다. 그에게 태극부채와 월드컵 홍보물을 전달하고 기념 촬영을 한 뒤 사막 위에 건설된 야외 수영장에서 찬미와 수영을 즐겼다.

250마일이 넘는 로키산맥을 넘어 300마일이 넘는 내리막길을 달려 도착한 곳은 LA였다. 10년 전부터 당회장으로 계시는 대학 선배 양해성 형의 교회를 방문하여 신도들에게 행사의 취지를 설명하고는 제82차 세계 라이온스 대회가 개최되는 샌디에이고로 향했다. 최진호 부총재님을 비롯하여 전북 지구 라이온스 임원 20여 명과 이역만리 타국 땅에서 상봉하니 매우 반가웠다. 3일 동안 라이온스 행사장, 시월드, 민속촌 등에서 187개국에서 모인 라이온스 지도자들에게 2002년 월드컵을 홍보하고 함께 시내 퍼레이드를 했다. 컨벤션 센터에서는 헬렌 켈러 재단, 퍼킨스 재단, 안내견 학교 등에서 안내견과, 뇌성마비 환자들을 위한 재활 보조견, 청각장애인을 위한 보청견 등에 대해 설명하고 있었다. 세계 각국에서 참석한 1만 7000명의 라이온스 중 시각장애인은 4명이었으며, 그들은 모두 안내견과 함께였다. 하지만 국가와 인종은 달라도 그들의 안내견은 모두 같은 품종인 라브라도 리트리버였다. 안내견의 세계화가 된 것 같았다(전 세계 안내견 수는 약 2만 마리로 한국에는 28마리가 있다. 이 가운데 90%가 라브라도 리트리버 종이다). 그들과 라이온스 배지를 교환하고 정보를 교류하면서 뜻깊은 만남의 시간을 보냈다.

3일 동안의 행사를 마친 우리는 전북 지구 라이온스 임원진과 헤어져 샌프란시스코의 골든게이트 파크와 금문교를 걸으며 미국인들의 개척 정신에 놀랐다. 미국의 부촌인 샌디에이고와 LA, 샌프란시스코 등은 사막 위에 건설된 도시였다. 가로수와 잔디, 광활한 농장의 채소와 과실나무를 향해 쉬지 않고 물줄기를 뿜어대는 스프링클러의 소리를 들으며 감탄을 금하지 못했다. 척박한 땅을 옥토로 만들고, 열악한 환경을 극복하기 위해 400마일이나 떨어진 곳에서 물길을 만들어 농장에 활용하는 개척 정신은 우리에게 반성의 시간을 갖게 했다.

스템퍼드 경기장에서 개최된 제3회 세계 여자 월드컵 축구 준결승을 관전한 뒤, 결승전이 열리는 LA로 돌아가기 위해 발걸음을 재촉했다. 도중에 차 안에서 수면을 취한 뒤 새벽 4시부터 사막을 걸었다. 화씨 100도가 넘는 기온 때문에 도저히 한낮에는 도보 행진을 할 수 없었기 때문이다. LA의 다운타운과 코리아타운을 보행할 때는 진한 동포애를 느낄 수 있었다. 교포들이 음료수와 시원한 냉면을 제공해 주기도 하고, 자신들의 교회로 초청하여 직접 바비큐를 구워 주기도 했으며, LA 타임스 기자와 인터뷰를 주선해 주신 분도 계셨다.

7월 10일, 미국인의 시선은 온통 미국과 중국의 여자 월드컵 축구 결승전이 진행되는 LA 로즈 경기장에 집중되었다. 우리는 오전 10시에 9만 8000명을 수용하는 경기장에 도착하여 약 5만여 대의 차를 주차할 수 있는 잔디밭 주차장에 4달러를 내고 자동차를 주차시켰다. 장애인 지정 게이트에서 경호원들의 검색을 받은 뒤 귀빈석 옆에 마련된 장애인 지정석에 앉았다. 의자가 설치되지 않은 빈 공간에는 휠체어를 탄 지체장애인들이 3·4위전을 관전하고 있었다.

오후 1시쯤 클린턴 대통령을 비롯한 세계 각국의 귀빈들이 결승전을 관전하기 위해서 경기장에 입장했다. 식전 행사에 이어서 양국 국가 연주와 선수 소개를 끝으로 드디어 경기가 시작되었다. 경기장을 가득 메운 관중들은 뜨거운 태양에도 아랑곳하지 않고 음식을 먹으며 일광욕을 하는 등 승패와는 상관없이 즐겁게 경기를 관전하는 것 같았다. 찬미와 나는 2002 월드컵 코리아 플래카드를 등에 부착하고 한 손에는 태극부채를 흔들며 경기장을 돌아다녔다. 귀빈석 앞에서 경호원들의 제지를 받기도 했지만,

우여곡절 끝에 대통령에게 태극부채를 전달할 수 있었다.

우승을 차지한 미국은 온통 축제 분위기였다. 2002 월드컵 플래카드를 부착하고 라스베이거스로 향하는 우리 일행의 자동차를 보고 곳곳에서 경적을 울리거나 손을 흔들며 격려해 주었다. 3일 전 집중호우로 물난리를 겪은 라스베이거스 시내는 요란한 중장비 소리와 도로 곳곳에 쌓인 공사 자재로 어수선했다. 뜨거운 사막을 2마일 정도 걸은 뒤 시원한 관광 안내 센터를 찾아갔다. 관광 안내소에서는 시각장애인이 업무를 보고 있었다. 그는 네바다 주에 있는 관광 명소들을 친절한 태도로 자세히 소개해 주었다. 직업이 극히 제한적인 우리나라의 시각장애인들에게도 관광 안내와 같은 직업을 개발, 보급할 필요가 있음을 느낄 수 있었다.

안내소에서 소개해 준 후버댐을 방문했는데 1930년, 대공황으로 일자리를 잃은 7개 주의 실업자에게 일할 곳을 제공하기 위해 건설한 댐이라고 했다. 대공황을 극복한 각종 상징물로 건설 당시 사용했던 코펠과 신발, 작업복, 연장 등을 전시하여 후세들에게 살아 있는 교육의 장으로 활용하고 있는 것을 보고 많은 생각을 했다. 우리나라라면 2년 전의 IMF를 두 번 다시 겪지 말자는 뜻에서 어떤 것을 남길까? 우리도 이들처럼 각종 상징물로 전시장을 만들어 살아 있는 교육장으로 활용할 수나 있을까?

LA에서 기수를 북쪽으로 돌려 산행 시작 3일 만에 해발 3,986m인 록키산맥을 정복했다. 고온이 계속되는 한여름이었지만, 정상에는 흰 눈이 쌓여 있었다. 찬미는 순백의

설경을 보고 깡충깡충 뛰면서 그동안 쌓였던 스트레스를 마음껏 푸는 것 같았다. 덕분에 나는 몇 번이나 눈 위를 굴러야 했다. 새 옷으로 갈아입고 콜로라도 강 변에 위치한 그루무즈 노천 온천에 갔다. 입장료는 12달러인데, 오전 7시부터 오후 10시까지 온종일 일광욕을 즐기며 온천을 할 수 있다고 했다. 종류에 따라 정해진 금액을 내고 마사지도 받을 수 있는데, 우리나라와 달리 미국에서는 비장애인들도 마사지 영업을 하고 있었다.

농업의 도시 네브래스카 주에서 아이오와 주로 갈 때에는 500마일이 넘는 옥수수 농장을 거쳐야 했다. 대형 트랙터로 수확한 옥수수를 실은 열차가 앞에 2량, 맨 뒤에 1량인 기관차를 포함하여 114량이나 된다고 하니 경악을 금치 못할 일이었다.

인구의 70% 이상이 흑인이라는 시카고에 입성한 것은 필라델피아를 출발한 지 1개월 만이었다. 오대호 주변을 40마일 걷는데, 호숫가에서 일광욕을 즐기는 미녀들의 화장품 냄새 때문에 정신이 산만해져 몹시 곤혹스러웠다. 맑고 깨끗한 호수에는 수상 스키와 보트를 즐기는 사람, 강태공들이 많았는데, 우리나라 전체가 물에 잠길 정도로 어마어마하게 크단다.

인디애나 주와 오하이오 주를 거쳐 나이아가라 폭포에 도착했다. 웅장한 폭포 소리와 거대한 폭포에서 내뿜는 물안개를 맞으며, 세계 각국에서 관광 온 여행객들에게 태극부채와 월드컵 홍보물을 나누어 주었다. 극성스러운 몇몇 관광객이 집요하게 2002 월드컵이 도안된 티셔츠와 모자를 달라고 하여 한 벌만 남기고 모두 주었다.

50마일이 넘는 핑거 호 주변의 자전거전용도로를 따라 남쪽의 뉴욕을 향해 걸었다. 도로변 곳곳에서 여행객들에게 주변 농장에서 경작한 수박과 토마토, 포도 등 과일들을 팔고 있었다. 10년 전 헝가리에서 이민 왔다는 한 노인이 다가와 자신의 농장에서

막 수확한 싱싱한 수박과 토마토를 사 달라고 졸라 대어 대형 수박 한 통과 토마토 여섯 개를 4달러에 구입했다.

2일 만에 도착한 맨해튼에서 수많은 인파와 고층 빌딩을 헤치고 브로드웨이를 지나 유엔 본부에서 기다리고 있던 SBS 특파원과 유엔 본부에 파견된 한국 직원을 만났다. 자유의 여신상과 엠파이어스테이트빌딩을 거쳐 무려 아홉 시간이나 맨해튼을 도보하면서 장애인들이 아무 제약 없이 활보하는 것을 보고 많은 것을 느낄 수 있었다. 102층 381m의 높이의 엠파이어스테이트빌딩 매표소에서는 안내견 찬미를 본 직원이 다가와 최우선으로 입장을 시켰고, 건물 안의 엘리베이터 버튼과 화장실에는 점자 표기가 되어 있었다. 시내버스에 리프트가 설치되어 있는 것은 물론, 음성과 문자 안내 방송도 하고 있었다. 또 사거리에 설치된 음향 신호기의 소리가 네 곳 모두 달랐다. 네 곳 모두 같은 멜로디가 흘러나와 횡단보도를 건너는 데 혼란을 일으키게 하는 우리나라의 시스템과는 확실한 차이가 있었다.

57일째 되던 날, 드디어 처음 출발했던 필라델피아로 돌아왔다. 결산해 보니 하루 평균 30~40㎞를 걸었고, 23개 주 115개 주요 도시를 경유하면서 연도의 시민들에게 태극부채 2,000개를 전달했다. 쉼 없는 대륙 횡단에 지친 찬미가 가끔 꾀를 부리기도 했지만 그럴 때면 내가, 반대로 내가 지쳐 힘겨워하면 찬미가 힘차게 이끌어 가능한 일이었다. 고맙다, 찬미야!

대장정을 마치자 제일 먼저 든 생각은 쉬고 싶다는 것이었다. 그다음으로는 도전에 성공했다는 뿌듯함과 자신감이 밀려들었으며, 장애인 복지에 대해 새로운 인식을 갖게 되었다는 생각도 들었다. 그리고 우리나라의 장애인 복지 발전과 안내견에 대한 인식 개선이 하루빨리 이루어지기를 간절히 기원했다.

이역만리에서 만난 인연이 도서관 설립으로

미| 대륙 도보 횡단을 무사히 마치고 귀국한 나는 인사차 최진호 전주시 의원의 사무실을 방문했다. 내가 최 의원님을 처음 만난 것은 캘리포니아 주 샌디에이고에서였다. 미 대륙 도보 횡단 도중 국제 라이온스클럽의 제83차 세계 연차 총회가 6월 29일부터 7월 4일까지 열린다는 소식에 대회에 참가하고자 일정을 서두른 끝에 행사 하루 전날에야 샌디에이고에 도착할 수 있었다.

이른 시각임에도 불구하고 많은 차량이 오가는 새벽 5시경, 태극부채를 들고 '2002 월드컵 코리아로 전주로'란 글이 새겨진 티셔츠를 입고 운동 삼아 걷는데 한 분이 다가와 고생이 많다며 악수를 청했다. 그러고는 주머니에 달러 지폐를 넣어 주며 "전주 어디서 오셨습니까?" 하고 물었다. 이역만리 먼 땅에서 고향 사람을 만나게 되어 반갑다는 말도 했다. 또 월드컵 홍보하는 모습을 보고 감동받았다며 "행사를 마치고 귀국하면 사무실에 한번 방문해 주십시오" 하며 명함 한 장도 건넸다. 바로 최진호 전주시 의원이었다.

반갑게 맞아 준 최 의원님에게 행사 결과를 간단히 말씀드리고 샌디에이고에서 베풀어 주신 은혜에 감사드린다는 인사도 드렸다. 그리고 지역사회에서 장애인 복지사업을 하고 싶다며 지원을 요청했다. 최 의원님은 "필요한 게 뭡니까?" 하고 물으셨다. 대학원 공부를 하면서 제일 어려웠던 것이 마음껏 책을 읽을 수 없었다는 것이었음을 말씀드리고 시각장애인을 위한 도서관이 꼭 필요하다고 했다. 최 의원님은 마침 5층이 비어 있는데 사용해 보겠냐고 하셨다. 이렇게 해서 전 인류의 공동재산인 책의 세계에서조차 이방인으로 남아 어려움에 처해 있는 전라북도 내 시각 장애인들의 문화 복지의 요람인 전북시각장애인도서관이 설립 되었다.

법적 절차를 밟기 위해서는 독서진흥법과 장애인복지법에 근거한 등록 절차를 거쳐야 했다. 특수 도서관으로 등록하기 위해서는 사서 한 명을 정식 직원으로 채용하고, 점자 도서 1,700권과 녹음 도서 500권 그리고 점자 타자기와 점자 프린터기를 갖춰야 했다. 30평 이상의 공간은 확보되었고, 직원도 공개 모집하면 되지만, 문제는 점자 도서와 녹음 도서를 마련하기가 쉽지 않다는 점이었다. 점자 도서는 일반 서점에서 쉽게 구입할 수 있는 도서도 아니었다. 전국의 시각장애인들에게 편지를 써 가지고 있는 점자 도서를 기증해 달라고 부탁, 2,000여 권이라는 귀중한 점자 도서를 마련할 수 있었다. 녹음 도서는 녹음 복사기를 구입하여 제작했다.

2000년 7월 4일, 제1호 등록증이 교부되었다. 전주시청으로부터도 장애인 지역사회 재활 시설 신고 증명서를 교부받았다. 1년여 동안의 준비 작업 끝에 드디어 7월 11일, 전라북도에서 최초로 전북시각장애인도서관 개관식을 김완주 전주시장, 이영호 한일장신대학교 총장, 이창승 국제 라이온스클럽 전북 지구 총재, 송기태 전주상공회의소 회장, 전주시 의원과 내빈 등 300여 명을 모시고 성대하게 거행했다.

전라북도에 거주하는 1만 2000여 명의 시각장애인과 독서에 장애가 많은 어르신들의 문화 복지 욕구를 충족시키는 이 도서관은 많은 자원봉사자와 은인 여러분들의 숨은 노고 덕분에 설립, 운영될 수 있었다. 그저 감사할 따름이다.

남북통일 기원 백두산·한라산 등반

전쟁과 분단 50년 만에 역사적인 남북정상회담이 2000년 6월 15일 극적으로 이루어졌다. 이날 김대중 대통령과 김정일 국방위원장은 평양에서 공동선언문을 채택했다. 또한 8월 15일 남과 북의 이산가족 100명이 각각 서울과 평양을 방문하여 꿈에도 그리던 혈육 상봉을 하기로 합의했다.

이 일을 기념하고 남북통일과 민족 화해를 기원하기 위해 백두산 천지의 물과 흙 그리고 한라산 백록담의 흙과 물을 합토(合土), 합수(合水)하여 조성 중인 전주 월드컵 경기장 주변의 만남의 광장에 토종 무궁화나무와 함께 식수하기로 했다.

출발 바로 전날 동아일보와 지방신문인 도민일보 등에서 일제히 행사 내용을 보도했다. 전주 문화방송의 이흥래 보도부장은 행사 전 과정을 비디오카메라에 담아 오라는 요청까지 해왔다.

드디어 8월 6일, 우리 일행이 탄 092기가 10시 정각에 김포공항을 이륙했다. 장춘 국제공항까지는 약 1시간 40분이 소요된다는 기내 방송이 흘러나왔다. 기내 음식을 먹고 잠시 휴식을 취하는데 비행기가 벌써 착륙을 위해 하강했다.

길림성 제1의 도시 장춘시는 우리나라와 날씨와 비슷했고, 시차는 한 시간이었다. 입국 수속을 마친 우리 일행은 연길행 민항기를 예약하기 위해 국내선 청사로 발길을 돌렸다. 공항 안내인은 연길행 비행기가 있긴 하지만 예정대로 여덟 시간 뒤에 이륙할지는 장담할 수 없다고 했다. 상식적으로 이해가 되지 않았다. 그때 서울에서 같은 비행기를 타고 온, 충무로에 사는 김성섭 씨를 만났다. 연길에서 무역 사무실을 운영한다는 그는 자신도 택시를 대절하여 연길까지 가는 일이 잦다고 했다. 회의 끝에 우리도 연길까지는 승용차를 이용하기로 했다. 채 5분도 되지 않아 호출한 승용차가 우리 일행 앞에 섰다.

중국에서 자체 제작한 1600cc급 은색 테코 승용차를 운전하는 이일용 씨는 조선족으로 우리말을 유창하게 잘했다. 장춘에서 연길까지는 약 500km로 일곱 시간 정도 걸린다며 중국 문화와 조선족의 생활상에 대해서도 친절히 설명해 주었다. 아내와 17개월 된 아들을 둔 38살의 가장이라는 자기소개도 했다. 약 네 시간 정도 달린 뒤 시골 어느 조그마한 식당에서 점심으로 잉어찜과 고량주를 먹었다. 흰쌀밥과 잉어찜, 단무지 반찬은 우리 입맛에 가까웠으나 40도가 넘는 교량주는 너무 독해 마시기가 쉽지 않았다.

저녁 8시경에야 도착한 연길시는 인구가 30만으로 생각보다 작았다. 승용차로 달리는 그 몇 시간 동안 이일용 기사와 정이 들어 저녁 식사를 대접하려고 했지만, 집안 식구들이 걱정된다며 한사코 거절하는 바람에 주소를 교환하고는 수고비로 1,200원을 지불했다.

저녁 식사를 위해 한국 식당을 찾아 시내를 돈 지 몇 분 만에 '전주식당'이라는 간판이 일행의 눈에 띄었다. 아담한 그 식당의 주인은 조선족이었다. 김치찌개를 맛있게 먹고는 영빈관이라는 여관에 들어갔다. 중국인이 경영하는 영빈관은 2층짜리 건물에 다소 큰 거실과 2인용 침대, 사용하기에는 조금 불편한 화장실과 세면대를 갖추고 있었다. 하지만 예산 절약을 위해 이곳에 묵기로 했다.

백두산까지 이동할 차를 미리 섭외하고, KBS 제2라디오의 '가로수를 누비며' PD와 인터뷰 약속을 한 뒤 중국에서의 첫날 밤을 보냈다. 다음날, 새벽 4시에 기상하여 찬미의 건강 상태를 체크하고 배낭을 정리한 뒤, 5시에 대기하고 있던 차에 몸을 실었다. 6시 30분경 탄광 지대인 상구허 지역에서 잠시 차를 멈춘 뒤 운전기사의 휴대전화로 KBS 라디오와 생방송으로 약 10분 동안 인터뷰를 했다. 그러고는 계속해서 백두산을 향해 달렸다. 연길에서 백두산까지는 약 340㎞, 다섯 시간 정도 걸린다고 했다.

조선족이 경영하는 간이 휴게소에서 한국에서 가져온 라면으로 간단하게 아침 식사를 하고는 아스팔트로 포장된 길을 달려 드디어 민족의 영산 백두산 기슭, 저들이 장백산 입구라고 하는 해발 1,700m의 고지대에 도착한 것은 오전 11시경이었다. 매표소에서 입장료로 1인당 80원씩을 지불하고 산행을 시작하려는데 중국 공안 요원이 배낭을 검사하여 태극기 네 개를 압수했다. 이유는 산 정상에 올라 태극기를 흔들며 여기는 한국 땅이라고 외치기 때문이란다. 다행히도 주머니 속에 있던 소형 태극기 한 개는 빼앗기지 않았다.

쾌청한 날씨 속에 장백산 입구에서 흑풍구를 지나 천지 정상에 오르는 대장정에 나섰다. 두 시간 정도 걷자 갑자기 천둥 번개가 치더니 폭우가 쏟아지기 시작했다. 미리 준비해 온 비옷을 입고 폭우와 비바람이 잠잠해지면 등산을 강행하고, 다시 거세지면 날아가지 않도록 엎드려 쉬는 등 변덕스러운 날씨와 숨바꼭질하면서 해발 2,200m 고지인 흑풍구에 겨우 도착할 수 있었다. 검은 바람과 검은 돌 그리고 검은 눈보라가 쉼 없이 퍼부어 많은 인명을 빼앗아 간 곳! 나무 한 그루, 풀 한 포기 자라지 않는 황량하고 으스스한 흑풍구에 도착하니 조금은 겁이 났다. 사방팔방에서 불어오는 거센 바람과 퍼붓듯 쏟아지는 폭우에 정신을 못 차릴 정도였다.

점점 엄습해 오는 추위에 체력은 떨어지고, 피로가 몰려오기 시작했다. 퍼붓는 폭우에 등산화가 흠뻑 젖어 질퍽거리고, 발바닥에 물집이라도 생겼는지 쓰리고 아팠다. 찬미 역시 거센 비바람에 이리 비틀 저리 비틀 했다. 몇 번이고 포기하고 싶었지만 여기까지 오는 데 얼마나 어려움이 많았는가를 생각하며 이를 악물고 한 발 또 한 발 내딛었다. 다행히도 거센 비바람과 폭우가 잔잔해져 미풍과 가랑비로 변하기 시작했다.

오후 2시 10분경, 드디어 해발 2,744m 민족의 영산 백두산 천지의 성내봉 정상에 올랐다. 태고의 신비를 인간에게 보여 주고 싶지 않은 듯 자욱한 안개에 감싸인 천지는 그 자태를 쉽게 드러내지 않았다. 얼마나 지났을까? 하늘에서 햇살이 느껴졌다. 구름이 걷히면서 천지가 그 모습을 드러낸 것이다. 천지는 말 그대로 명경지수 그 자체였다. 저 멀리 장군봉이 선명하게 보인다며 함께 온 일행이 손끝으로 알려주었다. 숨겨 온 소형 태극기를 꺼내 하늘 높이 흔들며 "대한민국 만세!"를 외쳤다. 너무 흥분되고 가슴이 찡해 감정을 억제할 수 없었다. 얼마 뒤 거센 비바람과 폭우가 다시 시작되어 천지의 물과 흙을 정성 들여 비단 보자기에 담고는 하산을 서둘렀다.

중국 하얼빈 국제공항을 떠난 지 10일 만에 채 여독을 풀 사이도 없이 22일 군산공항을 출발하여 오후 7시에 제주국제공항에 도착했다. 다음날, 새벽 5시에 기상하여 도시락으로 아침을 해결한 뒤 한라산 상판악에서 제주의 언론기관에서 나온 취재진들과 간단한 인터뷰를 하고 7시부터 안내견 찬미와 신진규 선생, 진송욱 진북회관 대표와 백록담을 향해 한 발 한 발 힘차게 내딛었다. MBC-TV〈화재집중〉팀 박경식 PD와 카메라맨이 취재를 위해 뒤따랐다. 발바닥이 아픈지 찬미의 걸음이 이상해 살펴보니 빨갛게 충혈되었다고 했다. 바셀린을 발라 주고 양말도 신긴 뒤 5㎞를 더 갔다.

갑자기 폭우가 쏟아지기 시작했다. 배낭에서 비옷을 꺼내 찬미에게 입혀 주고는 양동이로 퍼붓듯 쏟아지는 빗속을 뚫고 정상을 향해 걸었다. 자욱한 안개로 인해 등산로가 잘 보이지 않았다. 갑작스러운 기온의 급감으로 체력이 떨어지고 허기마저 찾아와 폭우를 맞아가며 바위에 걸터앉아 준비해 온 도시락을 허겁지겁 먹어 치웠다. 산행 네 시간 만에 백록담까지 2㎞를 남겨 두고는 탈진 일보 직전까지 갔다. 게다가 평탄한 오르막길임에도 불구하고 정상 500m를 남겨 둔 곳부터는 기어서 올라가야 할 정도였다. 결국 기다시피 하고 나서야 100여 명의 산악인들로부터 환호의 박수갈채를 받으며 마침내 백록담 정상을 밟을 수 있었다.

잠시 휴식을 취하고는 태극기와 전주시 시기를 높이 흔들며 "대한민국 만세! 남북통일 만세! 민족 화해 만세!"를 힘차게 외쳤다. 준비해 온, 대통령과 시민 단체, 국민에게 드리는 메시지도 힘차게 낭독했다. 백록담에는 물이 거의 없어서 바위틈에서 흘러나오는 맑은 물을 겨우 물병에 담고 흙 한 줌을 준비해 온 보자기에 쌌다. 그렇게 해서 온갖 고생 끝에 모은 백두산 천지의 물과 흙, 한라산 백록담의 물과 흙을 전주 월드컵경기장 만남의 광장에 우리나라 고유의 무궁화나무와 함께 정성껏 묻고 심을 수 있었다.

내 한계는?
— 지리산 동계 종주 등반

2000년 12월 10일, 전주 KBS 제1TV의 고은희 작가로부터 제안이 들어왔다. 신년 특집 프로그램으로 지리산 동계 종주 등반하는 모습을 방영하고 싶다는 것이었다. 등산을 좋아하기도 하거니와 첫 동계 등반이란 매력에 끌려 해보겠다고 대답했다.

며칠 뒤, 고은희 작가와 손성배 PD가 집으로 찾아와 자료를 수집해 갔다. 12월 27일, 겨울 산행을 위한 등산 장비를 구입한 뒤 그다음 날 촬영 팀 여섯 명과 함께 방송국 승합차로 지리산 성산재로 향했다. 공교롭게도 이날 대학원 석사 논문 마지막 심사가 있어 궁여지책으로 아내에게 준비한 석사 논문을 가지고 심사장에 대신 가 달라고 부탁해야 했다.

지리산 성산재에는 눈이 많이 쌓여 있었다. 노시철 연하천산장장, 문종국 광주 산악연맹 사무국장과 인사를 나눈 뒤 노고단에 있는 방송국 송신소로 향했다. 송신소 직원들이 해 주는 저녁 식사를 맛있게 먹고는 취침에 들어갔다.

다음날 아침 8시, 송신소를 출발했다. 두툼한 방한복과 방한모, 방한 장갑에 미끄러지지 않도록 등산화 바닥에는 아이젠도 착용했다. 찬미의 발에도 아동 양말을 신겼다. 동계 등반은 처음인지라 조금 겁이 났다. 행여 미끄러지고, 넘어지고, 엎어져 다치지는 않을까 하는 노파심에서였다. 정 힘겨우면 포기하는 방법도 있으니 그러기 전까지는 최선을 다하기로 마음먹자 자신감이 생겼다. 발목까지 빠지는 눈길을 안내견 찬미에게 의지한 채 등반하는 것은 매우 힘들었다. 문 사무국장이 앞장서고, 찬미와 내가 중간에, 노 산장장과 방송 제작 팀이 그 뒤를 따랐다. 대학 시절 천왕봉에서 노고단까지 등반한 경험이 세 번이나 있었기에 그 기억을 되살리며 등반을 했다. 예전에 비해 더욱 가파르고 바위가 많은 것 같았는데 노 산장장에 의하면 과거와 달라진 것이 별로 없단다.

네 시간 동안 걸은 끝에 임걸령에 도착하여 라면으로 점심을 해결한 뒤 뱀사골 정상으로 향했다. 점점 지치고 피로가 쌓이기 시작했다. 수없이 다가오는 포기하고 싶다는 유혹을 뿌리치고 젖먹던 힘을 다해 한 발 한 발 걸어 나갔다. 목이 마르면 눈 위에 폭삭 엎어져서 순백보다 더 하얀 눈을 한 움큼 입으로 가져갔다. 처음에는 시원했지만, 자주 먹다 보니 속이 쓰리고 갈증만 더욱 심해졌다. 설상가상으로 바위에 왼쪽 무릎을 부딪쳐 걸을 때마다 통증이 심했다.

사실 찬미가 바위에 부딪치지 않도록 인도하는 데에는 한계가 있었다. 오른쪽은 지팡이로 바위의 높이를 가늠할 수 있지만, 왼쪽은 손에 하네스를 붙잡아야 해서 바위의 높낮이를 가늠할 수가 없기 때문이다. 다른 사람을 붙잡고 산행을 하면 무릎을 바위에 부딪치지 않을 텐데 하면서도 찬미를 믿고 끝까지 가기로 했다.

3도가 만나는 삼두봉에 올랐을 때는 이미 녹초가 되어 있었다. 손 PD는 내심 포기했으면 하는 눈치인 듯싶었다. 찬미도 지쳤는지 숨을 헐떡였고, 발에 신겼던 양말은 어디론가 사라지고 없었다. 그러나 예서 포기할 순 없었다. 꼭 정상을 정복하고야 말겠다고 나 자신과 굳게 약속했기 때문이다. 찬미의 발바닥에 바셀린을 바르고 새 양말을 신긴 뒤 계속 나아갔다. 몇 번이고 발목을 접질리고, 수없이 넘어지고 미끄러지고 엎어져 가며 겨우 연하천 산장에 도착했을 때는 이미 어둠이 짙게 깔린 뒤였다. 식사는 하는 둥 마는 둥 피곤에 지쳐 잠자리에 들었지만, 산장 안이 너무 추워서인지 쉽게 잠이 오지 않았다. 문 사무국장이 자신의 침낭을 주며 위로의 말을 건넸다. 너무 고마웠다. 당신도 추울 텐데,

정말 희생정신이 강한 분이셨다.

이튿날, 참치찌개에 밥을 말아 먹고 세석평원을 향해 출발했다. 밤새 추위 때문에 선잠밖에 못 잤지만 그래도 몸이 가뿐했다. 찬미의 컨디션도 나아졌다. 노시철 산장장과 작별 인사를 한 뒤 걸음을 재촉했다.

처음 지리산 종주를 한다는 손 PD는 나무 지팡이를 짚고 다리를 절룩이며 따라왔다. 엄동설한에 무거운 촬영 장비를 메고 나를 따르는 촬영 팀의 모습에 안쓰러운 마음이 들었다. 다행히 눈보라는 불지 않았지만 가끔씩 거센 바람이 불어 걸음을 멈추게 했다. 뿌드득뿌드득 눈을 밟으며 한없이 가야만 하는 자신과의 싸움에 인내심이 강하다고 자부했던 나도 이내 지치고 말았다. 그나마 퍽, 퍽 눈 위에 쓰러져 맥을 못 출 때마다 찬미가 다가와 코를 비벼 대는 것이 힘내라고, 조금만 참으라고 응원하는 것 같아 겨우 힘을 낼 수 있었다. 철 계단과 큰 바위를 만나 기어 올라가야 할 때는 잠시 찬미와 떨어져 걸어야 했다.

삼성맹인안내견학교의 전선호, 안성균 조련사가 합류했다. 오후부터 다시 심해진 무릎 통증에 왼발을 질질 끌면서 오후 6시경에야 겨우 세석산장에 도착했다. 몇 미터밖에 안 떨어진 화장실에 가는 것조차 싫어 소변을 참아야 할 정도로 지쳐 있었다. 그런데 세석산장에서 찬미의 출입을 거부하는 바람에 한동안 실랑이를 벌여야 했다. 겨우 설득한 끝에 방에서 쉴 수 있었는데, 문종국 사무국장이 무릎 치료를 해 주어 깊은 잠에 빠질 수 있었다. 찬미도 피곤했는지 심하게 코를 골았다.

촬영 팀들이 미리 준비해 준 식사를 마치고 여유 있게 장터목산장을 향해 출발했다. 높이 올라갈수록 바람이 거세고 길도 험난해졌다. 거센 눈보라까지 맞았지만 얼마 남지 않은 장터목산장을 향해 한 발 한 발 사력을 다해 걸었다.

드디어 도착한 장터목산장. 사방팔방에서 불어오는 바람을 피할 곳도 없었다. 취사장은 초만원이었다. 연초의 일출을 보려고 전국 각지에서 수많은 인파가 몰려든 탓이었다. 무슨 착오가 생겼는지 손 PD가 우왕좌왕하면서 산장 주인과 예약 문제로 신경전을 벌였다. 라면으로 점심을 해결한 뒤에야 겨우 바람만 피할 정도의 임시 거처를 찾을 수 있었다. 이미 예약이 모두 끝난 관계로 저녁 6시경에 입실 점검을 한 뒤 예약이 취소된 인원수를 파악하여 재배정을 하겠다는 안내 방송이 흘러나왔다.

추위에 덜덜 떨며 다섯 시간을 보낸 끝에야 일행 일곱 명은 겨우 4인실에 들 수 있었다. 지리산에서 맞이한 한 해의 마지막 날, 칼잠을 자야 할 정도로 비좁은 방 안에서 2000년 한 해를 뒤돌아보았다. 비록 제야의 종소리는 없었지만 연말과 연시를 동시에 맞이하며 과거를 되돌아보고, 현재를 평가하고, 미래를 설계한다는 것도 매우 뜻 깊고 의미 있는 일이었다.

신사년 새해, 새벽 4시에 기상하여 완전무장을 한 뒤 천왕봉을 향해 한 발 한 발 차분하게 내딛었다. 금년에는 나라가 안정되고 경제도 발전하여 모든 국민이 잘살고, 남북통일이 하루속히 이루어져 국력이 신장되며, 2002년 월드컵의 성공적인 개최로 우리나라의 위상이 드높아지길 기원했다.

두 시간 만에 도착한 천왕봉! 일출을 보기 위해 전국 각지에서 몰려든 사람들로 천왕봉은 북적였다. 누군가 30분만 있으면 일출을 볼 수 있다고 외쳤다. 가만히 서 있으려니 발이 시리고 온몸이 굳어지기 시작했다. 지난 3일 동안, 험난한 고난의 길을 걸으며 내 인생에도 이런 고비가 많았음을 새삼 느낄 수 있었다. 하지만 그때마다 위기를 슬기롭게 극복하여 이렇게 당당히 서 있지 않은가! 새해에는 더욱더 노력하여 사회에 꼭 필요한 인간 생산적인 송경태가 되자, 또 소외된 사람을 섬기고 사랑을 나누며 실천하는 참 봉사자가 되자고 다짐했다.

　마침내 일출이 떠올랐다. 일출은 잠깐이었다. 모두들 새해 소원을 빌며 환호성을 질렀다. 왠지 올해에는 일이 잘 풀릴 것 같은 예감을 간직한 채 험난했던 지리산 동계 종주 등반을 마무리했다. 끊임없이 노력하고 도전하는 인간에게만 미래가 보이고 희망이 보인다. 주어진 조건에서 최선을 다하고, 자신감을 가지며, 모든 일에 긍정적인 사고방식으로 가족과 이웃, 국가를 위해 열심히 뛰었으면 하는 희망을 가슴에 뿜으며 내려왔다. 인내는 쓰지만 그 열매는 단 법이다.

두 발을 딛고 산다는 것이 행복

2001년 4월 6일, 지난 연말에 지리산 종주 등반을 도와주었던 문종국 광주 산악연맹 사무국장이 암벽 등반을 해보지 않겠느냐고 제의해 왔다. 새로운 세계에 대한 호기심에 냉큼 승낙했다.

처음 목적지는 미국의 요세미티 거벽(910m)이었지만, 등반대원 몇 명이 미국 비자를 발급 받지 못해 캐나다 스쿠아뮤쉬에 있는 치프 봉(607m)으로 행선지를 변경해야 했다. 성공적인 암벽등반을 위해 난생처음 전남 영암의 월출산에서 등반 훈련에 돌입했다. 평균 70도의 경사도에 높이 83m의 봉우리를 직경이 8mm인 외줄만 믿고 1피치 1피치 오르려니 긴장감과 공포심이 밀려왔다. 그래도 내색하지 않고 열심히 훈련에 임했다. 5월 8일에는 무등산에서 등반 훈련을 했다. 90도 수직 암벽을 타는 것은 더욱 힘들었다.

11일 저녁 6시 30분, 대한항공 091기 편에 올랐는데 캐나다까지 아홉 시간이 걸린다고 했다. 이번에도 대한항공에서 찬미의 편안한 여행을 위해 도움을 주어 무척 고마웠다. 캐나다의 밴쿠버 국제공항에 도착한 것은 11일 오전 11시 30분이었다. 우리나라와 17시간 정도의 시차가 있었다. 태평양 연안에 있는 밴쿠버는 인구는 약 100만여 명으로 그 중 27%가 중국계와 일본계, 한국계라고 했다.

캐나다는 완연한 봄 날씨였다. 포드 자동차를 빌려 스쿠아뮤쉬로 향했다. 밴쿠버에서 동쪽으로 약 50km를 달려 목적지에 도착할 수 있었다. 두 시간을 헤맨 끝에 한국인이 경영하는 코프모텔의 3호실에 여장을 풀었다. 1972년에 이민 왔다는 주인에게서 주변 지역에 대한 정보를 파악한 뒤 휴식을 취했다. 저녁이 되자 주인이 손수 밥과 소세지전을 만들어 주어 맛있게 먹었다. MBC TV 촬영 팀이 도착하는 13일에 오르기로 한 치프 봉은 '추장 얼굴'이란 뜻으로, 그 이름처럼 추장의 얼굴 모습처럼 생긴 웅장하고 거대한 봉우리라고 했다.

이튿날 등산 장비점에서 네다와 벽걸이용 취사도구 등을 구입한 뒤 사전 답사를 위해 현장으로 향했다. 이 지역은 로키산맥으로 향하는 길목으로, 스키로 유명한 휘슬러 산이 있어 스키족의 발길이 끊이지 않는다고 했다. 도로변에 차를 주차하고 약 1㎞를 밀림 같은 등산로를 따라 걸어 들어가니 목적지가 나타났다. 등산로마다 높이 70m의 거목과 큰 바위가 널려 있었다. 문종국 대장은 밑에서 바라보니 무척 거대하다고 했다. 만만치 않은 등산 코스가 될 것 같다며 겁도 주었다. 주변의 외국 산악인들도 한국 산악인이 한 번도 도전해 보지 않은 거벽을 시각장애인이 등반한다는 것은 다소 무리일 것 같다며 걱정하면서도 격려를 아끼지 않았다. 베테랑인 문 대장과 달리 정영길, 송형근 두 대원은 거벽 등반이 처음이라고 했다. 그래서 긴장되고 조금은 겁도 났다.

13일 오후, 김영호 PD와 김종진 촬영기사가 도착했다. 김종진 촬영기사는 암벽등반이 나오는 드라마를 촬영한 경험이 있어서 이번 촬영을 위해 특별히 차출되었다고 했다. 최종적으로 등반 장비를 점검하고 성공적 등반을 기원하는 축배를 든 뒤 3일째 밤을 마무리했다. 그런데 다음날 아침부터 갑자기 비가 내렸다. 일기예보에 의하면 3일 동안이나 계속될 것 같단다. 말도 통하지 않고 볼 수도 없는 나는 답답하고 지루했지만, 침대에 누워 잠만 잘 수밖에 다른 도리가 없었다. 그다음 날에도 비가 계속 내려 오후에 등산 장비점에 가서 인공 암벽등반 연습장에서 몸을 풀었다. 두 손과 두 발로 수직 암벽을 올라가려면 상당한 팔 힘과 기술이 필요했다. 몇 번이나 바닥으로 떨어져 엉덩방아를 찧으면서도 연습을 게을리하지 않았다. 실전에서 꼭 필요한 기술이었기 때문이다.

문화방송 제작 팀은 일정 관계상 모레, 17일 캐나다를 떠나야 하니 설령 비가 와도 내일은 꼭 등반하자고 했다. 5일 동안 낯선 곳에서 무료하게 지내는 것에 싫증이 난 나도 그러자고 했다. 그러나 안전 문제가 걱정되었는지 문 대장이 사정이 정 그렇다면 미리 6피치까지만이라도(1피치는 평균 40m 내외다) 루트를 개설한 뒤 등반하자고 하셨다. 결국 비가 오는데도 정영길, 송형근 두 대원이 문 대장과 루트 개설을 위해 떠났다. 모텔에 홀로 남은 나는 또다시 무료한 시간을 보내야 했다.

저녁 8시, 비에 흠뻑 젖은 일행이 초라한 모습으로 숙소에 나타났다. 정 대원은 왼손에 깁스까지 한 채였다. 하산 도중 바위틈에 새끼손가락이 끼어 골절상을 입었다는 것이다. 벌써부터 부상자가 나오다니, 과연 할 수 있을까 하는 의구심이 생겼다.

드디어 등반을 강행하기로 한 날 아침, 일어나자마자 비가 오지 않기를 간절히 바라며 모텔 밖으로 나갔다. 하지만 여전히 가랑비가 내리고 있었다. 각오를 단단히 하라는 노시철 원정 대장의 말에 각자 배낭을 메고는 숙소를 떠났다. 문종국 대장이 앞에 서고 그 뒤에서 내가 자일을 타고 올랐다. 경사도가 80도인 2피치까지 물기를 먹은 탓인지 암벽이 미끄러워 오르기가 쉽지 않았다. 날카로운 바위에 부딪칠 때마다 심한 통증이 온몸으로 전해져 왔다.

휘청거리는 자일을 타고 올라간다는 것은 매우 힘들었다. 게다가 주위를 볼 수가 없어 허공에 매달린 물건처럼 몸이 이리 돌고 저리 돌고 야단이었다. 그래도 올라가야 한다는 신념 하나로 이를 악물고 간신히 3피치까지 올라갈 수 있었다. 엉덩이를 겨우 붙일 만한, 10㎝ 정도 되는 돌출 부위에 앉아 두유 몇 모금과 캐러멜 쿠키 한 개로 점심 식사를 대신한 뒤 다시 4피치로 향했다.

4피치부터는 수직 암벽으로 6피치 지점에 가야 겨우 발을 지탱할 만한, 5㎝ 정도 되는 돌출 부위가 있을 뿐이란다. 김종진 촬영기사가 카메라로 주변의 환경을 담으며 인터뷰를 하자고 했지만 사방팔방에서 부는 바람에 다리가 후들거려 도저히 인터뷰할 마음이 나지 않았다. 노래라도 부르면 좀 나아질지 모른다는 말에 '사나이로 태어나서 할 이도 많다만' 하고 악을 쓰듯이 노래를 불렀다.

그때 문 대장이 무전기로 "송 선생님, 현재 계신 곳이 마지막으로 발을 딛고 설 수 있는 유일한 장소입니다. 앞으로는 계속 허공에 매달려야 하니 충분히 발을 딛으십시오!"라고 알려 왔다. 나는 설마 하면서도 알겠다고 하고는 김 촬영기사에게 "안 무서워요?" 하고 물었다. 그러자 "무서워 죽겠어요" 해서 "도대체 무엇때문에 오신 거예요?" 하고 다시 물었다. 그랬더니 방송국에서 가라고 하면 가야 한단다. 나만 무서운 줄 알았는데, 다 같은 기분이라니 조금은 안심이 되었다.

공포를 이기지 못한 김 촬영기사는 결국 촬영을 포기, 하산했다. 이번에는 송 대원이 앞장섰다. 7피치는 경사가 150도나 된단다. 나는 허공에 붕 뜬 채 등반을 해야 했다. 전문용어로 '고공등반'이라고 하는데, 아무리 올라가도 그 자리인 것만 같았다. 허공에 매달려 자일을 타고 올라가자니 몸이 빙빙 돌아 중심을 잡을수가 없었다. 정말 죽고 싶은 심정이었다. 젖 먹던 힘까지 쏟으며 악을 쓰고 나서야 겨우 7피치에 도착할 수 있었다.

알려 온 대로 7피치 지점은 허공이었다. 그물텐트(로타리찌)가 완성될 때까지 대롱대롱 자일에 매달려 장장 두 시간 정도를 버텨야 했다. 잔뜩 겁에 질린 나에게 그물 텐트 안에서 좀 쉬라고 하는데, 이놈의 텐트가 허공에 매달려 있으니 발만 살짝 디뎌도 이리저리 움직여 도저히 텐트 안으로 들어갈 엄두가 나지 않았다. 겨우 문 대장의 도움을 받고 나서야 텐트 안으로 들어가는 데 성공했다. 우주 공간에서 우주선을 타기 위해 벌이는 우주 쇼 같았다. 이때가 밤 10시였다.

텐트 안이라고 해서 안정감이 있는 것도 아니었다. 자일에 묶인 몸을 움직일 때마다 텐트가 갸우뚱거렸다. 허공에 매달린 탓에 무게중심을 따라 이리저리 요동친 것이다. 홀링백에서 간단한 취사도구와 통조림 그리고 침낭과 오줌통을 꺼낸 뒤 남은 짐들은 벽에 걸어 고정시켰다. 소변은 마려운데 잘 나오지 않았다. 쪼그리고 앉아서 겨우 볼일을 볼 수 있었다. 두유 몇 모금과 통조림으로 저녁 식사를 마친 뒤 긴장된 마음을 다소나마 풀기 위해 큰 소리로 노래를 불렀다.

첫날 밤을 잔 곳은 추장 얼굴의 코밑 부분이었다. 밤 12시경 지친 몸을 이끌고 침낭에 들어갔지만, 금방 곯아떨어지리란 생각과 달리 쉬 잠들 수 없었다. 캐나다의 날씨는 우리나라의 이른 봄 날씨처럼 밤에는 5도 내외로 한기가 느껴졌다. 게다가 조금만 바람이 불어도 그물 텐트가 이리저리 흔들려 도저히 잠을 이룰 수 없었다. 20~30분 정도씩 토막잠을 자는 게 고작이었다.

오전 6시쯤 벌목을 운반하는 기관차 소리가 잠결에 들려 왔다. 7시경에 기상하여 오렌지와 보리 통조림으로 아침 식사를 마쳤다. 일행 세 명이 자일에 의지한 채 짐 정리를 하는데, 송형근 대원의 허리춤에 달려 있던 카메라가 떨어져 박살이 나고 말았다. 암벽등반에서는 단 한 번의 실수가 어떤 결과를 가져오는지 생생히 느낄 수 있었다. 주마와 안전벨트 등으로 안전장치를 3중으로 한다고는 하지만 이들에 모든 것을 의지한다는 것은 다소 무리가 있었다. 그러나 전적으로 이 안전장치만 믿고 오른 수밖에 없었다.

8피치로 향할 때에는 문종국 대장이 앞장서고 송 대원이 장비를 수거하면서 따라왔다. 문 대장이 피치를 개설하기 위해 한 발한 발 내딛으며 볼트와 너트로 자일을 설치하면 송 대원이 그 자일을 따라 가며 다시 볼트와 너트를 수거했다. 그러면 정영길 대원이 홀링백과 배낭을 위로 공수할 수 있도록 마무리 작업을 하고는 자일을 회수했다.

7피치에서 8피치로 가는 구간은 난이도가 제일 높은 처마형 암벽이어서 시간이 많이 걸렸다. 문 대장이 루트 개설을 위해 앞설때마다 뒤에 남은 우리는 무서움을 달래려고 많은 이야기를 나누었다. 송 대원은 에베레스트를 등정한 베테랑이지만 거벽 등반은이번이 처음이라고 했다. 그러면서 암벽을 타다가 저세상으로 간산악인들이 많다며 내심 떠는 듯했다. 다리를 만져 보니 역시 덜덜 떨고 있었다. 전문 산악인들도 무서워하는구나 하는 마음에왠지 위안이 되었다.

320m에 도달했을 때 갑자기 하늘에 먹구름이 끼었다. 문 대장이 하산을 명하자 송 대원은 매우 좋아했다. 오후 3시에 하산을시작했다.

32시간 동안의 수직 생활은 나에게 많은 생각을 하게 했다. 발을 딛고 산다는 것이 얼마나 행복인지, 마음껏 먹는다는 것 또한마찬가지였다. 암벽을 타면서 대소변을 마음대로 볼 수가 없었기때문이다. 피로에 지친 나는 하산하자마자 곯아떨어지고 말았다.

드디어 치프 봉 정상! 힘겨운 과정 끝에 정상에 도착한 우리는기념 촬영을 하고는 외국 산악인들과 담소를 나눴다. 정상에서바라본 로키산맥과 휘슬러 산 그리고 태평양과 이름 모를 강이어우러진 광경은 무척 아름답다고 송 대원이 말해 주었다. 면적이 남한의 100배라는 캐나다는 인구가 약 2,500만 명이라고 했다. 벌목공과 광산물이 많고, 실내장식이 거의 목재로 되어 있는 것에서 목공 기술이 상당히 발달했음을 알 수가 있었다.

정상 정복에 성공한 우리는 밴쿠버의 아쿠아리움 공원을 관광하고 21일 오후 2시에 캐나다 비행기로 열네 시간 만에 서울에 도착했다. 모텔 주인이 만들어 준 갈비탕과 옥수수 그리고 정성 들여 담근 김치의 맛은 영원히 잊지 못할 것이다. 또한 앞도 볼 수 없는 시각장애인을 위해 새로운 세계로의 도전과 모험 그리고 지원을 아끼지 않은 노시철 원정 대장과 문종국 등반 대장, 송형근, 정영길 두 대원의 노고 역시 잊을 수 없을 것이다.

이창호 바둑 황제와 한판 대국을

시각장애인도 바둑을 둘 수 있을까? "앞도 볼 수 없는 사람이 무슨 방법으로 바둑을 두겠다는 거야? 설마, 농담이지?" 하는 의심의 말을 수없이 들으며 나는 큰 걸음을 했다.

2001년 7월 초, 라디오에서 이창호 아마추어 바둑 대회를 개최한다는 소식을 듣고, 한국기원 전북 본부에 전화를 걸어 이창호 국수와 특별 대국을 할 수 있겠느냐고 문의했다. 7월 18일 오후 2시경, 이창호 바둑 사랑회로부터 긍정적 대답이 왔다. 이어서 새전북신문의 심회무 기자로부터 시각장애인용 바둑판의 특성과 참가 동기에 대한 인터뷰 요청이 왔다. 그리고 동아일보 김광오 기자, 세계일보, 국민일보, 조선일보로부터도 취재 요청이 들어왔다. 모든 인터뷰에 응했다.

그러나 바둑판 구입이 걱정이었다. 국내에는 시각장애인용 바둑판을 판매하는 장소가 단 한곳도 없었다. 일본으로 연락해 보았지만, 주문생산이어서 현재 재고가 없다고 했다.

대국 날짜는 다가오고, 큰일이었다. 국내에는 바둑을 두는 시각장애인이 거의 없어서 바둑판을 가지고 있는 사람 또한 거의 없었다. 각 맹인 기관, 맹아학교 등 있을 만한 곳은 모두 전화해 보았지만 한결같이 없다는 대답뿐이었다.

간절한 기도 덕분이었을까? 드디어 구세주가 나타났다. 평소 알고 지내던 김운영 원장님이 바둑판을 가지고 있다고 서울맹아학교의 김호식 선생님이 알려 오신 것이다. 김 원장님에게 바둑판을 빌려 달라는 전화를 했다. 다음날 택배로 바둑판이 도착했다. 하루 정도 바둑판 사용 감각을 익힌 뒤 드디어 결전의 날 21

일을 맞이했다.

오후 1시 30분, 전주교대 강당에 도착하여 지정된 자리에 앉았다. 간단한 기념식에 이어 이창호 국수와 악수를 하며 기자들을 위한 포즈를 취하고는 네 점을 깐 대국을 시작했다. 연이은 폭염에, 냉방 시설이 안 된 실내는 1,500여 명의 아마 바둑인의 열기가 더해져 한증막을 방불케 했다. 흑돌을 쥔 나는 잔뜩 긴장하여 한 점 한 점 바둑에 몰입해 갔다. 백돌을 쥔 이창호 국수는 나를 포함하여 네 팀을 상대로 다면 대국을 시작했다.

고수와 대국할 때는 싸움 바둑과 끝내기에서 매우 불리하므로 집 바둑 전략으로 대국에 임했다. 수많은 관람객과 취재진에 둘러싸여 긴장이 더해졌다. 바둑알 위 돌기를 두 손으로 감지하면서 한 점 한 점 집을 넓혀 나갔다. 이 국수는 너무나도 노련했다. 쉽게 집을 짓도록 허용하지 않았다. 대국을 시작한 지 50여 분이 금방 지나갔다. 무아지경에 빠진 나는 더위도 잊은 채 바둑에 전념했다.

결과는 2집 패였다. 이 국수가 많이 봐주었으리라 생각하면서도 새로운 세계로 여가 영역을 넓혀 나가는 좋은 계기가 된 것에 만족했다. 또한 시각장애인도 바둑을 둘 수 있다는 선례를 만천하에 공포한 것에 의미를 두었다.

바둑판은 작은 우주라고 한다. 인생을 스스로 설계하고 개척해 나가듯 바둑도 내가 구상하고 계획한 작전과 전략으로 만들어 나간다. 다만 상대방의 복병술에 대응하면서 수없이 많은 작전 변경과 수정으로 시행착오를 겪으면서, 끝내는 자신이 원하는 우주의 밑그림을 완성해 나가는 것이다. 보다 더 넓게, 보다 더 새롭게, 이상을 향해 자신의 인생을 가꾸어 가는 것이다. 또 정신을 통일하고 여유와 긴장감을 적절히 조화시키며 환경에 적응하여 미래를 향해 한 발 한 발 전진하는 것이다.

국내 최초로 말하는 보훈 신문과 소리 잡지 발간

사물을 보고 산다는 것은 참 행복하다. 신체의 일부를 잃으면 10%를 잃은 것이고, 시력을 잃으면 신체의 90%를 잃는 것이라고 누군가 말했다. 시각장애인들은 남의 도움 없이는 사물을 구별할 수 없다. 나는 책을 좋아하지만 녹음 도서나 점자 도서가 없으면 단 한 줄도 읽지 못한다. 비장애인들은 활자 매체의 홍수 속에서 산다. 하루에 몇 십만 권의 신간 도서가 출판되고, 수를 헤아릴 수 없을 만큼 다양한 잡지들이 발행되기 때문이다. 그들은 자기 입맛에 맞는 종류의 책을 선택해 읽을 수 있지만, 시각장애인들은 그렇지 못하다. 일반 서점에서는 점자 도서나 녹음 도서를 판매하지 않기 때문에 구입하고 싶어도 구입할 수가 없다. 특수 도서는 일반 출판사 및 인쇄소에서는 제작하지 못하기 때문이다. 현재까지도 전국의 몇몇 시각장애인 도서관에서나 점자나 녹음 도서를 제작하고 있는 형편이다.

대학교에 다닐 때에도 읽고 싶은 책이 있어도 읽지 못했다. 그래서 교수님이 내준 리포트는 물론 중간·기말고사까지 망친 일이 많았다. 이 땅의 시각장애인들은 전 인류의 공동재산인 독서의 세계에서조차 이방인이 되어 고통을 당하는 셈이다. 시각장애인들은 문화를 누릴 권리도 없단 말인가? 안중근 의사는 '하루라도 책을 읽지 않으면 입안에 가시가 돋는다'고 하셨다. 오죽했으면 입안에 가시가 돋는다고 하셨을까? 전라북도에는 약 1만 2000여 명의 시각장애인이 있다. 그러나 하루 생활이 단조로운 이 사람들의 여가 문화 욕구를 충족시켜 줄 전문 도서관이 도내에는 단 한 곳도 없었다. 목마른 자가 물을 판다는 말이 있듯이 이 사람들의 문화 복지 욕구를 조금이라도 해소시키기 위해 사재를 털어서 2000년 7월 전북 도내 최초로 전북시각장애인도서관을 설립했다. 이 세상에서 시각장애인을 위해 도서관을 설립하겠다고 선뜻 나설 사람이 과연 몇이나 될까? 문화 복지사업은 밑 빠진 독에 물 붓기 식으로 이익 없는 투자를 계속 해야만 한다. 한마디로 투자가치가 없는 사업이다. 그러나 수익이 없는 사업이라고 마냥 방치할 수는 없다. 나는 문화 사업은 개인보다 국가나 자치단체에서 정책적으로 추진해야 한다고 생각한다. 개인이 추진하기에는 재정적 어려움과 제반 환경이 너무 힘들기 때문이다.

국가보훈처에서 매월 발행하는 『보훈신문』이 집으로 배달된다. 그러나 아내나 자식들이 읽어 주지 않으면 보훈에 관한 정보를 얻을 수 없다. 오래 전부터 이 『보훈신문』을 녹음테이프에 수록하여 필요할 때마다 읽었으면 하는 생각을 해왔다. 도서관을 설립하자마자 국내 최초로 말하는 보훈 신문을 제작하여 전국의 실명 국가유공자 600명에게 매월 무료로 보급한 것도 그 때문이다. 첫해에는 전주 보훈지청에서 우편 봉투를 제작해 주었으나, 이듬해에 지원이 끊겼다. 내가 시작한 사업이라 중단할 수가 없어서 봉투를 마련하여 현재까지 단 한 번도 빠짐없이 지속적으로 보급하고 있다.

2005년 6월부터는 국가보훈처 홈페이지에 말하는 보훈 신문 코너를 개설, 우리 도서관에서 제작한 녹음 내용을 인터넷에서도 들을 수 있게 되었다. 전국의 많은 실명 용사가 고맙다며 격려의 전화를 해준다. 매월 발행되는 월간 시사·교양 잡지를 구입, 자원봉사자가 낭독한 것을 녹음·편집하여 시각장애인들에게 월간 『소리잡지』도 무료로 보급했다. 월간 『소리잡지』는 좋은생각, 한국인, 샘터, 건강다이제스트, 정보화로 가는 길, 전북장애인신문, 푸른전북21 등에 실린 내용을 뽑아 90분짜리 녹음테이프에 수록 한 것으로 매월 600세트를 제작했다. 한 달에 한 번씩 발행되는 월간 『소리잡지』가 몹시 기다려진다고 시각장애인 구독자들이 도서관으로 전화를 해온다. 전화를 받을 때마다 보람을 느낀다. 지식과 정보에 목말라 하는 시각장애인들을 생각할 때마다 힘들어도 그들의 갈증을 풀어 주기 위해 최선을 다할 수밖에 없는 이유다.

낭독과 점역 봉사자가 많이 부족하여 2000년부터는 매년 2회 이상 낭독과 점역 봉사자 양성 교육을 실시했다. 수료식을 마친 그 전문 봉사자들이 매월 낭독 및 점역 봉사를 하고 있다. 그 동안 600여 명의 전문 낭독·점역 봉사자가 배출되었다. 그들은 오늘도 시각장애인의 눈이 되어 꾀꼬리 같은 목소리로 열심히 낭독 봉사를 하고 있다.

소리 잡지 600세트를 복사하는 데 5일이 걸린다. 독자들에게 하루라도 빨리 보급하기 위해 고속 녹음 복사기를 완전 가동하지만 가끔씩 말썽을 피운다. 많은 수를 복사하다 보면 헤드가 닳아 음질 상태가 안 좋아진다. 비싼 부품을 교체하든가 아니면 새로 구입해야 한다. 문제는 돈이다. 테이프 구입비도 만만치 않은데, 복사기까지 돈을 달라고 앙탈을 부린다.

가죽 우편 가방도 자주 분실된다. 요즘은 시각장애인도 아파트 생활을 많이 하는 편이다. 자택으로 소리 잡지를 발송하면 집배원이 가죽 가방을 우편함에 놓는다. 그런데 호기심 많은 아이들이 가죽 가방을 빼내 가기도 하고, 그 안에 들어 있는 녹음테이프를 가져가기도 한다. 이런 경우 독자는 소리 잡지를 못 받았으니 다시 보내 달라고 재촉한다. 가죽 우편 가방은 쉽게 제작할 수 있는 물품이 아니다. 특수 주문을 해야 한다. 못 받은 구독자에게 소리 잡지를 다시 발송하지만 손해가 이만저만이 아니다. 하지만 단 한 명의 시각장애인이라도 소리 잡지를 통해 새로운 지식과 정보를 얻어 재활하는 데 도움이 된다면 그 이상의 보람이 있을까?

우리 도서관에서 발행하는 소리 잡지는 내용이 충실하여 전국의 많은 시각장애인이 대출 신청을 하고 있다. 다른 지역에 거주하는 시각장애인에게도 아무 조건 없이 보급하고 있다. 현재 약 3,500명의 독자가 매월 소리 잡지와 소리 소식지인 『흰소리』를 구독하고 있다. 소식지의 이름인 '흰소리'는 하얀색의 소리 즉 '흰색의 소리'라는 뜻이다. 보통 시각장애인 하면 어두운 색을 떠올린다. 그래서 이와 정반대인 흰색을 연상하며 소식지의 이름을 지었다.

매달 소리 잡지와 소식지를 발간하는 데에는 많은 사람의 숨은 노력이 있기에 가능했다. 낭독과 편집, 복사 작업을 하는 자원봉사자와 집배원 아저씨들이 있기에 구독자들이 집에서 편히 소리 잡지를 받아 볼 수 있다는 말이다. 대통령령에 의하여 녹음 및 점역 우편물이 무료인 것도 다행스러운 일이었다. 참 좋은 제도가 아닐 수 없다.

세종대왕이 훈민정음을 창제하여 백성들을 문맹으로부터 해방시켰다면, 시각장애인의 문자인 점자, 훈맹정음은 1926년에 서울맹학교의 교사였던 고(故) 송암 박두성 선생님이 만드셨다. 대한민국에는 약 25만 명의 시각장애인이 있다고 한다. 이 사람들 가운데 점자를 사용하는 시각장애인은 약 20%인 5만 명 정도라고 한다. 녹음 도서는 청력에 의존해야 하기 때문에 정확히 발음하지 않으면 그 뜻을 파악하는 데 한계가 있다. 그러나 점자 도서는 촉각을 이용해 글을 읽기 때문에 정확한 의미 파악이 가능하다. 녹음 도서는 내용을 찾기가 매우 어려운 반면 점자 도서는 언제든지 보고 싶은 부분을 쉽게 찾아 볼 수 있다는 장점도 있다. 반면 녹음 도서는 녹음기만 있으면 아무나 쉽게 독서할 수 있지만, 점자 도서는 점자를 해독할 수 있어야만 책을 읽을 수 있다는 단점이 있다.

도서관 개관 전부터 매월 월간 점자 잡지인 『온고을 하얀샘』을 발행하여 무료 보급했다. 이렇게 점자 도서나 점자 잡지를 발행한 이유는 시각장애인들에게 점자를 접할 수 있는 기회를 보다 많이 제공하기 위함은 물론 점자의 일상화로 사무 업무 편의 도모와 점자 습득 욕구를 증진시키기 위함이다. 매월 100부씩 제작하여 무료로 보급하고 있는 월간 『점자 잡지』의 주요 내용은 알기 쉬운 법률 상식, 생활 정보, 재활 정보, 시각장애인계 소식, 게시판 등의 코너로 구성되어 있다. 마음 같아서는 더 많은 점자 잡지를 제작하여 보급하고 싶지만 우리 도서관의 제작 능력에 한계가 있기 때문에 어쩔 수 없다.

일반 인쇄물은 한번 원판을 뜨면 짧은 시간에 다량으로 인쇄할 수 있지만, 점자 인쇄물은 점자 프린터를 사용해야 하기 때문에 짧은 시간에 많은 분량을 출력할 수 없다. 예전에 사용했던 프린터의 원리와 마찬가지다. 용지가 일정한 간격으로 줄줄이 딸려들어가면서 양면에 점자가 찍히는 것이다.

점자 프린터기는 모두 수입품으로 가격도 비싸다. 한번 고장이 나면 외국으로 보내든가, 아니면 부품이 도착해야 수리가 가능하다. 한 대에 500만 원 정도인 ET 점자 프린터기는 열전달 방식이기 때문에 300장 정도 출력하면 30분 정도 멈추어 줘 열을 식혀야 했다. A5 점자 용지 한 장 출력하는 데 약 20초가 소요된다. A5 용지 한 쪽 분량이 점자 용지 세 장 분량이다. 그러므로 300쪽짜리 소설책을 점자로 출력할 경우, 점자 종이는 약 900장이 필요하며, 약 다섯 시간 정도 걸린다. 즉 소설책 한 권을 점자로 출력할 경우 1만 8000초가 걸린다는 뜻이다. 점자 프린터기 네 대를 완전 가동한다고 해도 하루 평균 다섯 권 정도밖에 제작할 수 없다. 2004년, 초고속 점자 프린터기를 노르웨이에서 5000만 원에 들여왔다. 속도가 4배나 빨라졌다.

지난 4년 동안 2만여 권의 점자 도서와 매월 500부의 점자 잡지를 발행했다. 그 책들은 익산시립도서관, 정읍장애인종합복지관, 익산맹아학교, 전북대학교, 한일장신대학교, 원광대학교, 전주대학교 등 도서관에 기증되었다. 또한 우리 도서관에서 제작한 특수 도서를 모두 무료로 대출 또는 보급하고 있다. 돈을 지불하고 책을 구입할 수 있는 시각장애인은 거의 없다. 녹음 도서와 점자 도서는 물론 각종 특수 잡지들이 한 권 한 권 태어날 때마다 부자가 된 듯한 기분이다. 그 특수 도서를 제작하기 위해 얼마나 많은 은인의 정성과 손길이 닿았는지를 생각하면 그 귀한 도서들을 함부로 다룰 수가 없다.

시간 나는 틈틈이 은인들이 정성을 들인 사랑의 도서들을 읽으면서 새로운 세계로 끝없이 여행을 떠나고, 독서 삼매경에 빠지고, 무아지경에 빠져든다. 나는 도서관을 설립하기 참 잘했다고 생각한다. 많은 책을 읽을 수 있어서 좋기 때문이다

얼마 전 전주 교도소에 시각장애인 수형자가 있다는 소식을 듣고 공문을 보내 시각장애인 수형자를 위해 녹음 도서와 점자 도서를 기증하겠다고 제의했다. 아직까지 아무 반응이 없다. 죄는 미워도 사람은 미워하지 말라고 했다. 시각장애인 수형자가 교도소에서 할 수 있는 일이 뭘까? 멍하니 독방에 갇혀 있어야만 하나? 전주 교도소에는 점자 도서나 녹음 도서가 단 한 권도 없는 것으로 안다. 아무리 죄인이라지만 가뒀으면 최소한의 편의는 제공해야 하지 않을까? 특별히 전주 교도소를 좋아해서 특수 도서를 기증하겠다고 한 것이 아니다. 교도소에 있는 시각장애인을 생각해서였다. 전주 교도소뿐만 아니라 전국의 많은 교도소에도 시각장애인을 위한 프로그램은 거의 없을 거라고 생각한다. 하루

빨리 우리나라 교정 행정도 인권을 보장하는 행정으로 변혁되기를 기대한다.

끝으로 한 가지 더, 전국의 많은 작가에게 부탁드릴 것이 있다. 점자 도서를 제작하는 데 가장 어려운 점은 서점에서 책을 구입하여 컴퓨터에 입력하자니 많은 시간이 걸린다는 것이다. 입력 시간을 최대한 단축할 수 있도록 자료를 디스켓, 또는 인편(人便)에 보내 주신다면 더 많은 도서를 보다 쉽게 시각장애인들에게 보급할 수 있을 것이다.

평생소원은 제주도 나들이

전북시각장애인도서관을 개원하고, 매월 한 번씩 회원들을 대상으로 시각장애인 세상 보기 행사를 진행해 왔다. 시각장애인들은 바깥나들이를 하고 싶어도 쉽지가 않다. 이들에게 필요한 것은 세상 나들이를 시켜 주는 일이다. 하루 종일 골방에서 생활해 본 사람은 그 심정을 이해할 것이다.

동원공사 전 직원과 무주 덕유산, 부안 내소사, 순창 강천사, 고창 선운사, 진안 마이산, 구례 지리산 등에서 나들이 행사를 가졌다. 최진호 의원님은 시각장애인을 안내하고, 식사를 준비해 와 손수 차려 주기도 하셨다. 설레는 마음으로 나들이 나온 시각장애인들은 봉사자들이 따라 주는 시원한 막걸리 잔을 쭉 들이키며, "캬, 좋다!"를 연발했다. 작은 사랑의 베풂이 큰 행복을 선사한 것이다.

78세의 김집중 할아버님(시각 장애 1급)은 "송 관장, 내 평생소원이 뭔지 알아? 제주도 한 번 가 보고 죽었으면 하는 거여"라고 하셨다. 며칠 동안 김 할아버님의 말씀이 뇌리를 떠나지 않았다. 죽은 사람 소원도 들어준다는데 하물며 산 사람 소원을 못 들어줄까 하는 생각에 어떻게 하면 소원을 들어 드릴 수 있을까 고민했다. 지난 8월에 출범한 봉사 단체 전북사랑만들기회에 이야기해 보기로 했다. 진근호 회장님과 점심 식사를 하면서 화두를 꺼냈다. 진 회장님은 적극 찬성해 주셨다. 행사 준비가 탄력을 받기 시작했다.

드디어 11월 23일 오전 9시 정각, 그린관광회사에서 후원해 준 관광버스를 타고 완도로 향했다. 관광버스에 시각장애인 25명과 봉사자와 직원 등 45명이 탑승했다. 오후 4시 30분, 완도항에서 제주도행 여객선에 승선했다. 결혼식을 올리지 못한 오택근 씨(시각 장애 1급, 익산시)를 위해 깜짝 이벤트를 벌였다. 최진호 의원님이 주례를 서시고, 승객들이 하객이 되어 선상 결혼식을 거행한 것이다. KBS 1TV에서 동행 취재를 했다. 최 의원은 신혼부부에게 예물 시계를 선물하셨다. 그리고 전북시각장애인도서관 측에서 대형 케이크와 음식을 장만했다. 새로운 인생을 출발하는 신혼부부의 앞날에 축복이 영원하도록 축배도 들었다. 험한 파도를 가르며 지칠 줄 모르고 전진만 하는 저 웅장한 여객선처럼……

승선 네 시간 만에 제주항에 도착했다. 곧바로 숙소에 여장을 풀고 저녁 식사를 마친 후 삼삼오오 모여 그동안 못다 한 이야기를 나누며 첫날 밤을 보냈다. 다음날, 서귀포로 향했다. 한림공원과 여비지식물원에서는 안내를 맡은 봉사자들이 일일이 시각장애인의 손을 잡고 직접 만져 보고, 냄새를 맡을 수 있게 해주었다. 또 안내문도 읽어 주어 유익한 체험 관광이 될 수 있었다. 유성령 사장님은 제주도에 여러 번 와 보았지만 이번처럼 자세히 여행한 것은 처음이라고 하셨다. 예전에는 피곤하면 관광버스에 앉아 눈으로 보고 말았는데, 시각장애인과 여행을 하니 직접 만져 보게 하고 설명해야 해서 다리품과 입품을 많이 팔아야 했다며 좋아하셨다. 천지연폭포에서는 진근회 회장님이 파트너인 서천수 씨(시각 장애 1급, 부안군)에게 폭포에서 떨어지는 물을 직접 만져 보게 하는 열성을 보여 주시기도 했다.

저녁 식사를 마친 뒤 전북사랑만들기회에서 시각장애인 위안 행사를 개최했다. 유성렬 사장님의 구수하고 정감 넘치는 사회로 한라클럽 안은 사랑과 감동의 열기로 가득 찼다. 회원들은 오랜만에 마이크를 잡고 한 곡씩 신나게 노래를 불렀다. 다들 어찌나 노래를 잘하는지 유명 가수 뺨칠 정도였다. 마이크를 한번 잡으면 무대에서 내려올 줄 몰랐다. 반주에 맞추어 율동하는 회원도 많았다. 언제 춤을 배웠는지 허리가 유연하게 돌아가고, 머리며 손과 다리도 제각기 움직이는 수준급의 디스코도 잘 추었다.

모든 근심 걱정을 잊었는지 목소리들이 보름달처럼 밝았다. 흐뭇한 표정을 지으며 파안대소하는 모습에서 온몸으로 퍼지는 짜릿한 전율과 진한 감동을 느낄 수 있었다. 봉사자들도 보람을 느끼며 자신들의 작은 사랑이 이렇게 큰 행복을 선사할 줄 미처 몰랐다며 더 열심히 봉사하겠다고 했다. 행사 추진을 참 잘했구나 하는 생각이 들었다.

마지막 날, 화산암으로 뒤덮인 용두암을 한 바퀴 돌고, 해녀들이 직접 잡아 온 싱싱한 해삼과 멍게를 안주 삼아 소주잔을 돌렸다. 김한석 할아버님(시각 장애 1급, 전주시)은 밖에 나오니 대접받는다 하시며 앞으로도 이런 행사를 자주 열어 달라는 주문도 하셨다. 김 할아버님의 말씀을 깊이 새겨 보았다. 얼마나 세상 밖으로 나오고 싶었는지 이해할 수 있을 것 같았다.

제주공항에서 청주행 비행기에 올랐다. 시각장애인들은 태어나 비행기를 처음 타 본다며 어떻게 이 무거운 쇳덩어리가 하늘에 뜰 수 있냐며 신기해했다. 김영희 씨(시각 장애 1급, 무주)는 비행기가 제주국제공항을 이륙하자 "어, 어! 내 몸이 왜 이래, 하늘로 붕 뜨는 기분이네" 하면서 호기심 어린 눈으로 비행기 천장만 바라보았다. 청주공항에서 대기하던 관광버스로 전주에 도착하니 밤 11시였다.

시각장애인 세상 보기 제주 탐방 행사는 새로운 가능성을 보여주었다. 봉사자와 함께 떠나는 나들이 행사가 시각장애인은 물론 봉사자들에게도 희망과 보람을 심어 줄 수 있는 좋은 계기가 된 것이다. 바닷길, 하늘길을 통해 새로운 세계를 체험한 시각장애인들의 한결같은 말은 "이제 죽어도 여한이 없다"였다.

남북통일 기원, 국토 종단 실행

국토가 분단된 국가에 살면서 영토 방위의 중요성을 모르는 대한민국 국민은 아마도 없을 것이다. 나는 1982년 신성한 국방의 의무를 다하기 위해 폭염이 기승을 부리는 한여름 군에 입대했다. 그러나 수류탄 폭발 사고로 두 눈을 잃고 참담한 마음으로 전역해야 했다. 그 뒤 20년 동안 시각장애인으로 살면서 모든 게 변하고 말았다. 인생철학도, 미래에 대한 꿈과 희망도, 생활양식도 모두 바뀌었다. 패기 넘치는 청년 시절에 간직했던 꿈과 희망은 좌절과 절망으로 변했고, 사랑과 믿음은 미움과 불신으로 바뀌었으며, 도전과 극복의 정신은 자포자기로 바뀌는 등 세상에 대한 원망과 생에 대한 회의로 하루하루를 고통 속에서 살아왔다. 그러나 사회복지사업을 하면서 헌신적이고 무조건적인 섬김의 자세로 봉사 활동을 하시는 많은 자원봉사자를 만나면서, 굳게 닫혔던 마음의 빗장이 따스한 온기에 얼음이 녹듯 열리어 갔다.

그동안 나는 힘든 재활 과정을 거치면서 이웃과 사회, 국가로부터 많은 도움과 봉사를 받으며 살아왔다. 이제 국가와 민족 그리고 이웃을 위해 나도 뭔가 봉사해야겠다는 생각이 들었다. 그래서 남북통일과 민족 화해를 염원하는 국도 1호선 종단 행사를 계획했다. 6개월간의 준비 과정 동안 많은 사람이 앞도 못 보면서, 그것도 한여름에 국토 종단을 하는 것은 무모한 짓이라며 쑤군대기 일쑤였다. 그러나 낙천적이고 도전적인 내 실천력을 잠재울 사람은 아무도 없었다.

2002년 8월 1일 오전 8시, 목포시청 앞 광장에서 시장님을 비롯하여 많은 보훈 공무원과 국가유공자들이 참석한 가운데 행사가 이루어졌다. 분단 52주년을 상징하는 의미로 평화와 사랑의 종을 쉰두 번 타종했다. 그러고는 목포 시민들의 열렬한 환영을 받으며 판문점을 향한 힘찬 첫발을 내딛었다.

첫날, 나주시로 향하는 구간은 도보하기에 좋은 완만한 코스였지만, 34도를 넘는 폭염과 강한 햇볕에 달아오른 아스팔트의 열기로 숨이 턱턱 막힐 지경이었다. 무안, 함평을 경유할 때는 바쁜 농사일에도 나이 든 국가유공자들이 나와 시원한 수박과 생수로 우리를 맞아 주셨다. 광주, 장성을 거쳐 정주로 향하는 3일째는 오른쪽 새끼발가락에 물집이 잡혔는지 걸을 때마다 무척 시리고 아파 왔다. 역시 물집이 잡혀 있었다. 터트리는 것이 좋을 것 같아 물집을 터트렸더니 걷는 게 좀 편해졌다. 정주시에 도착해서는 온천욕을 한 뒤 저녁 식사를 마치자마자 너무 피곤하여 곧 잠에 빠져 들었다.

다음날 6시, 기상하려고 했지만 물먹은 솜처럼 몸이 천근만근 무거워서 모든 게 귀찮아졌다. 시작한 지 3분의 1밖에 지나지 않았는데 벌써 포기하고 싶다는 생각이 간절해졌다. 이미 일행들 가운데 중도에 포기해서 낙오자가 발생한 뒤였다.

밤새도록 열대야에 시달려 푹 쉬지도 못한 일행들은 아침부터 푹푹 찌는 무더위에 짜증이 가득했다. 찬미는 내가 절뚝거리며 걷는 모습이 안쓰러웠는지 쉬어 가자는 듯 자꾸만 그늘로 이끌었다. 말 못하는 짐승도 주인을 위해 온갖 애정을 베풀려고 하는구나 하는 생각이 들었다. 그렇지만 다음 장소에서 기다리고 있을 환영 인파를 생각하니 한시도 쉴 수가 없었다.

6일째 되는 날은 아침부터 폭우가 쏟아졌다. 폭염보다는 폭우가 나을 거라는 생각에 전주에서 달려온 여섯 명과 함께 비옷을 입은 채 힘차게 전라북도 도청을 향해 걸었다. 복숭아 과수원이 많은 이서 지역을 지날 때에는 과수원 주인이 복숭아 한 바구니를 선뜻 내주기도 했다. 300여 명도 더 되는 사람들이 도청 앞에서 가랑비를 맞으며 우리를 기다리다가 환호와 박수갈채를 보내주었다. 그동안의 피로가 싹 가시는 듯했다. 환영식이 끝난 뒤에는 한 국가유공자의 자녀가 운영하는 정들집에서 삼계탕으로 점심을 마쳤다. 오랜만에 포만감을 느낄 수 있었다. 내가 좋아하는 찰밥을 해 오신 아버님과 사랑하는 아내의 배웅을 받으며 길을 떠났다.

논산, 공주, 천안, 평택, 오산, 수원까지는 폭우와의 전쟁을 치러야 했다. 이렇게 많은 비를 맞아 본 것은 태어나서 처음인 것 같았다. 수원 보훈어린이집 원생 50여 명이 비가 오는 데도 가녀린 손에 태극기를 흔들며 환영해 주었다. 그 환영에 눈시울이 뜨거웠고, 코끝이 찡해 왔다. 신발은 비에 젖어 발이 붓고, 물집으로 생긴 상처에 빗물이 들어가 시려 왔어도 어린 고사리들의 힘찬 격려 때문인지 고통과 피로가 어느새 싹 가셔 버린 듯했다.

여의도를 거쳐 서울시청, 고양을 지나 마지막 날인 8월 15일, 국가보훈처에서 준비한 환영식장인 임진각에 오후 3시쯤 도착하니 500여 명의 환영객들이 반갑게 맞아 주셨다. 우리 일행은 마지막으로 북녘땅까지 울려 퍼지기를 염원하며 평화와 사랑의 종을 타종한 뒤 518㎞의 대장정을 마무리했다. 판문점에서 신의주까지 행진하지 못하는 것이 안타까웠지만 아쉬움을 뒤로한 채 북녘땅의 동포들에게 하루빨리 통일이 되어 만날 것을 약속하는 간절한 기도를 드리고 전주로 향하는 자동차에 몸을 실었다.

장애인 신문 창간

450만 이 땅의 장애인들은 이동권, 교육권, 생계 보장권, 정보 접근권, 고용권, 선거권, 의료 보장권, 문화 향유권, 생활체육 향유권 등 많은 부분에서 차별을 받으며 살고 있다. 우리 장애인들은 취업이 매우 어려워 경제활동을 제대로 할 수가 없다. 소득이 없을 뿐만 아니라 결혼은커녕 자신의 몸을 돌볼 능력조차 없다. 장애인들은 가족이나 이웃, 사회, 국가로부터 냉대와 멸시 속에서 그야말로 천덕꾸러기가 되어 동물적인 삶을 영위하는 것이 현실이다.

2000년, 한국보건사회연구원에서 실시한 장애인 실태 조사에 따르면 장애인 취업률은 43.7%, 실업률은 59.3%이다(가정주부와 학생 제외). 반면에 비장애인의 실업률은 4.2%로 장애인들의 실업률이 무려 12배나 높다. 장애인의 한 달 평균임금은 월 108만 원으로, 비장애인의 233만 원에 비해 46.3% 수준에 불과하다. 장애인의 월평균 지출은 교통비 6만 원, 의료비 12만 원 등으로 비장애인과 비교해 18만 원이 더 많다. 이는 비장애인보다 수입은 낮은 반면 지출은 높은, 장애인의 어려운 생활상을 잘 보여 주고 있다.

교육 수준 역시 무학, 초졸 이하가 무려 56.7%, 고졸 이상은 겨우 13%에 지나지 않는다. 그러나 비장애인은 고졸 이상이 56.4%로 고학력자가 많다. 저학력일수록 취업 문턱이 매우 높다. 또한 취업한다고 해도 전문직보다는 단순직인 경우가 대부분이다. 실제 장애인 취업자의 70% 이상이 농업이나 어업 등 단순직에서 일하는 것으로 나타났다. 무지가 가난을 낳는 것이다.

2004년 말, 전라북도에 등록된 장애인은 9만 8700명이다. 이 가운데 복지 혜택을 받는 장애인은 겨우 10% 정도인 1만 명이 채

안 된다. 나머지 90%는 가족의 도움으로 겨우 생활하는 실정이다. 전라북도 장애인의 복지 상황이 너무나 열악하다는 것을 알게 된 나는 이들 장애인을 위한 교육이 절실하다는 것을 깨달았다.

우선적으로 장애인이 재활 정보를 쉽게 접할 수 있는 전문 재활 정보지가 절대적으로 필요했다. 일반 언론 매체에서는 장애인 관련 소식을 거의 다루지 않기 때문이다. 장애인 신문을 통해 장애인들이 유익한 지식과 정보를 얻어 조금이나마 권리를 되찾을 수 있다면 참 좋겠다는 생각도 했다. 장애인 기관의 단체장은 물론 많은 장애인도 자신들을 대변할 신문을 간절히 원하고 있었다. 나 또한 장애인 신문의 필요성을 인식하여 2002년 9월 16일, 전라북도에서 처음으로 『전북장애인신문』을 창간했다.

매주 일반 신문 크기로 발행되는 이 신문은 고정란인 1면은 모범 장애인, 우수 봉사자, 장애인 채용 기업체, 장애인 담당 공무원, 장애인 시설 종사자 등을 대상으로 한 포커스 코너로 구성되어 있다. 2면은 시설과 기관, 단체들의 주요 사업 현황을 소개하는 복지 탐방과 만나고 싶었습니다 코너, 3면은 복지 칼럼과 선진국의 복지 제도를 소개하는 코너를 싣고 있다. 또 4면은 재활·생활 정보 및 자치단체 제도 소개, 5면은 수기 공모 작품 소개, 6면은 장애인 상담 코너, 7면은 구인 구직 및 알림 코너, 마지막으로 8면은 독자 투고로 되어 있다. 그 외 각종 장애인 세계 소식인 문화, 체육, 교육, 행사, 사건 사고, 미담 등이 각 면에 실려 있다. 창간 첫해는 개인 재산을 털어서 신문을 발행했으나, 2003년에 도·군에서 2700만 원(3만 원, 12월, 900명)을 지원받아 전라북도에 사는 장애인들에게 무료로 보급했다.

턱없이 부족한 예산 지원에 때로는 회의를 느끼지만, 단 한 명의 장애인이라도 이 신문을 통해 재활할 수 있다면 큰 보람이라는 생각에 계속해서 발행하고 있다. 재정적 어려움은 많지만 신문을 보고 재활하기 시작했다는 구독자들의 전화를 받을 때면 무슨 일이 있어도 신문을 계속 발행해야겠다는 굳은 사명 의식을 가지게 된다.

그러면서도 한편으로는 미안한 마음을 금할 수가 없는데, 독자들이 장애인 신문을 받아 보기까지 너무도 많은 이들이 수고해 주시기 때문이다. 매주 토요일마다 디엠 발송 작업을 해 주는 자원봉사자들이 그렇고, 상근하면서 취재하는 기자 25명과 각 지역의 소식을 취재하는, 장애인 시설과 기관, 단체의 홍보 담당 및 명예 기자가 그렇다. 특히 기자들의 경우에는 만족할 만한 급료와 취재비도 지급하지 못하는데 언제나 묵묵히 최선을 다하고 있어 미안함과 아쉬움으로 가슴이 아플 뿐이다.

부족한 신문 제작비를 마련하기 위해 '사랑의 신문 보내기 운동'과 광고 수주에 힘쓰고는 있지만 항상 어렵다. 광고를 수주한다는 것은 매우 힘들기 때문이다. 물론 장애인 단체에서 광고 게재를 요청하기도 하지만 그 경우에는 무료로 게재해 제작비에는 도움이 되지 않는 편이다. 장애인 단체들도 열악한 재정 탓에 거의 대부분 광고료를 지불할 능력이 없기 때문이다. 일반 기업의 경우에도 장애인 전용 용품을 생산, 판매하는 업체만 그것도 간헐적으로 광고를 게재할 뿐 그 외에는 광고를 내는 기업이 거의 없다. 사랑의 신문 보내기 운동 역시 별 호응을 얻고 있지 못하다. 연간 구독료가 4만 원에 불과하지만, 비장애인들은 장애인 신문에 관심이 거의 없다.

장애를 극복하고 성공한 장애인, 어둡고 그늘진 곳에서 밑바닥 인생을 살아온 장애인들의 애환이 촉촉하게 묻어 나오는 이 신문을 일반인이 구독한다면 혹시라도 어려운 환경에 처하게 될 때, 역경을 이기는 살아 있는 교훈이자 지침서로 큰 역할을 할 텐데……

국내 최초, 점자판 『사회복지용어대사전』과 전국 여행 가이드북 발행

책은 마음의 양식이다. 때로는 한 권의 책으로 인해 인생이 바뀌기도 한다. 그러나 우리 시각장애인들은 마음껏 책을 읽을 수가 없다. 2000년 7월 전북시각장애인도서관을 설립한 것도 그 때문이었다. 소리 잡지와 점자 잡지, 장애인 신문을 만든 것도 마찬가지 이유에서였다.

바람대로 점자 도서와 녹음 도서가 차곡차곡 늘자 욕심이 생겼다. 사회복지학을 공부하면서 느꼈던 어려움, 사회복지학에 나오는 용어를 제대로 이해할 수 없는 경우가 많은데 만약 점자판 사회복지 용어 사전이 있다면 사회복지학을 전공하는 전국 100여 명의 시각장애인 대학생들이나, 복지시설이나 기관에 근무하는 약 200명의 시각장애인에게 도움이 될 거라는 생각이 든 것이다. 학생들에게 영어 사전과 국어사전이 필수품인 것처럼 사회복지 용어 사전은 사회 복지사 또는 사회복지학과 학생에게 필수 도서라는 생각이 들었다.

2001년 11월부터 입력 작업에 들어가 2002년 11월, 드디어 점자판 『사회복지용어대사전』을 출간했다. 한 질 30권에 총 3,000여 개의 사회복지 용어를 수록, 100질을 제작해서 사회복지학과가 있는, 전북대학교를 비롯해 전라북도 10여 개 대학과 시각장애인 도서관 및 관련 단체, 희망하는 시각장애인에게 무료로 보급했다.

그 뒤 착수한 것은 점자판 전국 여행 가이드북이었다. 나는 여행을 무척 좋아한다. 그러나 여행할 때마다 여행지에 대한 사전 정보를 충분히 얻을 수 없어 무척 아쉬웠다. 충분한 사전 지식만 있다면 머릿속에 보다 많은 정보가 들어오고, 궁금한 사항들은 그곳 사람들에게 물어서 내 것으로 만들 수 있을 텐데, 언제나 수박 겉 핥기식 여행을 할 수밖에 없었다.

1999년 월드컵 홍보를 위해 미 대륙을 횡단했을 때, 아이오와 주의 여행안내 센터를 방문한 적이 있었다. 센터에는 점자로 된 여행안내 책자가 진열되어 있었다. 안내 센터에는 자동 출입문은 물론 점자 표지판과 유도 블록 그리고 전용 화장실과 세면대 등 장애인이 아무 불편 없이 접근할 수 있도록 온갖 편의 시설을 잘 갖추고 있었다. 그때 나는 점자 여행안내 책자를 보고 큰 충격을 받았다. 우리나라에도 점자 안내 책자가 하나라도 있다면 얼마나 좋을까 하는 생각을 했지만 이런저런 사정 때문에 5년을 기다려야 했다.

사실 전국 여행 가이드북을 만드는 일은 쉽게 할 수 있는 일이 아니었다. 엄청난 분량의 자료를 어떻게 수집하고, 누가 컴퓨터 작업을 해서 점자 편집과 출력을 한단 말인가! 그러나 여행 가이드북은 절대적으로 필요했다. 그래서 1년 동안 계획을 세워 일을 추진했다. 2004년 5월부터 자료를 수집하고 컴퓨터에 입력한 뒤, 이를 점자로 편집하고 출력하기 시작했다. 매일 10~15명씩 연간 5,000여 명의 자원봉사자가 사랑과 정성을 듬뿍 쏟았다. 그 결과 한 세트 32권, 4,000쪽의 분량이 되었다. 100세트를 제작하여 전국의 시각장애인 기관과 단체, 관공서에 무료로 보급했다. 그리고 집에만 있어야 했던 시각장애인들의 요청이 있어 추가로 100세트를 더 제작해야 했다. 도서관 직원과 자원봉사자들은 피곤함도 잊은 채 즐거운 비명을 질렀다. 이렇게까지 반응이 좋을 줄은 생각도 못 했다.

점자 도서라는 특성상 사진 자료는 모두 빼고, 대신 구어체로 사진 내용을 풀어 적었다. 직접 여행지를 방문하지 않아도 책을 읽으면 여행지를 다녀온 것처럼 현장감 있게 구성해 놓았다. 그동안 갔다 온 여행지는 내가 직접 글을 써 생동감을 느낄 수 있게 했다. 그리고 2004년 10월 미국에서 들여온 그래픽 점자 프린터기로 지역별 촉각 지도를 넣어 각 지역의 지형이나 사물들을 생동감 있게 인식할 수 있도록 했다. 또 여행지별로 그 지역의 현황과 주요 특성, 교통편, 숙박, 식당 등 편의 시설까지 모두 넣어 무작정 떠나더라도 편안히 여행할 수 있도록 정성을 다해 제작했다.

이제 남은 것은 세계 여행 가이드북 제작이다. 이제는 시각장애인도 세계로 시각을 돌려야 할 때다. 나는 그동안 미국, 중국, 일본, 캐나다, 독일, 네덜란드, 스위스, 벨기에, 프랑스, 오스트레일리아, 룩셈부르크, 이탈리아, 이집트 등을 여행하면서 틈틈이 자료를 수집해 정리해 오고 있다. 주 5일 근무제와 경제성장의 발전으로 여유 시간이 많아져 여가 문화와 웰빙 문화 또한 발달할 것으로 예상된다. 해외여행의 기회가 점점 많아지게 되는 것이다. 해외여행을 희망하는 시각장애인을 위하여 새로운 길잡이, 세계 여행 가이드북을 또 한 번 탄생시키고 싶다. 힘든 과정 끝에 만들어진 금쪽같이 소중한 도서들이 더욱더 많은 시각장애인 독자에게 보다 유익하게 읽히고, 좀더 윤택한 생활을 영위하는 데 도움이 되었으면 하는 작은 바람을 가져 본다.

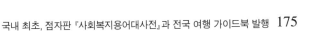

부산아시아경기대회 성화 봉송 주자가 되다

제14회 부산아시아경기대회가 2002년 10월, 부산에서 열렸다. 1986년의 서울아시아경기대회에 이어 16년 만에 한국에서 두 번째로 개최된 것이다.

그런데 지난 8월 10일, 목포에서 판문점 국토 종단 대장정 행사를 위해 안양에서 서울 여의도까지 도보 행진할 때 삼성맹인안내견학교의 이성진 과장으로부터 부산아시아경기대회의 성화 봉송 주자가 될 생각이 없냐는 제의를 받았다.

'달림이'라는 별명이 붙을 정도로 뛰는 것을 좋아하는 나는 쾌히 승낙했다. 특별한 훈련이 없어도 평상시처럼 뛰면 된다는 생각에서였다.

9월 26일은 민족 최대의 고유 명절인 추석이었다. 아침에 차례를 지내고 광주에 도착, 광주일고에서 약 한 시간 정도 워밍업을 하고 광주일고 앞에서 제일은행사거리까지 약 10분간 성화를 들고 달렸다.

난생처음 성화 봉송 주자로 뛰어 본 감회는 말로 이루 다 표현할 수 없을 만큼 감개가 무량했다. 약 1㎞의 짧은 코스였지만 아시아의 축제요, 우리나라의 기상을 드높일 수 있는 역사적인 순간에 나도 함께했다는 뿌듯한 감동이 밀려오면서 저절로 눈물이 흘렀다.

하얀 연기를 내뿜는 묵직한 성화 봉을 들고 인도에 가득 찬 시민들의 환호와 갈채를 받을 때는 또 다른 기분이 들었다. 안내견 찬미와 호흡 한 번 맞추지 않고 많은 시민 앞에서 경찰 사이드카의 호위를 받으며 뛸 때는 찬미도 흥분했는지 잠시 속도를 억제하지 못했지만 이내 환상의 커플답게 제 페이스를 찾아 무사히 다음 주자에게 성화 봉을 넘길 수 있었다. 작은 불씨가 아시아인들의 가슴에 활활 타오르는 불씨가 되고 30억 아시아인의 축제가 될 수 있도록 더 많은 지구촌 사람들에게 활활 타오르는 승리의 불길이 되기를 기원하며 혼신의 힘을 다해 달렸다.

　지금 생각해 보면 비록 짧은 코스였지만 30억 아시아인의 마음에 내 작은 불씨가 심어질 수 있도록 달렸다는 뿌듯한 마음이 든다. 저세상에 있는 찬미에게도 4년 전의 감동을 전해 주고 싶다. 비록 볼 수 없는 성화 봉송 사진이지만 그때의 환희와 감동이 다시 새록새록 되살아난다. 30억 아시아인이여, 영원하라! 굶주림 없는 세상, 인권이 보장된 사회, 테러가 없는 아시아를 위해 우리 다 같이 축배를 들자!

장애인 차별 금지 공약, 노무현 대통령 후보 선거 특위 부위원장 맡아

정치는 움직이는 생물이다. 우리 같은 사회 약자들은 정치인들의 일거수일투족에 웃었다 울었다 해야 한다. 그만큼 장애인의 정치력은 그 기반이 취약하다. 대한민국에서 장애인으로 살아간다는 것은 너무 힘든 일이다. 아직도 걸음마 단계인 장애인 복지 제도와 정책은 누구를 위한 것인가? 그동안의 장애인 행사는 보여 주기 위한 눈가림 식 행사는 아니었는지? 1년에 단 하루, 4월 20일 장애인의 날이면 마치 장애인 복지 천국이나 된 것처럼 각 언론 매체에서 앞을 다투어 시끄럽게 떠들어 대는 것으로 끝이다.

전기료를 제때 내지 못해 전기가 끊기는 바람에 촛불을 켜고 자다가 불이 나 사망한 장애인이 있다! 단수로 인해 씻을 물은커녕 먹을 물마저 없어 인간의 기본적인 생리 욕구조차 해결할 수 없는 상황에 놓인 극빈층도 많다. 정치인보다 정치꾼이 많은 현실 정치판에 기대할 것이 있을까!

2002년 10월, 제16대 노무현 대통령 후보는 여성, 학력, 장애, 이주 노동자, 비정규직에 대한 차별을 철폐하겠다는 선거공약을 내세웠다. 듣던 중 반가운 소리였다. 가뭄 속 단비였다! 새로운 희망과 부푼 기대감에 어서 감격 시대가 오기만을 기대했다. 그때 나종천 회장님이 전북 지역의 장애인 명단을 제출해 달라고 요청하셨다. 민주당에서 장애인특별위원회를 결성할 예정이라는 것이다. 의식 있는 단체장들을 선별해 30명 정도의 지도자 명단을 민주당 중앙당에 보냈다. 11월 2일, 여의도에 있는 민주당사에서 제16대 노무현 대통령 민주당 후보 중앙장애인특별위원회 결성식이 열렸다. 나도 장애인특별위원회의 수석 부위원장으로 위촉장을 받았다. 장애인 차별 금지라는 공약이 마음에 들어 적극적으로 선거운동에 나섰다. 오로지 장애인 정책에 새로운 패러다임이 만들어지기만을 소원했다. 우리도 한번 크게 숨을 쉬면서 살아 보자, 언제까지 비장애인에게 의지하고 애원하면서 살 것인가! 그러나 지역 장애인들의 의식이 약해서인지, 아니면 정치판에 관심이 없어서인지, 그렇지 않으면 피부에 와 닿는 대가가 없어서인지 무관심한 장애인들이 많았다.

12월 19일, 대선 결과 450만 장애인들의 승리가 이루어졌다. 이제 무엇인가 확실히 달라질 거라는 생각이 들었다. 그러나 노무현 정권도 마찬가지였다. 출범 초기에는 개혁 세력이 주도하는가 싶더니, 어느새 개혁의 변죽만 요란하게 울리고 있었다. 기대하는 마음이 너무 커서였을까? 실망이 이만저만이 아니었다. 출범한 지 3년이 되도록 공약으로 내걸었던 장애인차별금지법은 제정되지 않았고, 여소야대의 정국으로 기대조차 할 수 없게 되었다. 그래도 아직은 시간이 있으니 공약이 잘 지켜지겠지 하는 실낱같은 미련만 남았을 뿐이다. 온 세상이 어두워지면 밝은 빛을 찾듯, 온 국민이 침묵하면 보다 더 귀 기울여 국민의 소리를 들어야 할 것이다. 민중이 성나면 어디로 튈지 모르는 법이다.

도의원 재·보궐선거, 열린우리당 경선에 도전

　우리 사회 약자들은 힘의 논리에 밀려 항상 주변인으로 머물 수밖에 없다. 약육강식이 만연한 사회체제 안에서는 먹이사슬 구조인 피라미드형이 된다. 사회 약자들은 맨 밑바닥에서 강자의 먹잇감 노릇밖에 할 수 없다. 그렇기 때문에 우리는 항상 힘 있는 사람의 바짓가랑이를 붙잡고 구걸해야만 한다. 심지어 나랏돈으로 살아가는 공무원들에게조차 무릎을 꿇고 애원해야 한다. 언제까지 우리의 코가 땅에 닿도록 머리를 숙여야만 하는가.

　이제 우리 장애인들도 정정당당하게 경쟁해서 현실 정치에 뛰어들어야만 한다. 그래서 우리의 대변자들을 국회로 보내야 한다. 우리 목소리를 되찾고 권리를 회복해야 한다. 과거가 돈과 패거리에 의한 정치였다면 이제는 참신하고 실력 있는 아름다운 사람들이 나서야 할 때라고 생각했다.

　사회 분위기가 예전과 많이 달라져서 한번 도전해 보고 싶은 마음이 일었다. 그래서 2004년 4월 지방의원 보궐선거 열린우리당 경선에 전주 완산을 지역구에 과감히 도전장을 냈다. 지역 여론은 깜짝 놀란 분위기였다. 도전장을 낸 여섯 명 중 두 명은 현역 시의원이었고, 한 명은 정치 지망생, 두 명은 사업가였다.

　장애인 배려 차원에서 1. 토론할 때 시간을 추가 배정하고, 2. 선거인단 득표수의 10%를 추가 득표로 배정하며, 3. 공정한 경선에 돌입할 것을 서약한 뒤 본격적인 선거운동에 돌입했다. 전화기 10대를 임시로 가설하고, 봉사자들을 모아 지역구인 삼천동, 효자동, 서신동을 순회하면서 유세에 열중했다. 연고도 없는 상갓집 문상도 했고, 길거리 홍보도 했다. 주변에서 좋은 사람들이 있으니 찾아오라고 많이들 연락해 왔다. 그러나 순수한 마음에 찾아가 보면 음식값을 계산해 달라, 표값을 흥정하자, 얼마를 주면 몇 표를 확보해 주겠다 등등 온갖 유혹을 해왔다. 표를 의식해 그들의 말대로 하자면 엄청난 돈이 필요했다. 깨끗한 정치, 투명한 정치판을 만들고자 던진 출사표였지만 현실은 정반대였다.

평소 생각했던 선거와는 다르게 돈이 없으면 선거 자체를 치를 수 없는 상황이었다. 집을 팔고 땅을 팔아도 마련하지 못할 거금을 들여서 선거를 해야 한다는 생각은 해보지도 못했다. 금전 선거는 여전히 존재했다.

선거 등록 10일 만에 과감히 경선 출마를 포기했다. 막대한 돈을 써 가면서까지 선거를 할 필요성을 못 느낀 것이다. 여전히 곳곳에서 판을 치고 있는 구태의연한 선거 풍토와 많이 성숙해졌다고 생각했던 유권자의 의식이 전혀 그렇지 않다는 사실에 실망만하고 말았다. 노골적으로 돈과 물품을 요구하는 유권자가 의외로많았다. 특히 안면이 있는 사람들이 더 했다. 정녕 민주주의로 가는 길은 아직도 험난할 뿐인가?

10일 동안 많은 경험을 했다. 선거는 정당하게 승부를 가려야만한다. 굳이 불법이 판을 치는 그 진흙탕 싸움에 말려들 필요는 없지 않은가! 나도 똑같이 불법·타락 선거를 할 수는 없는 일 아닌가! 남이 하니 나도 따라 할 수 있다는 논리는 해결해야 할 모순일 것이다.

대학 강단에 서다

공부는 왜 하는 걸까? 진리 탐구인가, 미래 보장 때문인가? 나의 경우는 후자다. 더 좋은 직장에 취업하려고 공부를 시작했다. 대학을 마치면 "어서 오세요" 할 줄 알았다. 그러나 오란 곳은 단한 곳도 없었다. 이력서만이라도 접수해 달라고 애원했지만 1,000장이 넘는 이력서는 출입문 밖에서 비참하게 구겨졌다. 눈먼 장애인을 어디 써먹을 데가 있다고, 아기나 제대로 볼 수 있어 하는 인격 모독까지 당해야 했다.

그래도 붙어 있는 게 생명이라고 위로하며 어금니를 꽉 깨물고 대학원 문을 두드렸다. 대한민국에서 유일하게 서류를 받아 준곳이 대학뿐이었기 때문이다. 실력을 인정받을 수 있는 유일한 곳이기도 했다. 그러나 대학도 마찬가지였다. 장애인이 배워서 어따 써먹을 게 있다고 집구석에 처박혀 있지 하는 서러움을 받아야 했던 것이다. 아니, 공부하는 것도 눈치를 봐야 한다니……. 온갖 눈치와 서러움 끝에 석사 학위를 취득했다. 그러나 그뿐이었다. 취업이 우선되어야 하는데 그렇지 못하니, 그저 단순한 현실도피로 끝나고 만 셈이다.

체념 끝에 장애인 운동이나 하자고 시민운동 단체에 가입했다. 장애인 정책의 불모지나 다름없는 지역사회에서 먼저 해야 했던 것은 장애인 인권 운동보다 시민운동가를 설득하는 일이었다. 장애인 운동은 일반 시민운동에서 거의 관심 밖인 사항이었다. 그래도 포기하지 않고 1년을 쫓아다녔다. 그제야 꽁꽁 얼었던 강물이 봄볕에 녹아내리듯 이해하기 시작했다. 차 없는 거리, 걷고 싶은 전주, 장애인 편의 시설이 하나하나 싹트기 시작했다. 내가 좋아서 했던 일이라 참 재미있었다. 덕분에 전북시각장애인도서관도 설립하고, 전북장애인신문을 창간하여 장애인 인권 운동에 박차를 가할 수 있었다.

2004년 8월, 모교인 한일장신대학교로부터 연락을 받았다. 강의를 해볼 생각 없냐는 것이었다. 뜻밖의 제의에 한참을 망설였다.

"며칠 생각할 시간을 주십시오."

석사과정을 마친 지도 벌써 2년이란 세월이 흘렀다. 사회복지사업 경력이 17년이라 실무는 어느 정도 자신이 있었지만 이론은 영 자신이 없었다. 그래도 좋은 기회라고 생각하고 승낙했다. 시내 서점에 들러 자원봉사학 개론 책을 구입해 읽기 시작했다. 상당 부분 이해할 수 있었다. 자신감이 생겼다.

9월 2일부터 대학원생 여덟 명을 대상으로 강의를 시작했다. 배운다는 마음가짐으로 학문 연구에 몰두했다. 한 가지라도 더 가르쳐야겠다는 생각에 학문 연구도 잘되고 신이 났다. 진리 탐구를 이런 맛으로 하는가 보구나, 강의 받을 때는 몰랐는데 흥이 생기자 더 열심히 책을 보게 되었다. 덕분에 입력 봉사자와 낭독 봉사자들만 바빠졌다. 자원봉사자의 정성 어린 자료를 밤새도록 탐독하고 요점을 정리했다. 역시 실무 경험이 강의하는 데 많은 도움이 되었다.

학부생도 아닌 대학원생을 상대로 강의한다는 것은 그만큼 학문의 깊이가 있어야 했다. 더구나 난 글씨를 못 보기 때문에 모든 정보를 머릿속에 담아 두어야 했다. 이론적 배경이나 외국의 역사, 우리나라 발달사, 영역별 봉사 활동의 특징 등을 머릿속에 담아 둘 대로 담아 두어야 했다. 인간의 뇌는 참 무한하다는 것을 새삼 깨달을 수 있었다. 아무리 머릿속에 입력해도 들어갈 공간은 아직 많은 것 같았다.

내 강의는 교재를 읽어 내려가면서 하는 식이 아니라 머릿속에 입력된 데이터를 끄집어내면서 말로 설명하기 때문에 지루하지 않다고들 했다. 주입식보다는 토론 위주로 수업을 진행하며, 학생이 준비한 과제물을 발표하고 토론을 거쳐 마지막으로 코멘트를 하기 때문에 더욱 흥미 있어 하는 것 같았다.

어느새 찬바람이 불고 한 학기가 끝났다. 다음 학기부터는 서남대학교에서 '지역사회복지론'과 '자원봉사의 이해'라는 과목을 강의해야 한다. 그런데 강의를 준비하다 보니 많이 부족한 것 같아 좀더 연구하고자 서남대 대학원 박사과정에 입학했다. 강단에 서지 않았더라면 생각지도 못할 일이었다. 내 주제에 무슨 박사 공부, 배워 봤자 쓸모도 없는데 하고 코웃음 쳤을 것이다.

곰곰이 생각해 보면 배움은 역시 미래 보장을 위해 존재하는 것 같다. 내가 만약 석사 학위를 취득하지 않았더라도 강의 요청이 왔을까? 준비된 자만이 미래를 맞이할 수 있다는 새로운 진리를 깨달았다. 이제 미래 보장을 담보받기 위해 더욱더 진리 탐구에 매진해야겠다. 아무튼 이래서 진리 탐구든, 미래 보장이든 간에 학문은 해 두어야 하는가 보다.

국내 최초, 인터넷 음성 도서관 개발

비장애인은 인터넷을 통해 지구촌 곳곳을 누비며 정보를 얻는다. 때와 장소를 가리지 않고 안방에 앉아 전 세계를 여행할 수 있다. 그러나 시각장애인은 모든 사람이 누리는 인터넷의 세계에서조차 철저히 소외당하고 있다. 시각장애인은 모든 정보를 청각에 의존한다. 그래서 웹사이트에 음성인식 시스템을 구축해 줘야 한다. 그러나 유감스럽게 음성으로 웹 서비스 하는 기관은 거의 없다. 시각장애인이 웹사이트에 접근하려면 개인적으로 고가의 특수 장비를 구입, 설치해야 한다. 당연히 큰 부담이 될 수밖에 없고, 그 부담을 감당할 수 있는 사람도 많지 않다. '시각장애인도 모든 사람이 사용하는 컴퓨터로 웹사이트에 접근할 수 없을까?' 하고 생각한 것은 이 때문이다.

2000년 8월, 연구진을 구성하여 '인터넷 음성 도서관 개발'에 착수했다. 마침 보이스텍스트사에서 한글을 음성으로 변환시키는 프로그램을 우리 도서관에 기증하겠다고 제의해 왔다. 나는 곧바로 보이스텍스트사 기술진을 만나 웹 음성 사이트 개발에 필요한 자문을 구했다. 국내에서 처음 시도되는 기술이라서 어려움이 참 많았다. 문자를 음성으로 변환해 주는 프로그램, 음성 서버 구축, 음성 자료의 데이터베이스화, 주변 프로그램과의 링크 등 막대한 예산과 기술 투자가 필요했다.

우리 기술진만으로 웹 음성 사이트 개발이 어렵다고 판단되자 전북대학교 창업보육센터, 군산대학교 전산학과 교수, 보이스텍스트사 기술진, 웹사이트 제작 업체와 공동으로 개발에 들어갔다. 쟁점 과제는 첫째, 음성과 문자를 동시에 제공할 것, 둘째 마우스 포인트 없이 키보드만으로도 사이트 탐색이 가능하게 할 것이었다. 드디어 개발 8개월 만인 2001년 4월, 국내 최초로 '인터넷 음성 도서관(http://www.jeonbukeye.kr)'이 개발되었다.

인터넷 음성 도서관은 사운드 카드 기능이 내장된 컴퓨터만 있으면 전국 어디서든 접속이 가능했다. 기존에는 별도의 부품을 설치해야 접근이 가능했는데 이제는 일반 가정용 컴퓨터로도 데이터를 음성으로 들을 수 있게 된 것이다. 웹 음성 사이트에 접속하면 500여 권의 도서를 시각장애인뿐만 아니라 독서 장애 어르신, 일반 네티즌도 시공간을 초월해 마음껏 읽을 수 있다.

인터넷 음성 도서관 개발은 값으로 매길 수 없는 여러 가지 유무형의 가치 창출을 이루었다.

첫째 시각장애인에게 인터넷을 통해 독서 욕구를 충족시키고 정보 습득의 기회를 제공했다. 개설 이래 연간 4만여 회의 접속 건수가 이루어진 것으로 보아 시각장애인의 높은 관심을 알 수 있었다.

둘째, 시각장애인의 정보화 교육에 대한 동기부여와 정보격차 해소에 크게 이바지했다. 컴퓨터 사용과 인터넷 활용에 소극적이던 시각장애인에게 정보화 교육의 필요성을 불러일으켜 정보격차 해소에 기여했다.

셋째, 시각장애인을 위한 웹사이트 개발의 필요성을 사회에 부각시켰다. 웹 음성 사이트 개발 이후 정부와 자치단체, 민간기업체 등에서도 음성 홈페이지를 잇달아 개설, 웹 음성 사이트 개발을 촉진시키는 계기가 되기도 했다.

시각장애인이 지식과 정보를 보다 쉽게 얻고, 독서 증진으로 문화 복지 향상에 다소나마 기여했으면 하는 소망에서 시작된 인터넷 음성 도서관 개발이 큰 성과를 거두게 되어 한없이 기뻤다. 오늘도 차별 없는 웹 세계 구축을 위해 신발 끈을 바짝 묶어야겠다.

대한민국 신지식인에 선정되다

신지식인을 컴퓨터에서 검색해 보면 '김대중 정부에서 실시한 운동으로 지식을 활용하여 부가가치를 능동적으로 창출하는 사람이나, 기존의 사고 틀에서 벗어나 새로운 발상으로 일하는 방식을 개선·혁신한 사람으로 우리나라의 미래를 이끌어 갈 사람' 이라고 나온다.

내가 알고 있는 신지식인에 대한 지식은 영구로 유명한 코미디언 심형래 씨가 1호라는 정도였다. 그러던 중 행정자치부에서 전주시를 통해 신지식인을 선발한다는 정보를 입수하고 선발에 참여했다. 알아보니 2003년까지는 600명 정도를 뽑았는데 너무 많이 뽑다 보니 신지식인의 자질과 역할이 문제가 되어 2004년도에는 99명으로 인원을 대폭 줄여 교육과 과학, 특허, 농업, 어업, 근로, 산업 등에서 약 100여 명을 선발할 예정이며 암행감찰을 통해 사회에서 지탄받는 사람은 제외시키는 등 선발 기준이 더욱 강화되었다고 했다.

전주시에서 실시한 1차 심사에 선정된 뒤 전라북도의 심사를 거쳐 행정자치부로 이첩되었다. 행정자치부에 최종 이첩된 96명 중 서류 심사를 통해 선발된 20명이 대기실에서 차례를 기다리며 순서가 되면 회의실로 가 발표를 했다. 대기실에서 기다리는 동안 나머지 사람들은 자기의 기술 사례와 자기소개를 하기로 했는데, 각자 소개를 들어 보니 정말 대단한 이들이었다.

회의실에서는 18명의 심사관 앞에서 약 5분 동안 제출한 서류를 요약하여 발표했다. KIST 교수, 대기업 박사 연구진 등 정말 대단한 분이 많았다. 그분들을 보자 나는 기가 죽었다. 그래서 내 차례가 되었을 때 너무 떠는 바람에 미처 준비한 자료도 다 발표하지 못하고 시간이 되었다 하여 대충 결론을 지으며 마무리했다. 아쉬움이 많이 남았지만 그래도 할 이야기는 대충 다 했다는 생각이 들었다. 진땀을 흘리며 발표장을 나와 대기 중이던 사람들의 질문에 답하고는 다시 도서관으로 돌아왔다.

　뜨거운 여름날도 다 가고 시원한 바람이 불어오는 9월 중순경, 오수중학교 24회 동창회가 열린 유성의 모 식당에서 막 식사를 할 때였다. 전화벨이 울려 받아 보니 행정자치부에서 건 전화였다. 내가 신지식인으로 선발되었단다. 뛸 듯이 기뻤지만 간신히 진정하고 있는데 다음 이야기는 나를 더욱 흥분시켰다. 선발된 99명의 신지식인 중 세 명에게 수여되는 대통령상을 받게 되었다는 것이다. 국내 최초로 음성 인터넷 도서관을 개발한 공로를 높이 샀다고 했다. 국가로부터 신지식인 인증서를 수여받은 인물 중 장애인은 나뿐이었다. 감격의 환호성을 지르는 내 입가에는 환희의 미소가 걸려 있었다. 기분이 너무 좋아 식사비를 지불하는 것으로 톡톡히 한턱을 냈는데 가문의 영광이요, 개인의 축복이었다. 장애인도 열심히 노력하고 연구하면 반드시 좋은 결실을 얻는다는 평범한 진리를 깨닫는 계기도 되었다.

시의원에 당선되다

정치는 움직이는 생물이라고 했다. 시시각각 변하는 상황 전개에 주관을 갖고 대응하지 않으면 언제 판세가 뒤집힐 줄 모르는 살얼음판 위를 걷는 상황이 수시로 전개되는 곳이 정치판이 아닌가 생각한다.

2년 전 전라북도 도의원 보궐선거 당시 열린우리당 경선에 출마했다가 현실의 벽이 장애인에게는 너무 높음을 인식하고 중도 하차했던 경험이 있다. 그 뒤 제도권 내에서 소외 계층의 삶의 질 향상을 위해 봉사하겠다는 일념 하나로 다시 많은 지인을 만나 정치 활동 의지를 표하자 고개를 흔드는 사람이 많았다.

하지만 지방 정치는 생활 정치임으로 사회 약자들도 의회에 진출하여 당당하게 자신의 권리를 찾아야 한다는 소신을 갖고 열심히 선거에 대비했다. 어려울 때마다 정신적, 물질적으로 도움을 주신 최진호 전북 도의원님에게 내년 지방선거에 출마하겠다는 의사를 표했다. 최 의원님은 송 관장도 이제 지방의회에 진출하여 어려운 사람을 대변할 때가 왔다며 장영달 국회의원님을 찾아가 자문을 받으라고 하셨다. 그전에 먼저 조지훈 전주시 의원을 찾아가 상담하라는 말씀도 하셨다.

다음날, 아내와 함께 전주시 의회를 방문해 조지훈 의원님에게 지방선거 출마 의사를 표했다. 조지훈 의원님은 생각을 하고 있었는데 잘되었다며 장영달 위원장님에게 말씀을 전하겠다고 하셨다. 조 의원님은 장영달 위원장님을 만나 뵈러 국회의사당을 방문하는 등 분주히 움직여 주셨다. 며칠 후 조 의원님은 장 위원장님으로부터 긍정적인 이야기를 들었다며 "완산을 지구당 이광

철 위원장님과 덕진 지구당 채수찬 위원장님을 찾아가 보세요"라
고 하셨다.

11월 초순경, 전주 완산을 지구당을 방문하여 이 국회의원님을
면담하고는 협조를 부탁드렸다. 이광철 국회의원님은 아직 비례
대표 선출 방법이 구체적으로 결정되지는 않았지만 도와주겠다
며 긍정적인 반응을 보여 주셨다. 그렇게 조 의원님으로부터 정
보를 받으며 출마 준비를 차근차근 해 나갔다. 지역은 물론 전국
이 지방선거 열풍으로 서서히 달아오르기 시작했다.

2006년 2월 말, 열린우리당 전북도당에서 5·31 지방선거에 출
마할 후보자 접수에 들어갔다. 이어 도지사 경선과 지방자치 단
체장 및 광역 의원, 기초 의원 경선이 지역별로 차근차근 진행되
었다.

비례대표는 지역구 후보자들이 모두 결정된 후인 4월 초순경,
출마 후보자에 대한 서류 심사와 면접 심사에 이어 경선이 시작
되었다. 한 달간의 선거운동 기간 동안 전주시 대의원 220명에게
문자메시지와 전화를 통해 지지를 호소했다. 그리고 4월 28일, 8
명의 비례대표 후보들이 열린우리당 전북도당 4층 강당에서 정견
발표를 하고 네 시간 동안 투표에 들어갔다. 투표 결과 150표의
압도적인 득표율로 열린우리당 전주시 비례대표에 당선되었다.

서울 역도경기장에서 개최된 열린우리당 중앙당 출정식과 4월
30일 전북은행 대강당에서 개최된 전북도당 출정식에 참석한 후,
선거 공보물에 사용될 사진을 전주시청 노송광장에서 촬영하는
등 선거 준비에 비지땀을 흘렸다. 드디어 5월 13일, 전주 완산 선
거관리사무소에 선거 출마에 필요한 서류를 제출하고 5월 18일
부터 본격적인 선거운동에 돌입했다.

단체장 및 지역구 의원 후보들은 유세 차량을 가동하고 지역구
를 누비며 한 표라도 더 얻기 위해 유권자들에게 다가가는 전략

으로 열심히 득표 활동을 펼쳤다. 비례대표는 지역구가 없기 때문에 정당 지지율에 의해 당락이 결정되므로 전주시 전역을 누비며 유권자를 찾아 나섰다. 아내와 두 아들 그리고 안내견 잔디와 함께 하루에 20~30㎞를 걸으며 명함을 돌리고 인사도 나누며 한 표를 호소했다. 시간이 나면 각 지역구 후보들의 유세 차량에 올라 찬조 연설도 했다.

그러나 여론은 열린우리당 편이 아니었다. 경제가 나빠져 살기 어렵다고 아우성이었다. 심지어 열린우리당은 찍지 않겠다며 명함을 받지 않는 사람도 있었다. 냉정한 반응에 눈물이 핑 돌도록 서운하기도 했다. 자존심을 꺾어 가며 선거운동을 해야 하나 생각하니 내 자신이 비참하기까지 했다. 설상가상으로 한나라당의 박근혜 대표 테러 사건까지 터져 지역 민심은 더욱더 차가워졌다. 서울에서는 열린우리당의 열 자도 꺼내지 못할 지경이라고 친구들이 알려 오기도 했다. 반대급부로 민주당의 지지율은 날이 갈수록 높아지는 듯했다. 지역 민심은 열린우리당에게 완전히 등을 돌린 것 같았다.

그러나 나는 실망하지 않았다. 진인사대천명(盡人事待天命)이라고 하지 않던가. 최선을 다한 뒤 결과를 기다리자는 심정으로 유권자 한 사람 한 사람을 만나 설득하고 도움을 요청했다. 대낮에는 유동 인구가 많은 이마트나 코아백화점 앞에서, 일요일에는 중앙성당과 교회에서, 아침저녁으로는 재래시장과 주요 터미널 등을 구두 뒤축이 닳도록 분주히 찾아다녔다. 대낮에는 전주천 둔치를 걸으며 다리 밑에서 쉬고 계시는 어르신을 찾아가 인사를 드리며 한 표를 부탁했다.

무더운 날씨에 목이 마를 때는 배낭에서 생수 병을 꺼내 갈증을 해소했다. 몸은 피곤하고 피로가 찾아왔지만 한 표가 아쉬울 때라서 발걸음을 재촉해야 했다. 투표일 3일 전부터는 장영달 위원장님과 함께 경기전과 남부시장을 방문, 유권자들과 이야기를 나누며 선거운동을 펼쳤다. 장영달 위원장님은 경기전에서 쉬고 계시는 어르신들을 찾아가 등 돌린 민심을 열린우리당으로 되돌리기 위해 온 정성을 쏟으셨다. 성난 민심을 달래는 그 테크닉은 본받을 만했다. 장애인과 서민이 많이 거주하는 평화1동과 완산동에서는 차량 유세를 펼치며 한 표를 호소하기도 했다. 그러나 열린우리당의 지지율은 날마다 추락하는 반면, 민주당은 상승 곡선을 그리고 있었다. 무능과 경제 실패를 이유로 이탈한 열린우리당 지지표가 한나라당이나 민노당이 아닌, 미워도 다시 한번이라고 민주당으로 옮겨 가고 있었다.

선거는, 당사자에게는 피를 말리는 정신적인 고문이었다. 차라리 누구에게 한 대 얻어맞은 것이 더 나을 것 같았다. 어서 빨리 선거가 끝났으면 했다. 5월 31일, 드디어 투표일이 되었다. 이른 아침, 아내와 중화산 동사무소에 설치된 투표장에서 투표를 마쳤다. 투표율은 전국 평균 51.3%였다.

방송 3사에서 일제히 개표 방송을 시작했다. 오후 6시 정각, 각

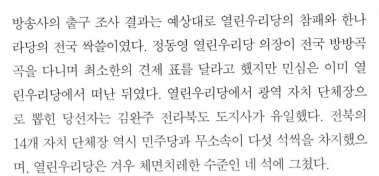

방송사의 출구 조사 결과는 예상대로 열린우리당의 참패와 한나라당의 전국 싹쓸이였다. 정동영 열린우리당 의장이 전국 방방곡곡을 다니며 최소한의 견제 표를 달라고 했지만 민심은 이미 열린우리당에서 떠난 뒤였다. 열린우리당에서 광역 자치 단체장으로 뽑힌 당선자는 김완주 전라북도 도지사가 유일했다. 전북의 14개 자치 단체장 역시 민주당과 무소속이 다섯 석씩을 차지했으며, 열린우리당은 겨우 체면치레한 수준인 네 석에 그쳤다.

벌써부터 정동영 의장의 거취가 도마 위에 올랐다. 여기저기서 사퇴설이 나돌았다. 비례대표 개표 방송은 새벽 3시경에야 결과가 나왔다. 밤 11시경부터 시작한 개표 방송은 피를 말리는 게임과도 같았다. 공영방송에서는 비례대표에 대한 개표 방송을 하지 않았고, 인터넷에서 생중계를 했다. 나는 큰아들 송민이와 함께 시시각각 변하는 득표율에 일희일비(一喜一悲)하며 초조와 불안과 긴장 속에서 모니터 화면을 지켜보았다.

처음에는 58%였던 정당 지지율이 어느새 민주당의 추격을 당해 4% 차이까지 좁혀지고 말았다. 최소한 50%의 지지율을 획득해야 비례대표 순위 2번인 내가 당선될 텐데 42%에 불과하니 낙마는 불 보듯 뻔했다. 모든 것을 체념하고 잠자리에 들었지만 좀처럼 잠이 오지 않았다. 머리는 빙빙 돌고, 눈은 아프고, 차라리 어서 빨리 끝났으면 하는 마음이었다.

그런데 새벽 4시경 큰아들 송민이가 "아빠, 축하해요. 당선되었어요!" 하고 소리쳤다. 나도 모르게 벌떡 일어나 컴퓨터로 다가갔다. 열린우리당 42.7%, 민주당 37.2%, 민주노동당 13.6%, 한나라당 7.1%였다. 전주시 의회 비례대표 의석수가 네 석이니 결국 열린우리당이 두 석, 민주당과 민주노동당이 각각 한 석으로 결정 난 것이다. 한나라당이 한 석은 차지할 줄 알았는데, 간장에 졸인 감자처럼 쪼글쪼글해졌던 가슴은 어느새 활력으로 가

득 차 힘찬 박동 소리만 들렸다. 이튿날 아침부터 하루 종일 축하 전화가 쇄도했다. 잠을 이루려고 해도 계속된 전화 때문에 잠을 이룰 수 없을 정도였다. 하지만 전혀 피곤하지 않았다.

선거관리위원회로부터 당선증과 의원 배지를 교부받고 보니 지난날 고생했던 모습이 주마등처럼 스쳐 지나갔다. 그동안 도움을 주셨던 장영달, 이광철 국회의원님과 최진호 의장님, 조지훈 의원님 그리고 사랑하는 아내와 두 아들도 떠올랐다. 그분들에게 감사의 인사를 드리며 정직한 일꾼, 부지런한 일꾼이 되겠다며 마음속으로 굳게 결심했다.

감투싸움

2006년 6월 7일, 열린우리당 당선자를 격려하기 위한 오찬이 한국집에서 장영달 국회의원님의 초청으로 있었다. 김완주 도지사 당선자, 송하진 전주시장 당선자 그리고 도·시의원 당선자 등 30여 명이 참석했다. 선거 뒷이야기와 당선 소감도 밝히는 자리였다. 그러나 가나다순으로 배정된 기호에서 나, 다 번호를 배정받은 후보자들은 매우 불리했다. 차제에 시정 조치해 줄 것을 강력히 요청했다. 열린우리당 소속 출마자들이 선전한 덕분에 도의회와 전주시 의회에서 과반수 이상의 의석을 차지할 수 있었다. 김완주 도지사 당선자도, 송하진 전주 시장 당선자도 추진력을 갖고 도정이나 시정을 이끌어 갈 수 있게 되었다는 평이었다. 장영달 국회의원님은 의회 원 구성 때 중책을 맡고 싶은 의원은 사전에 출마 의사를 표하라고 주문하셨다.

9일부터 시작된 국토 도보 종단 행사 때문에 청도를 향해 행진하고 있는데 4선의 임병오 의원이 만나자고 했다. 행사 관계로 당분간 만나기 어려우니 전화로 이야기해 달라고 했다. 임 의원은 제8대 전반기 의장에 출마하고 싶으니 도와 달라고 했다. 난 장애인과 사회 약자층에 관심이 많은 의장을 선출하고 싶다고 했다. 정우성 의원도 전화를 했다.

의석의 과반수를 차지한 열린우리당 소속 의원이 의장이 될 가능성이 높았다. 20일 동안 진행된 국토 도보 종단 행사를 마치고 전주로 귀환하자 의장 선거는 물론 의장단 선거도 매우 치열하게 진행되고 있음을 느낄 수 있었다. 완산갑의 이원택 의원, 완산을의 장태영 의원, 덕진구의 김종철 의원이 간사를 맡아 회합을 갖고 이미 내부 조율까지 마친 상태였다.

여독이 채 풀리기도 전인 30일 오후 2시, 전주시 의회 5층에서 열린 간담회에서 열린우리당 의원총회와 의장 후보 선거를 실시했다. 의장 후보 두 명의 정견 발표를 듣고 곧바로 무기명투표에 들어갔다. 개표 결과 정우성 후보 13표, 임병오 후보 6표로 4선의 정우성 의원이 의장 후보로 선출되었다. 대신 의장 후보가 선출된 선거구에서는 상임위원장을 배출하지 않기로 했다.

7월 5일 오전 10시, 제234회 임시회에서 의장과 부의장을 선출했다. 교황 선출 방식으로 무기명 비밀투표가 진행되었다. 민주노동당의 양용모 의원이 의사진행 발언을 통해 "후보자의 정견 발표를 듣고 투표하자"고 제의했지만 찬반 기립 표결 끝에 부결되었다. 속기사의 도움으로 투표용지에 의장 후보의 이름을 써넣고 투표함에 넣었다. 예상대로 열린우리당 소속의 정우성 후보가 34명 전원이 참석한 가운데 28표라는 압도적인 득표를 얻어 제8대 전반기 의장에 당선되었다. 부의장은 우여곡절 끝에 민주당 소속의 최찬욱 의원이 선출되었다.

오후 2시 개원식을 갖고 산회한 후 다음날 상임위원장 선거가 있었다. 세 시간 동안 수십 차례의 정회와 속개를 거듭한 끝에 운영위원장을 뽑는 제1차 투표에서 김광수 후보와 김명지 후보가 각각 17표로 과반수를 얻지 못해 2차 투표가 실시되었다. 그러나 2차 투표에서도 1차 투표와 똑같은 결과가 나왔다. 결국 3차 투표까지 가는 대접전 끝에 김명지 후보가 18표를 획득, 15표에 그친 김광수 후보를 간신히 물리쳤다.

문제는 김명지 신임 위원장이 정우성 신임 의장의 선거구인 덕진구 출신이라는 것이었다. 처음 약속은 완산갑 출신의 김광수 후보가 위원장을 맡기로 했는데 정우성 의장 측에서 약속을 위반한 것이었다. 이에 김종철 의원이 의사진행 발언을 통해 정회를 요청, 열린우리당 의원 19명 전원은 긴급 의원총회를 열고는 정우성 의장과 김명지 위원장을 강력히 성토했다. 회의장은 긴장감과 공포 분위기 그 자체였다. 약속을 지키겠다는 각서까지 써 놓고는 민주당과 야합한 행위는 징계 대상감이어서 조만간 전북도당 윤리특위에 제소하겠다고 했다. 간사 대표를 맡았던 김종철 의원은 "이럴 바에는 차라리 민주당에 모든 상임위원장 자리를 주자"며 볼멘소리까지 했다. 김광수 후보를 밀기로 합의했지만 의외의 결과가 나와 나도 배신감을 느꼈다. 이게 정치인가. 참 비통했다.

우려했던 사건이 또 벌어졌다. 예상대로 행정위원장과 도시건설위원장은 조지훈, 김철영 후보가 각각 선출되었지만 완산을 출신의 장태영 후보를 밀기로 한 사회문화위원장 자리를 민주당의 최주만 후보에게 빼앗기고 말았다. 열린우리당 몇몇 의원이 민주당과 야합해 감투를 나누어 가진 것이다. 본회의장 분위기는 일순간에 시베리아 벌판처럼 되어 버렸다. 첫 의회 일정은 그렇게 배신감과 허탈감만 남긴 채 끝나고 말았다.

의회를 나서니 서쪽 하늘에 잔뜩 먹구름이 몰려오고 있었다. 마치 의회를 집어 삼킬 듯한 태세였다.

첫 비교 시찰

제8대 전주시 의원 임기가 시작된 지도 벌써 3개월이 흘렀다. 의회 구성을 위한 의장단 선거, 시정(市政) 보고, 두 차례의 임시회와 한 차례의 정례회 그리고 각종 행사 참석 등 눈코 뜰 새 없이 바쁜 일정을 보낸 것 같다. 행정사무 감사를 앞두고 각 상임위별로 비교 시찰 일정이 잡혔다. 운영위원회는 울릉도와 독도로, 3개 상임위는 제주로 시찰 계획을 잡았다. 내가 속한 사회문화경제위는 당초 울릉도와 독도를 시찰할 계획이었다. 그러나 울릉도와 독도를 다녀온 운영위원회 소속 의원들이 한결같이 힘든 여정이라고 해 제주도로 바뀌었다.

비교 시찰은 전주시의 정책과 타 자치단체 간의 업무를 비교, 분석하고 새로운 견문과 지식을 넓히기 위해 마련된 프로그램이다. 계획은 섬 지역의 음식물 쓰레기 처리 방식, 하수처리 등 환경 사업소를 견학하는 걸로 잡혀 있었다. 곱지 않은 여론을 의식해 실질적인 비교 시찰이 되도록 일정을 수립했다.

첫날에는 한림분재원을 방문했다. 40대의 중년 남성 문화 해설사가 쉽고 감칠맛 나게 분재의 역사와 분재가 인격 형성에 미치는 영향 등을 자세히 설명해 시간 가는 줄 몰랐다.

다음날에는 제주 환경사업소를 방문, 음식물 쓰레기 처리장과 쓰레기 소각장 및 매립장을 견학했다. 버스에서 내리자 상쾌한 바람이 코끝을 스쳤다. 담당 공무원 안내를 받으며 미니 동물 우리를 지나 음식물 쓰레기 처리장에 도착했다. 제주도민이 배출한 음식물 쓰레기 전량을 처리할 정도의 용량으로 악취가 거의 없었다. 전주의 팔복동에 위치한 음식물 쓰레기 처리장이 심한 악취로 끊임없이 지역 주민의 민원이 제기되는 것과는 비교가 되었다. 게다가 쓰레기 소각장에서 발생한 폐열을 이용해 음식물 쓰레기를 건조하고 발효시켜 퇴비까지 생산하고 있었다. 감귤 농장의 퇴비로 각광받아 생산량이 부족할 정도라고 했다. 폐품 처리장에서는 재활용품을 모아 수리한 뒤 바자회를 통해 기금을 조성, 사회복지시설에 보낸다고 했다. 환경보호와 복지라는 2마리 토끼를 다 잡고 있었다. 자원 낭비에 대한 경각심과 자원 재활용의 중요성을 이해하는 좋은 계기가 되었다.

쓰레기 매립장은 확장 공사 중이었다. 대단위 환경 관련 시설을 살펴보면서 전주시에서 얼마나 비효율적으로 환경 시설을 운영하고 있는지 잘 알 수 있었다. 전주시의 경우 쓰레기 소각장은 삼천동에, 음식물 쓰레기 처리장은 꽤 떨어져 있는 팔복동에 있었다. 전주도 하루속히 환경 시설들을 한장소에 설치하여 업무의 효율성을 극대화해야 한다는 생각을 했다. 혐오 시설로 불리던 환경 시설들을 시민과 함께하는 시설로 탈바꿈시킨 제주도에 찬사를 보냈다.

오후에는 우도를 방문, 1906년에 만들어진 우리나라 최초의 등대에 올랐다. 100년 동안 온갖 세파에도 굴하지 않고 묵묵히 자리를 지키며 항해하는 어선의 길라잡이가 되어 준 등대였다. 그 위용에 다시 한 번 경탄을 금할 수가 없었다. 136m 고지를 오르는 코스는 빗물에 토사가 흘러내리지 않도록 자동차 폐타이어를 활용, 아름다운 산책로를 조성해 놓았다. 쿠션이 있어 발걸음도 상쾌했다. 전주의 화산공원, 완산칠봉, 기린봉 등 등산로에도 자동차 폐타이어를 깔아 놓는다면 해마다 폭우 피해로 되풀이되는 보수공사는 하지 않아도 될 거라는 생각이 들었다. 막대한 보수비와 자원도 절약하고 환경보호까지 할 수 있으니 매우 유익할 것 같았다. 우리나라에서 단 한 곳뿐인 산호 해수욕장의 산호밭을 맨

발로 걸었다. 발바닥이 얼얼했다. 점심을 먹은 지 얼마 되지 않았는데 벌써 배가 고팠다. 맨발로 산호밭을 걷는 게 꽤 운동이 되는 듯싶었다. 웰빙 시대를 맞아 건강의 중요성이 대두되는 이때 전주천 둔치와 체련 공원, 주요 체육 시설에다 이곳처럼 산호밭을 만들어 놓는다면 시민 건강에 무척 효과적일 거라는 생각이 들었다.

3일째는 북문 재래시장을 방문했다. 10년 전보다 많이 현대화되어 마치 백화점처럼 수많은 부스가 설치되어 있었다. 각 부스에는 온갖 물건이 비치되어 수많은 고객이 상점 주인과 물건값을 흥정하는 소리가 정겹게 들려왔다. 전주의 남부시장과 중앙시장 등 재래시장에는 손님이 없다고 울상인데, 전주만의 차별화된 정책으로 예전의 전성기를 찾았으면 싶었다.

마지막 날에는 3만 평 규모의 하수 종말처리장을 방문했다. 제주도 지형을 잘 활용한 계단형 하수 종말처리장이었다. 정수한 물은 바다로 흘려보낸다고 했다.

그동안 제주도를 수십 차례 방문했지만 의원 신분으로 방문하고 보니 많은 차이가 났다. 예전에는 가벼운 마음으로 관광 삼아 돌아다녔지만, 이제는 전주와 비교하게 되고 벤치마킹할 것은 없는지 연구하게 되었다. 그리고 시민운동을 할 때는 의원들의 시찰을 낭비성, 관광성이라고 매도했던 때가 한두 번이 아니었는데, 입장이 바뀌어 의원 신분이 되자 선진 사례 견학에서 그동안 느끼지 못했던 새로운 것들이 많이 보였다. 시민의 혈세로 비교 시찰을 온 만큼 의정 활동에 많은 도움이 되었으면 싶었다.

정상적인 의정 활동 보장하라

민선 4기 1년을 경축하는 행사를 마친 지 채 1주일도 되지 않아 제245회 전주시 의회 정례회가 개회되었다. 의정 활동을 시작한 지도 어느새 1년이 넘은 것이다. 그동안 열 차례 정기 및 임시회가 열렸으며, 5분 자유발언 5회와 시정 질의 1회를 했으며, 사회문화상임위원회 및 사회복지상임위원회 소속으로 상임위 활동 및 간담회를 수십 차례 했다.

앞을 보지 못하는 장애인으로서 어려운 여건임에도 불구하고 남보다 더 열심히, 더 노력하여 뒤지지 않은 의정 활동을 펼쳐 왔다고 생각한다. 특히 세 차례에 걸쳐 전주시 및 산하기관에 대한 시정 보고 청취 및 예·결산 심의, 쓰레기 소각장 및 덕진노인회관 신축 공사장 등 현장 활동을 7회 했다.

그러나 지난 1년 동안의 의정 활동은 악전고투였다. 자료를 받아도 점자로 되어 있지 않아 해독할 수가 없었다. 누군가의 도움으로 대면 낭독이나 점자 인쇄 자료가 없으면 한낱 무용지물에 불과한 업무 자료만 지원된 관계로 부득불 전북시각장애인도서관 직원들이 고생해야 했다. 그들이 헌신적으로 점자 자료로 만들어 주어 겨우 의정 활동을 펼칠 수가 있었다.

제245회 정례회가 지난 7월 11일부터 24일까지 14일 일정으로 열렸다. 12일 사회복지상임위원회 회의가 개회되자 난 2006년 예·결산 승인에 관한 복지환경국 최강우 국장의 시정 보고가 시작되기 전 의사진행 발언을 통해 박현규 사회복지위원장에게 제반 업무 자료를 점자 인쇄 자료로 제공할 때까지 상임위원회 회의를 중단해 달라고 요청했다.

박 위원장은 의사일정 관계로 문제가 있다며 양해를 구했다. 나는 즉각 반론을 제기, 만약 점자 자료가 제공되기 전에 회의를 강행한다면 정상적인 의정 활동을 포기하라는 의견으로 알고 회의장에서 퇴장하겠다고 강경하게 발언했다. 그제야 박 위원장은 즉각 정회를 선포하고 간담회에 들어갔다. 최찬욱 부의장은 당장 점자 자료를 제공하는 것은 어려우니 다음부터는 반드시 점자 자료를 제공할 수 있도록 의사국장과 의장님에게 상의하겠다며 자리를 떴다. 결국 다음 회기부터 점자 인쇄 자료를 제공하는 조건으로 약 한 시간 만에 회의가 속개되었다.

복지환경국 예·결산 보고 청취와 질의가 끝나자 허광 의사국장으로부터 면담 요청이 들어왔다. 송재현 사회복지 전문위원의 안내로 의사국장실로 갔다. 의정 활동 자료를 제대로 지원하지 못해 죄송하다며 시간을 두고 문제를 풀어 가자고 했다. 이미 시청의 각 부서에 모든 업무 자료를 점자화해 줄 것을 요청하는 공문도 발송했단다. 이제야 정신을 차리고 신속하게 움직이는구나 하고 생각하니 마음이 놓였다.

다음 주부터 예·결산특별위원회 회의가 진행된다. 나는 예·결산특별위원회 위원으로 활동하기 때문에 예결위 활동에 필요한 자료를 점자화해 달라고 의사국장에게 요청했다. 그러자 시청 대외협력관실의 직원이 찾아와 점자 인쇄 자료 제작에 관한 자문을 구했다. 그러더니 1,000쪽이 넘은 방대한 예산 자료를 일일이 입력한다는 것은 촉박한 일정 관계상 현실적으로 어렵다며 하소연했다.

나는 절충안으로 다음부터는 자료를 점자로 제작될 수 있도록 조치를 취해 달라고 당부하고 돌려보냈다. 안세경 부시장도 기다려 달라고 하여 1년 동안은 모든 것을 참고 기다려 왔다. 모든 문제가 잘 해결될 줄 알았다. 그러나 변한 것은 없었다. 의회 내 장애인 편의 시설물 설치도 마찬가지였다. 결국 앞으로는 정상적인 의정 활동을 위해 지원 요청할 것은 그때그때 강력히 요청할 거라는 결심을 할 수밖에 없었다.

　기다림만이 능사가 아니다. 조금은 시끄러워도 정상적인 절차를 통해 권리를 찾아야겠다. 최상의 방법은 먼저 솔선수범하여 문제를 해결하는 것인데 우리나라 공무원들은 코앞에 닥쳐야만 움직인다. 감동을 주는 공무원들이 되었으면 하는 아쉬움이 많이 남았다.

북녘땅에 푸른 나무를 심다

분단 55년 만에 노무현 대통령이 도보로 분단선을 넘어 평양으로 가는 역사적인 행사가 얼마 전에 있었다.

노란색으로 표시된 분단선.

혈육을 갈라놓고 남북 간의 교류마저 막아 버린 비정한 분단선.

난 오늘(2007년 11월 13일) 이 선을 넘었다. 온몸이 무언가에 묶인 듯 마음이 답답했다. 가슴 설렘과 벅찬 감격은 온데간데없고 착잡한 심경뿐이었다.

전주시 민주평통자문회의 위원 자격으로 개성 방문 행사에 참여하게 되었다. 사랑하는 아내의 도움을 받아 새벽 3시 30분 전주시청 앞에 대기 중인 버스에 올랐다. 만나는 위원마다 목소리에 기대감과 벅찬 설렘이 배어 있었다.

남북통일 민족 화해 염원을 위해 지난 2002년과 작년에 목포서 임진각, 부산서 임진각까지 도보로 행진하면서 다녀간 임진각에 내렸다. 전국에서 모인 200여 명의 개성 방문단은 북한으로 가는 버스 다섯 대에 나누어 탔다. 방문단임을 쉽게 알 수 있도록 조끼를 입고 목걸이식 명찰을 걸고 차 안에서 DVD를 시청했다. 지정된 장소 외에서의 사진 촬영 금지, 북한 주민과 대화할 때의 주의사항 등이 담겨 있었다.

더 이상 가 보고 싶어도 가지 못했던 땅.

보라산역 앞을 지나 판문점 남측 출입국관리사무소에서 수속을 마치고 남방 한계선을 달렸다. 4차선으로 뻥 뚫린 도로다. 우리를 안내한 민화협 회원은 지금 달리는 이 도로 밑으로 동물들이 자유롭게 다닐 수 있는 통로가 열 개 있다고 했다.

비극의 철책선이 세계적인 환경 보존 지역으로 탈바꿈한 비무장지대.

민통선 마을에서는 최첨단 농기구로 농사를 짓는다고 했다. 비행기로 뿌려 댔던 각종 지뢰로 인한 불상사를 사전에 막기 위해 지뢰 탐지 농기구를 타고 농사를 짓는다고 했다.

우리도 지난달 노무현 대통령이 걸어서 넘어간 분단선을 넘었다. 북측 출입국관리사무소에 내려 수속을 밟고 버스에 다시 올랐다. 가까운 거리를 가는 데도 버스에서 내렸다가 다시 올라타야 하는 번거로움이 분단의 아픔인 듯하여 괴로웠다. 여행을 하다 보면 쉽게 접할 수 있는 이정표에 '개성 21㎞'라는 글이 쓰여 있었다. 여군이 총을 메고 보초를 서는 모습, 군용차량이 경운기 소리보다 더 큰 소리를 내며 움직이는 소리, 사방을 둘러봐도 온통 민둥산뿐인 북녘땅.

불과 몇 년 전까지만 해도 서로가 대형 확성기로 자신들의 체제 우월을 홍보하던 자리도 이 민둥산이었다. 세를 과시하기 위해 인공기든, 태극기든 높게 게양되었던 장소 역시 이 민둥산이었다.

채 10분도 안 되어 개성 공단에 도착했다. 임진각서 차량으로 10분도 걸리지 않는 개성 땅에 첫발을 내딛는 순간 찡한 무엇인가가 가슴에 느껴졌다. 내리자마자 엎드려 땅바닥의 흙을 두 손으로 만져 보았다. 빨간색도 아니요, 도깨비 귀신 같은 모양도 아닌, 우리 집 앞 화단에 있는 흙과 똑같았다. 두 손으로 흙을 모아 코에 갔다 대 보았다. 피비린내 나는 냄새도 아니요, 총탄 튀기는 매캐한 냄새도 아닌 우리 집 뒷동산의 향기로운 냄새가 나는 흙과 똑같았다. 여기도 사람 사는 땅이요, 한민족이 자자손손 살아온 우리 땅이었다.

고(故) 정주영 현대 그룹 명예 회장이 소 떼를 몰고 온 그날부터 현대아산에서 야심 차게 망치 소리를 울리며 북녘 동포를 먹여 살릴 터전을 조성하고 있었다. 현재 1차 조성 사업은 마무리되어 30여 개의 공장이 가동 중이며 남한에서 800명, 북녘 근로자 1만 6000여 명이 일하고 있단다.

도로 옆 대형 주차장에는 출퇴근용 버스 100여 대가 나란히 주차해 있었다. 안내원의 말에 의하면 한국 근로자는 출퇴근에 별 문제가 없지만 북녘 근로자에게는 큰 문제란다. 유일한 교통수단은 자전거인데 현재 2,000여 대를 기증했으며, 앞으로도 남한의 각 지자체와 협력하여 중고 자전거 1만 2000여 대 보내기 사업을 펼쳐 이들을 지원할 계획이라고 했다. 차량은 유류 부족으로 인해 기존의 차량마저 고철 신세라고도 했다. 걸어서 출퇴근하기에는 너무 먼 거리라 유일한 교통수단은 자전거라며 협조를 요청했다.

파견 나온 우리은행에서 우리 돈을 달러로 환전하고 근처 패밀리마트에서 건빵 한 봉지를 1달러에 구입했다. 모두 남한 제품이었다. 북한 제품은 담배와 주류가 고작이고, 임가공 식품으로 버섯류와 나물류가 있었다.

나무를 심기 위해 버스로 이동한 곳은 군 초소가 있는 민둥산이었다. 북한 병사 세 명이 총을 메고 서 있는 모습에 어릴 적 도덕책에 나왔던 협동농장을 떠올렸다. 북한의 산들은 대부분 무분별한 땔감 채취 때문에 황폐해졌다고 한다. 그래서 여름에 비가 조금만 내려도 물난리로 곤혹을 치른다. 지난여름 북녘땅을 할퀴고 간 수마로 인해 막대한 인명, 재산 피해를 입었다는 언론 보도가 떠올랐다.

미리 준비해 간 장갑과 삽 그리고 묘목을 받아 산에 올랐다. 앙상한 잡풀만 무성한 산길을 한참 올라갔다. 아내가 이야기한 곳에 삽으로 구덩이를 파고 헛개나무 한 그루를 정성 들여 심고는

겨울에 얼지 않도록 꼭꼭 밟았다. 근처에 대추나무도 심었다. 총 20그루를 심었는데, 모두 4만 주를 가져왔다고 했다. 헛개나무는 간장에 좋다는 한약재라고 했다. 대추나무는 4년 정도면 열매가 열린다고 했다. 산도 푸르러지고 열매 채취로 수익마저 올릴 수 있다면 북녘 동포의 살림살이도 다소 나아지겠지? 평소 안 해본 삽질이라 숨이 찼지만 황폐한 민둥산이 푸른 녹음으로 변하고,

열매가 주렁주렁 열리는 모습을 상상하며 비지땀을 흘렸다.

식목 행사를 마치고 북녘 병사와 기념 촬영을 하려 했으나 안내원의 제지로 찍지 못했다. 남한서 가져간 삽과 장갑은 북한 인민이 유용하게 사용할 거라고 해서 놓고 왔다. 얼마 후 북녘 동포가 나타나 두고 온 삽과 장갑을 챙겨 갔다. 같은 핏줄이요, 같은 형제자매요, 같은 민족이건만 왜 우리는 풍요 속에서 살고 저들은 빈곤 속에서 살아야 하는가? 그나마 개성 공단에서 근무하는 북한 근로자는 생활이 좀 나은 편이라고 했다. 앞으로 1500만 평 규모로 공단이 조성되며 16만 인구가 상주하는, 남한의 창원시만 한 도시가 건설될 예정이라고 했다. 최첨단 하수 종말처리장 시설도 설치되었다고도 했다.

남한에서 온 기업인들이 불편한 게 너무 많다며 호소해 왔다. 우선 3통부터 해결되어야 한단다. 통신, 통관, 통행이 자유로워야 하는데 그러지 못해 불편하다고 했다. 우리도 개성까지 오는 데 10분이면 될 것을 두 시간 이상 걸려야 했다. 통관 문제로 버스에 탑승하자마자 하차하고, 또 탑승하자마자 하차하여 수속을 밟아야 하는 번거로움을 없애는 것이 급선무인 듯싶었다.

안내원에 따르면 개성 공단이 들어서면서 비무장지대 근처에 주둔해 있던 중화기 부대가 70km 뒤로 밀려났단다. 70km만큼 평화 지역이 넓어진 셈이다. 하루아침에 평화통일을 이루는 것도 문제라고 했다. 북녘 동포가 어느 정도 자생력을 갖춰야 남북통일이 되어도 큰 혼란 없이 서로 섞여 살 수 있을 거란다. 급속한 평화통일도, 적화통일도 아닌 점진적인 평화통일을 위해 한 발 한 발 다가가야 한다는 것을 보고 느낄 수가 있었다.

항간에서는 무조건적인 퍼 주기식 지원은 큰 문제라는 이야기가 나돌고 있다. 그러나 직접 실상을 보니 북한이 스스로의 힘으로 일어서는 것은 거의 불가능해 보였다. 북한은 토지와 인력을 지원하고 남한은 자본과 기술을 지원하여 서로 상생의 관계로 발전해야 한다고 느꼈다.

저 황폐한 민둥산들이 하루빨리 짙푸른 녹음으로 변하여 북녘 동포들의 삶 또한 윤택해지길 기원하며 개성 공단에서 유명한 봉동관에서 냉면으로 점심 식사를 했다. 반주로 대동강 맥주와 백두산 들쭉주가 나오고 돼지고기볶음, 생선회, 도라지무침 등이 나왔다. 남한에서는 아가씨란 호칭을 흔히 사용하는데, 이곳에서는 동무나 선생이라고 불러야 한단다. 그렇지 않으면 호칭 문제로 추방 또는 억류되는 불상사도 생긴단다.

원래 계획에는 개성시내 관광이 있었다. 그러나 단절된 지 처음으로 실시된 이번 방문 행사에 차질이 생겼는지 시내 관광은 불허한다는 북측의 말에 하소연 한마디 못하고 울며 겨자 먹기 식으로 분단선을 넘어와야 했다. 언어와 문화와 풍습이 다른 것은 이해할 수 있었지만 수시로 변하는 북한 체제의 속성만큼은 도무지 이해가 안 갔다. 도움을 주러 간 사람이 도리어 뺨 맞고 온 꼴이 된 셈이라니…… 하지만 우리가 이해하지 못할 사정이 있겠지 하며 여유 있는 자로서의 넓은 아량을 베풀어야 하지 않을까 하는 생각도 들었다.

장애인의 대변자 역할을 톡톡히 하다

- 행정사무 감사

의회의 기능은 행정의 견제와 감시다. 의원은 자신의 지역구를 대변하고 의회 기능을 준수하며 의정 활동을 펼친다.

시의원이 된 첫해인 지난해에는 각 상임위별로 행정사무 감사를 실시하여 전주시 전체 업무를 파악하는 데 한계가 있었다. 금년에는 제도를 달리하여 각 상임위에서 각각 세 명의 의원이 참여한 가운데 10월 23일 행정사무감사특별위원회를 구성, 한 달간의 준비 기간을 거쳐 1주일 동안 행정사무 감사를 했다. 한 달 동안 시에서 제출한 각 실·국 업무 보고서와 각 실·국 감사 자료를 분석하고 이를 정리하려니 시각장애인이라 어려움이 많았다.

우선 자료가 점자로 제출되지 않아 각 실·국 감사 자료 일부만 별도로 발췌해 점역한 자료를 토대로 검토하는 수준에서 감사 준비를 해야 했다. 좀더 많은 내용을 파악하여 추가 자료를 요청하고 싶었지만 특수 자료 제작의 한계성 때문에 많은 아쉬움이 남았다. 평소 의정 활동을 하면서 축적한 자료를 재분류하여 질문지를 만드는 수밖에 없었다. 사회복지상임위 소관 업무는 내 소관인 관계로 업무 내용을 잘 알지만 타 상임위 소관 실·국 업무는 파악하는 데 어려움이 많았다.

드디어 11월 23일, 완산구를 시작으로 29일까지 2007 행정사무 감사를 실시했다. 완산구 행정사무 감사에서 실적 위주의 무차별 주정차 단속에 관한 문제점을 지적했다. 금년도 구청의 주정차 단속 건수는 총 6만 533건이며, 부과 제외 건수는 11%인 681건으로 나타났다. 그런데 부과 제외 건수 중 60% 이상이 소명서를 제출한 장애인 차량으로 무차별 주정차 단속의 증거가 아니냐며 김태수 구청장을 질책했다. 이어 주정차 단속 고지서를 받고 소명하기 위해 구청을 방문하고 싶어도 신체적 불편 때문에 포기하는 장애인이 상당수에 이른다며, 이들은 장기 체납자로 전락한 상태라고 지적했다. 장애인 스티커를 부착한 국가유공자 및 장애인 차량은 주정차 단속에서 제외하여 장애인의 이동권을 보장할 용의는 없느냐는 질문에 김 구청장은 향후 주정차 단속 시 장애인 스티커 부착 차량은 단속을 신중히 하겠다는 답변을 받았다.

구청 관내에 설치된 볼라드 2,216개 중 대부분이 '교통이동약자의 이용편의증진법'에 위배되는 설치물로 보행 중 볼라드에 충돌하여 부상을 당하는 사례가 많다며 법 규정에 맞게 재설치할 용의는 없느냐고 물었다. 구청 측은 내년도에 전면 재설치하겠다고 답변했다.

전주시 기획국 행정사무 감사에서는 장애인 공무원이 근무하는 데 필요한 편의 시설이 미비하다고 지적한 뒤 대책 마련을 촉구했다. 장애인 공무원이 불편하지 않도록 맞춤형 사무기기를 보급해야 한다는 필요성도 제기했다. 경추 장애인의 경우 낮은 책상에서 장시간 업무를 수행하느라 목과 어깨 결림에 시달리고, 하반신마비 장애인의 경우에는 딱딱한 의자에 장시간 앉아 근무하느라 욕창과 허리 통증에 시달리는 경우가 많다고 지적했다. 또한 업무의 효율성을 높이기 위해 중증 장애인 공무원에게는 공익 요원을 행정 도우미로 배치할 수 있도록 병무청에 협조를 요청할 생각이 없냐고 묻고는, 전주시의 장애인 의무 고용률을 현행 3.3%에서 5% 수준까지 높일 계획은 없는지도 질의했다.

이에 대해 임민영 기획국장은 장애인 공무원을 대상으로 의견을 수렴하여 근무하는 데 불편이 없도록 시정 조치하고, 행정 도우미 배치는 적극 추진하며, 공무원 신규 채용 시 장애인을 우선적으로 채용하겠다고 답변했다.

복지환경국 행정사무 감사에서는 장애인 문제를 담당하는 부서에 장애인 공무원이 없다는 것은 문제라고 지적한 뒤 장애인 공무원을 배치할 것을 촉구했다. 전주시 모 장애인 공무원은 지난 7월의 인사이동 때 장애인 부서로 보직 변경을 신청했으나, 복지환경국의 모 계장이 장애인 공무원이 장애인 부서에 배치되는 것은 부적격하다는 의견을 개진한 사실을 폭로하고, 앞으로 장애인을 모독하거나 비하하는 발언을 하지 못하도록 조치를 취해 줄 것을 강조했다. '중앙인사위원회 인사관리지침' 3항에 의거, 장애인 공무원이 희망하는 보직에 우선 배치시킬 용의가 없느냐는 질문에 최강우 국장은 장애인 부서에 장애인 공무원이 우선 배치될 수 있도록 최선을 다하겠다고 답변했다. 또한 전주시 인구의 4.8%인 2만 8053명이 장애인임에도 불구하고 장애인 회관이 한 개소도 없다는 것은 전주시 장애인 복지 정책의 현주소를 말해 준다며 열악한 환경에 처한 장애인 단체를 위해 회관을 설립할 용의는 없냐고 질문했다. 현재 각 장애인 단체에 지원하는 전세 자금으로 부지를 마련하고 시에서 건축비를 보조하면 경제적 어려움 없이도 장애인 회관을 건립할 수 있다고 밝혔다. 이에 대해 최강우 국장은 적극 검토하겠다고 답변했다.

도시국 행정사무 감사에서는 금년 6월 말 현재 전주시의 주택 보급률은 91%를 넘어섰지만 장애인 기초생활수급자들의 주택 보급률은 겨우 11%(총 4013세대 중 411세대)에 불과하다는 점을 지적했다. 이어 전주시에 사는 장애인들의 주거 형태를 살펴보면 자가 주택은 11%(411세대), 전세는 13%(498세대), 임대는 27%(1097세대), 월세는 26%(1034세대), 기타(무상, 여관, 창고, 비닐하우스 등) 23%(923세대)라며 집이 없는 장애인들은 추운 겨울이 오는 것을 가장 두려워한다고 밝힌 뒤 저소득 시민들의 주거 안정을 위한 대안을 제시했다.

첫째, 선진국에서 시행하는 주택수당 제도를 도입, 현재 2,000
여 세대가 넘는 전주 시내 미분양 아파트를 저소득 무주택자들에
게 임대, 분양하여 주거 안정을 도모할 것.

둘째, 주택 재개발 지구에는 일정 비율 이상 서민 임대 아파트
를 분양하도록 의무화하여 더불어 사는 지역복지 공동체를 형성
할 것.

셋째, 저소득층의 생활 안정을 도모하기 위해 전세 자금 및 융
자금 연장 지원 제도를 활성화할 것.

넷째, 독일의 킬하우스센터처럼 주택공사, 또는 민간 기업에서
복지 아파트 겸 공장을 공급하여 복지시설에 위탁 관리토록 하
고 장애인이 노동을 하며 상환할 수 있는 소셜팩터링 제도를 도
입할 것.

끝으로 인간의 품위와 품격을 높일 수 있는 척도 중 하나는 주
거 생활 안정이라며 장애인도 비장애인과 똑같이 행복을 추구할

권리가 있고, 주거 생활이 불안정한 장애인들에게 올 겨울이 따뜻할 수 있도록 전주시에서 장애인 주거 복지 정책을 세울 것을 강력히 촉구했다.

이에 대해 진철하 전주시 도시국장은 장애인들의 주거 안정을 위해 적극 노력하겠다고 답변했다.

마지막 날인 29일의 상수도사업소 행정사무 감사에서는 시각 장애인 고객의 편익 도모를 위해 점자 고지서를 발행할 용의가 없냐고 지적, 소장으로부터 그렇게 하겠다는 답변을 끌어냈다.

밤 10시에 속개된 의회사무국 행정사무 감사에서는 본회의장의 전자 투표기가 음성 변환 기능이 없어 시각장애인 의원은 작동하는 데 어려움이 있다며 현 시스템의 문제점과 개선책을 지적했고, 의사당 내 장애인 편의 시설이 거의 없어 이동에 불편이 많다며 시정을 촉구했다. 이에 대해 김종을 국장은 모두 해결될 수 있도록 하겠다고 답변했다. 김광수 특위 위원장을 비롯한 우리 의원 열세 명은 이처럼 늦은 밤까지 시민의 가려움을 긁어 주기 위해 시를 상대로 최선을 다해 강도 높은 질문을 퍼부었다.

다행인 것은 이번 행정사무 감사를 통해 전주시의 업무 전반에 대해 파악할 수 있었다는 점이다. 그리고 지적한 사항은 수시로 점검하여 시정 유무를 확인해야겠다고 다짐했다. 또한 늦은 밤까지 감사 자료를 준비하고 질문지를 작성하느라 코피가 터지고 입술이 부르텄어도 시민의 복리 증진을 위한 일이라는 생각에 보람을 느낄 수 있었다.

첫 조례 제정
— 전주시 장기기증등록 장려에 관한 조례

2008년 1월 30일은 나에게 영광스럽고 의미 있는 날이었다. 새해 들어 처음으로 개회된 제249회 제2차 본회의에서 의정 활동 사상 처음으로 발의한 '전주시 장기기증등록 장려에 관한 조례'가 통과된 역사적인 날이기 때문이다.

나는 시각장애인으로서 보지 못한다는 것이 얼마나 답답하고 힘들다는 것을 직접 경험하며 살았다. 그리고 만약 조금만 일찍 의료 혜택이나 각막 기증을 받았다면 시각장애인이 아니라 비장애인으로 살아갔을 거라는 생각도 했다.

그러나 수술을 받지 못한 이유는 내가 각막이식을 받을 수 있는 대상자라는 사실 자체를 몰랐을 뿐 아니라, 기증자나 이식수술을 담당하는 의료진이 거의 없었기 때문이기도 했다.

이제는 사정이 다르다. 장기이식에 관한 의료 기술은 세계적인 수준이며, 전주 시민의 약 0.5%인 3,257명(뇌사 1,446명, 각막 1,731명, 신장 58명, 골수 22명)이 사후에 장기 기증을 하겠다고 등록을 한 상태이다.

금년에 전주 지역의 장기 기증자는 총 50명(뇌사 10명, 각막 36명, 신장 4명), 이식자는 총 91명(신장 22명, 각막 53명, 심장 1명, 간장 15명)으로 파악되었으며, 이식을 기다리는 환자는 약 4,500여 명(각막이식 1,500여 명, 신장 2,000여 명, 심장·간장 500여 명, 백혈병 500여 명)으로 추정된다. 이들은 나처럼 시각장애인이나 심장, 신장, 간 부전증이나 백혈병 등으로 하루하루 어렵게 생명을 이어 가는 환자들로 거의 자포자기하여 살고 있다.

그래서 장기 기증 장려에 관한 조례를 제정, 이식을 기다리는 환자들에게 새로운 생명의 희망을 주고, 장기 기증자에 대한 예우 및 지원 사항을 정하여 장기 기증 운동을 확산시키자는 취지하에 선배 및 동료 의원 15명의 서명을 받아 발의하게 되었다.

의외로 선배와 동료 의원들의 반응은 좋았다. 이원택 의원은 사업의 극대화를 위해 의원들이 자발적으로 장기 기증 등록을 하자고까지 했다. 비록 조례를 발의하면서 자료 수집과 법문 작성에 어려움을 겪었지만 사회복지상임위와 본회의에서 반대 의견 없이 통과되자 말로 다 형용할 수 없는 뿌듯함과 희열이 몰려왔다.

두 번째 조례 제정은 4개월 뒤인 5월 23일에 이루어졌다. 제253회 제2차 본회의에서 일반인에 비해 상대적으로 의료비 지출이 많고 경제적으로 어려움이 있는 등록 장애인에게 출산 지원금을 지급하여 자녀 출산 및 양육 환경을 개선하고 경제적 부담을 덜어 주자는 취지에서 만들어진 '전주시 여성장애인출산지원금 지급 조례안'이 통과된 것이다.

동료 의원 19명의 서명을 받아 발의한 이 조례의 주요 내용은 '장애인복지법' 제32조의 규정에 의거, 장애 등록을 한 중증 여성에게 신생아 1인당 출산 지원금 150만 원을 지급하도록 했으며, 3·4급 여성 장애인에게는 100만 원을 지급하도록 했다.

예산을 사용해야 되는 조례를 제정할 때에는 민감한 사항이 많았다. 사회복지상임위에서 임민형 생활복지국장으로부터 예산 확보 가능성에 대한 긍정적인 답변을 듣고 의원 간담회를 개최하기 위한 정회가 선포되었다. 그런데 화장실에 들어설 때였다. 박모 의원이 임민형 국장에게 "시에서 예산 확보가 가능하다고 그렇게 쉽게 대답하면 어떻게 하느냐, 반대를 해야지" 하는 소리가 들려왔다. 내가 들어서는 바람에 더 이상 대화는 진행되지 않았다. 의원이라는 사람이 시민을 대변하고 그들의 편의를 도모하는 일에 협조하지는 못할망정 방해 공작을 펼치다니! 화장실 안이 아니었다면 "도대체 당신은 누구 편인가? 의원들 편인가, 아니면 시청 편인가? 정체를 밝혀라?" 하고 따지고 싶었지만 꾹 참았다.

곧이어 진행된 간담회에서 5·6급 여성 장애인에게는 70만 원을 지급하는 것으로 절충한 후 속개된 상임위에서 수정안을 통과시키고 본회의로 회부했다. 다행히 본회의에서도 사회복지상임위에서 상정한 원안대로 만장일치로 통과되었다.

조례의 제·개정 때에는 피를 말리는 날카로운 신경전도 벌어진다. 의원 개개인의 이데올로기에 따라 가부가 결정되기 때문이다. 그러나 의원의 중요한 직무 중 하나가 조례 제·개정 아닌가? 힘들고 어렵다고 조례의 제·개정을 기피한다면 시민들로부터 지탄받을 것이다. 이제 2년 남은 임기 동안 의정 활동에 최선을 다해 한 치의 소홀함도 없이 충실히 수행할 것을 약속해 본다.

의장 선출 방식 개혁하다

연초에 전주시 의회 초선 의원들이 중심이 되어 의정 공통 운영 경비를 투명하게 운영할 수 있도록 조치한 데 이어 6월부터는 의장단 선출 방식 개선을 위한 모임을 가졌다. 최근 들어 각 상임위에서 토론 안건으로 다뤄지면서 급물살을 탔으나, 의원들 간의 의견 차이로 합의점을 찾지 못했다. 현행 선출 방식은 교황 선출 방식을 차용해 모든 의원을 대상으로 무기명투표로 선출하는 것이다. 그런데 후보 등록 및 정견 발표 없이 선출됨에 따라 의장단의 책임성에 문제가 있다는 지적이 제기되었다. 이에 시의회 운영위는 지난 8일 회의를 열고 선출 방식 개선안을 논의했다. 그러나 "후보 등록과 정견 발표는 위법적 소지가 있다"는 반대 의견이 나와 구체적인 방법을 찾지 못하고 결국 유보되었다.

12일 행정위는 의장단 선출 방식 개선을 위한 토론회를 개최하고 개선 방안을 다시 모색했다. 이날 열린 토론회에서는 현행 선출 방식은 시민의 상식과 민주제도의 발전에 비추어 볼 때 미흡한 점이 많다는 데 의견이 모아지면서 대안을 마련키로 결정했다. 그동안 적용해 온 교황 선출 방식을 거부하는 이유는 지방의회 의장단 선출부터 '민주주의의 꽃'인 선거 절차에 따르자는 것이다. 시정(市政)을 제대로 감시하고 견제해야 할 의회의 대표를 뽑는 일에 민주적 절차가 없다 보니 의원들조차 누가 후보로 나올지 알 수 없었다. 또 왜 자신이 의장이 되어야 하는지 당위성을 주장하거나 요구할 수도 없으며, 후보의 자질과 능력을 검증하는 것조차 불가능했다.

실제 현행 전주시 의회 회의 규칙대로라면 모든 의원이 의장

후보다. 다만, 각자 의장으로 선출되길 바라는 의원 한 명의 이름을 써낸 뒤 최종 무기명투표에서 과반수를 얻은 의원이 의장으로 선출된다. 과반수 득표가 없을 땐 2차 투표를 하고, 그래도 과반수를 넘기지 못하면 결선투표를 통해 다수 득표자가 의장이 된다. 동수일 땐 무조건 연장자 우선이다. 부의장도 마찬가지다.

사정이 이렇다 보니 아무리 투명하게 치른다 하더라도 의원 개개인의 소속 정당 등 정치적 이해관계나 개인적 관계를 무시할 수 없었다. 후보 등록 절차는 물론 공식적으로 출마 의사도 밝히지 않은 채 비공식적인 접촉을 통해 알리고 선거운동을 하게 되는 것도 당연한 결과였다.

최근 전라북도와 익산시, 정읍시 의회 등에서 기존의 교황 선출 방식에서 탈피해 후보가 정견을 발표할 수 있도록 했다. 이런 현상은 부산, 광주, 청주, 창원 등 전국의 타 시·도의회로 점차 확산되는 추세다.

두 차례의 긴급 의원총회 끝에 후보 등록과 정견 발표를 시행하자는 의견을 모았다. 이어 긴급 임시회를 개회, 지방자치법 조례안을 개정하고 30일부터 의회사무국에서 의장단 후보자 등록 접수가 시작되었다. 7월 1일 제255회 임시회 제1차 본회의에서 김철영, 최찬욱 두 의장 후보의 정견 발표를 청취한 후 투표를 시작했다. 투표는 2년 전과 똑같이 투표용지에 후보자 이름을 기재하는 방식이었다. 나는 무효표가 발생하지 않도록 대동한 막내아들 송원에게 후보자 이름을 알려 주고 대필하도록 했다.

투표 결과 최찬욱 후보가 과반수를 넘는 18표를 획득, 16표에 그친 김철영 후보를 누르고 제8대 후반기 의장으로 당선되었다. 최찬욱 신임 의장의 당선 소감을 듣고, 곧이어 여성규, 임병오, 조지훈 부의장 후보들의 정견 발표와 부의장 선거 투표를 실시했다. 그 결과 조지훈 후보 22표, 임병오 후보 7표, 여성규 후보 5

표로 조지훈 후보가 부의장으로 선출되었다.

다음날은 각 상임위원장 투표가 진행되었다. 역시 의장단 선출 방식과 동일하게 진행되었다. 먼저 실시된 운영위원장 선거에는 김종철 의원과 양용모 의원이 출마하여 김종철 후보가 22표를 획득, 12표에 그친 양용모 후보를 누르고 당선되었다. 행정위와 문화경제위, 사회복지위는 각각 단독 출마한 이명연 후보 25표, 김남규 후보 26표, 장태영 후보 26표를 얻어 위원장으로 당선되었다. 도시건설위는 김광수 후보와 김주년 후보가 출마하여 22표 대 12표로 김광수 후보가 선출되었다.

제8대 전주시 의원 34명 중 초선 의원이 무려 19명이나 된다. 우리 초선 의원들은 과거의 그릇된 관행을 타파하고, 의회 운영의 민주성과 투명성을 위해 많은 노력을 펼쳐 왔다. 그 결과 의장단 선출 방식을 민주적 절차에 따라 시정을 견제할 수 있는 강력한 의장단을 선출할 수 있었다. 드디어 풀뿌리민주주의가 꽃피기 시작된 것이다. 이는 초선 의원의 승리요, 전주 시민의 승리였다.

희망을 배우러 가다
─좋은시장학교 1기생이 되다

배움에는 왕도가 없다. 의정 활동을 시작한 지 벌써 3년째다. 특히 지방에서 의정 활동을 한다는 것은 여간 힘들지가 않다. 부지런을 떨지 않고서는 선진 자치 정책에 관한 지식을 습득하기가 어렵기 때문이다. 일부 대학교에서 강좌를 개설하고 있지만 구미가 당길 정도의 수준이 아니다. 그러나 끊임없이 배워야 새로운 세계에서도 살아남을 수 있는 법이다.

난 4월, 모 라디오 방송에서 '준비된 자치 단체장 및 지방의원을 만들어 드립니다'라는 정보를 습득하고 희망제작소로 연락하여 입학 신청서를 제출했다. 요구하는 서류가 몹시 까다로웠다. 이력서와 자기 소개서는 기본이고 왜 자치 단체장이 되려고 하는가, 만약 자치 단체장이 된다면 어떤 정책을 펼칠 것인가, 지역 경제를 살릴 수 있는 복안은 무엇인가 등등 수준 높은 질문지를 작성하는 데만 한 달이 걸릴 정도였다.

서류 심사를 거쳐 최종 합격은 했지만 시각장애인이 매주 한 번씩 상경하여 수업을 받기란 매우 힘든 일이었다. 그러나 특유의 추진력으로 일을 벌이고 말았다.

서울 종로구 인사동 골목에 위치한 희망제작소에서 펼쳐진 이 교육은 2010 지방선거를 대비, 준비된 자치 단체장을 육성하자는 의미에서 실시된 것이다. 리더십, 선진 자치 정책, 성공한 자치 단체장의 생생한 성공 체험담, 지방이 살아야 나라가 산다는 풀뿌리민주주의 정치를 체계적으로 교육하는 내용들로 진행되었다. 단 1초도 놓치기 아까울 정도로 열띤 강의를 들으며 그동안 몰랐던 새로운 지식을 습득하며 꿈을 넓혀 갈 수 있었다.

비록 매주 한 번씩 상경해야 하는 불편함이 있었지만 무척 재미있었다. 전주 고속터미널까지 아내가 데려다 주면 고속버스를 타고 강남 고속터미널에서 내렸다. 그러면 수원에 거주하는 친구 방형덕이 마중 나와 지하철 3호선을 타고 안국역에서 내려 조계사 근처 희망제작소까지 안내해 주었다. 때로는 점심도 거르고, 때로는 저녁도 걸렀다. 빡빡한 교과과정 때문에 화장실 갈 시간조차 없을 때가 많았다. 강의를 마치고 집에 도착하면 새벽 한두 시이기 일쑤였다. 그것도 운 좋게 고속버스를 타는 날에나 그랬다. 교육이 항상 주말에 이루어지다 보니 심야행 표를 구해야 할 때가 많았다.

개강 5주 만인 7월 29일 여름방학이 시작되었다. 한갓진 시간, 강의 교재를 읽으며 새로운 정책 개발에 몰입하다가 희망제작소 임순형 연구원이 발송한 이메일을 확인했다. 이시우 전 보령 시장님의 싱싱 아이디어로 교육생을 보령으로 초청한다는 내용이었다. 벌써 한달째 낮에는 찜통더위로, 밤에는 열대야에 시달려 심신이 지친 상태였는데, 희소식이 아닐 수 없었다.

친구 형덕이와 약속 장소인 보령의 석탄박물관으로 갔다. 약속 시간보다 약 두 시간 일찍 도착하여 대천 해수욕장에 들렀다. 지난겨울 태안반도는 죽음의 바다가 되었다. 사상 최악의 유조선 충돌 사고로 기름이 유출되어 온통 검은 기름띠투성이였다. 먹이를 찾으려 갯벌에 내려앉았던 갈매기가 온통 검은 기름을 뒤집어쓴 채 눈만 껌벅이는 모습이 TV로 방영될 때 내 가슴도 철렁 내려앉았다.

바다를 삶의 터전으로 살아온 어민들은 하루아침에 삭풍이 몰아치는 황량한 벌판으로 내몰려 급기야 생활고에 시달린 몇몇 어민들은 귀중한 삶을 포기하기도 했다. 전 국민이 손에 고무장갑을 끼고 발에는 장화를 신고 태안으로 달려갔다. 단 한 방울의 기름 덩어리라도 건지기 위해 엄동설한에 개구쟁이 소년부터 팔순 할아버지까지 바다로 달려간 것이다. 바다 위에 떠 있는 시커먼 기름 덩어리를 국자로 떠올리고, 해변의 갯바위에 덕지덕지 붙어 있는 기름을 일일이 걸레로 닦기 시작했다. 백사장 모래 속에 스며든 기름도 바닷물로 세척했다. 100만 명이 달려들어 한달 만에 바다를 원래 모습으로 살려 놓아 전 세계를 깜짝 놀라게 만들었다. 10년 이상 걸릴 황폐한 바다를 한달 만에 자연의 품으로 돌려놓은 한국인의 저력에 다시 한 번 놀란 것이다.

보령은 예전에 석탄 산업이 성행했던 광산촌이다. 지하 400m 갱도 체험 코스는 참 인상적이었다. 바깥 날씨는 섭씨 32~34도를 가리키는데 갱도 안은 14~16도였다. 반팔을 입은 탓인지 시원하다 못해 춥기까지 했다. 폐광을 이용해 양송이버섯을 재배하는 냉풍욕장 안은 텁텁한 양송이 냄새와 시원한 바람으로 햇볕이 쨍쨍 내리쬐는 밖으로 나가기 싫게 했다. 바깥 기온이 상승하면 할수록 갱도 안은 바람이 세차게 부는 대류 현상을 체험하면서 대자연의 섭리에 다시 한 번 고개가 숙여졌다. 죽음의 땅 폐광촌이 연간 100억 원의 고부가가치를 창출하는 희망의 땅으로 변할 줄 누가 알았겠는가.

희망제작소 교육 프로그램은 빡세기로 소문났는데 보령에서조차 한숨 돌릴 틈도 주지 않고 무인도 체험이 펼쳐졌다. 대천 해수욕장에서 유람선을 타고 20분 정도 물살을 가르자 하늘에서 갈매기 떼가 우리를 호위하듯 날고 있었다. 선상으로 나가 끼룩끼룩거리는 갈매기 떼에게 새우깡 하나를 하늘 높이 던져 주었다. 그러자 갈매기가 잽싸게 날아와 새우깡을 낚아챘다. 참 신기했고, 서커스를 보는 듯했다. 몇 차례 새우깡을 던져 주고 있는데, 어느새 무인도 다부도에 도착했다.

갯내음을 맡으며 몽돌밭 해수욕장에 발을 담그고 파도타기, 고동 잡기, 깎아지른 해벽에 다닥다닥 붙은 온갖 어패류를 손으로 만져 보며 약 10m 높이의 암벽을 밧줄을 타고 올라갔다. 8년 전 캐나다 로키산맥의 스쿠아뮤쉬 치프 봉을 등반할 때가 생각났다. 정상에 오르니 동료들이 클라이머 같다며 환호성을 질렀다. 박원순 상임이사님이 그런 우리의 모습을 카메라에 담아 주셨다.

동료들이 잡아 온 고동을 임시 막사에서 끓여 먹었다. 박원순 이사님도, 이시우 전 시장님도, 전국에서 달려온 도·시의원님, 지도자님들도 이 순간만큼은 어린애였다. 저 멀리 보이는 만리포 해수욕장과 대천 해수욕장을 배경 삼아 기념 촬영을 한 뒤 낙조를 뒤로하고 마지막 유람선에 몸을 실었다.

버드체험관을 돌아보다 베이징 올림픽 남자 양궁 결승전을 관람했다. 손에 땀을 쥐게 하더니 멋지게도 금메달을 조국의 품에 안긴 태극 전사들이 위대해 보였다. 만찬장으로 자리를 옮겨 보령 특산품 포도 와인을 곁들인 싱싱한 자연산 광어회와 해물탕을 먹으며 하루 일과를 이야기꽃으로 갈무리했다.

이번 체험에서 나는 비록 앞을 볼 수 없지만 동료들이 하는 프로그램은 모두 소화해 내었다. 이 나라의 차기 지도자들에게 장애인도 같이 살아가야 할 존재임을 느끼게 해 줄 좋은 기회였기 때문이다. 동료들도 장애인에 대해 새롭게 인식하게 되었다고 했다. 나는 아픔을 혼자 삭이는 것보다 만천하에 드러내 보임으로써 상대방이 이해하고 함께 어깨동무하고 앞으로 나가자는 공감대가 형성되길 기대했다. 작은 우산은 혼자만 비를 피할 수 있지만 큰 우산은 만인이 비를 피할 수 있지 않은가. 금년 6월 20일에 개강한 제1기 좋은시장학교가 10월 말이면 끝이 난다는 게 새삼 아쉽기만 했다.

전주시 의원 연찬회를 다녀와서

2008년도 전주시 의원 연찬회가 지난 11월 10일부터 12일까지 2박 3일 일정으로 강원도 설악산에서 있었다. 매주 월요일 오전 8시는 전주 완산갑 조찬 모임이 있는 날이다.

아내는 지난 7일부터 10일까지 3박 4일 일정으로 일본으로 성지순례를 떠났다. 전주 교구청에서 10년차 교리교사에게 특전을 준 것이다. 아내의 빈자리가 너무 컸다. 그래서 아침밥도 거른 채 막내아들 송원의 도움을 받으며 이른 아침에 조찬모임 장소인 한국집으로 갔다. 연찬회 출발 시간이 촉박하여 임병오 의원 등 몇몇 의원과 인사를 나누고 급히 전주시 의회로 향했다.

8시 30분에 출발한다던 버스가 예정 시간보다 30분 늦게 출발했다. 몇몇 의원들이 지각한 탓이었다. 이럴 줄 알았으면 조찬 모임에서 콩나물국밥이라도 먹고 올 걸 하는 아쉬움이 들었다.

오후 1시경 영동선 움막휴게소에서 황태구이로 아침 겸 점심을 해결했다. 아침 뉴스 시간에 영동 지역에 폭설이 내리니 월동 준비를 철저히 하라고 했는데 막상 도착해 보니 눈은커녕 화창하기만 했다. 설악산 정상 부근에만 폭설이 내린 것이다. 예정 시간보다 한 시간 늦은 오후 3시부터 사무감사 기법과 예산심의에 관한 강의를 들었다.

다음날 케이블카를 타고 권금성으로 갔다. 하얀 눈에 뒤덮인 대청봉과 예쁘게 물든 오색 단풍이 잘 어우러져 환상적인 풍경을 연출하고 있단다. 가을과 겨울을 동시에 만끽할 수 있었다. 권금성산장에서 차 한 잔씩 마신 일행은 제4 땅굴로 향했다. 강원도 양구군 해안리의 비무장 접경 지역이었다. 초소에서 신분증 검사를 받은 뒤 우리 일행은 버스를 타고 까칠봉으로 향했다. 가파른 고갯길을 올라야 해서 우리의 안전을 책임진 정 기사는 식은땀을 뻘뻘 흘리며 안간힘을 썼다. 을지통일전망대에 올라서는 북녘땅을 바라보며 지척에 두고도 갈 수 없는 분단의 현실을 실감해야 했다.

버스는 약 10분을 더 달려 제4 땅굴로 향했다. 땅굴 입구에 위치한 북한관에서 홍보 영상물을 감상하고 1990년에 발견된 제4 땅굴로 이동했다. 10분 정도 경사진 굴속을 걸어 내려갔다. 안내원의 설명을 들으며 잔뜩 허리를 숙인 채 겨우 한 명이 탈 수 있는 미니 협궤 열차에 몸을 실었다. 미니 열차는 덜컹거리며 컴컴한 굴속을 향해 달렸다. 요란한 굉음을 내며 지나온 땅굴은 허리를 굽혀야 한 명이 겨우 지나갈 수 있는 미니 석굴이었다. 약 3분을 전진한 후 다시 후진하여 돌아왔다. 비무장지대에서 남쪽으로 약 1.2㎞ 남하한 지점이란다. 이 순간에도 북녘 동포들은 굶주림에 허덕이는데 적화통일 야욕을 버리지 않는 북한 정권이 야속하기만 했다.

국민의 정부와 참여정부에서는 햇볕정책으로 동토의 땅에 해빙기를 맞게 했는데, 이명박 정부가 들어서면서 긴장 정책으로 선회하는 바람에 남북 관계가 긴장 상태로 돌변했다. 위정자들의 오판으로 선량한 주민들만 피해를 보는 셈이다. 하루속히 북녘 하늘에도 해빙기가 오기를 기대하며 전주로 무거운 발걸음을 돌렸다.

자랑스러운 한일인상과 한국장애인인권상 수상

2005년 빈치스타상 수상과 세상을 밝게 만든 100인에 선정된 이후 올해에 다시 자랑스러운 한일인상과 한국장애인인권상을 받게 되었다. 뭐 대단한 일을 했다고 자꾸 상을 주시는지, 송구스럽기만 했다.

지난 9월 11일 한일장신대학교 개교 85주년 기념 및 이사장이·취임식에서 수상한 자랑스러운 한일인상은 올해로 3회째며, 모교의 명예와 자긍심을 드높인 동문들에게 수여된단다. 상을 수여하게 된 이유를 밝힌 주요 공적에는 이렇게 기록되어 있었다.

"1990년 사회복지학부와 2001년 기독교사회복지대학원을 졸업한 송경태 동문은 1급 시각장애인임에도 장애인이라는 한계를 깨고 다양한 활동을 펼쳐 많은 사람에게 감동과 희망을 준 인물이다. 특히 사회복지에 대한 남다른 사명과 불타는 의지로 전북시각장애인도서관 설립, 전북장애인신문 창간 등 사회복지 현장에서 커다란 공적을 남긴 것이 인정된다.

또 송 동문은 세계 3대 극한 사막 마라톤 대회로 불리는 사하라사막(2005년), 중국 고비사막(2007년), 칠레 아타카마사막(2008년) 마라톤을 완주해 전 세계 장애인들에게 자신감을 심어 주었을 뿐만 아니라 비장애인들의 장애인에 대한 편견을 깨뜨리는 데에도 크게 기여했다. 이 외에도 송 동문은 2000년 자랑스러운 전북인대상, 2002 올해의 장애극복상(대통령상), 2004 대한민국 신지식인 선정(대통령상), 2005 세상을 밝게 만든 100인 선정 등 수많은 표창과 상을 받았으며, 2006년에는 장애인 최초로 전주시 의원에 당선되어 사회복지 분야에서 다양한 정책을 발굴하고 시행하는 데 앞장서고 있다."

주요 공적이라고 든 것이 거창하기만 할 뿐 과연 제대로 된 봉사와 헌신이었는지 반성하지 않을 수 없었다. 나와 함께 수상한 신학부의 김한희 선배님이 경제 사정이 어려운 목회자 자녀의 피아노 레슨을 수년간 무료로 지도하고, 교회 학생의 등록금을 책임지는 등 자신의 이익을 챙기기보다는 자신의 것을 나누는 자선과 청빈의 삶을 살며 그리스도의 종으로서 아름다운 신앙의 선행을 보인 것에 비하면 별로 모교에 헌신적이지도 못했고, 자랑스러운 일을 한 것 같지도 않았다. 하지만 앞으로는 모교를 위해 열심히 헌신, 봉사하라는 뜻으로 알고 송구스럽지만 상을 받았다.

세계 장애인의 날 및 한국장애인인권헌장 반포 10주년을 맞아 지난 12월 3일 국민일보 메트로홀에서 수상한 한국장애인인권상도 마찬가지였다. 나보다 이 땅의 장애인 인권을 위해 애쓰신 훌륭한 인물이 많은데, 설익은 이 나라의 장애인 복지와 인권 신장에 앞장서 달라는 격려로 알고 겸허한 마음으로 상을 받았다. 1998년 김대중 대통령이 12월 3일 세계 장애인의 날을 맞이하여 한국장애인인권헌장을 제정, 장애인 인권 옹호와 개선을 위해 노력한 이들을 격려하고자 1999년부터 수여했다는 이 상을 받게 된 이유는 다음과 같다.

"송 의원은 신체적 한계를 넘어 다양한 분야에서 활동하며 장애인들에게 감동과 희망을 줬으며, 특히 장애인 복지 분야에서 남다른 성과를 거뒀다. 또한 송 의원은 전북시각장애인도서관을 설립해 점자판 『아동문학 전집』, 점자판 『촉각 점자 그래픽 동물 도감』을 발간하는 등 장애인의 삶의 질 향상에 힘써 왔다."

부끄럽기 짝이 없었다. 내가 읽고 싶어서 점자 도서를 제작, 보급한 것뿐인데……. 그것도 한 권의 점자 도서와 녹음 도서가 탄생하기까지 수많은 자원봉사자의 숨은 노고가 있어서 가능한 일이었다. 만약 그분들이 무더운 여름 한증막 같은 스튜디오에서 비지땀을 흘리며 녹음하지 않았더라면, 추운 겨울 꽁꽁 언 손을 녹여 가며 자판을 두드리지 않았다면 결코 좋은 도서가 탄생되지 않았을 것이다. 오히려 상을 받아야 하는 것은 내가 아니라 그분들이 아닐까 하는 반성을 하며 앞으로도 늘 그분들의 노고에 감사하는 마음으로, 더욱더 희생과 봉사 정신으로 일을 펼쳐 나가야겠다고 다시 한 번 다짐했다.

제4부
이 땅에서 장애인으로
산다는 것은

또 다른 아름다움

나는 자주 전주 근교에 있는 모악산에 오른다. 오늘도 시간을 내 아내와 함께 산에 올랐다. 한동안 바쁘다는 핑계로 오지 못했더니 어느새 녹음이 가득한 여름 산이 되어 있었다. 코끝에 느껴지는 푸르른 향기와 새소리가 너무도 좋았다. 초여름 산과 들에서 들려오는 뻐꾸기, 꾀꼬리, 장끼의 울음소리 또한 아름다웠다.

며칠 전 내린 비로 졸졸 흐르던 계곡이 제법 큰 물소리를 내며 흘러갔다. 아내는 내 손을 잡아끌어 길가에 피어 있는 꽃에 대 주었다. 꽃은 조금 크며 동그랗고 예뻐 보였다. 코를 갖다 대 보니 은은한 향기가 느껴졌다. 엉겅퀴란다. 잎을 만져 보니 무척 따가웠다. 잎 끝에 가시가 달려 있기 때문이다. 비록 잎은 가시로 덮여 있었지만, 아주 우아하고 예쁜 꽃 같았다. 조금 더 오르니 진한 향이 풍겨 왔다. 자생하는 인동초 때문이었다. 나무를 타고 기어오르며 넝쿨에는 하얀 꽃이 달려 있었다. 아담한 편인데도 향이 아주 진했다.

얼마 전 봄에는 야생화가 훨씬 많이 피어 있었다. 하얗고 작은 종이 달린 모양의 은방울꽃, 상추 같은 잎에 자그마한 자줏빛 꽃을 달고 있는 앵초, 난초 같은 잎에 보라색 꽃을 피운 붓꽃 등 그 꽃들은 너무도 아름다웠다.

나는 어렸을 적부터 꽃을 좋아했다. 아마 중학교 시절까지 넓은 마당이 있는 고향 집에 살며 꽃을 가까이해서 그럴 것이다. 소박한 정원은 늘 작은 채송화, 분꽃, 봉숭아, 창포, 꽈리, 매화, 장미, 해당화 등 많은 꽃으로 가득했다. 키 작은 채송화에 벌들이 가득 붙어 있던 고향 정원은 너무도 평화로웠다. 짙은 노랑과 갈

색이 섞여 있는 벌들을 신기하게 바라보곤 했다. 꽃을 생각하면 항상 어렸을 때 고향 마당의 그 평화로운 정원을 떠올리게 된다.

대학 재학 시절, 학문 연구와 학위논문에 정신없었던 그때에도 책상 위에는 여러 색깔의 앙증맞은 선인장 화분이 놓여 있었다. 책상에 놓인 예쁜 화분을 들여다보는 것은 늘 즐거웠다.

그 뒤 군 복무 중 갑작스러운 사고로 실명한 뒤 전역하여 2차 치료를 받고 있을 때였다. 완전히 시력을 잃은 것은 아니어서 희미하긴 하지만 대낮에는 혼자 걸을 수 있을 때였다. 어느 날, 병원에 갔다 오면서 버스를 타기 위해 오거리를 지나고 있었다. 길가의 꽃집 앞에 많은 화분이 놓여 있는 게 보였다. 저절로 발걸음이 옮겨졌다. 분홍빛의 큰 꽃잎이 흐린 시야에 들어왔다. 연산홍이었다. 나는 더 자세히 보기 위해 눈을 꽃잎 가까이 들이댔다. 마치 현미경으로 들여다보는 것처럼 한참 들여다보며 그 아름다운 꽃에 흠뻑 빠져들었다. 이 아름다운 꽃을 이제 다시는 볼 수 없겠지……. 절망스러운 마음에 괴로워하는데, 갑자기 등 뒤에서 "아저씨, 지금 뭐 하는 거예요?" 하는 소리가 들려 무엇을 훔치려던 사람처럼 "아무것도 아닙니다" 하며 급히 그 자리를 떠나야 했다.

시력을 완전히 잃은 뒤 나는 엄청난 충격을 받았다. 실명한 첫해 자원봉사자와 함께 덕진공원을 갔을 때였다. 공원 입구에 들어서자마자 꽃향기가 진동했다. 자원봉사자가 입구에 있는 진달래꽃 앞으로 나를 이끌더니 내 손을 꽃잎에 대 주었다. 꽃잎을 만지는 순간 나는 깜짝 놀랄 수밖에 없었다. 평소 생각했던 보랏빛의 예쁜 진달래꽃은 간데없고 웬 차가운 물체만 만져졌다. 다시 한 번 만져 보았지만 역시 차가운 그 무엇인가만 전해졌다. 늘 보아 오던 그 아름다운 꽃은 한낱 차가운 물체에 불과했던 것이다. 큰 실망과 충격으로 나는 손가락 하나 까딱할 수 없었다. 다른 꽃들도 마찬가지였다. 눈으로 보았을 때의 아름다움과 손끝으로 느끼는 현실은 그렇게 달랐다.

6월의 정원은 장미가 한창이다. 지금 나는 곱게 핀 장미꽃을 만지며 부드러운 꽃잎과 그 자태를 한껏 느끼고 있다. 그리고 그 향기도 깊이 들이마셔 보곤 한다. 그러면 장미의 아름다움이 거의 그대로 느껴진다. 꽃잎도 하나하나 만져 보고, 모양도 느끼며, 옛기억을 떠올리면, 조금 다른 방법이긴 하지만 그 아름다움을 느끼고 감상할 수 있다.

대학생과 자원봉사자들 앞에서 강의할 때마다 나는 이렇게 묻곤 한다.

"시각장애인과 함께 가다가 꽃을 보면 어떻게 설명하겠습니까? 꽃을 설명하고 손을 꽃잎에 대어 주십시오. 그리고 향을 맡게 하면 그 아름다움을 똑같이 느낄 수 있습니다. 아니, 그 부드러운 꽃잎의 촉감까지도 느낄 수 있습니다."

아름다움은 보는 것만이 아니라 다른 방법으로도 얼마든지 느끼고 볼 수 있는 법이다.

눈 내리는 소리

실명한 지 얼마 안 되던 어느 겨울이었다. 금방이라도 눈이 내릴 것 같은 찌푸린 날씨에 잘 아는 여류 화가와 전주 중바우산에 있는 천주교 성지에 갔다. 성지에 가기 위해서는 그리 높지는 않지만 중바우산을 올라야 했다. 그 산은 나지막하고 바위가 많다 해서 중바우산이라고 불렸는데, 여류 화가와 함께 오르는 산길은 걷기에 그리 힘들지 않았다. 중간쯤 올랐을 때였다. 머리 위로 무언가가 툭툭 떨어지기 시작했다.

"뭐가 내리나 보네요."

나는 하늘을 올려다보며 말했다.

"눈이 내리기 시작하네요."

그분이 대답했다.

조금 더 올라가자 눈발이 제법 거세지기 시작했다. 겨울이고 눈이 내리는 쌀쌀한 날이어서 산을 오르는 사람은 거의 없었다. 주위는 너무도 고요했다. 오직 걷고 있는 발소리와 눈이 떨어지는 소리만 들릴 뿐이었다.

나는 조용히 걸어 올라가면서 그 소리에 귀 기울였다. 귓가에 '사악사악' 하고 무엇인가가 나무 위로 내려앉는 소리가 들렸다. 조금씩 그리고 더 자주 그 소리가 들려왔다. 셀 수도 없을 만큼 많은 눈송이가 나무 위로 살포시 쌓이는 소리였다. 그 소리는 더욱 선명하게 들려왔다.

"눈 내리는 소리가 들리네요!"

내 말에 여류 화가는 주위를 둘러보며 대답했다.

"무슨 소리요? 나에게는 아무것도 안 들리는데요."

"솔잎 위로 사악사악 눈 내리는 소리가 들리지 않나요?"

"아니오, 눈 내리는 것만 보일 뿐이에요."

아, 눈 내리는 이 소리는 나만 들을 수 있는 소리구나!

순간 조용하면서도 아늑하고 부드러운, 이 눈 내리는 소리를 들을 수 있다는 사실에 마냥 감사했다.

여류 화가의 말처럼 사람들은 사물을 눈으로만 보다 보니 이 아름다운 소리를 들을 수 없게 되었다는 것이 문득 아쉬워졌다. 절대자인 하느님께서 육적인 시각을 잃어버린 내게 대신 하늘에서 부드럽게 내려앉는 자연의 아름다운 소리를 주신 것이리라.

소리는 참으로 아름답고 많은 상상력을 전해 준다. 소리를 통해서도 사물을 파악할 수 있고, 그 움직임과 심지어 내면까지 읽을 수 있게 해 준다. 물론 내가 이렇게 소리를 통해 주변을 느끼고 볼 수 있기까지는 적지 않은 적응 기간이 필요했다. 소리뿐만 아니라 다른 감각도 마찬가지였다.

다시 겨울이 시작되었다. 나는 눈 내리는 소리를 들으며 하얗게 온 누리를 덮고 있는 겨울의 아름다움을 볼 수 있다. 지금 나에게 그 아름다운 눈 내리는 소리가 들리듯 우리와 함께 하는 사람들의 사랑스러운 모습이 들린다.

빛을 인도하는 안내견

안내견을 아십니까? 앞을 못 보는 사람들의 길잡이 역할을 하는 개를 말합니다. 나는 요즘 즐겁습니다. 지난 1월 5일 국회에서 '안내견의 편의시설접근법'이 전격적으로 통과되었기 때문입니다. 그동안 많은 곳에서 문전 박대를 받았습니다. 그러나 이제는 남의 눈치 안 보고 어디든 갈 수 있게 되었습니다.

지금의 주인과 같이하게 된 지는 7개월쯤 되었습니다. 그분이 삼성맹인안내견학교로 찾아오셔서 만날 수 있었지요. 그분과 함께하기 위해 저는 힘겨운 훈련 과정을 마쳐야 했습니다. 전주 현지에서의 마지막 적응 테스트까지 마친 뒤에야 그분의 살아 있는 지팡이가 될 수 있었지요.

저의 본은 캐나다, 할아버지 대에 한국으로 왔고, 혈통은 라브라도 리트리버(흰색)입니다. 태어나자 곧 퍼피워킹(봉사원)집에서 1년을 지냈습니다. 사람들과 어울려 살아가는 방법과 오가는 정을 익히기 위해서였지요. 그 뒤 안내견 학교에 들어갔습니다. 난폭한 성질이 있었지만 참을성은 어느 정도 타고나 아주 고된 훈련들을 잘 마칠 수 있었습니다.

이제 우리 주인님 이야기를 하겠습니다. 그분은 스물세 살 때 군대에서 수류탄 폭발 사고로 실명했습니다. 대학교(사회복지학)를 마친 뒤에는 사회복지시설에서 장애인 복지사업을 했지요. 현재 대학원(사회복지학)에 재학 중이며, 시민운동 등 사회 활동을 많이 하십니다. 제가 오기 전 대학원은 물론 각 단체 사무실 출입에 어려움이 많았는데, 제가 모신 뒤에는 버스를 타는 일, 출입문 찾는 일도 매우 수월해졌다고 합니다.

길을 갈 때는 제가 왼쪽에 서서 가는데 저는 짖을 수가 없습니다. 그 때문에 한번은 이런 일도 있었지요. 앞을 내려다볼 수 없을 만큼 사람들이 많은 에스컬레이터였습니다. 마지막 계단에서 미처 바닥으로 내려서지 못하고 그만 발가락이 끝 계단에 물려 버리고 말았지요. 살점이 떨어져 나가고 피가 흘렀지만 짖을 수가 없어 그냥 서 있었더니 지나가던 한 학생이 도와주어서 그제야 발을 끄집어낼 수 있었습니다.

그러나 소리는 내지 못해도 길잡이는 잘합니다. 늘 다니는 동네 길은 두 말 할 것도 없고 버스 정류장이나 출입문 등도 척척 알려 드립니다. 어떻게 하냐고요? 제가 목표물 앞을 딱 가로막아 서면 끝입니다. 그럼 주인님이 어김없이 알아차리죠. 하지만 건널목은 어렵답니다. 제가 전주에 처음 왔을 때만 해도 건널목에 서면 국악 신호음이 울려서 건너도 좋다는 것을 알려 주었습니다. 그런데 요즘 그것이 없어졌습니다. 주민들이 시끄럽다고 항의를 한 겁니다.

그럼 신호등을 보면 되지 않겠냐고 하시겠죠? 사실 우리 종족은 색맹입니다. 우습죠. 앞 못 보는 사람을 안내하는 제가 색깔을 분간하지 못한다니? 그럼 어떻게 하냐고요? 사람들의 움직임을 보고 눈치껏 짐작하여 얼른 주인을 인도한답니다. 하지만 문제가 있어요. 큰길은 그래도 괜찮은 편인데, 건너는 사람이 적은 한적한 건널목에서는 한참씩 기다렸다 건너야 하거든요.

한번은 이런 일이 있었어요. 버스에 탑승했더니 버스 기사가 막무가내로 내리라고 하는 겁니다. 통사정을 해보았지만 별 소용이 없었습니다. 시의원에게 이 사실을 알렸고, 그 기사는 법정에 서게 되었습니다. 방송국에서도 가만히 있지 않았지요.

택시를 타는 것도 어렵기는 마찬가지입니다. 급한 일로 택시를 타려고 하면 가까이 다가왔다가는 슬쩍 가 버립니다. 주인님이 장애인인 데다가 몸집이 큰 제가 옆에 서 있으니 승차 거부는 할 수 없고 해서 그냥 지나치는 거지요. 외국에서는 이런 일이 없다고 합니다. 택시나 버스, 기차는 물론 비행기도 1주일 전에만 예약하면 어디든 다 갈 수 있다지요.

저는 집 밖에서는 아무리 급해도 주인님이 명령하기 전까지는 실례를 안 합니다. 어쩌다 버스에서 만나는 승객이 먹을 것을 주어도 배설이 걱정되어 받아먹지도 못합니다. 그런 배려가 가장 완벽하게 갖춰진 나라가 프랑스래요. 어디다 실례를 해도 나무라는 사람이 없을 뿐더러 진공청소기를 갖고 다니며 개의 배설물만 치우는 청소부가 따로 있다니 무슨 말을 하겠습니까. 그야말로 개들의 천국이죠.

전주에서도 우리 종족을 많이 봅니다. 예쁜 머리핀을 꽂은 푸들, 우아한 몸짓의 요크셔 등 70여 종이 있다나 봐요. 하지만 이 앙증맞은 것들 앞에서도 제 다리는 떨립니다. 가까이만 와도 걸음을 옮길 수가 없어요. 한 발 다가와 "앙!" 하고 짖기라도 하는 날에는 그냥 주저앉고 맙니다. 저는 아장거리는 아기가 밀치거나 꼬리를 잡아당겨도 싫다는 몸짓 한번 할 수 없는 본성을 타고났습니다. 게다가 주인에게 순종하고 그 가족들과 탈 없이 어울리는 것 외의 모든 본능을 억제하도록 훈련되었지요.

재미나는 이야기 하나 할까요? 어느 날 이웃에 사는 아저씨가 빨간색 꽃핀을 꽂은 메리란 친구를 끌고 왔습니다. 내가 아주 잘생겼으니 새끼를 갖게 하자는 거였어요. 순간 최종 시험에 합격한 뒤 거세 수술을 받을 때 수의사가 혼잣말처럼 중얼거리던 말이 생각났습니다. "영화 〈파리넬리〉에서 보듯이 카스트라토는 고운 목청을 위해 남성을 버리고, 너희는 섬기는 주인을 위해 수성을 바치는구나" 하는 거였지요. 만약 저희가 거세를 안 해 길 가다 말고 다른 개와 사랑놀음이나 하자고 덤비면 어떻게 되겠어요. 2㎞ 밖에서도 코에 스미는 그 독특한 향내를 쫓아 정신없이 내닫는다면 우리 주인은 어찌 되겠습니까.

*

우리나라에 맹인 안내견을 훈련시키는 시설이 생긴 것은 1993년이다. 교사는 외국인이지만 한국말을 알아듣게 가르친다. 어느 곳이나 우리 장애인들이 아무 제약도 받지 않고 출입할 수 있다면, 그래서 장애인들의 활동 폭이 보다 넓어진다면 그만큼 복된 사회가 앞당겨지는 것일 것이다. 휠체어를 탄 채 빌딩을 오르내릴 수 있고, 점자 표지판이 있어서 엘리베이터 안에서 층수 선택을 자유롭게 할 수 있다면, 그에 따라 장애인을 꺼리는 마음도 조금씩 없어지지 않을까? 보도의 턱이 낮아지고 버스나 택시도 자유롭게 탈 수 있다면 빛을 보는 지팡이로서의 안내견의 보람도 클 것이다.

천상의 웃음

언제부터인지 창밖에 소리도 없이 봄비가 내렸다. 나무마다 돋아난 연초록의 잎들이 봄꽃들과 어우러져 청초한 아름다움을 자아냈다. 작은 창밖으로 펼쳐진 전경은 마치 뿌옇게 서리가 낀 유리창을 깨끗이 닦아 낸 것처럼 선명하고도 시원스럽게 느껴졌다. 식식거리는 요란한 소리와 함께 금방이라도 폭발할 듯한 낡은 커피포트에서 뜨거운 수증기가 뿜어져 나왔다. 커피포트의 요란한 소리가 귀에 거슬렸다.

커피 잔을 들고 창가에 서서 '글루미 선데이'라는 음악을 들었다. 천상의 목소리처럼 고운 그녀의 음성이 음울한 선율과 묘하게도 잘 어울린다는 생각이 들었다. 가느다란 빗방울을 흩뿌리는 연회색 하늘을 무심히 바라보며 커피 한 모금을 머금었다. 순간 커피의 맛이 입안을 감돌며 온몸으로 퍼졌다.

요즘들어 기분 좋지 않은 일들이 계속 발생해 나를 괴롭혔다. 개인적으로 바라던 일들이 뜻대로 되지 않아 마음이 편하지 않은데, 친분이 있는 사람들의 좋지 않은 소식이 나를 더욱 힘들게 했다.

지난겨울, 같은 성당에 다니는 뇌성마비 장애인을 도와 드린 일이 있었다. 세 달 사이에 치아가 무려 20개 이상 빠지는 바람에 남은 치아로는 도저히 음식을 씹을 수가 없어 틀니를 꼭 해야만 하는 분이셨다. 여러 곳의 치과에 문의해 본 결과 300만 원 이상의 거금이 필요했다. 그러나 그분은 생활보호 수당으로 어렵게 생계를 꾸려 나가는 형편이었고, 나 역시 도울 만한 경제력이 없었다. 그래서 무료로 수술을 할 곳과 후원자들을 찾아 백방으로 알아보았지만 그조차 쉽지 않았다. 기도 외에는 다른 방법이 없었다.

역시 기도의 힘은 약하지 않았다. 얼마 되지 않아 무료로 시술해 주겠다는 의사와 후원자가 나타나 틀니를 맞출 수 있었다. 눈물로 감사의 인사를 전하며 행복에 겨워하는 그분을 보고 있자니 지금껏 맛보지 못했던 또 다른 기쁨과 행복감이 가슴속 깊이 밀려들었다. 더욱 감동스러웠던 것은 그 후원자가 경제적으로 여유가 있는 사람이 아닌 시각장애인이었다는 점이다. 그분은 자기에게도 나눠 줄 수 있는 행복을 주어 감사하다고 하셨다. 오히려 감사하는 마음으로 기쁘게 돕는 그 모습은 무척 인상적이었다.

누군가의 말처럼 부자들이 더 옹색했다. 물론 가난하고 힘겨운 삶을 살아가는 사람을 볼 때마다 안타까워하는 사람은 많다. 그러나 그 사랑을 몸소 실천하는 사람은 보기 힘들다. 나 또한 이전까지는 말로만 하는 사랑이었으니……. "행함이 없는 믿음은 죽은 것"이라는 성경 말씀이 생각났다. 그렇다면 실천 없는 사랑 또한 죽은 사랑이리라. 이제는 그 말씀의 뜻을 가슴 깊이 이해할 수 있다.

그분의 순수한 행복이 오래도록 지속되기를 바랐다. 그런데 얼마 전 뜻밖에도 충격적인 소식을 듣게 되었다. 한 달 전 소화가 잘 안 되어 병원에 가 진찰을 받았더니 위암이란다. 이미 암이 위의 3분의 1까지 전이되었다고 했다. 순간 가슴이 철렁 내려앉았다. 어쩐지 최근 들어 얼굴이 많이 여위셨다 싶었다. 눈앞이 캄캄해 어떻게 일을 수습해야 할지 아무 생각도 나지 않았다. 그냥 한숨만 나올 뿐이었다.

비슷한 시기에 그분을 후원했던 분에게서도 가슴 아픈 소식이 전해졌다. 투자한 사업체가 문을 닫게 되어 엄청난 경제적 손실을 입었다는 것이다. 마음을 가다듬을 여유도 없이 봇물 터지듯한꺼번에 밀려온 슬픈 소식은 나를 저 바다 깊은 곳으로 끌어내렸다. 이럴 수가, 어떻게 이럴 수가 있는지 갑자기 하느님이 미워졌다. 원망스러워졌다. 그렇지 않아도 삶이 힘겨운 사람들인데 행복은 주지 못할망정 고난만은 피하게 해 주셔야 되는 것 아닌가?

부패하고 악독한 사람들이 오히려 잘되는 부조리한 세상을 한탄하면서 그리고 하느님의 공의를 의심하면서 쓸쓸함에 잠겨 있을 때 그분에게서 연락이 왔다. 서로 안부를 나눈 뒤 병의 진척과 치료비 등 실질적 문제들을 한참 나누는데 그분의 작은 웃음소리가 들려왔다. 한참을 웃으시더니 나는 괜찮으니 염려 하지 말라고 오히려 나를 위로해 주셨다. 그러고는 문병을 허락하지 않는다며 입원해 있는 병원도 알려 주지 않으셨다. 하느님께서 내 병을 고쳐 주실 것을 확실히 믿는다고도 하셨다.

다음날, 공교롭게도 후원자 분과도 만날 기회가 생겼다. 한동안 집 안에서 두문불출(杜門不出)하면서 연락도 없으리라 생각했는데, 오히려 그분이 먼저 연락해 오셨다. 아무 일도 없는 것처럼 웃고 농담까지 하는 그분을 대하자 내가 더 당황스러웠다.

"과거는 과거일 뿐, 내게는 현재가 더 소중합니다. 그리고 미래가 있습니다. 예전보다 한 걸음씩 더 뛴다면 금방 회복될 거라고 믿어요. 저보다는 투병 중이신 그분이 더 걱정되네요."

창밖의 비가 언제 그쳤는지 아무 소리도 들리지 않았다. 흐린 하늘의 구름 사이로 옅은 햇살이, 연초록 나뭇잎마다 맺힌 빗방울에 투영되어 아름답게 빛나는 것을 느낄 수 있었다. 잔에 남은 한 모금의 커피를 마저 마시면서 이분들이 보여 주신 웃음을 소중히 간직하기로 했다. 한 사람은 죽음의 갈림길 앞에서, 또 한 사람은 밑바닥까지 추락한 큰 좌절 앞에서도 소망을 가지고 웃을 수 있는 그 믿음으로부터 나오는, 타인을 위로하는 그 사랑이 내 마음을 감싸안았다.

　톨스토이의 ‘사람은 무엇으로 사는가?’에 나오는 진정한 사랑이 무엇인지 알리기 위해 지상에 내려온 천사들처럼 이분들 또한 내게 보내진 천사가 아닌가 하는 생각이 들었다. 왜냐하면 이분들의 웃음과 사랑은 이 세상에서는 쉽게 볼 수 없는 천상의 것이기에……. 비 온 뒤 맑게 갠 화창한 봄날처럼 그분들의 아픔이 깨끗하게 치유되기를, 그리고 더 크고 고귀한 사랑을 나눌 수 있는 축복을 받으시기를 두 손 모아 기도했다.

안내견 찬미를 저 세상으로

"찬미야, 찬미야! 아빠 왔다. 일어나 봐. 많이 아프니?"

2003년 7월 16일, 이성진 과장으로부터 찬미가 위독하다는 전화를 받고 용인의 삼성맹인안내견학교로 급히 달려갔다. 췌장암으로 수술한 지 40일 만에 갑자기 상태가 악화되어 숨을 가쁘게 몰아쉬고, 복수에 물이 차올라 오늘 밤을 넘기기 어렵단다. 아내와 함께 도착해 보니 찬미가 링거 주삿바늘을 꽂은 채 침대에 누워 있었다.

"찬미야!" 하고 부르자 안간힘을 쓰면서 머리를 쳐들려다가 끝내 고개를 떨구고 말았다. 그래도 침대에 축 늘어뜨린 꼬리를 살짝 흔드는 것으로 아는 체를 했다. 너무도 고통이 심한 모양이었다. 힘이 없어 보이고 무척 아픈 것 같았다. 다가가 "찬미야, 물 줄까?" 하고는 그릇에 물을 담아 입 가까이에 갖다 댔다. 그러나 겨우 몇 모금 혀로 적시더니 이내 고개를 떨어뜨리고 계속 숨만 헐떡였다.

다음날 새벽 4시, 찬미의 숨이 멎었다. 그토록 왕성하게 전 세계를 누비며 다녔는데……

냉동실로 옮겨진 찬미를 위해 3일장을 치르기로 했다. 장례식 날, 이른 아침 윤호와 상문이 그리고 장미형 기자와 장례를 치르기 위해 안내견 학교로 갔다. 아내는 마음이 아파 도저히 장례식에 참석 못하겠다며 집에 남겠다고 했다. 안내견 학교에 도착하니 장례 준비가 모두 끝나 있었다. 수의를 입히고 개 껌, 곰 인형, 밥그릇을 관 속에 넣고 입관했다. 마지막으로 찬미를 만져 보았다. 싸늘한 감촉이 손끝에 와 닿았다. 그동안 무척 야윈 것 같았다. 마음이 착잡해졌다.

"찬미야, 일어나 봐! 아빠 왔다. 찬미야, 일어나래도……"

목메인 목소리로 외치다 보니 눈물이 왈칵 쏟아졌다. 관은 직원에 의해 운구되었고, 학교 뜰 앞 양지바른 언덕에 고이 잠들도록 안장했다.

찬미 무덤 앞에 영정과 국화꽃 송이를 놓았다. 전북사랑회와 전북시각장애인도서관에서 보내온 대형 조화도 찬미 무덤 앞에 놓았다.

찬미야, 그동안 고생 많았다. 삼성 그룹에서 너의 활동상을 높이 평가해 공덕비를 세워 준단다.

카센터에서 생긴 일

오늘 오후 세미나 때문에 무주에 가야 하는데 자동차 바퀴에 바람이 빠진 것 같아 단골 배터리 가게에 들렀다. 저녁 6시까지 도착해야 하기 때문에 4시가 가까워지자 초조해졌다. 종업원 없이 혼자 일하는 주인이 맞이했는데, 곧바로 다른 차 한 대가 따라 들어왔다. 중년 여인이 창문을 내리더니 주인에게 말했다.

"아저씨. 저 지금 되게 바쁘거든요. 시내에 회의가 있어 가야 하는데 시동 걸 때 이상하게 날카로운 소리가 나요. 한번 점검해 주세요, 빨리요!"

주인이 다가와 말했다.

"잠깐 저 손님 먼저 봐 드려도 될까요? 저분은 사장님인데 아주 바쁘신 분이거든요. 손님은 좀 시간이 있으시니까……"

한 번도 내가 시간이 많은 사람이라고 주인에게 말한 적이 없었다. 필시 내가 흰 지팡이를 사용하는 것을 알고는 제 나름대로 해석한 것이리라. 장애인이면 으레 직업이 없을 테고, 내 경우는 어쩌다 차는 구입했지만 별로 할 일도, 만날 사람도 없을 거라고 지레짐작한 것이 분명했다. 장애인들은 직업이 없고, 어쩌다 직업을 얻었다 하더라도 대개는 교육을 제대로 받지 못해 전문직보다는 장애인들끼리 모여 단순노동을 하는 경우가 대부분인 사회에서 배터리 가게 주인이 그렇게 생각하는 것도 무리는 아니었다.

얼마 전에 본 TV 프로그램 하나가 생각났다. 여러 명의 주부가 우산으로 전경들을 찌르고 있고, 전경들이 방패로 이리저리 그들의 공격을 피하는 모습이었다. 낯선 형태의 데모가 우스꽝스러웠지만 정작 당사자들인 주부들의 눈에는 분노와 울분이 가득했다. 알아본즉 어느 동네의 주민들이 부근에 장애인 시설이 들어서는 것에 반발해 일어난 시위였다. 기자가 시위자 한 명에게 반대하는 이유를 물으니 그녀는 또박또박 말했다.

"그 사람들이 이 근처에서 살게 되면 우리 아이들이 휠체어 탄 사람들을 자주 보게 될 것 아닙니까? 자라는 아이들은 아름다운 것만 봐야 아름답게 자랄 수 있습니다."

신체 장애인들은 보기에 아름답지 않으니 존재 자체만으로도 아이들에게 비교육적이라는 주장이었다.

이번에는 기자가 현재 장애인들이 사는 곳이 철거 위기에 있어 오갈 데 없는 장애인 한 명과 인터뷰를 했다. 컴퓨터 부품을 조립한다는 그는 휠체어에 앉은, 20살을 갓 넘은 청년이었다.

"한달에 얼마나 버십니까?"

"31만 원이요."

기자의 물음에 대답하는 청년의 얼굴에는 자랑스럽다는 듯한 미소가 가득했다.

"그 돈을 어떻게 쓰십니까?"

"8만 원은 어머님에게 생활비로 드리는데, 더 드리려 해도 저 장가갈 때 쓰라고 안 받으십니다. 그래서 15만 5000원은 적금을 하고 나머지는, 글쎄요? 그냥 흐지부지 없어지네요……."

젊은이는 크게 웃었다. 사실 그의 비뚤어진 몸과 마비된 다리가 아름답다고 할 수는 없다. 그러나 그의 미소와 자신이 일을 할 수 있다는 사실을 자랑스러워하는 모습은 정말 아름답다는 말밖에는 적절하게 표현할 말이 없었다.

아무리 법을 정해도 사람들의 마음이 바뀌지 않으면 아무 소용이 없다. 몸이 우습게 생겼거나, 다른 사람들과 다르게 생겼다고 마음의 문을 꼭꼭 걸어 잠그는 모습은 결코 아름답지 않다. 구차

스럽게 나도 저 여자 못지않게 바쁘다고 설명하기 싫어 배터리 가게에서 초조하게 내 차례를 기다리면서 나는 꿈꿨다. 흰 지팡이 때문에 무직일 것이라는 오해를 받지 않는 사회! 진정한 아름다움은 영혼으로부터 나온다는 것을 깨닫고 모두가 서로서로 조금씩 부족한 점을 채우며 하나 되어 살아가는 세상을 생각해 보았다.

삼 일만 눈을 뜰 수 있다면

첫날은 제일 먼저
사랑하는 아내 얼굴을 보고 싶다
25년 전 앞 못 보는 남편 만나
속이 다 새까맣게 타 들어가도
묵묵히 가정을 지켜 준
천사의 얼굴을 꼭 한 번 보고 싶다

다음은
부모님 얼굴을 보고 싶다
두 눈을 잃은 아들 부여잡고
통한의 아픔이 있어도
꿋꿋이 한 서린 삶을 살아오신
인자하신 얼굴을 보고 싶다

다음은
두 아들 녀석 얼굴을 보고 싶다
야구놀이 같이 안 해 준다고
친구들 앞에서 기죽지 않고
깡충깡충 토끼처럼 건강하게 자란
두 아들의 얼굴을 보고 싶다

둘째 날은
집 주변 풍경을 보고 싶다

아파트촌 숲길 거닐며
옆집 아저씨도 만나서
골프며 고스톱을 치고 싶다

다음은
운전을 하고 싶다
전국 방방곡곡 신나게 누비며
아름다운 사람들을 만나고 싶다

그리고
인터넷 게임을 하고 싶다
화려한 화면을 보면서
열광적으로 신나는 게임을 하고 싶다

삼 일째 되는 날은
영화 감상을 하고 싶다
심야에 심형래의 디워도 보고
해리 포터도 보면서
아름다운 화면을 기억하고 싶다

그다음은
여행을 하고 싶다 나 홀로
자전거 타고 이름 모를 곳으로 가
사색을 하고 싶다

그리고
책을 읽은 후 실컷 울겠다

읽고 싶었던 책 실컷 읽고
세상을 볼 수 있는 마지막 날이기에
실컷 울겠다.

왜 자장면이나 비빔밥인가?

차 한 잔, 식사 한 끼를 대접받고, 대접해야 할 때가 가끔 있다. 복지 업무 특성상 낯선 사람과 접할 기회가 많다. 때로는 찻집이나 식당에서 차를 마시고 식사를 하면서 업무를 처리한다. 우리의 식사 문화는 반찬 종류가 매우 많다. 손님 접대 잘했다는 소리를 들으려면 상다리가 부러질 정도로 반찬 종류가 많아야 한다. 심지어 밥상에 꽉 찬 반찬 그릇 위에 또 반찬 그릇을 포개 올려놓는다.

얼마 전 공무원과 식사 약속이 있었다. 그분은 시각장애인을 처음 만난다면서 식사 메뉴를 무엇으로 정할까 고민했단다. 앞이 보이지 않기 때문에 밥상 위에 차려 놓은 반찬을 먹을 수 없을 거라는 생각을 한 것이다. 고민 끝에 시각장애인도 쉽게 식사할 수 있는 비빔밥을 생각했다고 한다.

모 지방의원과도 식사할 기회가 자주 있었는데, 그분은 항상 약속 장소를 중화요리집으로 잡았다. 왜 중국집에서만 식사 약속을 하느냐고 볼멘소리로 물었다. 그분은 시각장애인이 제일 먹기 쉬운 게 자장면일 것 같아서였다고 대답하셨다. 비빔밥이든 자장면이든 시각장애인이 먹기 쉬운 것으로 배려한 점에 대해서는 매우 고맙게 생각한다. 그러나 유감스럽게도 나는 비빔밥과 자장면을 싫어한다. 시각장애인에 대한 잘못된 편견과 몰이해가 빚은 에피소드다.

나와 식사가 초면인 사람에게는 미리 식사에 관한 에티켓을 설명해 준다. 반찬의 종류에 상관없이 젓가락을 들어 시계 방향으로 돌아가며 메뉴와 반찬 그릇을 인지할 수 있도록 설명해 달라고 한다. 그렇게 내가 먹고 싶은 반찬의 위치를 기억해 두고 젓가락질을 한다. 우리나라 사람들은 정이 많아 상대방이 좋아하는 음식은 대개 상대방 앞쪽에 가져다 놓아 먹기 쉽게 배려하는 미덕이 있다. 하지만 잘 먹는 음식이라고 아무 말 없이 시각장애인 앞에 갖다 놓았다가는 오해를 당하는 경우도 생긴다.

예를 들면 멀리 있는 불고기 반찬에 젓가락질이 자주 간다고 해서 앞에 옮겨 놓으면 시각장애인은 여전히 그 자리에 있는 줄 알고 젓가락질을 하다가 불고기 반찬이 없는 것을 알고는 속으로 '불고기를 모두 먹어 치웠군' 하고 오해하게 된다. 사실은 시각장애인 바로 앞에 불고기 반찬이 있는데도 말이다. 이러한 경우에는 불고기 반찬을 편히 먹을 수 있도록 옮겨 놓았다고 알려 주어야 한다.

지금은 그 공무원, 지방의원과는 백반 정식으로 식사를 자유스럽게 한다. 그러나 여전히 처음 만나는 사람은 비빔밥이나 자장면을 먹자고 하는 경우가 많다. 대접받는 주제에 비빔밥이나 자장면을 싫어한다고 말하기는 좀 그렇다. 이 글을 읽은 독자들이여! 시각장애인과 식사할 기회가 있다면 먼저 그의 의견부터 묻기 바란다. 만약 깻잎이나 마른 김이 나오면 한 장 한 장 떼어 주는 서비스도 필요하다. 한번 눈을 감고 젓가락으로 깻잎을 한 장한 장 떼어 먹어 보시기를……

시도하기 전에는 절대로 포기하지 마라

하루 계획은 아침에 세우고, 한달과 1년 계획은 월초와 연초에 세운다. 인생의 설계는 유·청년 시기에 이미 설계된다. 작은 일이든 큰일이든 사전에 치밀한 계획을 세워야 한다. 나는 어떤 일이든 기획의 세 단계를 적용한다. 첫째 많은 자료를 수집하고, 둘째 그 자료를 치밀하게 분석하며, 셋째 깔끔하게 진행한다. 비록 아무리 작은 행사라도 사전 탐색 과정과 깔끔한 업무 처리 과정을 거쳐서 일을 마치고 난 뒤에는 평가와 종결 과정을 통해 모든 업무를 마무리 짓는다.

미국 대륙 도보 횡단, 캐나다 로키산맥 거벽 등반, 백두에서 한라까지, 목포에서 판문점 국토 종단, 사하라사막 마라톤 완주의 경우도 인터넷에서 자료를 검색하고, 도서관에서 관련 자료를 수집하여, 경험자들로부터 자문도 구하고, 수집된 데이터를 분석하여 실행에 옮겼다. 즉, 자신이 처리할 부분은 스스로 처리하고 타인의 도움이 필요한 경우에는 지원과 협조를 얻었다.

예를 들면, 장애인종합복지관 건립 기금 조성을 위한 자선 음악회나 자선 서화전을 했을 때 나는 전문가인 방송국 PD나 미술협회 회원 작가에게 자문을 구해 행사 계획을 수립했다. 그것을 바탕으로 적재적소(適材適所)에 사람들을 배치하여 역할을 부여했다. 항상 새로운 계획을 수립할 때는 반드시 많은 시간과 노력을 들여야 한다. 그리고 한번 수립된 계획은 일사천리(一瀉千里)로 진행해야 한다. 중요한 것은 설계 단계에서 많은 망설임이 생길 수도 있다는 것이다. '행사를 성공적으로 마칠 수 있을까? 꼭 필요한 행사일까? 남들이 어떻게 생각할까? 사람이나 물질적 자원은 충분한가? 전망이 있는 일인가?' 등등 고민과 갈등이 몇 수십 번이고 결정의 변수로 작용한다. 게다가 실천력이 부족한 경우에는 그냥 계획으로 끝나 버리고 실행되지 않는다.

지난 9월에 있었던 사하라사막 마라톤 대회 역시 많은 사람이 무모한 행위가 아니냐며 적극 만류했다. 그러나 나는 철저한 준비와 사전 계획만 수립한다면 도전해 볼 가치가 있다고 판단, 참가 신청서를 제출했다. 그 뒤 기초 체력 단련을 위해 매일 러닝머신으로 하체 근력 강화 훈련을 했다. 또 전주천과 모악산을 오르내리며 강도 높은 체력 훈련을 했다. 40~50도의 무더위와 모래사막에 적응하기 위해 사우나와 바닷가의 백사장에서 적응 훈련도 했다. 그리고 필요한 장비와 식량은 독일에서 구입하기도 했다. 이렇게 해서 대회에 출전했다.

'생각은 세계적으로 하고, 행동은 지역적으로 하라'는 말이 있다. 모든 일에 적극적이고 긍정적으로 임한다면 못 이룰 꿈은 없다고 생각한다. 나는 꿈은 이루려고 하는 만큼 반드시 달성된다는 평범한 진리를 굳게 믿는다. 나침반은 목표를 정확하게 찾아갈 수 있도록 안내해 주는 도구이다. 목표를 달성하기 위해 나침반처럼 정확한 좌표로 인도할 수 있는 많은 자료를 갖도록 하자. 그리고 악어가죽을 벗기듯 우선순위를 정하자. 먼저 처리해야 할 일과 나중에 처리해야 할 일의 순서를 결정한 뒤, 좋은 악어가죽이 탄생될 수 있도록 벗겨야 한다. 그리고 아무리 잘 벗긴 악어가죽이라도 꼭 필요한 크기로 재단해야만 한다. 코끼리를 먹으려면 입에 들어갈 수 있도록 토막을 내야 한다. 코끼리를 통째로 먹을 수는 없다. 오늘도 수많은 생각과 공상으로 하루를 맞이하면서 우선순위를 정해서 한번 과감하게 실천할 수 있는 용기와 결단력을 가져 본다.

자원봉사에도 도전 정신이

무관심한 사이 옆집 독거 어르신이 사망한 지 며칠 만에 발견되고, 방임 아동이 굶어 죽어도 모른 채 우리는 살고 있다. 한번 눈을 크게 뜨고 주변을 살펴보라. 우리의 손길이 필요한 이웃이 너무 많다.

경제 수준 향상으로 삶의 질이 높아지고 여유 있는 시간도 많아졌다. 예전에는 배가 고파 굶어 죽은 사람이 많았지만, 이제는 정이 그리워 자살하는 사람이 많아졌다. 육아 출산 감소, 가사 노동 단축으로 가정 내 역할 상실감과 소외감, 고독감으로 정신 질환을 앓는 여성들도 많아졌다. 여유 있는 시간을 잘 활용하지 못해 생기는 문제점이 아닌가 싶다.

난 그들에게 자신을 위해 시간을 투자하라고 말하고 싶다. 적성에 맞는 취미 생활이나 평생교육을 통해 자존감을 회복하라는 말이다. 봉사를 필요로 하는 복지시설이나 기관을 방문, 자신에게 적합한 봉사 활동을 하는 것도 좋다. 사실 봉사 활동은 거창한 것이 아니라 봉사하겠다는 의지와 결단력만 있으면 된다.

어느 날, 50대 여성이 찾아왔다.

"아나운서 출신인데요, 녹음 봉사 좀 해보고 싶어서요."

오정례 여사는 기독교방송국 아나운서 출신이다. 우리 시각장애인 도서관에 꼭 필요한 자원봉사자다.

"언제든지 오세요."

벌써 10년째 봉사 활동을 해 주고 계신다. 녹음 도서는 물론 음성 소리 잡지 등 무수히 많은 도서를 낭독해 주셨다.

"제가 도와 드릴 게 뭐 없을까요?"

70대 어르신 두 분이 찾아오셨다.

"저희는 여러분을 환영합니다."

이우승 어르신은 초등학교 교장 선생님으로 재직하다 퇴임하셨고, 김진웅 어르신은 익산 교육청 장학사로 근무하다 퇴직하셨다. 두 분은 친구 사이다. 8년 동안 하루도 거르지 않고 녹음테이프 복사 작업을 해 주신다.

"관장님! 봉사할 수 있는 기회를 마련해줘 고맙습니다. 건강도 많이 좋아졌어요.

"며느리도 무척 좋아해요."

"아버님과 함께 아파트에서 생활하는데 집에만 계시면 불편한 점이 참 많아요. 아버님이 즐거운 마음으로 나가시는 것을 보면 참 좋아요. 기회를 주셔서 고맙습니다."

두 분은 그렇다 치고 김진웅 장학사님의 자부도 한 말씀하신다. 정작 고마워해야 할 사람은 나인데, 잘 해 드리지 못해 죄송할 따름이다.

봉사 활동은 보람을 느끼고, 새로운 영역에서 새로운 사람과 친교도 맺는 등 새로운 경험을 준다. 요즘 많은 기업체에서 직원에게 봉사활동을 권장하고 지원도 한다. 왜 이윤을 추구하는 집단에서 봉사 활동을 지원할까? 그것은 기업 이미지 제고 때문이다. 선진국일수록 자원봉사 인구가 많다. 미국은 53%가 넘는 인구가 자원봉사 활동을 하고 있다. 우리나라는 겨우 3% 수준이다. 교육부에서 1996년부터 초·중·고교생에게 의무적으로 봉사활동을 하게 했다. 미래를 이끌고 갈 동량들에게 자원봉사 학습을 시키는 것이다.

유명한 사회학자 로렌츠는 '연약한 나비 한 마리가 팔랑거리며 내는 바람이 모이면 태풍이 될 수 있다'는 나비이론을 주장했다. 옛 속담 '가랑비에 옷 젖는다'는 말과 같다. 한 사람 한 사람의 힘이 모이면 거대한 힘을 발휘하여 지역사회는 물론 국가 발전의 원동력이 된다는 뜻이다.

　자원봉사는 시간이 날 때 하는 게 아니라 시간을 내서 해야 한다. 봉사 활동은 첫째 내가 할 수 있는 것부터, 둘째 작은 것부터, 셋째 나부터, 넷째 지금부터, 다섯째 바로 여기부터, 여섯째 꾸준히 해야 한다. 알았으면 이제 실천하라. 당신도 새로운 세계에 과감히 도전해 보는 용기를 갖기 바란다.

차이는 있어도 차별은 없어야

"택시비 얼마 나왔어요."

"7,500원입니다."

"기사님! 이거 얼마짜리 지폐예요."

"5,000원짜린데요"

'어, 이상하다. 1만 원권인 줄 알았는데…….'

"기사님 이건 1만 원권이죠?"

"아니요. 1,000원권인데요."

택시 기사와 주고받는 대화 내용이다. 시각장애인이 지폐를 식별할 수 있도록 점자나 특수문자가 인쇄되었다면 그런 불필요한 대화는 나눌 필요가 없었을 텐데…….

점자블록이 설치된 횡단보도에서 신호등을 기다렸다. 아무리 기다려도 사람이 보이지 않았다. 길을 건너야 하는데, 그렇다고 목숨을 걸고 횡단보도를 건널 수는 없었다. 곳곳에 음향 신호등이 설치되었다면 안전하게 건너갈 수 있었을 텐데…….

한옥 마을에 관한 자료를 찾으려 전주시청 홈페이지에 접속했다. 초기 화면부터 먹통이다. 할 수 없이 막내아들에게 부탁했다.

"한옥 마을 자료 좀 찾아 줄래?"

시각장애인도 웹 접근이 가능하도록 음성 지원 프로그램이나 스크린 리더를 제공해 주었더라면 남의 도움이 필요 없었을 텐데…….

차별로 인한 불이익을 당하고 있는 것이다. 차별이란 개인이나 집단에 의해 우수와 열등, 선과 악, 좋고 나쁨으로 인해 개인이나 집단이 서열화되거나 계층화되는 현상으로, 이로 인해 개인이나 집단이 불이익을 당하는 것을 말한다.

체력장 시험을 치르기 위해 삼례공고로 갔다. 100m 달리기 출발점에 서서 출발 신호 깃발이 올라가기만을 기다렸다. 옆 라인 수험생은 출발했는지 불러도 인기척이 없다. 그렇다. 벌써 출발 신호 깃발이 올라간 것이다. 왕복 달리기며 오래달리기 점수는 꽝이다. 시각장애인 수험생을 위한 대책이 없었기 때문에…….

사랑하는 아내와 두 아들을 승용차에 태우고 룰루랄라 콧노래 부르며 신나게 달리고 싶은데 운전을 할 수 없다. 환상의 절벽 그랜드캐니언, 웅장한 나이아가라 폭포를 화면에 담고 싶은데 카메라를 찍을 수 없다.

차이는 크고 작음, 넓고 좁음, 무겁고 가벼움, 많고 적음 등의 이유로 나타나는 현상이다. 장애인과 비장애인은 신체적 사회·문화·경제적 측면에서 엄연한 차이가 존재한다.

목발을 짚는 지체장애인과 비장애인이 100m 달리기를 했다. 결승점에 먼저 도착하는 것은 비장애인이다. 경기 룰을 장애인과 비장애인 모두에게 똑같이 적용하면 어떻게 될까? 장애인은 영원히 비장애인을 따라잡을 수 없다. 목발을 짚고 달리는 선수와 그렇지 않는 선수는 당연히 차이가 존재한다. 청각장애인은 의사소통의 단절로 정보를 공유하는 데 비장애인과 차이가 있다. 지적장애인은 사고력과 인지력에서 비장애인과 차이가 있다. 즉 지적장애인은 비장애인과 행동하고 사고하고 판단하는 능력에 차이가 있다는 말이다. 그러한 차이와 다름을 인정하지 않고 똑같이 대우하는 것은 차별이다. 시각장애인이나 청각장애인이 TV를 시청할 수 있는가? 화면을 어둡게 한 상태에서 음성만으로 시청해 보라. 그럼 시각장애인의 심정을 이해할 것이다. 음성을 줄인 상태에서 화면만으로 시청해 보라. 그럼 청각장애인의 심정을 이해할 것이다.

미국은 공중파 방송에서 시각장애인을 위한 화면 해설 방송과, 청각장애인을 위한 수화·자막 방송을 제공하고 있다. 대입 수능 시험을 치르는 시각장애인에게는 시험 시간을 30% 더 준다. 문제지 판독과 답안지 작성의 어려움을 인정한 것이다.

장애인 관련 법들은 정치 논리에 휘둘려 급조된 선심성, 전시성 법이 많다. 그러다 보니 법적 구속력이 결여되어(임의규정) 차별로 인한 불이익을 당해도 하소연할 곳이 별로 없다. 공무원은 장애인 복지 시책을 시행해도, 안 해도 그만이다. 자치 단체장의 장애인 복지 마인드에 좌우될 수밖에 없다는 말이다. 지방정부의 의지가 약하면 장애인 복지 정책은 후순위로 밀린다. 이를 방지하고 강제성과 징벌 조항을 강화한 '장애인차별금지법'을 제정해 달라고 2002년부터 삭발 투쟁까지 벌였지만 정치권은 현재까지도 모르쇠다. 차이와 다름은 있으나 차별이 없는 사회에서 살고 싶다.

시각장애인 4무

시각장애인은 네 가지 기회가 없다.

첫째, 볼 기회가 없다. 난 아내와 두 아들이 있다. 하지만 사랑하는 아내와 두 아들의 얼굴을 한 번도 보지 못했다. 그래서 하느님께 간절히 기도드린다. 단 한 번만이라도 사랑하는 아내와 두 아들의 얼굴을 볼 수 있게 해 달라고 말이다. 하지만 볼 수 없는 게 큰 재산이 되었다. 그것은 하느님 사업이다. 삼라만상의 사물을 다 볼 수 있었다면 복지사업은 꿈도 꾸지 않았을 것이다.

둘째, 배움의 기회가 없다. 시각장애인을 위한 교육 시설은 거의 없다. 주민자치 센터에서 진행 중인 평생교육 프로그램에도 시각장애인이 수강할 만한 과목은 거의 없다. 시각장애인은 교육받을 권리마저 박탈당한 상태다.

셋째, 근로의 기회가 없다. 장애인 의무 고용 제도가 있다. 하지만 시각장애인이 근무할 만한 직장이 없다. 대한민국에 시각장애인 공무원은 한 명도 없다. 배울 수 있는 것은 안마와 역리뿐이다. 보다 다양한 직업훈련을 받지 못한다.

마지막으로 인간관계의 기회가 없다. 모임 장소에 혼자 찾아갈 수도 없다. 타인의 도움이 필요하다. 인터넷도 마찬가지다. 따라서 대인 관계를 맺기가 힘들다.

그러나 네 가지 기회가 없다고 마냥 주저앉아 있을 수는 없다. 험난한 세상의 파고를 극복하기 위해서는 자신감을 가져야 한다.

첫째, 두려워하지 않는 것이다. 나와 함께 할 사람이 많기 때문이다. 꿈과 용기를 갖고 당당히 앞으로 나가야 한다.

둘째, 초조해하지 않고 인내심을 갖는 것이다. 계획했던 것을 시도하기도 전에 쉽게 포기해서는 안 된다. '우보천리(牛步千里)' 즉, 느린 소걸음도 꾸준히 걷다 보면 목적지에 닿는다. 우리 주변에는 대기만성형 인간이 많다.

마지막으로 쓰러지지 않고 당당히 세상을 헤쳐 나가는 것이다. 시험은 극복의 대상이고, 슬럼프는 이겨 내기 위해 존재한다. 넘어짐은 일어서라는 것이고, 장애물은 뛰어넘으라고 있는 것이다.

세상에 장애인이 되고 싶어서 장애인이 된 사람은 한 명도 없다. 주어진 환경과 여건이 어렵다고 쉽게 자포자기하지 말자. 위기를 기회로 삼는 현명한 인간이 되자.

장애는 불편할 뿐 불행이 아니다

얼마 전 고려대학교를 방문했을 때의 일이다. 흰 지팡이를 짚고 정문 앞을 지나는데 노점상 할머니가 "쯧쯧, 불쌍도 하지" 하며 혀를 차셨다. 그 소리가 귀에 거슬렸다.

처음으로 초등학교 동창 모임에 참석했다. 여자 동창이 "결혼은 했니? 어떻게 사니?" 무슨 궁금증이 그리도 많은지 귀찮게 물어 댔다. 남자 동창은 "안 나올 줄 알았는데 참석해 줘 고맙다" 한다.

'왜 난 부족한 사람 취급을 받아야 하는가? 왜 난 특별한 대우를 받아야 하는가?'

곰곰이 생각해 보았다. 노점상 할머니와 여자 동창은 흰 지팡이를 짚고 가는 내 모습이 불쌍해 보였나 보다. 시각장애인의 삶을 불쌍한 삶으로 인정했을 것이다. 남자 동창은 자존심 때문에 세상 밖으로 얼굴을 내밀지 못할 줄 알았나 보다. 막연한 선입견이 얼마나 큰 오해를 일으키는지……

현재 장애인을 바라보는 우리의 수준이 딱 그 정도가 아닐까 싶다. 장애인에 대한 그릇된 편견과 몰이해 탓도 있고, 사회 인식이 낮아 그럴 수도 있다. 그리고 느슨한 사회보장제도 때문에 도움이 필요한 대상으로 낙인찍힌 것일 수도 있다.

그러나 장애인도 환경과 여건만 주어진다면 무엇이든 할 수 있다. 분명 신체적 결함과 손상으로 인한 활동의 제약은 존재한다. 그러나 그것 때문에 장애인을 무능한 존재, 보호의 대상으로 낙인찍어서는 결코 안 된다. 혹여 온전치 못하다 하여 차별을 받아서도, 차별을 해서도 안 된다. 고난과 역경을 극복하고 열심히 생활하는 장애인이 우리 주변에는 참 많다. 우리는 그들이 불행한 삶을 살고 있다고 생각하지 않는다.

욕심을 더 채우려다 불행해진 비장애인이 우리 주위에 얼마나 많은가! 사회적 명성도 누리고, 부도 축적한 유명 탤런트가 어느 날 갑자기 자살했다. 우리가 보기에는 참 행복한 사람인 줄 알았는데, 무엇이 부족해 스스로 죽음을 선택했을까? 그는 비록 신체적 장애는 없었지만 과욕에 함몰되어 스스로 무너진 것이리라. 우리는 그를 참 불행한 사람이라 부른다.

어려운 여건 속에서도 자신보다 더 어려운 이웃을 위해 나눔을 실천하는 장애인을 우리는 불행한 사람이라고 부르지 않는다. 그는 단지 몸이 불편할 따름이다. 난 비록 앞을 볼 수는 없지만 불행한 삶을 산다고 생각하지 않는다. 내가 원하는 최적의 선택을 통해 자아를 실현하고 있다. 볼 수 없는 세상이 불행한 게 아니고 볼 수 있음에도 행복을 느낄 줄 모르는 게 불행한 것이다.

장애인과 비장애인의 차이는 무엇일까? 그것은 몸의 불편함과 불편하지 않음의 차이다. 개미처럼 열심히 일하는 장애인은 행복한 사람이고, 베짱이처럼 허송세월만 하는 비장애인은 불행한 사람이다. 몸의 불편함만을 가지고 행복, 불행을 논하는 것은 무의미하다. 참행복은 주어진 환경과 여건 속에서 자아실현을 위해 최선을 다하는 모습이다. 그래서 장애는 불편일 뿐 불행이 아니다.

어느 노인의 향기

심신을 지치게 했던 무더위가 물러가고 아침저녁으로 제법 선선한 바람이 불었다. 이른 아침 사무실에 들러 서류를 정리한 후 "과연 오늘 첫 이용자는 어떤 사람일까?" 하는 기대감에 커피 한 잔을 마시고 있었다. 힘찬 노크 소리와 함께 말쑥하게 차려입은 노신사 한 분이 들어오셨다. 그리 크지 않은 체격에 은은한 향수 내음과 함께 들어오는 기상이 너무도 당당해 사무실 이용자같이 보이지 않았다.

내가 통상 하는 말대로 "누구세요?" 라는 나의 물음에 노신사는 대답 대신 재킷 속주머니에서 하모니카를 꺼내 흘러간 유행가 두 곡을 연달아 멋들어지게 들려 주셨다. 난 영문을 몰라 끝날 때까지 그 연주를 들을 수밖에 없었다. 노신사의 연주 솜씨는 음악을 잘 모르는 나내 귀에도 보통 솜씨가 아닌 듯했다.

연주를 끝낸 노신사는 "나는 한 푼, 두 푼 얻어 생활하는 사람인데, 그저 얻기가 미안해 내가 할 수 있는 하모니카를 불어 주고 구걸을 청합니다"라고 하셨다.

최근 힘들어져서 가정이 파탄된 자, 사고로 불구가 된 자, 직장 폐업으로 일자리를 잃은 자 등등 생활이 어려운 사람이 무척 늘어난 것 같다. 1주일에 한 사람 꼴로 찾아온다. 흉년에는 곳간을 열어야 된다는 아버님 말씀대로 나는 가능한 한 그들을 거저 돌려보내지 않는데, 그 많은 걸인 중 오늘처럼 대가를 치르고 도움을 받겠다고 나서는 멋진 할아버지 걸인은 처음이었다.

나는 노신사에게 주스 한 잔을 건네며 "할아버지, 하모니카 솜씨가 보통이 아니신데요" 하면서 "과거 악사를 하셨습니까?"라고 물었다. 노신사는 신이 나서 "시끄럽지 않다면 다른 솜씨도 보여 줄 수도 있습니다"고 하면서 의자에 앉아 조그마한 가죽 가방에서 나팔을 꺼내 보이셨다.

"이것은 색소폰이라는 나팔인데 주스를 얻어 마신 감사의 표시로 한 곡 연주해 주고 싶습니다."

마침 이른 아침이라 다른 사람에게 방해될 일도 없고 하여 나는 할아버지 좋을 대로 하시라고 말씀드렸다. 노신사가 연주해 주신 곡은 배호의 '마지막 잎사귀'와, 내가 알지 못하는 서양 영화음악의 주제가인 듯한 곡이었다. 떨리는 음률과 흐느끼는 듯한 노신사의 나팔 소리는 잊었던 옛일을 떠오르게 하고, 멀리 있는 벗을 생각나게 하기에 충분했다.

지금 우리가 해결해야 할 가장 곤란한 사회문제 중 하나가 노인문제이다. 가족 내에서의 대화 단절, 젊은 세대와의 견해차, 경노 효친 사상의 결여 그리고 의약 기술의 발달로 인간의 수명은 날로 늘어나는 데 비해 문화와 사회적 가치관이 확립되지 못한 것이 노인 문제의 큰 문제점으로 대두되고 있다.

노인들은 가정에서 가족의 일원으로 인정받지 못하고 귀찮은 존재로 전락하여 외로움과 무료함을 참다못해 밖으로 나오게 된다. 그 결과 지금의 경기전 일대는 노인의 무료함을 달래는, 노인들만의 거대한 공간으로 탈바꿈한 지 이미 오래다. 이로 인해 퇴조로 일대에는 봄, 여름, 가을에는 약 1만 명이 넘는 노인들이 모인다고 하니 조그마한 소도시 인구와 맞먹는 숫자다.

우연한 기회에 경기전을 지나가게 되었다. 마침 정자 밑 평상에 자리 잡은 노인들의 이야기를 들을 수 있었는데, 대화 내용이래야 대부분 허무맹랑한 것들이었다. 왕년에 군 대표 씨름 선수로 출전했다가 3등을 하는 바람에 송아지밖에 못 타 왔다면서 은근히 힘자랑을 하는 노인은 수전증을 앓고 있어 손에 쥔 젓가락이 위태로워 보였다. 젊어서 금광을 했는데 돈을 포대로 실어 날랐다는 노인은 목욕을 얼마나 안 했는지 찌든 악취가 저절로 고개를 돌리게 만들었다. 면장을 지냈다는 노인은 아들들이 외국에 가서 떵떵거리고 사는데 자신은 외국이 싫어 신리 한 골짜기에서 풍을 맞아 거동이 불편한 할머니와 살고 있다고 하셨다.

우리 친구 부모들의 경우를 보아도 유사한 경우가 허다하다. 7, 80년대 중반 건설 경기 붐으로 건설 업체는 전성기를 맞이했다. 덕분에 신흥 부자도 많이 나타났다. 더러는 부자의 대명사인 백만장자 부모도 더러 있을 정도였다. 20여 년이 지난 지금은 또 다른 모습이다. 신흥 부자들 중 비합리적인 재투자, 경영 능력 부족, 혹은 도박으로 재산을 탕진해 부호의 명단에서 이름이 사라진 이도 많다.

갑자기 한 선배가 생각났다. 대전에서 사업을 하는 시각장애인 선배인데 근면, 성실하고 헛돈을 안 쓰기로 이름이 난 사람이었다. 그 선배가 어머님 팔순 잔치에 지인들을 초대했는데 나도 그중 하나였다. 선배의 옆에 앉아 있는데 동생들과 제수씨, 여동생들까지 들락날락하면서 계속 상황 보고를 했다. 지금까지 몇 명이 다녀갔고 누구누구가 새로 왔다, 술이 모자랄 듯하여 추가 주문을 했다, 고기는 충분한데 떡이 어떨지 모르겠다는 등등. 나는 동생들과 제수씨 심지어 조카들한테까지 대우받고 인정받는 그 선배가 너무 부러웠다. 시아주버님의 권위를 인정해 주고 위해 주는 동기들이 존경스러웠다.

"형님은 참 대단하네요. 아우들과 제수씨가 저리 잘하니 말입니다."

"이 모두가 돈 덕이라네. 돈의 힘이란 말일세. 이번 팔순 잔치에 드는 비용을 모두 내가 부담하거든."

방 안에 제수씨와 동생이 있었지만 그들이 있다는 것도 모르고 무심코 내뱉은 선배의 말이었다.

과거에 화려했던 시절을 보낸 신흥 부자들이 어느 허름한 대폿집에 모여 앉아 경기전 정자 밑 평상에 앉은 노인들처럼 나도 한때는 종업원이 몇 명이었네 하면서 옛이야기를 하는 모습이 그려졌다. 그렇지 않아도 국가 경제가 어려워지고 불황이 심해짐에 따라 우리 서민들의 생활에 큰 어려움이 예상된다. 우리는 앞에서 얘기했던 색소폰을 불던 그 노신사의 인생사를 거울삼을 필요가 있을 것이다.

혼자서는 살 수 없어요

최근(2007년) 삼성경제연구소에서 우리나라의 18세 이상 성인 1,630명을 대상으로 행복 조건에 관한 설문 조사 결과를 발표했다. 여러 가지 조건 중에서 '남보다 잘살아야 한다'는 항목이 있었다. 요즘 양극화 문제로 노무현 정부가 인기를 못 얻는 것과도 관련이 있는 듯했다. 상대적 빈곤층은 행복한 사람이 아니라는 뜻일 것이다. 남보다 잘살아야 한다는 논리는 남과 비교하여 잘 살아야 한다는 개념이다.

그런데 잘살면 좋겠지만, 물질적 풍요만이 진정한 행복의 조건일까? 한화 그룹의 김승현 회장 보복 폭행 사건을 보면서 과연 재산이 많다고 해서 행복한 삶을 산다고 할 수가 있을까 하는 생각이 들었다. 물질적 풍요로 세상의 모든 것을 얻었을지는 몰라도 한순간의 빗나간 부정(父情)으로 인해 세인들의 손가락질과 끝내는 비참한 생활을 하게 된 것을 보면 잘사는 것이 꼭 행복의 조건은 아닌 것 같았다. 비록 물질적 풍요는 누리지 못할지언정 마음의 여유를 얻어 행복한 삶을 영위하는 사람이 우리 주변에는 꽤 많지 않은가?

어려운 시대를 겪느라 노후 준비를 제대로 하지 못해 가난하지만 아침마다 동네 골목을 청소하시는 어르신, 박봉과 과중한 업무에 시달리면서도 거동이 불편한 장애인을 위해 차량 봉사를 하는 경찰공무원, 근근이 생활하면서도 소외된 이웃을 찾아가 봉사하는 가정주부들 등을 주변에서 많이 찾아 볼 수 있지 않은가.

오늘은 석가탄신일이라 지인의 자녀 결혼식에 다녀온 후 하루 종일 집에 있었다. 아내와 작은 아들은 교리 선생인데 성당에서 교리 선생들을 위해 회식을 준비한다 하여 오후에 완주 소양으로 떠났다. 텅 빈집에 혼자 남게 된 나는 끼니때가 되자 가스레인지 위에 있던, 아침에 먹다 남은 곰국이 든 냄비를 데우기 시작했다. 맛을 보았더니 소금을 안 넣었는지 싱거웠다. 소금을 찾으려 했으나 부엌살림을 해본 적이 없는 탓에 어디에 있는지 몰라 난감했다. 하는 수 없이 냉장고 속에 든 김치를 꺼내 간을 맞추기로 했다. 냉장고 문을 열고 반찬 그릇을 일일이 확인해 보았지만 김치통은 없었다. 온통 멸치, 나물 같은 반찬통뿐이었다. 김치냉장고를 열어 보았더니 과일과 싱싱한 야채들만 있었다. 내가 찾는 김치통은 없었다. 배는 고프고 언제 올지 모르는 아내를 마냥 기다릴 수도 없어 결국 싱거운 곰국에 밥을 말아 아무 맛도 느낄 수 없는 식사를 해야 했다. 비릿한 냄새에 잘 넘어가지 않았다. 하는 수 없이 코를 막고 식사를 했다. 음식의 간을 내지 못한 채 배고픔만 해결하는 무의미한 식사를 해야 한 내 자신이 참 처량했다.

꼭 물질적 풍요만이 행복의 조건은 아니라는 단적인 예가 아닐까? 차라리 먹을 것이 부족해도 내 곁에 맛있는 식사를 해 줄 수 있는 사람이 있는 것이 더 행복의 조건이 아닐까? 시각장애인으로 세상을 산다는 것은 쉬운 일이 아니다. 그러나 자신의 의지에 따라 얼마든지 행복한 삶을 영위할 수가 있다고 본다. 단 주변의 아름다운 시선만 있다면 혼자라도 잘살 수가 있을 것 같다. 그러나 혼자서는 인간다운 삶을 영위한다는 것은 매우 어려울 것이다. 오늘 하루 한 끼 식사의 소중함을 몸소 경험한 지금 아내의 소중함을 새삼 느끼게 되었다.

확인했어야 했는데

지난여름 만리장성을 뛰어넘은 고비사막의 건각들이 3개월 만에 전주에서 모임을 갖기로 했다. 생과 사, 살신성인의 정신으로 안내 도우미를 자청한 은인, 동료 선수 들에게 은혜도 갚을 겸 전주로 초청한 것이다.

2년 전 사하라사막 마라톤 대회 때 같이 출전했던 김성관 사장님과 유지성 팀장 그리고 고비사막 마라톤 대회에 첫 출전하여 완주한 송기석 부장이 모임에 참석했다.

전주의 자랑인 한옥마을과 한정식을 구경도 시키고 알릴 겸 한옥 마을 내에 위치한 양반가에서 저녁 식사를 했다. 친구인 최낙관 교수와 이강영 교감 선생도 동석했다. 화기애애한 분위기 가운데 많은 무용담이 오갔다. 이야기는 어느새 새로운 도전에 관한 것으로 옮겨져 각오를 다지는 결전장을 방불케 했다. 특히 김성관 사장은 사하라, 고비, 아타카마를 완주에 이어 금년 11월 20일 우리나라 최초로 남극에 도전한다고 했다. 나도 내년 3월 칠레 아타카마사막 마라톤 대회에 참가하겠다고 선언했다.

한껏 흥겨워진 우리는 2차로 아중리 술집으로 자리를 옮겼다. 안주를 포함해 양주 한 병에 25만 원이라고 했다. 두 병을 시키고 다음 대회 완주를 기원하며 건배를 했다. 서로 마이크를 잡고 노래도 부르며 한참을 놀았다. 어느새 시계는 새벽 2시를 가리켰다.

계산을 위해 카운터로 갔다. 양주 여덟 병에 아가씨 팁을 포함 270만 원이 나왔다고 했다. 순간 술이 확 깼다. 양주 여덟 병을 시킨 사실이 없는데 하며 실랑이가 벌어졌다. 나는 두 병 외에는 주문한 사실이 없다고 항변했다. 술집 마담은 분명히 여덟 병을 마셨다고 했다. 주문도 하지 않은 술병이 반입된 것은 잘못 아니냐고 따졌더니 김성관 사장이 주문했단다. 그래서 물어보았더니 자기는 추가 주문을 한 적이 없다고 했다.

계산을 내가 하니 일행들은 세팅된 건 줄 알고 마냥 들어온 양주를 거부하지 않은 것이다. 추가로 들어온 양주를 보았다면 제지했을 텐데 앞을 보지 못하는 관계로 미처 체크하지 못한 것이다. 업주 측은 확인도 안 하고 추가로 술을 들이고 나는 일일이 확인하지 못한 실수를 저지른 셈이다. 하룻밤 사이에 300만 원 상당의 술을 마실 위인이 세상에 어디 있단 말인가?

참을 수 없는 분노를 억제하며 앞을 못 보는 신세만 한탄해야 했다. 앞으로는 술을 마셔도 얼마 치만 마시겠다고 해야 할 판이다. 참 무서운 세상이다. 공인이라는 이유 하나로 눈물을 머금고 술집을 나서야 했다. 비싼 수업료를 지불한 셈 쳐야 했다.

장애인도 청소 현장 활동 할 수 있는데

인간은 사회적 동물이다. 남녀노소, 신분 고하, 장애인과 비장애인, 내국과 외국인 등 차별 없이 공동체적 운명을 갖고 생활할 권리를 갖는다. 그래서 인간은 혼자 살 수 없는 존재이다. 그러나 대명천지에, 그것도 민주주의의 전당인 의회 내에서 공공연히 차별 행위가 자행된다면 어떻게 해야 할까?

제246회 임시회 제1차 본회의를 마치고 각 소관 상임위별로 상임위 활동이 진행되었다. 내가 속한 사회복지상임위원회에서도 각종 안건과 조례안을 심의, 의결했다. 그런데 산회 직전 박 모 위원장이 "내일 새벽 청소 현장 활동이 있습니다. 송경태 의원을 제외한 전 의원은 약속 장소로 모여 주십시요"라고 하는 것 아닌가! 사전에 아무 상의도 없이 장애인 의원을 배제시킨 처사에 기분이 매우 상했다. 각 상임위별로 추석 명절을 맞이해 복지시설을 위문하는 것도 아무 통보 없이 진행되었다. 지난 설 명절 때는 동료 의원들과 함께 이원택, 김현덕, 박현규 의원의 지역구 내 불우 복지시설을 방문하여 원생들을 위로했다. 그러나 금년 추석은 소관 상임위원도 모르게 비밀스럽게 처리해 버린 것이다. 현장 활동이든 복지시설 선정, 방문이든 의회의 공식적인 행사는 반드시 시민의 대표인 의원과 사전에 협의해야 한다. 사회복지상임위원회 위원은 시각장애인 나를 포함해 총 여덟 명이다. 물론 시각장애인이기에 불편할 것 같아서 배제시킨 것일 수도 있다. 그렇다고 해도 이는 유감스러운 일이다. 시민과 장애인의 대표로, 시민의 입장에 서서 전주시 청소 행정과 복지시설 종사자는 물론 원생들과의 만남을 통해 애로 사항 등 의견을 수렴하여 이를 정책에 반영해야 할 책무가 우리 의원들에게 있다.

장애인 의원이라고 일방적으로 배제한다면 뭐 하러 장애인 의원이 존재해야 하는가? 정당한 의정 활동을 방해한 박 모 위원장은 전주시민에게 사과해야 할 것이다. 특히 사회복지위원회는 상임위 특성상 사회 약자층과 소외 계층을 더욱더 대변하고 배려해야 한다. 그런데 동료 의원조차 철저히 배제한다면 무슨 사회복지를 논하고, 소외 계층에게 다가가 그들의 대변자임을 자처할 수 있단 말인가? 사회복지위원회 위원만이라도 사회복지에 대한 마인드를 갖고 맡은바 소임을 다 해 주길 바란다. 동료 의원을 왕따시키지 않는 기본 철학을 갖고 의정 활동을 할 것을 촉구한다.

활력, 언변, 매력, 체력, 능력

인간은 누구나 성공하고 싶어 한다. 장애인도 예외가 아니다. 성공의 척도는 개인마다 다소 차이가 있겠지만, 보편적 성공을 위해 오늘도 많은 사람이 주어진 여건 속에서 최선을 다해 정진하고 있다.

장애를 가진 몸으로 비장애인과 같은 사회 공동체 안에서 섞여 생활한다는 것은 매우 어려운 일이다. 각종 편의 시물이나 제반 사회시스템이 장애인이 접근하기 곤란한 사회구조일수록 더욱 그렇다. 치열한 경쟁 사회에서 뒤처지지 않기 위해 사투를 벌일 수밖에 없다.

나도 마찬가지다. 우선 안방 문을 박차고 세상 밖으로 한 걸음만 탈출해 보자. 도저히 살 수 없는 사회구조다. 따라서 치열한 경쟁 속도전에서 절대 포기하지 않고 끈질긴 인내력으로 앞서가는 주자를 뒤쫓아 가는 모습만 보여 줘도 대단한 일일 것이다.

시도하지 않는 삶은 이미 죽은 삶이다. 시도하기 전에는 절대 포기하지 않는 삶을 살겠노라고 한 지도 벌써 25년이 흘렀다. 지칠 줄 모르는 추진력과 포기할 줄 모르는 정신력, 이것이 오늘날의 나를 있게 한 원동력이 아닐까 싶다.

남들은 쉽게 말한다. 나도 할 수 있는 일이라고. 그러나 막상 해보라면 주저하고 만다. 왜 그럴까? 용기가 없기 때문이다. 용기가 없으니 도전 정신도 없다. 용기가 있다면 매사에 활력이 넘친다. 실패해도 오뚝이처럼 다시 일어나 재도전하는 정신력이야말로 진정한 도전가가 아닐까?

내가 자주 쓰는 말이 있다. 그것은 불광부득(不狂不得)과 센터

인생이 되는 것. 즉, '모든 일에 미치지 않으면 얻을게 없다. 그러니 최선을 다해 노력하자'는 말이다. 그리고 세미나 장소든, 회의 장소든, 각종 모임에서 가장자리에 앉는 사람들이 있다. 그들은 성공할 확률이 낮다고 생각한다.

성공한 사람은 대개 중앙에 앉는다. 당신도 성공하고 싶으면 가운데에 앉아라. 그럼 반드시 성공한 사람과 만날 수 있고, 그 사람과 인연을 맺을 수 있는 기회가 주어질 것이다. 옷깃만 스쳐도 인연이라는데, 하물며 가운데에서 당당히 대화를 나누는 용기야말로 성공으로 가는 지름길이 아닐까? 인연을 맺은 사람과 대화를 통해 새로운 세계를 개척할 수 있는 기회를 가진다는 것도 매우 중요하다.

성공으로 가는 지름길 중 하나는 건강이다. 아무리 좋은 아이디어를 갖고 있어도 체력이 뒷받침되지 않으면 추진력이 떨어져 경쟁 사회에서 낙오자가 되고 만다. '체력은 국력'이라고 하지 않는가.

나는 마라톤을 좋아한다. 보통 사람이 감히 엄두도 내지 않는 극한 사막 마라톤을 좋아한다. 벌써 사하라와 고비 그리고 아타카마사막 마라톤 250㎞를 완주했다. 그리고 지난 연말에는 남극도 완주했다. 마라톤을 완주하고 난 후의 성취감이란 말로 다 표현할 수 없다. 특히 고통의 강도가 클수록 도전의 의미와 성취감이 그만큼 크다.

21세기는 매력 있는 사람이 존경을 받는다. 요즘 한류 열풍과 아울러 고가 정품이 불티나게 팔린다고 한다. 사람도 마찬가지다. 품위와 품격 있는 사람은 정품 취급을 받게 마련이다. 같은 사람이라도 세련되고 우아하며 매력 있는 사람에게 호감이 더 간다.

매력은 무엇인가? 지덕체를 겸비한 사람이라고 생각한다. 그런데 지덕체는 끊임없는 자기 혁신과 노력 없이는 이루어질 수 없다. 하루아침에 이룰 수도 없다. 오늘 당장 손에 책 한 권 사 들고 읽어 보라. 시간이 흐르면 나도 모르는 사이 매력 있는 사람이 되어 있을 것이다.

활력과 언변 그리고 체력과 매력을 갖춘 사람은 매사에 적극적인 사람이다. 매사에 적극적인 사람은 항상 자신감에 가득 차 있다. 자신감이 있는 사람은 용기가 있고, 희망이 넘쳐흐른다. 희망은 무엇인가? 행복으로 가는 길이다. 희망은 멀리 있는 것이 아니다. 행복처럼 우리 주변에 있다. 항상 자신감을 갖고 있으면 희망이 샘솟는다. 희망은 불행을 모른다. 실패해도 즐겁다. 왜냐하면 희망이 있기에 새로 도전할 수 있는 용기가 생기기 때문이다. 이를 뒷받침하는 것이 자신감이다. 자신감은 무엇인가? 바로 능력이다. 능력은 무엇인가? 실력이다. 실력을 갖춘 사람은 자신감이 있고 희망이 넘쳐흐른다. 오늘 당장 설정한 목표를 항해 뛰어 보자. 목표를 실천하기 위해 실력을 쌓아 나가자. 그러면 능력이 샘솟는다.

오늘 할 일을 내일로 미루지 말자. 내일은 새로운 일이 찾아온다. 그 일이 무엇인지 기대되지 않는가? 그 기대감을 왜 오늘 할 일을 미뤄 포기하려 하는가? 당장 오늘 할 일은 오늘 마무리하고 내일은 새로운 마음가짐으로 기대하며 일을 기다려 보라. 그곳에서 희망이 싹튼다. 그 싹을 잘 키워 거목으로 성장시키자. 뜨거운 여름 땡볕에 고생하는 나그네에게 시원한 그늘을 드리우는 재목이 되게 하자. 당신도 그늘을 드리울 재목처럼 성공할 수 있다. 바로 실천하라! 이 생각 저 생각 잡념 갖지 말고 지금 당장 일어나 뜰 앞에 흙 한 줌을 퍼 올리는 수고를 해보라. 그리고 그 흙 속에 당신의 씨앗을 심고 가꾸어라. 그럼 싹이 트고 열매가 맺을 것이다. 그 열매는 당신이 흘린 땀과 피와 눈물의 결정판이다.

지금 당장 실천하라!

시각장애인인 내가 치열한 경쟁 사회 속에서 이만큼이라도 버틸 수 있었던 원동력은 계획한 것은 시도하기 전에는 절대 포기하지 않았기 때문이다.

인도 위의 지뢰, 볼라드

"마음 놓고 걸을 수만 있어도 좋겠다. 두 다리 모두 상처로 가득하다."

최근 전주 고속버스터미널 앞과 양지내과 앞에 설치된 차량 진입 억제용 말뚝에 부딪쳐 심한 부상을 당해 고생한 적이 있다. 즉, 인도 위의 고약한 설치물인 볼라드 때문이다. 건교부의 '교통약자의 이동편의 증진법'에 의거하여 설치된 자동차 진입 억제용 말뚝 '볼라드', 교통 약자에게 '인도 위의 지뢰'로 통하는 이 고약한 말뚝의 무분별한 설치에 실소할 수밖에 없는 설움과 소외감을 혼자서는 이루어 다 표현할 수 없어 전주시 제243회 임시회에서 5분 자유발언을 했다.

'장애인·노인·임산부 등의 편의증진보장에 관한 법률'이 공포된 지 10여 년이 흘렀지만 이들에 대한 사회적 배려는 아직도 걸음마 수준이다. 유모차를 밀고 가는 어머니와 임산부, 거동이 불편하여 동행이 필요한 노인 등에 대한 사회적 배려가 있었더라면, 그처럼 불합리하게 제작, 설치하지 않았을 것이다.

현재 전주시는 완산구에 1,500여 개, 덕진구 1,000여 개 등 총 2,500여 개의 볼라드가 설치되어 있는 것으로 파악되었다. 사회약자의 편의 증진이라는 대의명분 아래 막대한 예산이 투입되어 설치된 이 말뚝은 동법 시행규칙 제9조의 '보행시설물의 구조 및 시설기준'에 따라 제작, 설치되어야 하나 전혀 지켜지지 않았다.

그 기준은 다음과 같다.

첫째, 말뚝은 보행자의 안전을 고려하여 높이는 80~100㎝, 지름은 10~20㎝ 내외로 하여야 함에도 단순히 '볼라드'의 사전적

의미만을 생각한 듯 대형 선박을 묶어 놓아도 좋을 법한 것으로 설치되어 도시 미관을 해치는 것은 물론 보행자의 충돌 위험을 가중시키고 있었다.

둘째, 말뚝의 간격은 1.5m 내외가 되어야 함에도 지켜지지 않고 있었다. 1.5m 내외라 함은 무의미한 공간개념이 아니다. 유모차나 휠체어가 통행할 수 있는 최소한의 공간을 규정한 것이다. 그런데 유모차나 휠체어를 탄 장애인들의 이동권 보장에 주력하여도 모자랄 판에 방해만 하고 있었다.

셋째, 말뚝의 재질은 충격을 흡수할 수 있는 재료를 사용하여야 함에도 불구하고 대리석 등으로 설치된 곳이 많았다. 이 때문에 보행자나 자전거가 이동 중에 충돌하여 강한 충격과 함께 넘어지는 등의 큰 사고를 당하고 있는 실정이다.

넷째, 말뚝의 전방 30㎝에 충돌 우려가 있는 장애물이 있음을 미리 알 수 있도록 시각장애인용 점자블록을 설치해야 하나, 점자블록은 고사하고 세상을 향한 유일한 통로인 점자블록 위에 마구잡이로 설치되어 있는 곳도 있어서 우리들의 사회참여 기회마저도 박탈하고 있다.

교통 약자의 보행 환경을 개선하여 이들의 사회참여와 복지 증진에 이바지해야 할 '교통약자의 이동편의 증진법'은 시행 부처의 탁상행정 및 이해 부족, 설치 사업자의 무지로 인해 악법 아닌 악법으로 전락하고 말았다.

나는 5분 자유발언을 통해 고통받는 사회 약자의 이동권을 보장하고 그들의 기본권 행사에 대한 어려움을 경감시키고자 전주시의 자동차 진입 억제용 말뚝 설치 계획의 전면 재고와, 이미 설치된 말뚝 중 관계 법령에 위배되거나 다수의 통행에 어려움이 있다고 생각되는 말뚝의 해체를 강력히 주장하며 이에 따른 개선책 마련을 촉구했다.

5분 자유발언이 있은 지 6개월 만인 지난 11월 23일, 완산구청 행정사무 감사에서 이 문제를 다시 지적했다. 구청 측은 내년도에 법 규정대로 전면 재설치하겠다고 답변했다. 결국 시민의 막대한 예산 10억 원이 공중으로 날아간 셈이다.

차제에 정책 당국은 기획 단계부터 신중을 기하는 자세가 필요하다. IMF 경제 위기를 맞은 지 10년이 지났다. 굳이 상기 사례를 지적하지 않더라도 공공 부문에서의 개혁이 얼마나 안이하게 이루어졌는지 생각게 하는 좋은 예이다.

지금 이 순간에도 과거의 관행을 타파하지 못하는 행정. 지난 5월 5분 자유발언을 하고 난 이후에도 완산구청에서 설치한 볼라드가 무려 162개다. 이중 법 규정에 맞는 볼라드는 없다. 지적을 당하고도 법 규정을 어기는 공무원들을 어떻게 봐야 할까? 철밥통이 깨지는 소리가 이들에게는 안 들리는 모양이다. 의원 임기 중 법 규정대로 볼라드가 설치되는지 계속 확인할 생각이다. 부딪쳐서 다치는 것도 다치는 거지만, 순간만 모면하면 된다는 공무원들의 안이한 생각을 불식시키기 위해서라도 말이다.

장애인 성공 시대 열 복지 대통령 기대하며

무자년 새해가 밝았다. 지난해 우리 국민은 제17대 대통령으로 이명박 후보를 선택했다. 참 흠결 있는 후보였지만 국민은 대통령으로 허락했다. 그 이유는 이명박 후보가 대한민국을 부강하게 만들고 성공한 국민으로 만들겠다는 약속을 잘 지킬 수 있는 사람으로 판단했기 때문일 것이다.

대통령 당선 직후 당선 소감에서 국민의 위대한 힘을 알았기 때문에 겸손하고 낮은 자세로 국민을 섬기겠다고, 나라를 위해 일하는 대통령이 되겠다고 약속을 했다. 그 약속 또한 우리 국민들은 믿을 것이다.

그 국민들 속에 장애인을 비롯한 사회 약자가 있다는 것을 기억해야 한다. 경제만 살리고 복지를 뒷전으로 미루면 어쩌나 하는 걱정을 하는 장애인들이 많기에 장애인 나도 그 당사자 중 하나로서 우려하지 않을 수 없다.

대통령 당선자가 주장한 국민 성공 시대에 반드시 장애인도 포함되어야 한다. 가진 자들만 더욱 성공하는 국가가 되면 못 가진 사람들은 더욱 불행해질 것이다. 대통령 당선자는 가난이 얼마나 고통스러운지를 누구보다 잘 알고 있으리라 생각한다. 당선자가 열심히 일해서 부자가 된 것은 너무나 가난했던 시절을 경험했기 때문일 것이다. 당선자는 운 좋게 가난에서 벗어나 성공할 수 있었겠지만, 장애 때문에 온갖 사회적 차별을 받는 장애인들은 아무리 노력해도 가난의 굴레에서 벗어나지 못하는 것이 현실이다.

우리 사회는 장애인에게 일할 수 있는 기회조차 주지 않는데 이는 국가가 장애인의 가난을 방조하는 셈이다. 장애는 몸에 있는 것이 아니고 우리 사회 환경과 인식에 있음을 알아야 한다. 따라서 제17대 대통령은 이런 물리적인 장애를 없애는 역할을 해야 한다.

공부하고 싶은 장애인들이 마음껏 공부할 수 있고, 일하고 싶은 장애인들이 신명 나게 일할 수 있도록 만들어야 한다. 장애인도 비장애인과 동등한 기회를 갖는 사회를 만들어 주어야 한다. 그래서 적어도 장애 때문에 상처받고, 장애 때문에 좌절하는 일은 없어야 한다. 의지만 있다면 누구라도 장애를 딛고 일어설 수 있다는 희망이 있는 사회가 되어야 한다.

장애인 사이에서도 시각장애인들은 소외당하고 있다. 시각장애인을 둔 부모들은 자식보다 하루만 더 살게 해 달라고 기도한다는 것을 아는가? 어느 부모가 자식을 앞세우고 싶겠는가? 이런 소망을 가질 수밖에 없는 이유는 우리 사회가 시각장애인을 받아주지 않기 때문이다. 참으로 안타깝고도 부끄러운 일이다.

새로운 대통령은 장애인 부모에게 희망을 줄 수 있어야 한다. 장애인의 인권이 보장되는 나라를 만들어야 한다. 하지만 대통령 당선자의 경제론 때문에 장애인이 더욱더 소외되지나 않을까 걱정이 된다. 능력 있는 사람만 일하고, 능력이 없는 사람에게는 일자리를 주지 않는다면 경제는 더욱 어려워질 것이다.

경제 대통령이 되겠다는 당선자의 말은 우리 사회를 복지 선진국으로 만들기 위해서라고 믿고 싶다. 경제 대통령은 곧 복지 대통령이고, 나아가 인권 대통령이 되어야 한다. "저 이명박과 함께 차별 없는 세상을 만들어 장애인들이 가슴 펴고 당당히 살아갈 수 있도록 하겠다"는 약속을 해주기 바란다.

대통령 당선자를 향해 쏟아질 의혹의 화살이 아직도 많은 듯하다. 그 화살에 상처받지 않으려면 국민이 대통령 당선자를 사랑해야 한다. 그런데 국민의 사랑을 받으려면 다양한 목소리에 귀 기울여야 하고, 특히 사회 약자를 끌어안아야 한다. 낮은 자세로 국민을 섬길 때 가장 먼저 장애인을 만나기 때문이다. 장애인이 성공할 수 있는 복지 대통령 또한 당선자의 몫임을 알아야 한다.

호기심, 동정심, 무관심

30을 지나 40을 넘겼어도 초등학교 동창들 간의 모임은 항상 즐겁다. 졸업하고 처음 만나는 동창을 비롯해 30년, 20년, 10년, 짧게는 5년 만의 만남이라 감격적이기까지 했다. 언제나 그렇듯이 삶의 고통이나 지병 따위는 마주 잡은 손길과 부딪치는 술잔 소리에 다 날아가 버렸다. 정겨운 욕 소리와 별명들이 마구 난무하고, 마치 초등학교 시절의 교실처럼 요란했다. 이러한 분위기에 휩쓸려 나도 실명의 고통과 삶의 고달픈 짐을 잠시 풀어놓을 수 있었다.

내가 실명한 것이 입소문을 탔는지 한번 보고 싶다는 전화가 여기저기서 왔다. 친구들의 성화에 못 이겨 동기 회장의 안내로 29년 만에 동창 모임에 참석했다. 자리에 들어서자 오랜만에 만났다는 반가움 대신 모두들 잠시 머뭇거리는 것으로 나를 맞았다.

분위기가 가라앉더니 마치 유명 인사를 둘러싸고 기자들이 인터뷰하는 모양으로 질문이 마구 쏟아졌다. 더러는 내가 잡은 흰 지팡이를 만지작거리기도 했다. 그동안 어떻게 지냈냐는 안부보다 어떻게 해서 눈이 안 보이게 되었는가에 관심이 더 많았다. 실명하게 된 배경을 알아듣기 쉽게 설명했지만 그들은 내 말을 이해하지 못했다.

분위기도 바꿀 겸 내가 먼저 말문을 열었다. 앞에 앉은 동창들의 얼굴을 볼 수 없게 된 것만 빼고는 이전의 나와 아무 변화가 없다고 짐짓 유쾌한 척했다. 잠시 생각해 보니 모두들 나를 호기심 어린 눈으로 바라보는 듯했다.

술잔이 몇 순배 돌자 거나하게 취한 한 동창이 벌떡 일어나 "송경태 회비는 내가 낸다!"라고 외쳤다. 그 말에 만취한 다른 동창이 "여러분, 송경태를 격려하기 위해 위로금을 모읍시다" 하고 호탕하게 외쳐 댔다. 여기저기서 박수가 터져 나왔다. 노래와 큰 소리가 한동안 이어지면서 나에 대한 동정심이 불꽃처럼 타오르는 듯했다.

주변이 썰렁해져 손바닥으로 옆자리를 쓸어 보았다. 조금 전까지 내 손을 잡고 눈물까지 흘리며 나를 감동시킨 친구들은 온데간데없었다. 친한 사람들끼리 여기저기 모여 앉아 추억담을 늘어놓느라 바빴다. 회비를 납부해 주겠다, 위로금을 걷자고 소리쳤던 친구들은 자리를 떴는지 목소리조차 들리지 않았다. 집에까지 데려다 주겠다던 친구는 몸을 가눌 수 없을 정도로 취해, 다른 친구가 빈 택시를 잡아 태워 주고는 내 손에 지폐 몇 장을 쥐어 주었다. 채 작별 인사도 나누지 못했는데, 모두들 시각장애인 친구가 함께했다는 것마저 잊어버린 양 무관심으로 일관했다.

돌아오는 택시 안에서 조금 전의 모임을 그려 보았다. 호기심이 동정심으로 바뀌더니 무관심으로 끝나 씁쓸한 마음을 달랠 수 없었다. 정중하고 예의가 바른 비장애인들과의 모임에서도 자주 이런 개운치 못한 마음을 느끼곤 했다. 장애인을 바라보는 비장애인들의 시각이 대체적으로 처음엔 호기심에서 동정심을 거쳐 무관심으로 끝나기 때문이다.

울프슨 버거는 장애인을 부정적으로 바라보거나 좋지 않은 이미지를 갖고 있는 사람들을 조사하여 그들이 어떻게 장애인을 정형화하는지 설명했다. 첫 번째는 인간 이하의 동물, 두 번째 공포의 대상, 세 번째 조소의 표적, 네 번째 동정의 대상, 다섯 번째 자선의 짐, 여섯 번째 영원한 아이, 일곱 번째 환자, 여덟 번째 이미 죽었거나 죽어 가는 존재, 아홉 번째 위험한 존재라고 설명했다. 여기서 '영원한 아이'란 장애를 가진 사람은 항상 미약하고 덜 성숙한 사람이라는 뜻이다. 사람들에게 그들이 지닌 이미지는 참으로 중요하다. 개개인의 이미지도 중요하지만 무리 지어 이미지를 평가받을 때에는 그 중요성이 더 커진다. 이런 때는 대개 장애인 각자의 개성은 존중되지 못할 뿐더러 그 인격마저 평가절하된다. 긍정적이기보다는 부정적인 이미지가 더 크게 부각되는 것이다.

장애인을 바라보는 사회의 시각이 많이 나아졌다. 그러나 장애인들은 아직도 보이지 않는 차별과 멸시 속에서 묵묵히 고통을 견디며 살아가고 있다. 울프슨 버그가 밝힌 장애인에 대한 부정적인 이미지는 언제쯤 사라질까? 이는 막연한 희망일까, 아니면 영원한 숙제일까?

세 가지 소원

인간은 만물의 영장이라고 하지 않는가! 그러므로 모든 인간은 존엄하고 평등한 존재다. 장애인도 예외일 수는 없다. 그러나 이 땅에 태어난 죄밖에 없는 장애인들은 오늘도 사회적 편견과 몰이해로 온갖 냉대와 멸시를 받으며 천덕꾸러기가 되어 살아가고 있다.

88 서울올림픽 개최 이후 장애인 복지가 좀 나아졌다고는 하지만 아직도 장애인이 느끼는 복지 체감도는 소원하기만 하다. 턱을 낮추고, 점자블록을 깔고, 장애 수당을 지급하는 등의 생색내기와 전시행정에는 요란 법석을 떨면서 진정 장애인과 더불어 함께 살아가는 시민 의식의 변화는 매우 더디기만 하다.

25년 전 장애인이 되었을 당시, 가장 무섭고 두려웠던 것은 무시와 불확실한 미래에 공포감이었다. "평생 집구석에 처박혀 해 주는 밥이나 먹고 살아야 할 팔자"라는 말을 귀가 따갑도록 들어야 했다. 숱한 무시와 불확실한 미래에 대한 공포는 급기야 나를 극한의 상황으로 내몰았다. 현실도피를 위해 자살을 선택한 것이다. 세상을 원망하며 마음으로, 머리로 얼마나 눈물 흘렸던가!

자살 소동은 "시각장애인이 대학을 다닌다"라는, 라디오에서 흘러나온 말 한마디에 끝나고 몸 한구석에서 살아 보자는 작은 꿈틀거림이 일기 시작했다. 내게 주어진 소중한 삶을 어떻게 하면 알차게 살 것인가? 깊은 고민과 고심 끝에 세 가지 소원을 정하고 이를 성취하기 위해 열심히 살아 보자고 굳게 마음을 다졌다.

첫 번째 소원은 컴퓨터를 배워 세상과 소통하는 것이었다. 시각장애인의 문자인 점자만으로는 비시각장애인과 교류하는 데 한계가 많았다. 그렇다고 우물 안 개구리마냥 시각장애인끼리만 살아갈 수는 없지 않는가! 소수 그룹인 시각장애인이 다수 그룹인 비시각장애인들의 세계로 들어가 치열한 생존경쟁에서 버텨야 했다. 이를 위해서는 소통의 도구인 컴퓨터를 배워야만 했다.

그러나 시각장애인이 컴퓨터를 배운다는 것은 현실적으로 불가능했다. 우선 음성 지원 프로그램이 개발되지 않아 컴퓨터를 조작할 수 없었으며, 점자판 컴퓨터 교재가 한 권도 없어 컴퓨터 교육을 받는다는 것은 엄두조차 내지 못했다.

비시각장애인은 시간과 공간의 제약을 받지 않고 마음만 먹으면 어디서든 컴퓨터 교육을 받을 수 있어 부러웠다. 앞을 못 보는 내 자신이 처량하고 원망스러웠다. 세상을 한탄하며 우울한 나날을 보내던 차에 낭보가 날아왔다. 내가 근무하던 하상복지회에서 국내 최초로 음성 변환 프로그램을 개발한 것이다. 뛸 듯이 기뻤다. 천군만마를 얻은 느낌이었다. 개발 팀의 도움으로 밤을 새워가며 새로운 영역으로 빠져들었다.

비시각장애인들이 배우기 쉬운 키보드 자판 위치를 익히는 데도 많은 시간이 필요했다. 또한 점자판 컴퓨터 교재가 없어서 생소한 각종 컴퓨터 명령어를 암기할 수밖에 없었다. 컴퓨터의 이해도나 조작 능력 숙지도는 비시각장애인들에 비해 몇 십 배 떨어졌지만, 어쩌겠는가! 비시각장애인과의 유일한 소통 도구는 컴퓨터밖에 없는데……. 아무리 힘들고 어려워도 인내와 끈기를 갖고 열심히 배웠다. 각종 사업 계획서와 후원자 관리는 워드프로세서와 DB 프로그램을 활용하여 업무 효율의 극대화를 높여 나갔다. 드디어 비시각장애인들과 소통이 시작된 것이다.

미국 대륙 도보 횡단을 계획할 때에도 이메일이 효자 노릇을 톡톡히 했다. 석사 논문 작성과 강의 자료를 준비하는 데 컴퓨터가 큰 도움이 되었으며, 국내 최초로 음성 인터넷 도서관을 개발하여 시각장애인이 전국 어디서든 읽고 싶은 책을 마음껏 읽을 수 있도록 했다.

의정 활동 역시 컴퓨터의 역할이 컸다. 수작업으로는 엄두도 못 낼 방대한 자료 분석을 컴퓨터를 활용하여 필요한 자료를 척척 제공받아 볼 수 있기 때문이다. 또한 각종 뉴스와 정보 습득도 인터넷을 통해 얻었다. 처녀 시집『삼 일만 눈을 뜰 수 있다면』을 출간할 수 있었던 비결 역시 컴퓨터였다. 이번 수필집을 집필하게 된 원동력도 컴퓨터였다. 상대방과의 정보 교류는 이메일을 통했다. 내게 컴퓨터는 세상과 소통할 수 있는 유일한 창구요, 통로였다. 이는 곧 장애인 재활의 샘이요, 장애인 복지의 천사였다.

두 번째 소원은 장가가는 것이었다. 장애인 하면 무능한 사람, 도움이 필요한 사람, 보살펴 줘야 하는 사람으로 낙인찍혀 있었다. 경제력이 부족한 장애인에게 천사가 아니고서야 어느 여성이 시집올 것인가?

내가 결혼할 때도 처가에서 반대가 심했다. 결혼을 인륜지대사(人倫之大事)라 하지 않았던가? 결혼은 코미디 쇼가 아니다. 평생 동안 이 한 몸 희생하겠다는 굳은 신념이 없는 여성은 쉽게 결혼을 꿈꿀 수 없다.

농촌 총각과도 결혼을 기피하는 세태에 경제력이 없는 장애인의 경우는 더 심했다. 농촌의 노총각보다 장가 못 간 장애인이 더 많은 이유는 무엇일까?

나도 한때는 '과연 장가는 갈 수 있을까? 앞이 보이지 않은 장애인에게 시집올 여성이 있을까? 만약 결혼한다면 처자식 부양은 할 수 있을까?' 등등 결혼 문제로 심각한 고민에 빠진 적이 있었다. 시력을 잃고 방황하던 무렵인 스물두 살 때, 사촌 오빠가 운영하는 백화점에서 일을 봐주던 아내를 처음 만났다. 꾀꼬리 같은 목소리에 해맑은 웃음소리는 천상의 소리요, 내 영혼을 울리기에 충분했다. 여자를 몰랐던 나이에 지푸라기라도 붙잡는 심정으로 "처음 본 순간 사랑을 느꼈어요" 하고 과감하게 프러포즈를 시도했다. 그리고 3개월 만에 양가의 축복 속에 결혼식을 올렸다. 우여곡절 끝에 천사를 만나 부족함 없이 살고 있는 것만으로도 나는 축복받은 사람이다. 그래서 항상 아내에게 감사하며 산다. 거기다 떡두꺼비 같은 아들을 둘이나 낳아 주었으니 얼마나 고맙고 감사한지…….

두 아들은 부모님 속 썩이지 않고 잘 성장해 주었다. 그 흔한 과외 한 번 시키지 않았음에도 공부를 잘해 제 앞가림은 제 스스로 개척해 나가고 있으니 얼마나 고마운 일인가! 큰아들은 공군 장교로, 막내아들은 육군 장교로 재직 중이다. 우리 가정은 축복받은 성가정이다. 늠름한 두 아들을 바라만 봐도 두 어깨에 힘이 들어가고 배가 부르다. 세상 부러울 게 없다. 한 가지 아쉬움이 있다면 장가 못 간 장애인들에게 미안할 따름이다. 대한민국 여성이여! 천사가 되어 주세요. 여러분의 정성에 따라 얼마든지 성가정을 만들어 갈 수 있습니다. 천사들이여! 장애인에게 시집갑시다. 희망이 넘치고 축복받는 사랑의 가정을 만들어 주세요.

세 번째 소원은 대학을 다니는 것이었다. "장애인이 배워서 어디다 써먹을 데가 있다고 공부하려 하는가? 괜히 돈과 시간 낭비하지 말고 집구석에 가만히 처박혀 있어"라는 말을 지겹도록 들었다. 왜 장애인은 배우면 안 되는가?

오히려 장애인은 더 많은 기술과 지식을 연마하고 배워야 한다. 비장애인과 치열한 생존경쟁에서 살아남기 위해서는 배워야 한다. 손재주가 좋아 기술을 습득하든, 머리가 좋아 학문을 연구하든 노력하지 않으면 경쟁 사회에서 뒤처질 수밖에 없다.

2년제 대학을 졸업한 뒤 장애인이 된 나는 배워야 한다는 일념 하나로 여러 대학에 편입학을 시도했다. 그러나 장애인이라는 이유로 원서 접수마저 거절당하는 쓰라린 아픔을 맛봐야 했다.

1985년 대입학력고사에 응시, 별도의 장소에서 감독관이 읽어 주는 문항을 듣고 답을 밝히는 대면 낭독 시험을 치렀다. 성적은 좋지 않았다. 이듬해 한일장신대학교 사회복지학과 2학년에 편입학하게 되었다. 어렵게 찾아온 배움의 기회였다. 비록 칠판 글씨는 볼 수 없었지만 녹음 도서와 점자 도서로 열심히 공부했다. 동아리 활동도, 축제 행사나 MT, 각종 행사에 빠지지 않고 참여하며 함께 어울렸다. 총학생회장 선거 때에는 핵심 참모로 활동하여 총학생회장은 물론 여성 회장까지 당선시키는 기쁨도 누렸다.

일본 해외 연수단을 결성하여 선진 복지를 배울 수 있는 좋은 기회도 경험했으며, 사회복지사 자격증을 취득한 후 서울 강남에 소재한 하상장애인종합복지관에서 복지부장으로 재직하면서 '물고기가 물을 만난 듯' 내 역량을 총동원하여 소신껏 복지사업을 펼쳐 나갔다.

1998년 보다 전문적이고 보다 체계적인 복지 학문을 연구하고자 모교의 사회복지대학원에 입학, 많은 목사님과 공무원 그리고 복지 관련 시설장들과 생생한 현장 체험 교육을 받았다. 석사 학위를 취득한 후 모교 대학원과 서남대학교에서 시간강사로 재직하며 후진 양성에도 일익을 담당했다.

2005년 서남대학교 일반대학원 사회복지학 박사과정에 입학, 보다 심도 있는 복지 학문을 연구하기 시작했다. 또한 글로벌 기업인 삼성 그룹에서 특별 강사로 초빙되어 3년째 강의하고 있으며, 전국을 누비며 법원과 경찰청, 군부대, 초·중·고·대학 등 나를 필요로 하는 곳이면 달려가 지식을 전했다. 심지어 해외에서도 강의 요청이 들어왔다. 복지 학문을 공부해둔 탓에 지금은 전라북도 내에서 최초로 전북시각장애인도서관을 설립했고, 국내 최초로 음성 인터넷 도서관을 개발했으며, 전라북도 최초의 전북장애인신문을 창간했다.

내가 만약 현실에 안주했다면 세상을 밝게 만든 100인에 선정될 수 있었을까? 대한민국 신지식인 대통령상을 수상할 수 있었을까? 장애인 극복상 대통령상은? 내가 만약 장애인이 아니었다면 사회봉사 활동의 공로로 자랑스런 전북인대상 공익 부문 수상, 전주시민장 공익장 수상, MBC 라이온스 봉사대상을 수상할 수 있었을까? 그리고 한국장애인인권상을, 전북일보사에서 선정한 올해의 전북인, 네덜란드에서 시상하는 빈치스타상을 수상할 수 있었을까? 특히 전주시 의원으로 당선되어 장애인과 사회 약자층을 대변하는 일꾼으로 의정 활동을 펼칠 수 있었을까?

장애인들이여! 미래는 준비된 자의 것이다. 항상 창의적이고 노력하는 자에게 미래가 보장된다. 기회와 여건만 주어진다면 끊임없이 배워라. 반드시 당신에게 기회가 찾아올 것이다. 행운도 준비된 자에게만 찾아오는 것이다.

25년 전 장애인이 되어 숱한 좌절과 절망의 어둠 속을 헤매고 있을 때 달성하기 힘든 세 가지 소원을 정해 열심히 뛰지 않았더라면 오늘의 내가 존재했을까? 이제 세 가지 소원은 모두 성취했다. 새로운 세 가지 소원을 정해 새롭게 뛰어야 할 때이다. 다시 신발 끈을 바짝 조이고 새 희망의 소원을 향해 달려가야겠다.

실천은 힘이다

철학자 프랜시스 베이컨은 말했다.

"아는 것이 힘이다."

맞는 말이다. 그러나 이 문장을 완벽하게 만들려면 단어 하나를 더 넣어야 한다.

"아는 것을 실천해야 힘이다."

실천하지 않는 앎은 진정한 배움이 아니다. 성공의 원리는 이처럼 간단하다.

인간은 두 가지 부류가 있다고 한다. 첫째 생각을 생각으로 멈추는 형 즉, 햄릿형과, 둘째 생각을 행동으로 옮기는 형 즉 돈키호테형이 그것이다. 여러분은 어떤 형인가? 나는 후자에 속한다. 시각장애인으로 세상을 사는 데는 어려움이 많다. 원하는 일을 하고 싶어도 도처에 온갖 장벽이 도사리고 있다. 그래서 쉽게 행동으로 옮기지 못한다. 계획했던 것을 곰곰이 생각하다 보면 '시각장애인이 과연 할 수 있을까? 도와주는 사람도, 여건도 조성되지 않았는데 성공할 수 있을까?' 등등 이런저런 고민 끝에 포기하기 십상이다.

그러나 나는 한번 계획한 것을 쉽게 포기하지 않았다. '미국 대륙 도보 횡단도, 사하라사막도, 남극 마라톤도 완주해 보자' 하고 결정했을 때 혹자는 "아니! 시각장애인이 어떻게? 무모한 짓이야. 참가하는 데 의미를 두어라"라고 했다. 비아냥거리는 소리를 들을 때마다 나는 뼈를 깎는 고통을 감내하며 훈련에 열중했다. 그래서 장애인 세계 최초로 세계 4대 극한 사막 마라톤 그랜드슬램을 달성했다. 사하라사막, 고비사막, 아타카마사막, 남극을 모두 완주한 것이다!

혹자는 실명 전 육상 선수였냐고 묻는다. 아니다. 그렇다고 마라톤 마니아도 아니다. 여러 가지 문제로 시각장애인에게 부족한 체력 증진을 위해 처음에는 1㎞부터 달리기 시작했다. 스피드보다 건강 증진에 목적을 두고 레이스를 즐겼다. 차츰 재미가 붙자 5㎞에 도전했고, 자신감이 생겨 10㎞와 하프코스, 풀코스에 도전하게 된 것이다.

남들이 무모한 짓이라고 생각했던 세계 4대 극한 사막 마라톤 대회에 참가 신청서를 제출하고 훈련 계획을 세웠다. 기초 체력 단련을 위해 러닝머신과 사이클로 근력 강화 훈련을 했고, 모래사막 적응은 해수욕장 백사장에서, 고온 적응은 찜질방 사우나에서, 고산 적응 훈련은 우리나라에서 한 곳뿐인 경희대 용인 캠퍼스 저산소실에서 그리고 부산 냉동 창고에서 혹한을 극복하는 훈련을 했다. 그리고 인내력 강화를 위해 매일 전주천을 왕복하고 모악산과 지리산을 등반했다.

연습의 강도를 높여 30㎏ 무게의 배낭을 메고 한강 둔치를 밤새도록 달렸다. 계획을 세우고 열정을 갖고 즐기며 연습에 임했다. 연습이 끝나면 새로운 희망의 힘이 샘솟았다. 자신감도 생겼다.

성공으로 가는 지름길은 계획을 얼마나 잘 실천하느냐에 달려 있다. 그래서 난 열정을 갖고 즐거운 마음으로 운동 프로그램대로 연습을 했다. 인생은 마라톤과 같다고 한다. 처음부터 풀코스를 완주한 사람은 없다. 나도 전주 국제 마라톤 대회 5㎞에 참가 신청을 해놓고 걱정이 많았다. 심장마비는 안 생길까? 지쳐 쓰러지지는 않을까? 그때마다 강도 높은 훈련을 통해 두려움을 극복할 수 있었다. 남들은 나를 두고 철인이라고들 한다. 그러나 나는 철인이 아니다. 다만 완주하겠다는 신념이 강해 연습 벌레가 된 것뿐이다.

우리는 새해가 되면 담배를 끊겠다는 계획을 많이 세운다. 그러나 작심삼일(作心三日)로 끝나는 경우가 많다. 왜 그럴까? 실천력과 의지력이 부족해서다. 밤새도록 뒤척이며 계획을 세운 적이 많을 것이다. 내일부터 하루에 책을 몇 권 읽고, 운동은 얼마나하고, 무엇을 어떻게 하겠다는 계획을……. 그러나 다음날 일어나면 이런저런 이유로, 또는 까맣게 잊어버리는 경험을 많이 했을 것이다. 이를 두고 만리장성을 쌓았다고 한다. 우리는 만리장성을 하루에도 몇 수십 개 쌓는다. 그러나 실체가 없다. 계획은세웠지만 실천하지 않는 것이다.

나의 가장 큰 무기는 실천력이다. 한번 결정한 사항은 끝까지 도전했다. 물론 나도 인간이기에 실패할 수도 있다. 그러나 실패가 두려워 주저한다면 오늘날 나의 위치는 없었을 것이다.

자! 밤새 세웠던 계획을 실천해 봅시다. 실천하는 자만이 성공할 수 있습니다. 지금부터 사하라사막 마라톤 250㎞ 완주를 위해 100m 달리기부터 시작합시다. 머지않아 당신은 반드시 사막을 완주하여 영광의 월계관을 쓰게 될 것입니다.

종부세 완화보다 장애인 등 소외 계층 민생 먼저 챙겨라

종합부동산세의 감소는 국민의 2%에 불과한 부자들만을 위한 정책이라는 비난이 일자 이명박 대통령까지 나섰다. 특정 계층을 위한 정책이 아니라 불합리한 이중과세라서 수정하려는 것뿐이라고 해명, 설득에 나선 것이다. 그 말처럼 정말 제도상의 잘못을 고치기 위함이라면 재산세의 누진율에 종부세를 그대로 더해서 법을 통합하면 될 것이다. 이는 현 정부가 즐겨 사용하는, 유사 법률 통폐합주의와도 일맥상통하는 방식일 것이다. 그러나 실제로는 부자에게는 감세를, 가난한 이에게는 복지를 확충하면 좋은 일 아니겠느냐는 한나라당 대표의 공공연한 발언에서도 알 수 있듯이 제도적 모순을 수정하려는 것이 아니라 감세가 주목적임이 분명하다. 누가 이득을 보든 어쨌거나 세금 감면은 좋은 일 아니냐는 것이다.

한편 재경부에서 감세로 줄어드는 세수 부족은 국민들에게 다른 방법으로 부과하겠다고 했다가 반발이 커지자, 국민에게 부담을 지우는 일은 없을 거라고 청와대에서 진화에 나섰다. 그러나 국가 예산을 감축하지 않는 한 감세는 다른 방법으로의 과세를 의미할 뿐이므로 사실상 감세란 없는 셈이다.

부자에게 세금을 과하게 부과하는 것은 징벌적 성격이라 안 된다는 정부의 입장은 경제 형편이 어려운 자들은 다 자기 잘못이니 그 수준에서 형편대로 살라는 것 또한 또 다른 징벌적 조치인지도 모르겠다. 심각한 문제는 복지가 계속 뒷걸음질하는데 그리고 민생 안정 운운하면서도 당정은 위약 효과의 카드만 사용할 뿐 실질적 대책이 전혀 없다는 사실이다. 종부세는 징벌이 아니라 부동산의 과다 보유를 막고, 사회적 공유 개념에서 개인 사용을 억제하자는 의미임을 이해나 하고 있는지조차 의심스럽다.

가장 심각한 문제는 민생은 자꾸 후순위로 밀면서 유독 특정 계층의 애로점은 1순위로 처리하는 이유가 뭔가 하는 것이다. 수많은 대선 공약 중 어느 것 하나 제대로 지켜지지 않는 상태에서 유독 공약임을 들어 가며 이것만은 반대를 무시하면서까지 강행하는지 의아하기 짝이 없다. 왜 장애인과 소외 계층을 위한 정책을 먼저 실시하지 않는지 너무나 아쉽다. 장애인을 위한 LPG 면세 취소의 원상회복과 자립 생활 기반 마련을 위한 대책 등이 전혀 진척되지 못한 상태에서 종부세 완화 정책의 실시는 장애인들뿐만 아니라 서민들에게도 크나큰 상처를 준다. 장애인들을 위한 정책이 점점 사라지듯이 언제 서민들을 위한 정책이 사라질지 모르기 때문이다. 신자유주의가 얼마나 국민들의 삶과 영혼에 상처를 내고, 고통을 안겨 주는지를 우리는 미국발 모기지 사태에서 배워야 한다.

무조건적 실적주의에 의한 선진화 구조 조정이나 민영화도 재검토되어야 할 것이다. 서민을 위한 사회 안전망이 없는 신자유주의 경제의 실천은 국민들을 경제적 노예로 만들고, 결국은 경제력마저 상실하게 해 고통 속에 가두게 됨을 우리는 절대로 잊어서는 안 된다. 키코 사태에 의한 경제활동 의욕 상실을 미연에 방지해야 할 정부가 이미 줄부도 상태에서 방향을 잡지 못하고 있으며, 고유가와 고환율에서도 효과적인 대응을 하지 못하고 있고, 그러한 대규모 사건 속에서 고통받는 서민 개개인의 허덕이는 삶은 관심사에서조차 지워져 버렸다.

절대 안전망과 복지망이 튼튼하지 않으면 경제성장도 의미가 없으며, 10년 만에 되찾은 정권의 전리품 나누기에 바빠 국민을 제대로 돌보지 못한다면 앞으로 10년도 지켜 내지 못할 것이다.

공정과 공평 그리고 분배와 사회 안전망 구축이 없이는 복지국가나 선진국 진입은 불가능하다.

양극화의 심화로 구매력을 상실한 국민 앞에서는 부자도 더 이상 부자일 수 없다. 특히 장애인 등 소외 계층의 경제력을 높이기 위한 적극적 대책과 감세 정책으로 경제 부담 경감이 가장 시급하게 다루어져야 할 과제이다.

웃음, 조언, 지구력

美국발 경제 독감 바이러스의 창궐로 전 세계는 지금 심한 몸살을 앓고 있다. 끝없는 경제 추락으로 서민들의 삶은 점점 궁핍해지고 깊은 시름만 쌓여 간다. 어두운 터널의 끝은 보이지 않고 극빈층은 날로 증가 추세다. 그러나 절망을 말하기에는 아직 희망이 있다. 자! 다시 한 번 신발 끈을 바짝 조여 매자.

웃음의 신발 끈을 꿰어 보자

남극의 블리자드(심한 추위와 강한 눈보라를 동반하는 강풍)와 크레바스(빙하의 표면에 생긴 깊은 균열)는 혹독한 추위와 무서운 암초로 유명하다. 블리자드가 휘몰고 간 자리는 상상을 초월할 정도의 고통을 안겨 준다. 갑작스럽게 불어닥친 돌풍은 내 몸을 금방이라도 냉동 인간으로 만들 태세고, 산더미만 한 눈사태를 만들어 길을 잃고 사경을 헤매게 한다. 빙하에 갈라진 틈은 눈밭 요소요소에 숨어 있어 한 발 한 발 내딛을 때마다 머리가 쭈뼛 서고 두 다리가 후들거려 더 이상 전진할 수 없는 공포의 무덤이요, 절망의 늪이다. 대자연의 위대한 섭리에 다시 한 번 경탄하면서도 이 모든 상황은 내 능력 밖의 일이기에 온갖 어려움과 고통 그리고 힘든 난관을 희망의 웃음으로 극복하여 전진하면 반드시 새하얀 희망의 태양이 비추고 축복의 땅, 안전한 땅이 눈앞에 펼쳐진다. 그동안 궁핍했던 삶, 고통의 신음, 절망의 그늘은 걷히고 희망의 웃음소리만이 메아리칠 것이다. 혹독한 블리자드도, 절망의 크레바스도 극복하면 남극에서 반드시 생존할 수 있다.

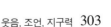

조언의 신발 끈을 꿰어 보자

극한 사막에서 나침반이 없다면 방향감각을 잃고 사경을 헤매게 될 것이다. 극한의 오지에서 나침반은 갈증의 고통에서 해방시켜 주는 생명수 역할을 한다. 그러나 그 나침반이 제 역할을 못하고 다른 방향을 제시한다면 목적지 도착은 실패로 끝날 것이다. 심한 경제 독감에 걸린 미국 경제에 대해 경제 전문가들이 잘못된 처방을 내려 서민의 삶은 끝을 모르고 추락하고 있지 않은가? 행여 오판을 했더라도 잘 걸러 경제정책에 반영했더라면 심한 몸살의 고통은 없었을 것이다. 지금은 경제 한파로 생활이 고통스러워도 희망의 조언을 잘 받아들여 힘차게 비상하는 새 떼처럼 새 하늘을 날아 보자.

지구력의 신발 끈을 꿰어 보자

흔히들 인생은 마라톤이라고 한다. 인생이란 마라톤을 달리다 보면 때로는 힘들고 고통스러워 주저앉고 싶을 때가 많다. 나도 달릴 때마다 복부의 심한 뒤틀림도, 종아리와 허벅지의 통증도 이를 악물고 참으며 이겨 냈다. 힘듦과 고통과 어려움에 봉착할 때마다 포기냐, 강행이냐 하는 선택의 기로에서 강행을 선택할 수 있는 체력과 정신력을 키워야 한다. 너무 쉽게 포기하며 살고 있지는 않은지 반성해 보자. 희망의 열매는 쉽게 얻어지는 게 아니다. 지구력을 키우지 않고는 마라톤을 시작할 수가 없다. 마라톤을 할 수 없는 사람은 인생의 레이스를 펼칠 수 없다. 지구력이 부족한 사람은 작은 고통과 어려움에도 쉽게 주저앉는다. 자, 지금부터 다시 시작하자! 내 인생의 레이스를 위해 한 발 한 발 달려 나가자. 당신도 모르는 사이 당신은 어느새 희망의 마라톤 결승점에 도착해 있을 것이다. 나도 처음에는 1m부터 달리기 시작하여 남극까지 완주할 수 있었다.

아무리 심한 경제 독감도 여유로운 웃음으로 희망을 노래하고, 쓴소리에 귀 기울여 희망의 열매를 설계하고, 아무리 어렵고 고통스러워도 희망의 종착역은 있다는 자신감으로 인생의 지구력을 키워 나가자. 그럼 당신은 반드시 희망의 열매를 따 먹을 수 있을 것이다.

문자 전송도 못 하다니

연말연시엔 휴대전화에 불이 난다. 빨간 불자동차도 없는
데…….

연말은 "그동안 보살펴 주신 어쩌고저쩌고", 연초는 "새해에도
어쩌고저쩌고"로 액정 화면도, 배터리도 뜨끈뜨끈 열이 난다. 하
루에 300통이 넘게 문자메시지가 들어왔다. 마치 나의 존재감이
어느 정도인지 알려 주는 척도 같다. 다양한 분야에서 나를 기억
해 줘 고맙지만, 미안함 또한 상존한다. 누군가의 도움 없이는 문
자메시지 한 통 전송할 수가 없기에…….

앞 못 보는 나는 첨단의 이기를 활용하는 데도 어려움이 참 많
다. 버튼과 화면의 문자조차 판독하기 어렵기에 문자 전송은 꿈
나라 이야기다. 어린아이도, 팔순 어르신도 척척 잘 다루는 휴대
폰인데, 참 부럽다. 왜 난 그 세계에서조차 이방인으로 남아 있
어야 하는가? 휴대폰은 소형 컴퓨터다. 다양한 기능이 담긴 첨단
이기다. 손바닥만 한 크기의 물건이 전 세계를 누비며 각종 정보
를 검색해 주는 요술 상자다.

그러나 나는 고가의 휴대폰을 단순 기능인 전화 발신과 수신
기능만 활용할 뿐이다. 그것도 버튼에 점자 라벨을 부착하는 수
고를 해야만 가능하다. 남들처럼 사랑하는 처자식 사진을 저장하
여 대화 소재로 삼을 수도 없다. 여행 중 아름다운 배경을 동영상
으로 담아낼 수도 없다. 그뿐인가, 움직이는 비서실 기능도 활용
하지 못한다. 일정 관리와 주소록 관리는커녕 종이가 필요 없는
메모지 기능도 이용할 수 없다.

똑같은 대가를 지불했음에도 왜 우리만 차별받아야 하는가? 항

변해 보지만 다들 나 몰라라 무관심으로 일관한다. 사회 환원이 어쩌고저쩌고하는 기업도 "시장성이 없어서요" 하고 일언지하에 거절한다. 선진 복지 어쩌고저쩌고하는 정부에 항의하면 "우리 소관이 아니라서요" 하고 회피해 버린다.

사람 구실 좀 하려면 알량한 자존심이나 사생활 따위는 창고에 처박아 두고 타인의 도움을 받아야 한다. 책상에 앉아 말로만 장애인 복지 어쩌고저쩌고 외치지 말고 그들의 일상생활에 꼭 필요한 서비스를, 피부에 와 닿도록 펼쳐야 한다. 지금 세계 각국은 경제난 극복을 위해 사활을 걸고 뛰고 있다. 국가 경쟁력 제고를 위한 혈투가 이미 벌어지고 있는 것이다. 치열한 세계경제에서 살아남기 위해 온갖 지혜를 짜내고 있다.

시야를 조금만 옆으로 돌려 보자. 장애인과 노인들도 편리하게 사용할 수 있는 각종 첨단 제품을 개발한다면 경쟁력이 있지 않을까? '장애인이 편리하게 이용하면 만인은 더욱더 편리하게 활용할 수 있다'는 평범한 진리를 상기해 보자. 진흙탕 속에 빠져 허우적대는 경제를 진흙탕 속에서 찾아낸 희망의 진주로, 위기를 기회로 만들어 국난을 극복해 보자.

희망의 그날이 하루빨리 도래하여 앞 못 보는 사람도 혼자서 문자메시지를 전송하며 세상에 동참할 수 있는 희망찬 새날이 다가오기를 바라 본다.

자가운전 해봤으면

200년 전 기계 산업이 전 세계를 움직였다면, 100년 전은 전기 산업이 지구촌을 지배해 왔다. 20년 전부터는 정보산업이 글로벌화를 촉진했고, 앞으로는 나노 산업이 미래 산업을 이끌 '꿈의 산업'이라고 한다.

농경 사회의 유일한 이동 수단은 수레였고, 산업사회는 자동차였다. 정보사회가 항공기라면 미래 사회는 극하이퍼 초음속기가 세상을 지배할 것이라고 미래사회학 학자들은 말한다. 그러나 아직까지는 현대사회의 주요한 이동 수단은 자동차다.

초등학교 다니던 큰아들이 아빠가 운전하는 차를 타 보았으면 좋겠다고 한 적이 있었다. 이 말을 들은 내 마음은 착잡했다.

"다른 아빠들은 운전도 잘하는데, 우리 아빠는 운전도 못한다. 난 커서 운전을 배워 아빠를 태워 드려야겠다."

어린 마음에 아빠를 얼마나 원망했을까? 아빠가 운전하는 차를 얼마나 타 보고 싶었을까? 아빠의 무능함에 마냥 미안했다. 아내에게 큰놈이 한 말을 이야기하고는 운전을 배워 보라 권했다. 영특한 아내는 운전 학원을 다니며 필기와 실기 시험에서 불합격한 번 없이 단번에 합격했다. 아이들 기를 살려 주고자 없는 살림에도 승용차 한 대를 구입했다. 유난히 심장이 약한 아내는 운전 첫날 아파트 상가 앞에 세워 둔 입간판과 접촉 사고를 낸 후 핸들 잡기가 무섭다며 운전을 기피했다. 두 달가량 버려진 승용차는 남동생 차지가 되었다. 아이들 기를 세워 주려다 낭패만 본 셈이다.

서울 생활을 하면서 아이들은 더 이상 자동차 이야기를 꺼내지 않았다. 그저 아무 불평 없이 쑥쑥 커 주어 고마울 뿐이었다. 아빠로서 아이들에게 미안한 마음이 항상 심장 깊은 곳에 박혀 있었다. 분당으로 이사하면서 두 번째 승용차를 구입했다. 기사를 두어 아이들을 실컷 태워 주도록 했다. 그러나 IMF 한파를 극복하지 못하고 사업을 청산해야 했다. 분당 아파트도 처분하고 식구는 시골집으로 낙향했다. 하지만 아이들의 꿈과 소망이 듬뿍 서려 있던 승용차만큼은 처분하지 않고, 시골집 앞마당에 세워 두었다.

운전면허증을 취득한 지 8년째임에도 아내는 여전히 핸들 잡기를 꺼렸다. 그러더니 드디어 결단을 내렸는지 반년 가까이 방치했던 승용차로 서서히 다가갔다. 10년 정도 탄 두 번째 승용차는 주행 중 가끔씩 엔진이 멈췄다. 불안해진 아내가 승용차를 교체하자고 해서 2005년 세 번째 승용차를 구입했다. 지금은 나의 눈이 되어 시내를 씽씽 잘도 달린다.

두 아들 녀석은 고등학교를 졸업하자마자 운전 학원에 보내 면허증을 따게 했다. 운전하고 싶은 한이 얼마나 컸으면 그리도 성급하게 면허증을 딸 수 있는 나이가 되자마자 아이들 등을 운전 학원으로 떠밀었을까? 큰놈은 15인승 봉고 승합차를 5년째 끌고 다니다 군대에 갔고, 둘째 놈은 12인승 봉고 승합차를 끌고 다니다 군대에 갔다.

두 아들이 운전을 하여 전국의 유명 관광지를 다닐 수 있었다. 아들이 운전하는 차를 타고 여행하는 기분은 코끝이 찡하고 엔도르핀이 남아돌아 하늘 높이 날아갈 정도였다.

"우리 장남, 우리 막내! 운전 참 예쁘게 잘하네."

아내는 입에 침이 마르도록 칭찬했다. 지금은 두 아들 모두 군복무 중이라 기동성이 예전만 못하다. 아내가 볼일이 있을 때면 발이 꽁꽁 묶인다. 두 번 방문할 곳을 한 번 가는 것으로 족해야 했고, 급한 일이 아니면 그냥 지나쳐야 했다. 의정 활동을 하다 보면 갈 곳도 많고 초청하는 곳도 많다. 그러나 기동성이 떨어진 나는 포기해야 할 때가 많다. 택시 잡기도 힘들고, 택시에서 내려 목적지까지 가기도 곤란했다.

흰 지팡이에 위지해 걸어 보지만 도로 여건은 여전히 보행자 우선이 아니다. 도처에 위험 요소가 도사리고 있다. 조금만 방심하면 대형 사고가 터진다. 보행자 차지인 인도조차도 불법 입간판과 차량 진입 방지용 말뚝 일명 '인도 위의 지뢰' 볼라드 때문에 시퍼렇게 멍들고 피투성이가 되어 성할 날이 없다. 횡단보도에 설치된 음향 신호기도 관리 소홀로 제대로 작동하지 않는 곳이 대부분이다. 그 때문에 횡단보도 앞에서 여름이면 무더위와 겨울이면 추위와 장시간 싸우기 일쑤다. 기다렸다 인기척이 들리면 도움을 청해야 하기에. 자동차 엔진 소리가 안 들린다고 무작정 횡단보도를 건너다가는 대형 사고감이다. 요즘은 자동차 성능이 좋아져 엔진 소음이 적기 때문에 더 문제다.

서민의 발인 시내버스 이용도 불편하고 힘든 것은 마찬가지다. 행선지 표지판을 읽지 못해 발을 동동 굴러야 한다. 하차 시 안내 방송 서비스가 없으면 행선지를 그냥 지나쳐 버린다. 운전기사에게 안내 방송을 부탁해 보지만 공염불이다.

"눈도 안 보이는 주제에 왜 싸돌아 다녀. 집구석에 가만히 처박혀 있지!"

이런 소리나 듣기 일쑤다. 운전기사 입에서 "죄송합니다"라는 말이라도 들으면 다행이다.

오늘도 여성 단체 연합 신년 하례식이 있다는 전화가 왔다. 지인 집을 방문하고 싶은데 발이 꽁꽁 묶였다. 운전하는 사람이 부럽다. 가고 싶은 곳 실컷 가 보고 싶다. 아이들을 태우고 대천으로 굴밥 먹으러 가고 싶은데, 좁은목약수터에 가서 얼음 약수물 한 바가지 마셨으면 속이다 시원할 텐데…… . 두 발이 꽁꽁 묶여 갈 수가 없구나.

오래 살아야 한당께

"우리 집 양반이 돌아가시자 모든 혜택이 끊겼당께. 매월 400만 원씩 나오던 연금도 80만 원으로 팍 줄어 버렸당께. 네 식구와 생활하기 힘들어 통닭집을 열었제."

박사 논문 수정본을 제출하고 돌아오는 길에 통닭집에 들러 부모님이 좋아하시는 통닭을 주문했을 때 50대 중반쯤 된 듯한 주인아주머니가 하소연 조로 내뱉은 말이었다.

"아저씨, 눈 안 보이세요?"

"예."

"어쩌다 그렇게 되었어요?"

"예, 군대서 다쳤어요."

"그럼 아저씨 상이군인이세요?"

"예."

"그럼 아저씨 연금 받겠네요."

"예."

질문 내용이 점점 진지해졌다.

"우리 집 양반도 원호대상자였당께라. 하반신마비였제라. 20년 전 15살 많은 우리 집 양반을 만났지라. 자식 넷을 두었제. 부족함 없이 여행도 다니며 살았는데, 우리 집 양반이 돌아가시자 세금 혜택이 끊겨 끌고 다니던 승용차도 팔았제라. 80만 원 갖고 다섯 식구가 살랑께 무척 힘들어 버려. 생활 밑천 좀 벌어 볼까 해서 통닭집을 열었는디 장사도 잘 안 되고 힘만 든당께. 자식들 대학 공부는 모두 시켜야 하는디, 걱정이랑께. 어떻게 가르칠랑가 모르겠당께. 참, 아저씨는 결혼했슈?"

"예, 아이들 모두 대학까지 시키고 둘 다 장교로 복무 중입니다."

"어메, 잘했당께."

"아저씨가 오래 살아야 디어. 그래야 부인 고생 안 시키는 겨."

통닭집 주인아주머니 말을 듣고 나니 둔기로 뒤통수가 맞은 듯 멍했다. 부모님에게 물려받은 재산 한 푼 없이 울퉁불퉁한 인생의 비포장길을 달려온 삶 아니던가. 보훈 혜택이 없었다면 지금의 내 자화상은? 그동안 보훈 혜택의 고마움을 모르고 살아온 내 자신이 부끄러웠다. 두 놈 다 대학까지 공짜로 보내 주고, 이런저런 혜택 덕분에 그나마 이 정도 살림을 꾸려 온 건데……. 나야 괜찮지만 사랑하는 아내의 노후 준비는 거의 없지 않은가? 매월 지급받는 연금이 4분의 1로 줄면 생활은 할 수 있을까? 두 놈 살림도 튼튼해야 할 텐데, 갑자기 머릿속이 복잡해졌다. 입장을 바꾸어 사랑하는 아내가 통닭집 주인아주머니 신세가 된다면……. 더욱더 머릿속이 복잡했다.

적어도 아흔 살까지는 살아야 아내가 편하겠지? 두 놈도 기반이 잡히겠지? 지금부터 40년 인생 설계를 새로 세워야겠다. 술은 적당히 마시고, 매년 건강검진 받고, 연금보험도 더 가입하고, 즐거운 마음으로 욕심부리지 않는 삶을 살자. 스트레스받지 말고 적당한 운동도 하자. 아내와 여행 다니며 행복한 여생을 보내자. 이제는 뒤도 돌아보며 잘못 살아온 삶도 반성하자. 앞만 보고 달려 소홀히 다뤘던 인생의 창고를 정리하자. 마음의 창고에 지덕체를 쌓자. 희망의 나무를 더 많이 심어 후대에도 희망의 열매를 따 먹을 수 있도록 하자. 행복한 웃음도, 아름다운 칭찬도 쌓자. 후회 없는 삶이었노라고……. 더 정직한 삶, 더 나눔의 삶, 더 봉사하는 삶, 더 행복한 삶을 위해!

어느새 통닭이 든 쇼핑백이 손에 들려 있었다. 가게 문을 열고 나오자 함박눈이 펄펄 내리고 있었다.

휴지통에 버려진 구두 한 켤레

2일 밤만 지나면 설날이다. 어제 아침부터 눈송이가 흩날리기 시작하더니 오늘은 함박눈으로 변했다. 글로벌 환난 위기로 서민들의 살림살이가 어렵고, 용산 철거민 사태로 온 나라가 침울한데 그나마 상처받고 지친 삶을 달래 주는 것은 온 세상을 하얗게 덮는 함박눈뿐인 것 같다. 경부고속도로도, 서해안고속도로도 폭설이 내려 귀성객은 불편하다고 아우성들이지만, 그것은 내 관심 밖의 일이었다.

"다 큰 사람이 무슨 눈싸움이냐, 나이를 거꾸로 먹느냐?"

귀찮아 하는 아내를 꾀어 아파트 화단으로 갔다. 발목까지 빠지는 눈밭을 마냥 휘젓고 다녔다. 단풍나무 가지에도, 넝쿨장미 가시에도 탐스럽게 쌓여 있는 함박눈을 흔들어 흩날리게 했다. 앙상한 가지는 어느새 또 털북숭이가 되었다. 심술쟁이 아이처럼 또 흔들어 흩날리게 했다. 어느새 주변에는 꼬맹이들이 제법 모여 눈싸움을 하고 있었다. 수업하다 말고 함성을 지르며 운동장으로 뛰쳐나가 여학생 뒷목에다 한 움큼 눈을 집어넣고 깔깔거리던 옛 추억이 새록새록 났다. 50을 바라보는 나이에 주책없이 아내의 뒷목에 하얀 눈 한 움큼을 집어넣었다.

"에그 차가워라. 이 양반이 사람 잡네. 나잇값을 해라, 나잇값을 해."

"나잇값 한다고 돈이 나오나, 밥이 나오나? 내 좋으면 그만이지."

눈밭에서 뛰놀다 보니 40년은 젊어진 것 같았다. 아파트 문을 열고 들어서려는데 대문 앞 휴지통에 낯선 구두 한 켤레가 있었다. 자세히 만져 보니 낡았다고 아내가 버린 익숙한 구두였다. 끈 없는 밤색 통굽구두였다. 5년 전 지인이 선물한 구두 티켓과 교환한 구두였다.

대학 강단에 서던 날 가파른 계단을 오르다 그만 미끄러져 제멋대로 생긴 콘크리트 모서리에 이곳저곳 상처가 났지만 병원 한 번 가 보지 못하고 끌려다녀야 했지. 한여름 밤 피워 논 모깃불을 잘못 밟아 화상도 입었고, 장마철 갑자기 불어난 황토물에 빠져 이곳저곳에 곰팡이까지 피었지. 송년회를 마치고 눈밭을 걷다가 그만 잃어버렸던 너를 다음날에야 겨우 꽁꽁 얼어 있는 것을 발견할 수 있었지만 너는 아무 불평 한마디 없었지.

"주인님! 주인님은 의원님 신분이잖아요. 제발 제 몸 좀 깨끗하게 하고 다니세요."

"이놈아! 누군들 얼굴 비칠 정도로 빤짝빤짝 윤내고 다니고 싶지 않겠냐? 어디가 찢기고, 어디가 불에 타 상하고, 곰팡이가 어디에 피었는지 알아야 병원을 가든 약을 바르든 할 것 아냐. 하여간 미안하구나. 약도 자주 발라 주고, 솔질도 자주 해 주고, 병원도 자주 가야 했는데. 안 보인단 핑계로 천덕꾸러기 취급했으니. 너, 생각나니? 의원에 당선되었다고 거드름 피우며 유명 식당에서 식사하던 때를……. 식사를 마친 후 찾았으나 네가 없어서 집에도 못 가고 진땀 뺐지. 끝내는 너를 못 찾고 이 등신 주인은 모든 손님이 다 빠져나간 뒤에야 겨우 찾을 수 있었어. 어디 그뿐이니, 강아지가 너를 침대 밑에 숨겨 놓는 바람에 며칠 동안 온 집안이 전쟁터였지. 네 주인은 또 얼마나 과격하니. 돌이 있어도 피해 가지 않고 축구공 차듯 차 버리고, 더러운 물이 있어도 세숫물인 양 풍덩 너를 담그고, 계단도 책상도 대문도 툭툭 치고 가는 덜렁뱅이 주인 아니니. 그때마다 너는 아프고 마음이 상해도 주인을 원망하지 않았지. 이 바보야! 아프면 아프다, 기분 나쁘면 나쁘다 해라. 나 같으면 벌써 주인에게 반기 들고 단식투쟁 했겠다. 이 바보야! 이젠 권리를 보장해 달라고 외치란 말이야. 너를 얼마나 무시했으면 따스한 봄날도 아닌 엄동설한에 헌신짝처럼 버렸겠니."

글로벌 환난 환난으로 서민의 삶은 궁핍하다고 아우성이다. 설상가상으로 경영난을 이유로 기업들은 구조 조정에 혈안이 되어 있다. 황량한 시베리아 벌판으로 내쫓긴 근로자들은 그동안 아무 불평 없이 회사를 위해 일한 죄밖에 없는데. 이제 늙고 귀찮고 쓸모없다고 헌신짝처럼 내팽개쳐 버리는구나. 내 삶이, 내 처지가 곧 저 휴지통에 버려진 구두는 아닌지……

용산 철거민 참사

"경찰 특공대의 용산 철거민 농성 강제 진압으로 화재가 발생, 여섯 명이 사망했습니다."

이른 아침 라디오에서 속보가 흘러나왔다.

용산 재개발사업으로 길거리에 내몰린 철거민들이 생존권 보장을 외치며 농성을 시작한 지 1일 만에 싸늘한 주검이 되어 가족 품에 안겼다.

"전 재산 3억 원을 들여 횟집을 운영했는데 보상금 2,800만 원만 받고 나갈 사람이 어디 있습니까?"

"8,000만 원을 들여 중화요리점을 운영했는데 겨우 1,800만 원으로 어디 가서 영업하란 말입니까?"

"우리도 세금을 납부하는 국민입니다. 국가에서 힘없는 우리를 무참히 짓밟아도 됩니까?"

"MB 정부 들어와 원칙이란 명분 아래 밀어붙이는데, 과연 누구를 위한 정부입니까?"

구구절절한 피해자 가족의 사연이 전해질 때마다 내 마음도 무너져 내렸다. 극악무도한 공권력에 허탈감마저 들었다. 생존권을 보장해 달라고 외치는 철거민이 테러 집단인가? 오죽했으면 엄동설한에 망루로 올라가 농성했을까? 그들의 애절한 사연을 들어줄 창구만이라도 있었다면 큰 참변은 면했을 것이다. 과연 테러 진압 병력을 투입할 정도로 긴박한 상황이었을까? 쥐도 도망갈 구멍을 보고 쫓으라는 말이 있다. 생존권을 박탈당한 철거민의 심정을 다소나마 이해했다면 강경 진압은 하지 않았을 것이다. 국민의 생명과 재산을 최우선적으로 보호해야 할 경찰이 아닌가? 격분한 철거민을 진정시킬 냉각기를 가졌어야 했다. 그리고 인화 물질이 반입된 것을 알았다면 그들을 설득했어야 했다. 만약의 사태에 대비, 바닥에 매트리스를 깔고 소방차와 의료진을 대기시켜야 했다.

그런데 여섯 명의 무고한 희생자가 발생했음에도 책임자 문책은커녕 사과 한마디 없다. 대통령은 진압 명령 당사자인 김석기 경찰청 내정자를 행정 집행 안정을 이유로 옹호하고 있다. 신속한 인사 조치보다 시간을 끌며 여론의 동태를 살피는 것이다. 검찰 수사 결과를 보고 처리해도 늦지 않다는 게 청와대 뜻인 것 같다. 국민의 분노가 하늘을 찌르는 데도……

법적 문제도 중요하지만 도의적인 책임이 먼저 선행되었어야 했다. 이 시점에서 밀어붙이기식 개발만이 능사인가? 한번쯤 곰곰이 생각해 봐야 할 때다. 전국적으로 주거 환경 개선 사업이란 명분 아래 뉴타운 개발 붐이 일고 있다. 지역 주민의 충분한 여론 수렴 없이 재개발을 강행한다면 제2, 제3의 용산 참사가 발생할 것이다. 개발 사업은 투명해야 한다. 이익을 독식하는 집단이 있어서는 안 된다.

세입자에게 이전할 거처를 마련해 주어야 한다. 주거 대책도 마련하지 않고 강제로 내쫓는 것은 인권침해다. 그리고 이전 보상비도 현실화해야 한다. 은평구에 거주하는 한 친구는 다가구 주택에서 생활하는데 감정 평가액이 7,800만 원이란다. 그중 40%인 3,000만 원 조금 넘는 이전 보상금으로 이사하라니 서울에서는 전셋집도 구하기 힘들단다. 법원과 관공서에서 발송한 명도 소송, 강제 철거 명령서와 철거반이 찾아와 불안하고 초조해 못 살겠단다.

누구를 위한 뉴타운 사업인지 모르겠다. 법이 인간 생명보다 먼저일 수는 없다. 가까운 일본의 한 도시는 14년 동안 꾸준히 주민을 설득하고, 이주 대책을 마련하고 나서야 재개발사업을 실시했다.

박희태 한나라당 대표가 조문 갔다가 피해자 가족에게 문전 박대만 당하고 되돌아갔다. 왜 조문을 거절당했을까, 시사하는 바가 크다. 피해자 가족들에게 진심으로 위로를 보내며 삼가 명복을 빈다. 다행히 국회에서 이번 참사를 계기로 뉴타운 사업의 문제점을 파악하여 법안을 마련하겠다고 했다. 소 잃고 외양간 고치기지만, 집 없는 서민의 눈물을 닦아 줄 수 있는 법안이 제정되길 기대해 본다.

무너진 신뢰

내일은 입춘이다. 벌써 온몸에 새싹이 파릇파릇 돋아나는 것 같다. 가벼운 차림으로 집 근처 화산공원에 올라갔다. 가는 겨울이 못내 아쉬운 듯 잔설이 군데군데서 발목을 붙잡았다. 시린 발을 동동 구르며 걸음을 재촉하는데 오른쪽 호주머니가 푸르르 떤다.

"관장님, 장애인 신문 발송했습니다."

"그래, 수고했네. 발송비 대납은 누가 했나?"

"예, 제 신용카드로 결재했습니다."

"디엠 발송 통장에 잔고가 얼마 남아 있지?"

"예, 38만 원입니다."

"오후에 사무실 들어가면 대납금을 결재해 주겠네."

샤워를 마치고 ARS로 통장들 잔고 확인을 했다. 예년에 비해 두 달 정도 앞당겨 사업비가 입금되었다. 경제를 살리기 위해 금년도 예산의 60% 이상을 상반기에 조기 집행한다고 했다.

신문 디엠 발송 통장도 점검해 보았다. 몇 번이나 확인했지만 잔고는 5만 원뿐이었다. 사무실로 전화를 걸어 재차 확인했다. 여전히 잔고가 38만 원이란다. 참 이상했다. 통장 입출금 내역을 읽어 달라고 하자 잔액이 38만 원 남았다는 말만 되풀이했다.

"ARS로 확인해 본 결과 잔액이 5만 원이라고 하는데 어떻게 된 것이냐?"

그제야 실토했다.

"사실은 미리 출금전표에 도장을 찍어 놓았습니다. 죄송합니다."

결재 라인에 적신호가 발생한 것이다. 그동안 믿고 통장과 도장을 맡겼다. 지난달 지출 출처도 없는 금액이 출금되어 도장을 회수했다.

12년 전 악몽이 되살아났다. 카운터 직원이 우리 업소 단말기로 카드를 결재하지 않고 카드깡 업자와 짜고 결재했던 사건. 100만 원을 출금하라고 통장과 도장을 줬더니 200만 원을 인출해 놓고는 100만 원만 출금했다고 한 사건. 은행 심부름을 시켰더니 현금을 찾아 줄행랑친 직원. 가계수표에 100만 원을 기재해 달랬더니 500만 원을 기재한 직원. 1,000원권을 5,000원권이라고 거스름돈을 속인 얌체 상점 주인. 1만 원권을 1,000원권이라고 속인 택시 기사 등등. 앞 못 보는 죄로 당해야 했던 쓰라린 아픔이었다.

"믿고 맡겼더니 신뢰할 수 없는 사람이군."

"죄송합니다. 죄송합니다! 다시는 안 그러겠습니다."

한번 무너진 신뢰는 회복하기 힘들다. 시각장애인보고 의심이 많다고 손가락질하지 마라. 당신 양심부터 먼저 치유하시길…….

김수환 추기경님 선종하시다

"속보를 말씀드리겠습니다. 오늘(2009년 2월 16일) 오후 6시 12분께 김수환 추기경님이 향년 87살로 영면하셨습니다. 항상 낮은 자세로 가난한 사람과 같이해 오신 추기경님께서는 하늘나라로 가시면서까지 선한 은총을 베풀어 주셨습니다. 안구 기증을 하신 것입니다. '고맙습니다. 감사합니다. 사랑합니다'라는 말을 의료진에게 마지막으로 남기고 선종하셨습니다."

갑자기 몰아닥친 한파에 옷깃을 곧추세우고 종종걸음으로 아파트 문을 들어서는데 들려 온 비보였다.

"큰 별이 떨어졌다."

"나라의 큰 어르신이 사라지셨다."

"약한 자를 위해 평생 빛과 소금이 된 선한 목자이셨는데……."

대체로 고인은 당신을 낮추고 가난한 사람 편에 앉아 계셨다는 평이다. 1992년 장충공원에서 장애인복지관 기금 조성 사랑 나눔 바자회 개장식에 참석, 우리 장애인을 격려하고 한 달에 한 번 꼴로 서울 라파엘의 집을 방문하여 은인 미사를 집전해 주셨다. 그리고 1993년 장애인 복지의 요람인 하상장애인종합복지관 축성 등 많은 은총도 베풀어 주셨다. 유달리 시각장애인을 사랑해 특히 보지도 못하면서 말도 못하고 듣지도 못하는 중복 장애인에게 많은 관심을 가져 주셨다.

"우리 아이들 잘 보살펴 주세요."

"프란체스코 형제님도 용기 잃지 말고 힘내세요."

제 두 손을 꼭 잡으며 말씀하던 온화하고 인자하신 그 목소리가 지금도 귓가에 선합니다. 진정 당신은 우리의 정신적인 아버님이셨습니다. 우리 아이들 처소가 비좁아 어려움에 처했을 때 기도로 큰 보금자리를 선사한 당신이셨습니다. 우리의 영원한 정신적 지주이시며 마음의 안식처였는데…….

미국발 금융 위기로 서민의 삶은 매우 궁핍해졌습니다. 혹한기에 당신의 존재가 우리에게 큰 힘이 되어 주셨는데, 이제 우리는 누구를 의지하며 살아가야 한단 말입니까? 당신이시여! 그 작은 체구 어디에 그 큰 힘이 숨겨져 있었습니까? 항상 부지런히 가난하고 병든 자만을 찾아다니셨잖아요.

지금도 잊지 못합니다. 1992년 말 사랑 나눔 자선 서화전 행사장인 보라매공원 내 동작구민회관을 방문해 작품을 거두어 주셨지요. 당신께선 항상 용돈이 부족하다 하셨잖아요. 그러나 장애인 복지관 건립에 필요한 벽돌값은 있다고 환하게 웃으셨잖아요. 시베리아보다 더 추워 보였던 전시장은 금세 사하라사막처럼 뜨거운 열기로 가득 찼지요. 김대중 평민당 총재님, 강영훈 대한적십자사 총재님 등 수많은 은인이 다녀가셨지요.

당신이 다니신 길은 금비단이 깔린 길이 아니고 황량한 자갈밭이었습니다. 돌부리에 차여 넘어져도 당신께서는 묵묵히 그 길을 걸어가셨습니다. 지적 장애인이 생활하는 가난한 마음의 집 원생들이 힘들여 만든 볼품없는 묵주를 모두 거두어 가 주셨지요. 그 묵주를 빛나게 하여 영세를 받은 교도소 수감자와 가난한 신자들에게 선물해 주셨지요. 세상 사람들이 거들떠보지도 않는 우리 아동이 만든 이상하게 생긴 제품을 참 잘 만들었다며 당신께서 거두어 가실 때 원생들이 얼마나 행복해했는지 모릅니다.

건강한 자도 병든 자도 모두 함께 더불어 살아가야 한다며 아픈 상처를 치유하고 격려해 주신 당신이셨습니다. 권력에 굴복하지 않고 명동성당을 민주화의 성지로 만드신 것도 당신이셨습니다. 진정 당신은 양심의 울림통이셨습니다.

당신이시여! 우리가 언제까지 당신을 붙잡아 두어야 합니까? 이제 당신을 놓아 드리고 싶습니다. 그동안 당신이 뿌리신 빛과 소금으로 참된 자유와 행복을 알았습니다. 당신의 고귀한 희생과 참된 봉사 정신을 본받아 이 사회의 그늘진 곳을 찾아 빛과 소금이 되겠습니다. 우리 아이들이 못나게 만든 묵주일랑 걱정 마시고 저세상에서 고이 잠드소서. 이제 편안히 쉬소서……

그래도 사랑하라

사람들은
불합리하고 비논리적이고 자기중심적이다.
그래도 사랑하라.

당신이 선한 일을 하면
이기적인 동기에서 하는 것이라고 비난받을지도 모른다.
그래도 좋은 일을 하라.

당신이 성실하면
거짓된 친구들과 참된 적을 만날 것이다.
그래도 사랑하라.

당신이 정직하고 솔직하면 상처받을 것이다.
그래도 정직하고 솔직하라.

당신이 여러 해 동안 만든 것이 하룻밤에 무너질지도 모른다.
그래도 만들어라.

사람들은 도움이 필요하면서도 도와주면 공격할지 모른다.
그래도 도와주어라.

세상에서 가장 좋은 것을 주면 당신은 발길에 차일 것이다.
그래도 가진 것 중에서 가장 좋은 것을 나누어 주어라.

이는 마더 테레사의 시 '그래도 사랑하라'이다.

사람들은 말한다. 뜨거우면 너무 뜨겁다고 하고, 조금만 식으면 차갑다고 말한다.

부드러우면 좀더 강해지라고 하고, 강한 면모를 보이면 더 부드러워지라고 말한다.

조금이라도 부족하면 완벽하지 못하다고 하고, 완벽하면 너무 완벽해서 무섭다고 말한다.

그래도 사랑하며 살아야 한다. 바로 그게 사람이기 때문이다.

희망이 없다네

"**난** 희망이 없네."

"직장에서 더 이상 올라갈 자리도 없고, 앞으로 8년 남은 정년 퇴임 후 무엇을 해야 할지 앞이 깜깜하다네."

"결혼을 늦게 한 탓에 이제 막내 녀석이 초등학교 5학년이니, 참 걱정이 많다네."

"자장면 기술을 배워서 장사를 해볼까도 생각했는데, 엄두가 나질 않네."

한숨만 내쉬는 친구의 푸념이다.

한눈팔지 않고 오로지 한 직장만을 위해 희생했는데, 겨우 계장 직급이라며 하소연도 한다. 명퇴 영순위라 직장 동료들의 눈치만 보이고 능률도 안 오른다고 한다.

IMF 위기 때보다 더 심각한 고용 문제, 특히 생애 주기에서 가장 지출이 많은 40~50대 직장인들은 하루하루가 좌불안석이라고 한다. '사오정', '샌드위치 세대', '능률 없는 구조 조정 영순위 세대'로 불리는 중년 남성들이 고개 숙이고 어깨가 축 처진 채 힘이 없어 보였다.

오늘도 친구 성화에 못 이겨 못 마시는 소주잔을 들었다.

"자넨 참 행복한 사람이야!"

뜬금없는 말에 물었다.

"왜 그런 생각을 했나?"

"자네는 명퇴도 없고, 구조 조정도 없으니 참 행복해 보여. 그리고 많은 사람이 먼저 와 아는 체해 주니 얼마나 행복한가!"

식당에서 자리에 앉아 있으면 음식을 갖다 주고, 행사장에서는 사람들이 먼저 와 아는 체하는 게 참 보기 좋아 보였나 보다.

오늘은 친구의 염장을 좀 질러 주고 싶었다.

"자네는 내가 부러운 모양인데, 난 자네가 참 부럽다네. 난 먹고 싶은 음식이 있어도 먹지 못하고 갖다 주는 음식만 먹어야 하니 얼마나 불쌍한가? 그리고 내가 먼저 아는 체할 수가 없어 상대방이 아는 체해 주지 않으면 누가 왔는지도 모르니 얼마나 비참한가? 자네는 코딱지만 한 직장이라도 있으니 얼마나 행복한가? 난 이력서를 받아 줄 회사가 한 곳도 없으니 얼마나 불행한가? 게다가 집에 가면 토끼 같은 어린 자식이 있고, 일할 수 있는 직장이 있으니 얼마나 선택받은 사람인가? 난 말일세, 두 아들 녀석이 모두 군 복무 중이라 집에 가도 아무도 없다네. 아내는 자원봉사다, 성당 일이다 하여 몹시 바쁘다네. 그런 날이면 더듬거리며 혼자 눈물 젖은 밥을 챙겨 먹은 게 한두 번이 아닐세. 그리고 직장 동료들과 회식도 즐기고, 야유회 가는 것도 얼마나 부러운지 모른다네."

친구는 입을 쩍 벌리고는 나를 빤히 쳐다만 보았다. 혀 꼬부라진 목소리가 원래대로 돌아왔다. 아마 술이 확 깼나 보다.

"으음! 미안…… 하구먼."

친구는 푸념을 하려다 내 푸념만 잔뜩 떠안은 셈이었다.

"이제 겨우 인생의 반환점을 돌았을 뿐이네. 우리 열심히 살아 보자고."

생각해 보면 세상은 참 살 만하지 않은가? 슬럼프는 이겨 내라고 있고, 넘어짐은 일어서라고 있고, 장애물은 뛰어넘으라고 있는 법이다. 우리 모두 힘을 내자.

바가지 박박 긁어도 등 밀어 줄 여우 같은 아내가 있고, 옹알거려도 웃음꽃 피우는 토끼 같은 녀석들도 있다. 외롭고 고달프고 서러울 때면 쓰디쓴 소주 한 잔 같이 마셔 줄 친구도 있다! 자, 우리 다시 기운 차리고 새롭게 시작해 보자. 내일의 희망을 위해, 10년 후 또는 30년 후 자신의 자화상을 위해…….

자, 건배!

시각장애인도 함께 갑시다
— 오돌토돌 돌기가 난 점자 명함

2009년 4월 20일, 제29회 장애인의 날을 맞아 한달 내내 여기저기서 다양한 행사가 열렸다. 그런데 꼭 장애인의 날에만 장애인을 생각해야 하나?

며칠 전 전주시 공무원 중에 몇 명이나 시각장애인을 위한 점자 명함을 가지고 있는지 조사했는데 조사 대상 중 거의 대부분의 공무원이 점자 명함을 가지고 있지 않았다.

전주시 창의혁신과에 점자 명함과 점자 신분증 케이스 제작을 제안했다. 명함은 공무원 개인이 제작하기에 이를 강제할 수 없다는 답변이었다.

그렇다면 시에서 공무원 명함의 점자 삽입에 예산을 지원하면 안 되는 걸까? 이를테면 원하는 공무원에 한해 점자에 소요되는 추가 비용을 지원하는 식으로 말이다. 신분증 점자 케이스도 마찬가지다.

조사 과정에서 만난 공무원들은 대개 회의적인 반응이었다. 이는 장애인 복지를 지원하는 전주시 생활복지과의 장애인복지 팀도 마찬가지였다. 시각장애인 중 반수 이상이 점자 인식을 못해 실효성이 없다는 것이다. 일부 공무원은 "자신의 신분증을 만지작거리는 것을 좋아할 사람이 어디 있나?"며 부정적인 의견을 밝혔다. 신분증은 타 기관 출입용으로 사용하는 것이란 어처구니없는 주장도 있었다.

요즘 공무원을 사칭한 사기 사건이 빈번히 일어나고 있다. 우리 시각장애인들도 무방비로 노출되어 있다. 점자 삽입 신분증은 이러한 사기 사건을 예방하는 최소한의 장치가 될 것이다.

조사 도중 점자 명함을 사용하는 공무원이 있어 만나 보았다. 그런데 그는 의외로 장애인 복지와는 전혀 관계없는 부서에서 근무하고 있었다. 점자 명함을 만들게 된 동기를 물으니 "시각장애인을 만날 경우를 생각해 만들었다. 더불어 사는 사회에 시각장애인도 함께해야 하지 않겠나?"며 점자 명함의 필요성에 대해 역설했다.

　점자 명함을 사용하는 전라북도 의회의 김성주 의원은 "앞으로는 도 공무원부터라도 신분증 케이스에 점역 장치를 마련해 시각장애인들이 공무원 신분을 확인할 수 있는 최소한의 장치 마련을 위해 최선을 다하겠다."고 말했다.

　신분증은 자신의 신분을 나타내는 최소한의 문서이다. 그런데 이 신분증을 타 기관 출입증 정도로만 인식하고, 더불어 시각장애인에게 자신의 신분을 밝히는 신분증 점자 삽입에 대해 거부감을 나타낸다는 것은 아직도 남아 있는 공무원의 권위 의식이라는 생각밖에 안 든다.

　점자를 인식하는 나머지 반수의 시각장애인을 위해서라도 점자 명함 및 신분증을 보편화할 필요성이 있다. 충북 보은군청 등 많은 자치단체와 기관 그리고 개인이 이러한 노력을 펼쳐 가고 있다. 이와 같은 추세에 전주시가 예외로 남을 필요는 없다.

　점자 명함을 사용하는 공무원은 "점자 명함은 다른 명함과 차별화가 되어 받은 사람이 다시 한 번 보게 되고, 소중히 간직하는 것을 많이 봤다."며 "점자 명함은 시각장애인에게는 물론 비장애인에게도 자신을 알리는 새로운 방법이 될 수 있다."고 점자 명함의 장점에 대해 말했다.

　이제 공무원도 변해야 한다. 시민의 불편 사항을 최소화하려는 마음 자세가 절실히 필요하다.

또 다른 장벽

"여보, 휴대폰 배터리 몇 칸 남았어?"
"민이 아빠, 나 지금 바쁘니까 잠시 후 봐줄게요?"

"여보, 전원 코드에 파란불 들어왔어?"
"으응, 좀 기다려 봐요. 화장 마치고 봐줄게요."

겨우내 움츠렸던 몸에 생기라도 불어넣을 겸 오랜만에 발코니 문을 활짝 열어젖혔다. 갑자기 코끝에 상큼한 꽃향기가 스쳤다. 나비가 꽃을 찾아 떠나듯 향기 나는 쪽으로 애기 걸음으로 살금살금 걸어갔다. 까칠한 이파리가 만져지고 사이사이 숨어 있던 부드러운 촉감이 손끝에 전해졌다. 조심스레 코를 갖다 댔다. 진한 향이 온몸으로 빨려 들어왔다. 탐스럽게 핀 이 꽃은 무슨 색일까?

"여보, 이거 무슨 색깔이야?"
"으응! 잠시만 기다려 봐요. 하니 밥 좀 주고 봐줄게요."

시각장애인 남편을 만난 아내는 돌봐 줄 거리가 참 많다. 이 일 하랴, 저 일 하랴 몸이 열 개라도 감당키 어렵다.

내가 볼 수만 있다면 휴대폰 배터리 잔량도, 배터리 전원 코드 접속 유무도, 새봄 활짝 핀 꽃잎 색깔도 물어보지 않아도 될 텐데……

오랜만에 막내아들이 휴가를 나왔다.

"막내야, 형이 보내 준 편지인데 읽어 줄래?"

"예, 메일 발송하고 읽어 드릴게요."

갑자기 문자메시지가 왔다. 휴대폰을 들고 막내아들 방에 들어갔다.

"막내야, 이거 좀 읽어 줄래?"

"긴급 간담회 개최 문자네요."

읽어야 할 자료도 많고 할 일도 많은데 어쩔 수 없이 아내와 의회로 가야 했다.

"아빠, 언제쯤 들어오세요. 저 4시에 부대 복귀해야 하거든요?"

"으응! 아빠는 회의가 길어질 것 같구나. 밥 굶지 말고 건강히 잘 지내거라."

"아빠! 형한테 온 편지 읽어 드리고 가야 하는데, 어쩌죠?"

"응! 괜찮아, 엄마한테 읽어 달라고 하지."

"아빠, 미안해요. 그럼 안녕히 계세요."

바쁘단 핑계로 부탁한 글을 또 미뤄야 했다.

이게 시각장애인의 삶이다.

오케스트라 정비 공장

"좀 도와주세요. 누구 안 계세요?"

"예, 뭘 도와 드릴까요?"

"보청기를 떨어트렸는데요, 좀 찾아 주시겠어요?"

시내를 걷다가 보청기 배터리 교체 신호음을 듣고 배터리를 교체하려다 그만 보청기를 떨어뜨리고 만 것이다.

"어머! 이를 어쩌면 좋아. 보청기가 물에 빠졌네."

중년 여성이 말했다.

고가의 보청기가 한순간에 기능을 멈춘 것이다. 그동안 아무 탈 없이 만인의 목소리를 생생히 전해 준 오케스트라였는데, 순간 오후에 있을 간담회가 걱정되었다.

"여보! 지금 객사 앞으로 와 줘야겠어."

성당 레지오 팀과 모임을 갖던 아내는 다급한 내 사정도 모르고 이렇게 말했다.

"무슨 일인데? 급하지 않은 일이면 좀 기다려 줄 수 없을까?"

"응! 급한 일이야. 빨리 정비 공장에 가 봐야 할 것 같아."

"아니, 무슨 정비 공장? 교통사고라도 났어?"

"아니! 오케스트라가 고장 났거든."

나는 5년 전부터 양쪽 청력이 약해져 보청기를 사용해 왔다. 상대방의 작은 목소리로 의사소통에 지장이 많았는데 첨단 문명의 이기 덕분에 불편을 해소할 수 있었다. 그동안 정비 공장을 모르고 오케스트라를 선사한 님이었는데, 실수로 그만 금기시된 목욕을 시키고 말다니……

물에 빠진 사람은 신속히 구조하여 인공호흡 등 응급조치를 취해야 한다. 시간을 지체하면 익사할 수도 있다. 님도 마찬가지가 아닐까? 기계 내부에 들어찬 물을 빼내고 섬세한 전자회로를 원래대로 가동시키기 위해서는 전문가의 치료가 필요하다. 섣부른 자가 진단은 더 큰 병을 좌초할 수 있다. 답답했지만 아내가 도착하기만을 기다려야 했다.

"다행히 큰 고장은 아닙니다. 습기만 제거하면 제대로 작동할 것 같습니다. 열풍기로 건조시키고 있으니 잠시만 기다려 주십시오."

정비 공장장의 친절한 한마디에 벌써부터 신이 났다.

만약 전자제품의 특성대로 물에 빠진 님이 작동하지 않는다면 제대로 작동될 때까지 며칠이고 불편했을 것이다. 오후의 간담회를 시작으로 3일 동안 안건 심의가 계속되기에 걱정이 많았다.

세상이 각박해졌다고 한다. 예전엔 이웃과 허물없이 양보하며 정겹게 지냈는데 요즘은 집 앞 주차 문제로 이웃 간에 말다툼이 벌어지고, 주먹이 오가고, 급기야 경찰서에 끌려가는 진풍경을 종종 본다. 우리는 사소한 말다툼이 큰 화를 자초하는 세태에 살고 있는 것이다. 상대방의 이야기를 경청하는 여유가 아쉽다.

나는 자주 여러 모임에 참석한다. 정도의 차이는 있지만 각 구성원들은 서로 잘난 체한다. 핏대를 세우며 삿대질까지 하며 열변을 토하는 모습을 보면 참 한심스럽다. 진상 중 상 진상이다. 서로 잘났다고 고성이 오가면 나는 보청기 볼륨을 낮춘다. 그럼 살기 띤 목소리도 아름답게 들린다. 마치 연인과 숲 속을 거닐며 밀어를 속삭이는 소리 같다. 그럴 때면 보청기를 사용하는 게 오히려 다행이라는 생각마저 든다. 세상의 모든 소리를 내 마음대로 조절하여 들을 수가 있으니 말이다.

소음도 정제하여 들으면 오케스트라가 된다. 우리 마음에 보청기를 달아 밝고 아름다운 천상의 오케스트라를 들어 보는 건 어떨까?

내게 주신 것이 너무나 많습니다

"신선한 공기, 빛나는 태양, 맑은 물 그리고 친구들의 사랑, 이 것만 있거든 낙심하지 마라." (괴테)

가난하다고,
가진 것이 적어서 마음껏 누릴 수 없다고
때론 푸념하지만
둘러보면 내게 주신 것이 너무나 많습니다.
건강한 신체를 주시고,
밝은 웃음을 주시고,
가족과 친구와 이웃을 주셨으니까요.
내게 시각장애를 주신 것은 더러운 세상을 보지 말라고요.
어깨 당당히 세우고 살라고
넓은 세상을 주셨으니까요.

장애인의 날, 장애인에 대한 최고의 관심은 일자리 창출

2004년 아테네올림픽 때 우리 국민들은 여자 핸드볼 국가 대표 팀의 경기를 보면서 울고 웃기를 반복했으며, 우리 대표 팀의 극적인 경기 장면은 영화 〈우리 생애 최고의 순간〉으로 제작되기까지 했다. 핸드볼 결승전에서 대한민국은 전반전 동점, 후반전 동점, 연장전 동점 끝에 승부던지기에서 패해 은메달을 기록했으며, 영화 개봉이 베이징올림픽 아시아 예선 재경기와 맞물리면서 일반 대중의 뜨거운 관심을 받았다. 2008년 베이징올림픽에서도 이에 준하는 멋진 활약을 펼쳐 동메달을 따낸 우리 대표 팀은 다시금 '우생순' 열풍을 재현했다.

하지만, 올림픽이 끝난 지금 핸드볼은 아직도 비인기 종목의 설움을 벗어나지 못하고 있다. 올해부터 시작된 핸드볼 리그인 '슈퍼리그 코리아'의 관중석은 썰렁하기만 해, WBC 이후 증가한 야구 동호회와 국내 야구 경기 관중 수와 대비되었다.

장애인에 대한 관심 역시 대한민국 여자 핸드볼 대표 팀의 처지와 별반 다르지 않다. 해마다 장애인의 날이면 유력 인사들이 장애인 관련 시설을 방문하는 장면이 언론 매체에 보도된다. 전 국민은 이날 하루만큼은 장애인에 대해 많은 관심을 가진다. 그러나 이러한 관심과 장애인에 대한 인식 개선 노력은 길어야 3일 안에 자연스레 사그라지고, 다시금 대중의 관심 대상이 되기 위해 1년을 기다려야 한다. 그나마 그 관심이라는 것도 형식적인 선물 전달 및 1회성 행사에 그칠 뿐 정작 장애인에 대한 비장애인의 인식 개선 및 진정한 장애인 복지에 대한 주의 환기 등은 제대로 이루어지지 않고 있다.

장애인에 대한 최고의 관심과 복지는 일자리 제공이다. 대다수의 장애인들은 정부에서 얼마를 지원받는가보다는 스스로 일을 해 납세자도 되고, 자립하기를 희망한다. 현재 정부와 각 지자체에서는 경제난 극복을 위해 추경을 편성하고, 공무원 급여 반납을 통해 일자리 창출에 많은 예산을 투자하고 있어 다행이라는 생각도 든다. 그러나 이러한 일자리들 역시 대부분 단기간 근무의 계약직임은 물론이고, 최저임금에도 한참 못 미치는 급여 수준이 대부분이어서 취업을 희망하는 장애인에게 안정적인 일자리를 제공기에는 매우 부족한 것이 현실이다.

우리나라는 한강의 기적을 일으키며 세계 11위의 경제 대국으로 급부상했으며, 반도체와 조선, IT 등 첨단 기술 분야에서 세계를 주름잡고 있다. 그러나 장애인에 대한 관심과 배려는 경제 규모에 비해 미흡라기 짝이 없다. 우리 모두 장애인의 날 단 하루만 반짝하는 관심을 가지지 말고, 장애인이 일을 통해 우리 사회의 구성원으로 자립할 수 있도록 변함없는 관심과 고용 확대를 위해 노력했으면 한다.